Michael Phillips

Zeit der Schatten

Chronik der Familie von Dortmann

Michael Phillips

Zeit der Schatten

Schulte & Gerth

Die amerikanische Originalausgabe erschien im Verlag
Tyndale House Publishers, Wheaton, Illinois
unter dem Titel „A Rose Remembered“.

Aus dem Amerikanischen übersetzt von Eva Weyandt

Die Bonhoeffer-Zitate in Kapitel 34 wurden dem Buch
„Widerstand und Ergebung: Briefe und Aufzeichnungen aus der Haft“
(Gütersloh 1994) entnommen.

Best.-Nr. 15 341
ISBN 3-89437-341-5
1. Auflage 1995
Umschlaggestaltung: Tyndale House/Olaf Johannson
Satz: Die Feder GmbH, Wetzlar
Druck und Verarbeitung: Ebner Ulm
Printed in Germany

Prolog

Fünfziger Jahre

Überall war Chaos.

Erst eine Generation zuvor war dem deutschen Volk erzählt worden, es sei die höchste Rasse auf Erden und ihr Weltreich würde tausend Jahre bestehen.

Und nun standen die Deutschen vor den Trümmern ihrer Selbstüberhebung. Sie waren eine geteilte Nation im Zentrum dieses zerrissenen Landes. Ihre große Hauptstadt war wie durch einen launenhaften Blitz in vier ungleiche Teile geteilt worden. Die Grenze zog sich mitten durch Straßen, über Bürgersteige, durch Höfe und Parks, durch Gebäude und Flüsse hindurch.

Die große Stadt war zu vier Städten geworden . . . oder zu zwei Städten – es schien kaum eine Bedeutung zu haben. Die riesige Metropole mit fast vier Millionen Einwohnern hatte keinen Anspruch mehr auf eine eigene Identität.

Keine glückliche Zeit für dieses Volk.

Es war entwurzelt, auch seiner geistlichen Wurzeln beraubt. Dies war das Land der Reformation, das Land, in dem der Protestantismus seinen Anfang genommen hatte, das Land Luthers, Barths und Bonhoeffers; ein Land, das bekannt war für die Lebendigkeit seines Gedankengutes und Glaubens. Dieses Volk war bekannt für die Bandbreite seines theologischen Erbes.

Doch die Kirche war im Nationalsozialismus zum verlängerten Arm des Staates geworden.

Die Menschen waren abgestumpft, geistlich, politisch und im persönlichen Bereich.

Die auf der einen Seite taten ihr Bestes, die Spaltung zu ignorieren. Sie konnten sowieso nichts daran ändern. Der Reichtum, der in den fünfziger Jahren in ihr Land floß, ermöglichte ihnen die Illusion, es gäbe keine Trennung. Sie lernten wieder, stolz den Kopf zu erheben und die Risse in ihrer nationalen Persönlichkeit Lügen zu strafen.

Die auf der anderen Seite versuchten, in der Alltagsroutine Trost zu finden.

Wann würden sie endlich wieder vereint sein?

Wenn überhaupt, so würde es viele Jahre dauern.

Und eine Wiedervereinigung müßte ihren Anfang in den verborgenen Winkeln des menschlichen Herzens nehmen, würde nicht durch Verträge zwischen den Nationen erreicht werden. Sie würde kommen als Erhörung der Gebete, daß Gott sich dieses Volkes erbarmen, ihrem Jammer ein Ende bereiten und ihr Land heilen möge.

Teil I

Einem neuen Morgen entgegen

Juni 1961

I

Das Land

Karin Rosenblatts Augen schweiften über die Landschaft.

Weite Felder mit langsam reifendem Korn wiegten sich sanft im Wind.

Es war eine friedliche Landschaft, hier und da von grünem Weideland, Bäumen oder einem Hügel unterbrochen.

So sehr Karin Rosenblatt einen gelegentlichen Ausflug wie diesen aufs Land genoß, sie bezweifelte, daß sie jemals wieder hier würde leben können. Vielleicht machte das Leben in der Stadt die Menschen zynisch und gleichgültig, doch ihr half es, die Vergangenheit zu vergessen. Ihre Arbeit dort war wichtig, und darum mußte sie in der Stadt bleiben.

Während des Fahrens schaute sie sich um. Hin und wieder entrang sich ihr ein Seufzer.

In der Vergangenheit hatten schon viele Diktatoren um dieses Stück Land gekämpft. Die Hunnen und Franken, die Magyaren und Mongolen hatten versucht, es zu unterwerfen. Napoleon hatte im vergangenen Jahrhundert seinen Herrschaftsbereich bis hierher ausgedehnt. Viele Namen hatte sie schon getragen, diese Pommersche Ebene zwischen den Großmächten Deutschland und Rußland.

Niemals war dieses Land jedoch völlig selbständig gewesen.

Nun hatte es neue Grenzen und einen neuen Namen.

Aus der Niederlage des Faschismus hatte sich ein Gespenst mit Namen Kommunismus erhoben, dessen Schatten sich nun, sechzehn Jahre später, über die Hälfte des Kontinents legte. Hinter der Fassade schöner Parolen von Einheit und Gleichheit erlitten Menschen ganz ähnliche Qualen wie unter dem Regime Hitlers. Wieder waren es Juden, die grausamen

Verfolgungen ausgesetzt waren. Und auch diesmal gab es einige wenige Menschen, die alles riskierten, um Gottes auserwähltem Volk zu helfen.

Dies war die Mission, der sie und der Mann, den sie treffen wollte, sich verschrieben hatten.

Normalerweise wäre sie nicht selbst gekommen. Es war eine lange Fahrt von Ost-Berlin nach Warschau. Doch man hatte ihr gesagt, die Ware sei höchst brisant, und es dürfe nicht zu viele Eingeweihte geben.

Darum hatte sie beschlossen, diese Fahrt selbst zu machen und persönlich mit dem Beweis, auf den sie so lange gewartet hatten, zurückzukehren.

2

Heimlicher Holocaust

Wahrscheinlich war es töricht, die Grenze zu überschreiten, um den Kontakt selbst herzustellen.

Bei einer normalen Sendung hätte er dies nicht einmal in Betracht gezogen.

Doch dies war eine besondere Lieferung. Diesmal gab es Fotos. Zusammen mit den Daten, die sie neulich entdeckt und im vergangenen Monat durchgegeben hatten, konnten diese Fotos dazu beitragen, die ganze stalinistische Lüge aufzudekken.

Der Umschlag mußte West-Berlin unbedingt erreichen!

Zwar war dies Unternehmen sehr riskant, doch er würde trotzdem selbst nach Polen fahren und ihr den Umschlag eigenhändig übergeben. Je weniger Menschen von diesem Unternehmen wußten, desto besser.

Sie würde es sicher weiterleiten. Das hatte sie immer getan.

Langsam erhob sich der alte Mann von seinen Knien. Vor

einer solchen Aufgabe flüchtete er sich immer ins Gebet. Er nahm den *Talit* von seinen Schultern und vertauschte seine traditionelle Kleidung mit den einfachen Kleidern eines Bauern. Dies war ihm zuerst sehr schwergefallen. Er hatte das Gefühl gehabt, seine uralte Kultur zu verleugnen, die er doch zu erhalten suchte.

Doch im Laufe der Jahre hatte er sich daran gewöhnt. Jedes Opfer würde er bereitwillig bringen, um die Angehörigen seines Volkes vor dem heimlichen Holocaust dieses schrecklichen Regimes zu retten.

Nacheinander legte er seine Kleider ab und dachte nach über die Zeit während des Krieges, als alles begonnen hatte. Wer hätte voraussehen können, wohin dies führen würde? Viele Jahre waren vergangen. Längst war er kein junger Mann mehr. Er hatte immer gewußt, daß er nicht unbegrenzt hierbleiben konnte. Sein Schicksal lag im Süden. Dort gab es wichtige Dinge zu tun.

Es war unwahrscheinlich, dachte er müde, daß er noch viele solcher Missionen durchführen würde. Andere konnten die Arbeit an seiner Stelle fortführen.

Wenn sie nur Joseph ausfindig machen könnten! Zweifellos hatte die andauernde Unsicherheit über den Verbleib des jungen Mannes ihn so lange in Rußland festgehalten. Die anderen schauten zwar zu ihm auf wie zu einem Führer, doch sie würden auch ohne ihn weitermachen können.

Es war an der Zeit zu gehen, und er wußte, daß seine arme Frau sich danach sehnte. Vielleicht, dachte er, als er sich die Arbeitshose überzog, nach dieser letzten Mission – wenn er die Fotos in Sicherheit wußte.

Zwei Stunden später hielt er an der Grenze. Der Grenzbeamte trat an seinen Wagen. Er kurbelte das Fenster herunter.

„Paß und Papiere."

Er reichte seine gefälschten Papiere hinaus.

„Was haben Sie in Polen zu tun?"

„Ich bin von einem Kollektiv in Bialystok angefordert worden", antwortete er freundlich.

„Steigen Sie bitte aus."

Er öffnete die Tür und stieg aus. Der uniformierte Grenzbeamte durchsuchte ihn.

„Was ist das?“ fragte er, als er den kostbaren Umschlag in der Manteltasche entdeckte.

„Meine Legitimationspapiere.“

Der Beamte öffnete den Umschlag, zog mehrere Papiere heraus und untersuchte sie hastig.

„Weiterfahren“, sagte er kurz und gab ihm den Umschlag zurück.

Der verkleidete Bauer stieß einen Seufzer der Erleichterung aus. Bei der ersten Gelegenheit würde er seine persönlichen Dokumente mit anderen Papieren vertauschen, damit keine Verbindung zwischen ihm und seiner Kontaktperson hergestellt werden konnte.

So viele Grenzen hatte er in seinem Leben schon passiert, und jedesmal klopfte sein Herz ein wenig schneller, als ihm lieb war.

Nun, dachte er, schon bald würde er diese verhaßte Grenze zum letzten Mal sehen und nicht mehr zurückzukehren brauchen. Dann würde *er* das „Paket“ sein, das sicher nach Berlin gebracht werden mußte. Doch nicht, bevor er nicht das Gefühl hatte, alles getan zu haben, was in seiner Macht stand, um die Sicherheit seines Volkes zu gewährleisten.

3
Geheimpolizei

Das Zimmer war weder groß noch luxuriös. Seine spartanische Einrichtung entsprach dem Ziel, dem sein Bewohner sich verschrieben hatte.

Blanke graue Wände, ein verschlissener Teppich und unbequeme Stühle zierten das Büro des Bezirksleiters der ostdeutschen Geheimpolizei.

Die Tür öffnete sich.

Der Bezirksleiter drehte sich um, als sein Assistent auf ihn zukam.

„Ein Informant hat mich gerade davon in Kenntnis gesetzt“, sagte der jüngere der beiden Männer, „daß möglicherweise Informationen über die Leute, an denen wir interessiert sind, weitergegeben werden sollen.“

„Juden?“

Der junge Mann nickte.

„Die machen einem aber auch immer nur Ärger. Man sollte meinen, daß sie es mittlerweile besser wissen. Wo soll die Übergabe stattfinden?“

„Irgendwo in Polen.“

„Polen! Wie soll ich denn ein ganzes Land dieser Größenordnung überwachen? *Ihre* Leute sollten sich dieser Angelegenheit annehmen. Warum kommen Sie damit zu mir?“

„Er sagt, es betreffe Informationen, die nach Berlin gebracht werden sollen, wichtige Informationen.“

„Ich verstehe“, murmelte der Chef. Er ließ seine Gedanken in eine neue Richtung wandern. Erst vor zwei Tagen waren sie von Moskau angewiesen worden, alle bekannten Kontakte zwischen russischen und deutschen Juden verstärkt zu überwachen. Informationen sollten aus Rußland nach Berlin geschmuggelt werden, die für mehrere hohe Tiere des Kreml sehr kompromittierend sein könnten. Der Befehl war von höchster Stelle gekommen.

Es muß eine Verbindung zwischen diesem Befehl und der Information geben, die er gerade bekommen hatte, dachte der Chef. Dies war die Gelegenheit, auf die er lange gewartet hatte. Er mußte nur die Sendung, die dem Kreml Kopfzerbrechen bereitete, abfangen.

„Setzen Sie sich unverzüglich mit unseren polnischen Kontaktleuten in Verbindung“, sagte er zu dem jungen Mann. „Wen haben wir dort?“

Der junge Mann nannte einen Namen.

„Einen Polen ... hmmm. Das ist im Augenblick nun mal nicht zu ändern. Doch ich kann kein Risiko eingehen. Falls nötig, fahren Sie selbst hin. Wenn etwas im Gange ist, will ich darüber informiert werden. Ich werde sehen, was ich über meine Informanten hier in der Stadt in Erfahrung bringen kann.“

„Wie Sie wünschen.“

„Wenn Sie zurückkehren“, fügte der Chef hinzu, „fertigen Sie bitte Berichte über die hier aufgeführten Personen an.“ Er reichte dem jungen Mann ein Blatt Papier.

Dieser überflog die aufgeführten Namen.

„Von diesen Leuten brauche ich eine vollständige Akte“, fuhr der Chef fort. „Wenden Sie also alle notwendigen ... äh, Überzeugungsmethoden an.“

„Ich verstehe.“

„Ich hoffe, daß diese Informationen uns bei unserer Suche nach der Frau, von der ich gesprochen habe, weiterbringen werden.“

„Ich halte meine Augen auch immer noch in dieser Richtung offen.“

4

Warschauer Zeitungskiosk

In diesen unsicheren Zeiten war Warschau keine freundliche Stadt. Sie war erst zweimal hiergewesen, einmal zu einem Treffen mit dem Rabbi, und dann vor zwei Jahren, um persönlich eine kleine Gruppe Juden durch das Netzwerk nach West-Berlin zu schleusen.

So weit von ihrer Heimat entfernt lauerten immer Gefahren. Und aus irgendeinem unerfindlichen Grund war sie an diesem Tag nervöser als gewöhnlich.

Sie hatte das Gefühl, beobachtet zu werden.

Karin schaute auf die Uhr. Es war 16.12 Uhr.

Sie hatte lange genug gewartet. Irgend etwas stimmte nicht. Sie war sicher, am richtigen Ort zu sein. Warum war er nicht gekommen?

Mit klopfendem Herzen begann sie, die Straße hinunterzugehen.

Vor ihr war ein Zeitungskiosk.

Ihre Augen streiften den Verkäufer.

Aber das war ja der Mann, auf den sie die ganze Zeit gewartet hatte!

Unwillkürlich öffnete sie den Mund zu einem Gruß.

„Schsch", flüsterte der Verkäufer verhalten. „Nehmen Sie ganz ruhig die Zeitung."

Sie tat es.

Die folgenschwere Übergabe war gemacht.

Beim Anblick ihres alten Freundes traten Tränen in ihre Augen. Sie holte einige Münzen aus ihrer Tasche und gab sie ihm.

Langsam wendete sie sich von dem Kiosk ab und ging, die Zeitung fest in der Hand haltend, auf dem Bürgersteig weiter.

Sie ging zu ihrem Auto und stieg ein. Es wollte nicht anspringen. *Ein weiteres Charakteristikum des kommunistischen Systems,* dachte sie, *alles ist alt, und nichts funktioniert richtig.*

Sie stieg wieder aus und überlegte, was sie tun sollte. Ihr Dilemma war jedoch nur von kurzer Dauer. Zwei Passanten hatten ihre Versuche, das Auto anzulassen, gesehen und eilten ihr zu Hilfe.

Ein kurzes Anschieben, und der Wagen sprang an. Karin hielt an, dankte den Männern durchs offene Fenster und fuhr davon.

*

Mehrere Stunden später zerriß das Klingeln des Telefons die Stille des Abends. Es war spät, und in allen angrenzenden Büros war Ruhe eingekehrt.

Er hatte darauf gewartet.

Wahrscheinlich wäre er auch noch hier gewesen, wenn er diesen Anruf nicht erwartet hätte. Was sollte er zu Hause – ein Privatleben besaß er nicht.

Der Bezirksleiter nahm den Hörer ab und hörte aufmerksam zu.

„Warum hat Ihr Mann die Übergabe verpaßt?" fragte er schließlich. Der Ton seiner Stimme verriet, daß er nicht gerade erfreut war.

Wieder hörte er zu, wie sein Assistent über die Umstände des Zwischenfalls berichtete, so weit er sie nachverfolgen konnte. Langsam rötete sich das Gesicht des Geheimdienstchefs.

„Der Idiot wartete darauf, daß *zwei* Personen gleichzeitig auftauchten? Ist es ihm gar nicht in den Sinn gekommen, daß der Verkäufer im Kiosk der Kontaktmann sein könnte?"

Mit äußerster Anstrengung zwang er sich dazu, ruhig zu bleiben und zuzuhören.

„Beschreiben Sie die Frau", herrschte er den anderen Gesprächsteilnehmer an.

Stille.

„Und dann ...?"

„Der Dummkopf hat was getan?!" explodierte er. „Er hätte der Frau folgen sollen, statt den Kiosk weiterzubeobachten!"

Eine weitere kurze Pause.

„Wenn sie zögerte und sie miteinander zu sprechen schienen, dann war das die Übergabe! Vor allem, da eine Zeitung übergeben wurde ... wie konnte er denn nur so dumm sein, das zu übersehen! Besorgen Sie sich sofort eine Beschreibung und versuchen Sie, einen der beiden ausfindig zu machen. Obwohl ich bezweifle, daß es jetzt noch irgendeine eine Spur zu verfolgen gibt!"

Er warf den Hörer auf die Gabel und fluchte.

Es kann nicht sein, dachte er. Seine Phantasie spielte ihm bestimmt einen Streich.

Bevor er voreilige Schlüsse zog, wartete er lieber ab, was die Akten ergaben, die Galanow aus Warschau mitbringen würde.

Er drehte sich um, ging zu seinem Schreibtisch zurück und nahm aus der untersten Schublade eine halbleere Flasche Whisky und ein Glas. Jetzt brauchte er einen großen Schluck.

*

Als sie am nächsten Abend in ihrer Wohnung ankam, war Karin Rosenblatts erster Gedanke, den Umschlag zu verstekken, den sie durch ganz Polen nach Ost-Berlin gebracht hatte.

In zwei Tagen würde sie ihn weiterleiten.

Warum hatte sie bisher noch nicht hineingeschaut? In letzter Zeit stellte sie immer öfter fest, daß sie es gar nicht wissen wollte. Und doch ... sie *mußte* es wissen.

Vor allem jetzt. Mit diesem Material konnten sie vielleicht endlich die Aufmerksamkeit der Weltöffentlichkeit auf die Situation der Juden lenken.

Sie erhob sich und holte den Umschlag aus dem Versteck. Vorsichtig öffnete sie ihn und schaute hinein.

Nur einige Papiere, Wäschelisten und Rezepte, die statt der Ausweispapiere des Rabbi im Umschlag steckten.

Vorsichtig befühlte sie den Umschlag. Aha, genau wie sie vermutet hatte, eine Geheimklappe. Sie faltete sie auf und zog zwei Fotos heraus.

Diese Bilder waren unmißverständlich, trotz des trüben Lichtes ihrer Nachttischlampe.

Aufeinandergestapelte nackte Körper.

Die Kleiderhaufen daneben waren zweifelsfrei jüdischer Herkunft. Mehrere Männer standen in der Nähe, einen davon kannte sie. Selbst nach all den Jahren würde die ganze Welt dieses Gesicht erkennen!

Auch der andere kam ihr bekannt vor, doch sie war nicht sicher. Sie konnte das Gesicht nicht einordnen. Was für ein häßliches und hinterhältiges Lächeln er hatte!

Ein Wegweiser auf dem Bild war sehr gut zu entziffern: Moskau 57 km.

Dies war brisanter als alles, was ihr bisher in die Hände gefallen war!

Langsam schob sie die Papiere in den Umschlag zurück, brachte ihn wieder in sein Versteck und legte sich ins Bett.

Morgen würde sie in die stumpfsinnige Routine ihres anderen Lebens zurückkehren.

5

Eine neue Ära

Müde schritt Karin durch den frostigen Morgen. Sie hätte auch mit der Bahn fahren können, doch die zwei Kilometer zu ihrer Arbeitsstelle legte sie gern zu Fuß zurück.

Diese unpersönliche Sache, die die Menschen *Leben* nannten, war nicht besonders freundlich – weder zu ihr noch zu irgend jemandem auf der anderen Seite. Ihr früherer Optimismus war fast verlorengegangen. Zwar hatte sich bei ihr noch kein Fatalismus eingestellt wie bei vielen ihrer unglücklichen Kollegen, doch ihre Hoffnung auf eine Besserung der Umstände schwand mehr und mehr. Die meisten hatten nichts mehr, für das sie lebten; sie waren gefangen in dem sinnlosen Kreislauf des einfach *Weitermachens*. Sie wußte, daß es ihr viel besser ging als etlichen anderen.

Sie hatte eine einigermaßen sinnvolle Arbeit in einem Büro gefunden, obwohl ihre Nebentätigkeit den größten Teil des Lohnes, den sie dafür bekam, auffraß. Das war in Ordnung. Die Steuern auf Geld, das im Westen verdient wurde, waren so hoch, daß kaum etwas übrigblieb. Man durfte zwar in den Westsektoren arbeiten, doch die höheren Löhne, die im kapitalistischen System gezahlt wurden, wurden durch die höheren Steuern auf Ostniveau gebracht, so daß einzig und allein der kommunistische Staat davon profitierte.

Überall hier im Westen war zu sehen, daß moderne Zeiten Einzug gehalten hatten und das Land sich von der bitteren Niederlage erholte.

Ausländische Besucher in Berlin betrachteten diese äußeren Zeichen mit ehrfürchtigem Staunen. Es war unglaublich, daß eine solche Verwandlung in so wenigen Jahren zustande gebracht worden war. Aus dem Schutt und der Asche, in die die alliierten Bomben im Jahre 1945 die letzte Festung des Naziregimes gelegt hatten, erstand das, was die Bonner Regierung das *Wirtschaftswunder* nannte.

Die Lebensumstände schienen zu belegen, daß sich am Ende doch alles zum Guten wenden würde. Nicht einmal ein Holocaust konnte ewig dauern. Es gab *wirklich* ein Happy End bei den Tragödien des Lebens, und die Westdeutschen hatten dieses Happy End selbst zustande gebracht. Ihre harte Arbeit und ihre Entschlossenheit hatte triumphiert, wie es immer der Fall gewesen war. Das Leben wurde immer besser, und es fiel immer leichter zu vergessen, was passiert war.

Deutschland war wieder Deutschland! Mit Stolz konnten die Menschen sich wieder zu ihrer Nationalität bekennen. Es sei eine neue Ära, redeten sie sich ein. Es war an der Zeit, den Blick nach vorne zu richten und die Vergangenheit hinter sich zu lassen.

Doch mit jedem Jahr wurde der Riß im deutschen Nationalbewußtsein breiter, vertiefte sich der Spalt aus Neid und Bitterkeit zwischen den beiden Hälften des kollektiven deutschen Bewußtseins.

6

Erinnerungen

Karin Rosenblatt ging die Potsdamer Straße entlang zum Potsdamer Platz, zur Sektorengrenze.

Es war Abend, ein langer Arbeitstag lag hinter ihr.

In der Stadt herrschte immer noch reges Treiben.

Der Teil der Stadt, den sie nun betrat und der denselben

Namen trug, hätte gut auch auf einem anderen Kontinent liegen können. Tatsächlich war es eine Stadt aus einer anderen Zeit.

Während sie nach Osten zur Leipziger Straße ging, waren keine Stimmen zu hören, kein anderer Fußgänger begegnete ihr. Die Motorengeräusche kamen überwiegend aus dem anderen Stadtteil. Es gab keine Taxen oder Busse, keine Parks, kaum Blumen oder Bäume.

Alles war still, ohne Leben.

Auch andere waren, wie Karin, auf dem Heimweg von ihrer Arbeit in den Westsektoren, doch sie legten ihren Weg mechanisch und schweigend zurück.

Tatsächlich herrschten hier andere Regeln als im Westen. Man konnte nicht vorsichtig genug sein. Zwar gab es die Gestapo schon lange nicht mehr, doch ihren Platz hatte der Staatssicherheitsdienst, die sogenannte *Stasi* eingenommen, und der Unterschied zwischen diesen beiden Organisationen war für den gewöhnlichen Bürger nicht zu erkennen. Es gab auch die *Vopos*, die Volkspolizisten, und auch bei ihnen bestand kein Zweifel darüber, wem sie sich verpflichtet fühlten.

Der russische Sektor Berlins sah noch genauso aus wie im Jahre 1945, als die russischen Panzer und Truppen von Polen her einmarschiert waren, um sich mit den Amerikanern und Briten zu vereinigen. Überall lagen Schutt- und Steinhaufen herum. Die Straßen waren zwar gesäubert worden, doch Dutzende halbzerstörter Gebäude ragten als schweigende Wächter in den Abendhimmel, als Mahnmale eines Krieges, der schon lange vorüber, doch in der Erinnerung immer gegenwärtig war. Es gab nicht ein einziges neues Haus, nicht eine Straße war erneuert oder ein Zaun frisch gestrichen worden. Zahlreiche Schlaglöcher verunzierten die Straßen, und die Gehsteige wiesen Risse auf, aus denen das Unkraut sprießte. Die Gebäude, die das Bombardement überstanden hatten, waren unverändert in Betrieb genommen worden. Die Stadt sah noch immer aus wie ein Schlachtfeld.

Die düstere Stille, die ausgebombten Häuser ließen ihre Gedanken zurückwandern zu den letzten Tagen des Krieges.

In der Stadt muß es schrecklich gewesen sein, dachte sie. Nicht, daß es auf dem Land angenehm gewesen wäre! Sie hatte Berichte gehört, was sich in ihrer Nachbarschaft zugetragen hatte. Wie gut, daß sie herausgekommen war, bevor sich die tiefste Dunkelheit über das Land gesenkt hatte.

Früher hatte sie geglaubt, niemals hassen zu können. Ihre angeborene Lebensfreude hatte es ihr ermöglicht, in jedem Menschen, in jeder Situation etwas Gutes zu sehen.

Doch in diesem Jahr im Exil ohne ihren Vater, auf den sie sich immer verlassen hatte, war ihr Glaube sehr stark erschüttert worden.

Sie hatte sich verändert. Vor sechzehn Jahren hatte sich ein kühler Realismus ihrer bemächtigt. Alle ihre jugendlichen Ideale und ihr Optimismus schienen nur noch ferne Erinnerung. Sie hatte entdecken müssen, daß sie sehr wohl fähig war zu hassen.

Sie konnte es nicht leugnen – sie *haßte* sie, haßte die barbarische Unmenschlichkeit, die bei ihnen zum Vorschein gekommen war.

Und nun richteten sich jene Gefühle gegen ihre neuen Unterdrücker, obwohl sie schwächer geworden waren.

Was für ein Christ war sie eigentlich, wenn sie nicht vergeben konnte? Würde sie jemals wieder den Frieden und das Glück ihrer Jugend kennenlernen, oder waren sie für immer verloren? Sie tat Dinge, die sie als ihre Pflicht ansah. Sie versuchte, Menschen zu helfen, und tatsächlich hatte sie schon Tausenden geholfen. Doch konnte sie vergeben? Sie wußte nicht, ob sie jemals in der Lage dazu sein würde.

Und die größte Frage von allen: Wo war *er*?

Sie wußte, daß er das letzte Jahr des Krieges überlebt hatte. Doch wie hatte er Stalins Säuberungsaktionen überstanden? Darum ging es bei ihren Bemühungen. Sie hoffte, die Fotos in ihrer Wohnung würden die Weltöffentlichkeit darauf aufmerksam machen können. Doch auch sie wußte so wenig darüber. Nachdem sich der russische Schatten zwischen sie geschoben hatte, wurde das Land von Geheimnistuerei und Dunkelheit regiert.

Während sie die Arbeit des *Netzwerks* fortsetzte, blieb ihre persönliche Suche erfolglos. Sie konnte nicht ruhen, bevor sie es nicht sicher wußte. Und doch bestand die Möglichkeit, andere in Gefahr zu bringen, oder ihn.

Von wem konnte sie Hilfe erwarten?

Sie war allein. Das System war durchzogen von Informanten und KGB- und Stasispitzeln, und sie wußte nicht, wem sie trauen konnte. Nichts hatte sich seit dem Krieg verändert. Hinter dem freundlichsten Lächeln steckten häufig die düstersten Motive.

Und wenn man ihre wahre Identität entdeckte, war die Arbeit des Netzwerks beendet. Chruschtschow galt als gemäßigt, doch sie traute ihm trotzdem nicht. Vor allem nicht nach dem, was sie in der vergangenen Nacht gesehen hatte. Was immer die Propaganda auch verbreitete von einer neuen Toleranz in Rußland, sie ließ sich nicht täuschen. Die Verfolgung des Volkes Gottes, das unter der dunklen Wolke des Kreml-Regimes lebte, würde niemals ganz vorüber sein.

Schließlich kam sie bei ihrer kleinen Wohnung an, schloß die Tür auf und ging hinein.

7

Ein Gesicht aus der Vergangenheit

Am nächsten Morgen machte sie sich wie jeden Tag auf den Weg zur Arbeit.

Auf der Kurfürstenstraße betrachtete sie abwesend das Treiben um sich herum. Auf einmal machte ihr Herz einen Sprung!

Ihr Blick war auf eine Person gefallen, die genau vor ihr die Straße überquerte und sich in den Strom der Fußgänger einreihte. Mit einem Mal war sie hellwach. Der Umschlag, den sie in ihrer Manteltasche trug, und die für diesen Nachmittag festgesetzte Übergabe waren vergessen.

Sie traute ihren Augen nicht!

Das ... das konnte nicht sein!

Mit wild klopfendem Herzen taumelte sie voran, den Blick fest auf die Gestalt gerichtet, die nun vor ihr herging. Sie konnte nur den Rücken und den Kopf sehen.

Unbewußt ging sie schneller, fing an zu laufen, schlängelte sich durch die Menge. Wenn sie ihn nur einholen könnte ... das Gesicht noch einmal sehen!

Allein bei dem Gedanken daran, die richtigen Worte finden zu müssen, wurde ihr Mund trocken.

Er war jetzt genau vor ihr ... Sie hatte ihn fast eingeholt.

Nun wendete er sich nach rechts und stieg die Treppen zu einem Regierungsgebäude hoch.

Karin folgte ihm, sie rannte jetzt.

Er erreichte die Tür.

Sie öffnete den Mund, um zu rufen – doch sie brachte keinen Ton heraus.

Der Mann öffnete die Tür und verschwand im Innern.

Karin blieb an der Treppe stehen. Sie starrte die Tür an, die sich hinter ihm schloß. Unbeweglich stand sie da, mit klopfendem Herzen, weit aufgerissenen Augen. Sie wußte nicht, ob sie ihm folgen sollte oder nicht.

Sie dachte an ihr Aussehen.

Selbst ihre besten Kleider waren abgetragen und alt. Der Schal und der Mantel stammten noch aus den vierziger Jahren.

Sie konnte dort nicht hineingehen. Was würde man von ihr denken? Man würde sie für eine Landstreicherin halten und hinauswerfen.

Langsam, niedergeschlagen und verwirrt machte sie sich wieder auf den Weg zu ihrer Arbeitsstelle. Sie versuchte sich einzureden, daß sie sich geirrt hatte, daß es nur eine Sinnestäuschung gewesen sei.

Den ganzen Morgen über bemühte sie sich darum, sich einzureden, daß ihr ihre Phantasie einen bösen Streich gespielt habe. Halluzinationen waren bei denen, die den Krieg überlebt hatten, keine Seltenheit. Und doch konnte sie diesen Zwischenfall nicht aus ihrem Gedächtnis verbannen.

Während sie immer wieder darüber nachdachte, wuchs ihre Überzeugung, daß es kein Wunschbild gewesen war.

An diesem Tag war es ihr unmöglich, sich auf ihre Arbeit zu konzentrieren.

8

Eine vergessene Verabredung

Um Viertel vor fünf begann Karin Rosenblatt, ihren Schreibtisch aufzuräumen. Um fünf vor fünf legte sie die letzten Utensilien beiseite und holte ihren Mantel.

Punkt fünf Uhr verließ sie das Büro und rannte die Treppen hinunter. Sie nahm sich nicht einmal die Zeit, auf den Aufzug zu warten!

Mit schnellem, entschlossenem Schritt eilte sie zu dem Regierungsgebäude zurück. Einige Meter davon entfernt stellte sie sich so hin, daß sie den Eingang im Auge behalten konnte. Dann wartete sie.

Sie schaute auf ihre Uhr. Es war elf Minuten nach fünf.

Ihr Herz klopfte wild. Was sollte sie sagen?

Wenn sie diesen Mann nun ansprach und sich doch geirrt hatte?

Schlimmer noch, wenn er es tatsächlich war und sich nicht mehr an sie erinnerte?

Vielleicht hielt er sich ja auch gar nicht mehr in diesem Gebäude auf! Möglicherweise war er nur einmal kurz hineingegangen. Oder wenn er tatsächlich drinnen war, kam er vielleicht erst in einigen Stunden wieder heraus.

Das Ganze ist höchst töricht, sagte sie sich. Was dachte sie sich denn? Es gab keine Märchen! Man schrieb das Jahr 1961 ... sie lebte im Ostsektor der Stadt ... zwanzig Jahre waren seither vergangen!

Langsam drehte sie sich um und ging weiter. Sie benahm sich wirklich wie ein unvernünftiges Mädchen! Es war an der Zeit, die ganze Sache zu vergessen.

Nach einigen Schritten blieb sie wieder stehen.

Sie mußte es wissen ... sie mußte es einfach herausfinden!

Schnell ging sie zu der Stelle zurück, wo sie gewartet hatte, den Blick fest auf das Gebäude vor sich gerichtet. Was hatte sie schon zu verlieren – sie würde verrückt werden, wenn sie keine Klarheit bekäme.

Die Tür des Gebäudes öffnete sich.

Aufmerksam betrachtete sie die Gruppe von Männern und Frauen, die herauskamen.

Nein, er war nicht dabei.

Wieder heftete sich ihr Blick fest auf die Tür. Sie öffnete sich wieder, doch heraus kam nur ein älterer Herr.

Eine Zeitlang tat sich gar nichts.

Sie schaute auf ihre Uhr.

Fünfundzwanzig Minuten nach fünf.

Es hatte keinen Zweck. Es war schon viel zu spät. Was hatte sie sich nur gedacht? Eine erwachsene Frau ließ sich von ihren Träumen irreführen! Was war sie doch für eine Närrin zu glauben –

Fünfundzwanzig Minuten nach fünf!

Plötzlich fiel es ihr wieder ein!

Sofort drehte sie sich um und rannte den Bürgersteig entlang in die Richtung, aus der sie fünfundzwanzig Minuten zuvor gekommen war.

Wie hatte ihr das nur passieren können!

So viel hing von ihr ab, und sie hatte die Fotos in ihrer Manteltasche vollkommen vergessen! Genau um zwanzig Minuten nach fünf hatte sie sie ihrem Kontaktmann übergeben sollen.

Alles war bis ins kleinste Detail vorbereitet und geplant gewesen. Die Regeln hatten sie schon vor Jahren festgelegt, damals, als sie beschlossen hatten, daß sich jeder eine Wohnung in einem anderen Sektor der Stadt nimmt.

Wenn der andere nach drei Minuten nicht da ist, wird nicht länger gewartet. Man beobachtet aus sicherer Entfernung, ob der Kontaktmann doch noch kommt, nur für den Fall. Nach sechs Minuten verschwindet man so schnell und unauffällig wie möglich. Sollte tatsächlich etwas schiefgegangen sein, könnte es gefährlich sein, noch länger zu warten.

Schwitzend erreichte sie das Café. Sie verlangsamte ihren Schritt und atmete tief durch.

Ungeachtet der Aufmerksamkeit, die sie durch ihre derangierte Erscheinung auf sich zog, betrat sie das Café. Schnell schaute sie sich um. Ein Blick auf die Uhr an der Wand bestätigte ihr, was sie schon wußte – sechs Minuten nach halb sechs.

Viel zu spät!

Niedergeschlagen verließ sie das Café und begab sich auf den Heimweg.

Sie faßte in ihre Tasche.

Wenigstens waren die Fotos noch in Sicherheit, obwohl sie mittlerweile schon in Händen derer sein sollten, die sie zu nutzen verstanden.

Von Selbstvorwürfen geplagt kam sie zu Hause an. Sie wußte, es gab keinen anderen Weg, als es bei der nächstmöglichen Gelegenheit noch einmal zu versuchen.

Wann das jedoch sein würde, konnte sie nicht sagen.

9

Das Wiedersehen

Zerschlagen kroch sie am nächsten Morgen aus dem Bett. Sie war erschöpft, doch entschlossen, den gestrigen Tag hinter sich zu lassen.

Den Umschlag würde sie gut in ihrer Wohnung verstecken. Heute wollte sie einen anderen Weg zur Arbeit nehmen. Es hatte keinen Sinn, *diese* Erinnerungen wieder hochkommen zu lassen. Auf dem Heimweg würde sie versuchen, ein Telefon zu finden, um eine neue Verabredung zu treffen.

Langsam schleppte sich der Tag hin.

Doch so sehr sie sich auch bemühte, sie konnte die Erinnerungen nicht verdrängen.

Es ist lächerlich, sagte sie sich mindestens fünfzehnmal. Er konnte es gar nicht sein!

Um fünf Uhr hatte sie die Aufregung wieder gepackt.

Sie konnte es nicht ändern!

Als sie das Gebäude verließ, ging sie wieder wie gestern die Kurfürstenstraße entlang. Daß sie eine Telefonzelle suchen und ihren Kontaktmann anrufen mußte, hatte sie vollkommen vergessen.

Genau wie am Tag zuvor verlangsamte sie ihre Schritte, als sie das Regierungsgebäude erreichte. Dann blieb sie stehen und nahm ihren Beobachtungsposten in einiger Entfernung wieder ein.

Mit klopfendem Herzen beobachtete sie, wie hier und da ein Mann das Gebäude verließ.

Es kann doch nicht sein, sagte sie sich immer wieder – *was tue ich hier überhaupt?*

Und doch konnte sie nicht anders. Sie mußte es wissen!

Die Tür öffnete sich.

Ein Mann kam heraus, stieg die Treppe hinab und kam auf sie zu.

Sie rang nach Atem und blinzelte, um besser sehen zu können.

Er kam näher, dann ging er kaum einen Meter entfernt an ihr vorbei.

Was dachte sie sich denn? Das war ein vollkommen fremder Mann! Ihre Phantasie spielte ihr einen Streich, so daß sie keinen Blick mehr hatte für die Realität.

Das ganze Unternehmen war idiotisch. Sie würde nach Hause gehen.

Entschlossen machte sie sich auf den Weg. Um in den Ostsektor zu gelangen, mußte sie an dem betreffenden Gebäude vorübergehen.

Wieder konnte sie nicht anders, als noch einmal zur Tür hinaufzuschauen.

Plötzlich hielt sie den Atem an.

Die Tür öffnete sich erneut.

Ein Mann trat heraus.

Es war derselbe marineblaue Anzug, den sie gestern morgen gesehen hatte!

Er kam die Treppe hinunter, direkt auf sie zu!

Ihr Herz klopfte zum Zerspringen! Wenn nun ... aber er würde sich niemals an sie erinnern! Warum ... warum hatte er in den ganzen Jahren nicht geschrieben ... warum jetzt?!

Oh, Gott, was soll ich nur sagen? dachte sie. *Oh, wie ich aussehe, und er ist eine so blendende Erscheinung! Es war ein Fehler!*

Im Aufruhr ihrer Gefühle drehte sie sich auf einmal um, damit sie nicht gesehen werden konnte, und bedeckte ihr Gesicht mit den Händen.

Sie spürte, wie er auf dem Bürgersteig an ihr vorbeiging. Ihr wurde ganz warm ums Herz. Er war es.

Sobald seine Schritte hinter ihr verklungen waren, nahm sie die Hände vom Gesicht. Langsam drehte sie sich um.

Ohne es bewußt zu wollen, folgte sie ihm, den Blick fest auf seinen Rücken etwa zehn Meter vor ihr gerichtet. Diese Begegnung hatte sie so erschöpft, daß sie mit seinem schnellen Gang nicht Schritt halten konnte. Sie blieb weit hinter ihm zurück.

Er näherte sich einem der Gebäude in der Nähe des amerikanischen Konsulats.

Unter Aufbietung aller Kräfte beschleunigte sie ihren Schritt und versuchte zu rufen. Doch ihre Kehle war wie zugeschnürt, und sie brachte nicht mehr als ein Krächzen zustande.

Auf einmal blieb er stehen. Irgendwie fühlte er sich getrieben zurückzublicken.

Sofort blieb auch sie stehen, doch diesmal schaute sie nicht weg.

Er wurde blaß. Ein fragender und ungläubiger Ausdruck legte sich auf sein Gesicht.

Sie versuchte sich zu bewegen.

Ihre Füße waren wie festgemauert. Sie bemühte sich, einen Ton herauszubringen, doch ihre Stimme versagte.

Ungläubig den Blick auf sie gerichtet, kam er auf sie zu.

Nur wenige Zentimeter von ihr entfernt blieb er erneut stehen, auf seinem Gesicht war Freude, Ungläubigkeit und Verwirrung zu lesen.

Nichts hatte diesen Blick aus ihrer Erinnerung verdrängen können.

Einige Sekunden vergingen.

„*Sabrina!*" flüsterte er. „Bist du es wirklich?"

Bevor sie noch wußten, wie ihnen geschah, lagen sie sich in den Armen und ließen ihren Tränen freien Lauf. Zärtlich strich er ihr übers Haar.

„*Matthew*", murmelte sie. „Ich ... ich hatte solche Angst, daß du dich nicht an mich erinnern würdest."

„Ich sollte mich nicht an dich erinnern, Sabrina?" fragte er. „Ich habe nichts vergessen. Niemals könnte ich vergessen."

„Ich auch nicht", seufzte sie leise, dann legte sie ihren Kopf zufrieden an seine Schulter. Sie fühlte sich sicherer und ruhiger, als sie es in den vergangenen sechzehn Jahren je getan hatte.

10

Wieder vereint

Nie waren zwei Stunden so schnell vergangen.

Es war bereits halb acht und der Abend immer noch mild. Matthew McCallum und die Frau, die er dreiundzwanzig Jahre zuvor bei einem Gartenfest in ebendieser Stadt als Sabrina von Dortmann kennengelernt hatte, saßen sich in einem Straßencafé gegenüber.

Die Dämmerung würde erst in mehreren Stunden hereinbrechen. Keiner von beiden achtete darauf, wie die Zeit verging; auch dem leichten Abendessen, das sie zu sich genommen hatten, hatten sie wenig Beachtung geschenkt. Sie redeten und redeten, und doch konnten sie in dieser kurzen Zeit die vergangenen Jahre nicht aufholen.

„Oh, Matthew", seufzte Sabrina schließlich, „du kannst dir nicht vorstellen, wie gut es tut, wieder einmal so reden zu können. Aber ich fürchte, ich kann nicht länger bleiben."

„Warum nicht?"

„Es würde auffallen. Augen gibt es überall."

„Werdet ihr wirklich so genau überwacht?"

„Eigentlich nicht, obwohl es immer schwieriger wird. Aber ich meinte Nachbarn und Bekannte. Die Menschen beobachten sich gegenseitig."

„Ich habe die Berichte gelesen, das aber nicht so ernst genommen."

„Es ist eine ganz andere Welt dort drüben", antwortete Sabrina und deutete mit dem Kopf gen Osten. „Ich kann es immer noch nicht glauben. Mitarbeiter von Präsident Kennedy – dein Traum ist Wirklichkeit geworden!"

„Mein Traum?"

„Du hast immer gesagt, daß du in die Fußstapfen deines Vaters treten und in die Politik gehen wolltest."

„Ich wußte gar nicht, daß ich mich schon so früh festgelegt hatte."

„Du warst immer ein Diplomat", lachte Sabrina. „Erinnerst du dich, wie du versucht hast, uns aus den Schwierigkeiten mit Gustav, unserem Nachbarn, zu helfen?"

„Das könnte ich nie vergessen", erwiderte Matthew und stimmte in ihr Gelächter mit ein. „Aber ich war nicht sehr erfolgreich."

„Nein, aber du warst sehr tapfer und hast mich vor diesem Kerl beschützt."

„Davon weiß ich nichts mehr. Doch in deiner Bewertung dieses Burschen stimme ich mit dir überein."

„Und nach diesen bescheidenen Anfängen bist du nun ein

wichtiger Mann geworden, der für den amerikanischen Präsidenten arbeitet."

Matthew nickte nachdenklich. „Jacks Wahl hat meiner diplomatischen Laufbahn nicht gerade geschadet", sagte er.

„Was genau ist dein Aufgabenbereich?"

„Vor allem beschäftige ich mich mit Verhandlungen und Diskussionen über Chruschtschows geplanten Friedensvertrag mit der DDR. Ich arbeite sozusagen als Friedensstifter und Zaunflicker. Im wesentlichen tue ich alles, was mir der Präsident oder der Außenminister auftragen."

„Wird es einen Vertrag geben?"

„Du meinst zwischen Rußland und der DDR? Ich hoffe nicht. Das würde den freien Status West-Berlins sehr gefährden."

„Ich verstehe nicht, warum."

„Ein solcher Vertrag würde ein geteiltes Deutschland legitimieren. Adenauers Ziel, und auch das unsrige, ist die Vereinigung der beiden Teile Deutschlands zu einem freien und demokratischen Staat. Alle, angefangen von Bundeskanzler Adenauer über Willy Brandt bis hin zu den Briten, und auch wir Amerikaner sind uns darin einig, daß durch Chruschtschows Vorschlag unsere Gespräche über eine Vereinigung von vornherein zum Scheitern verurteilt sind."

Sie schwiegen eine Weile.

„Ich glaube, ich sollte jetzt wirklich nach Hause gehen", meinte Sabrina schließlich. „Vielen Dank für das Abendessen, Matthew."

„Darf ich deine Arbeitspapiere sehen?" fragte er.

Sabrina zögerte einen Augenblick. Ihr war nicht klar, warum er sie danach gefragt hatte. Er bemerkte ihren seltsamen Gesichtsausdruck.

„Wenn du es nicht möchtest, brauchst du sie mir nicht zu zeigen", meinte er. „Ich war nur ein wenig neugierig."

„Nein ... nein, das ist schon in Ordnung", erwiderte Sabrina und öffnete ihre Tasche. Sie holte ihre Papiere heraus und gab sie Matthew. Er überflog sie schnell.

„Karin Rosenblatt", meinte er verwirrt. „Wer ist das?"

„Ich fürchte, das bin ich. Karin Rosenblatt ist mein neuer Name."

„Aber warum?"

Wieder legte sich derselbe unerklärliche Ausdruck auf ihr Gesicht. „Das ist eine lange Geschichte, Matthew", antwortete sie nach kurzem Zögern. „Dafür ist jetzt keine Zeit mehr."

„Das antwortest du mir auf die Hälfte aller meiner Fragen", sagte er ein wenig enttäuscht.

Sie lächelte traurig, sagte jedoch nichts, um ihm eine Erklärung zu geben.

Matthew erhob sich, bezahlte, und sie verließen das kleine Café.

„Ich begleite dich noch bis zur Grenze", meinte er. „Unterwegs kannst du mir die Geschichte erzählen."

„Dafür ist sie zu lang", antwortete sie. Sie behielt für sich, daß sie sie ihm nicht erzählen wollte. Wenigstens noch nicht. Wie konnte sie wissen, wie er auf die geheimen Aktivitäten der Karin Rosenblatt reagieren würde? Viele Amerikaner leugneten immer noch, daß es heutzutage überhaupt ein jüdisches Problem in Europa gab, genau wie ihre Freunde, die Westdeutschen. Sich mit dem Judenproblem in Rußland zu beschäftigen würde bedeuten, die Aufmerksamkeit der Welt wieder auf die Vergangenheit Deutschlands zu richten – und das wollten sowohl West- wie Ostdeutschland lieber vermeiden.

„Dann werde ich dich morgen treffen. Ich bestehe darauf, jede deiner sogenannten langen Geschichten zu hören."

Bei diesen Worten machte Sabrinas Herz einen Sprung, doch ihr Verstand sagte ihr, daß sie vorsichtig sein mußte.

„Ich habe nicht zu hoffen gewagt, daß du mich wiedersehen möchtest", meinte sie.

„Machst du Witze? Sabrina, ich habe neunzehn Jahre lang darauf gewartet!"

„Aber sieh mich doch nur an. Ich bin ... ich bin nur eine arme Arbeiterin. Nicht mehr die Frau –"

„Sabrina, bitte", unterbrach sie Matthew.

„Aber sieh doch nur, wie du gekleidet bist. Alles hat sich verändert. Du bist ein wichtiger Mann. Du solltest nicht mit mir gesehen werden."

„Jetzt, wo ich dich gefunden habe", beharrte Matthew, „werde ich mich nicht mit einem kurzen Besuch zufrieden geben."

„Aber ist es dir denn nicht peinlich –"

„Sabrina, Sabrina", unterbrach Matthew sie erneut. „Nichts könnte abwegiger sein. Wir treffen uns morgen am Konsulat, um fünf Uhr."

„Ich arbeite bis fünf Uhr."

„Dann eben ein paar Minuten später. Ich werde auf dich warten. Wir werden wieder zusammen essen gehen und dann Pläne schmieden fürs Wochenende."

„Für das Wochenende?"

„Natürlich! Ich habe das ganze Wochenende frei!"

„Aber Matthew, du brauchst doch nicht –"

„*Sabrina*", unterbrach Matthew sie zum drittenmal. „Ich *möchte* dich wiedersehen."

Sie nickte und wendete ihren Blick ab. Mittlerweile waren sie in der Nähe der Grenze angekommen. Den Rest des Weges legten sie schweigend zurück.

Ihr Abschied fiel kurz aus. Matthew erinnerte sie noch einmal an ihre Verabredung und erkundigte sich nach der Adresse ihrer Arbeitsstelle.

Mit Tränen in den Augen machte sich Sabrina auf den Weg zu ihrer Wohnung. Viele Gedanken gingen ihr im Kopf herum. Sie hätte niemandem erklären können, warum sie weinen mußte.

Sie verstand es ja selbst kaum, warum diese Begegnung sie so tief berührt hatte.

Erst sehr viel später fiel ihr ein, daß sie die Fotos vollkommen vergessen hatte.

11

Ein kurzes Treffen

Am folgenden Nachmittag trafen sich Matthew und Sabrina erneut zum Abendessen. Obwohl sie nur wenig Zeit hatten, fiel es Sabrina nun doch leichter, über Dinge zu sprechen, an die sie seit Jahren nicht mehr gedacht hatte.

Nachdem sie ihre Bestellung aufgegeben und über den kommenden Tag gesprochen hatten, drehte sich ihr Gespräch um die Vergangenheit.

Sabrina war erleichtert, daß Matthew sie nicht wieder nach ihrem neuen Namen fragte. Solange sie ihre gegenwärtigen Aktivitäten verheimlichen konnte, hatte sie nichts dagegen, mit ihm über andere Dinge zu sprechen.

Er fragte nach dem Krieg und wie ihre Familie ihn überstanden hatte.

Sabrina schwieg eine Weile. Sie war mit den Gedanken weit weg, durchlebte die ganze Zeit seit ihrer letzten Begegnung mit Matthew noch einmal neu. Als sie schließlich zu erzählen begann, klang ihre Stimme schwer und müde.

„Der Krieg hier war schrecklich, Matthew“, begann sie. „Alles, was du und dein Vater über die Nazis gesagt hattet, ist tatsächlich eingetreten. Wir haben uns sehr bemüht, den Verfolgten zu helfen. Mein Vater und meine Mutter hatten es sich zur Aufgabe gemacht, Juden zu beschützen, wir versteckten sie im *Lebenshaus.* Doch diejenigen, die halfen, waren auch immer in Gefahr, und schließlich mußten wir fliehen.“

„Fliehen – du meinst, ihr mußtet Deutschland verlassen?“ fragte Matthew.

„Wir wurden gewarnt –“

„Wann?“

„Das war 1944. Man sagte uns, mein Vater sei in großer Gefahr. Mitten in der Nacht haben wir das *Lebenshaus* verlassen. Mein Vater wurde verhaftet, doch meine Mutter und ich konnten in die Schweiz fliehen.“

Kurz schilderte sie ihm die Ereignisse jener schicksalhaften Nacht, die Verhaftung ihres Vaters und ihre Reise in die Schweiz.

„Aber gestern hast du mir erzählt, deine Mutter hätte den Krieg nicht überlebt."

„Sie starb, als der Krieg schon fast zu Ende war", sagte Sabrina traurig. „Und ihr Tod hatte mit dem Krieg nichts zu tun. Schuld daran war eine Viruserkrankung. Und natürlich gab es wenig Medikamente und Ärzte, auch in der Schweiz. Oh, wie sehnte ich während jener Tage unseren Dr. Abrahams herbei. Meinen Vater im Gefängnis zu wissen und nun auch noch meine Mutter zu verlieren war fast mehr, als ich ertragen konnte. Obwohl jene letzten Stunden mit meiner Mutter zu den kostbarsten Stunden meines Lebens gehören."

„Was ist aus eurem Freund, dem Doktor, geworden?"

„Wahrscheinlich ist er gefangengenommen worden und in einem der Konzentrationslager umgekommen. Er war zu bekannt, und sein Name verriet zu deutlich seine jüdische Abstammung. Er war der Cousin meiner Mutter – wußtest du das?"

„Nein, das wußte ich nicht", antwortete Matthew. „Du hast mir nur erzählt, daß auch deine Mutter Jüdin gewesen ist."

„Macht es dir etwas aus, daß ich es dir nicht schon früher erzählt habe?"

„Natürlich nicht. Damals hat man so etwas nicht einmal den besten Freunden erzählt."

„Ich hatte Angst, du würdest es nicht verstehen."

„Du sagtest, deine letzten Stunden mit deiner Mutter seien besonders schön gewesen?"

Ein trauriges Lächeln legte sich auf Sabrinas Gesicht, als sie an den letzten Tag im Leben ihrer Mutter dachte.

„Sogar noch im Sterben – wir beide wußten es, weil einige andere im Dorf ihr vorangegangen waren – schien sie große Kraft zu bekommen. Keine körperliche Kraft natürlich, sondern geistliche Kraft. Es ist nicht so, daß sie im Schatten meines Vaters gestanden hätte, aber er war ein so dynamischer und kraftvoller Mensch, und sie hatte keinen anderen Wunsch, als seine Ehefrau zu sein. Nach Papas Verhaftung waren Rabbi Wissen und Jakob Kropf die Führer unserer kleinen Schar auf dem Weg in die Schweiz.

Doch während dem Jahr in der Schweiz, vor allem während der Abwesenheit des Rabbis, begannen die anderen aus unserer Gruppe und sogar die Leute aus dem Dorf – Juden und Christen und sogar Jakob selbst, glaube ich – zu Mama aufzublicken; sie suchten bei ihr Rat und Unterstützung und auch geistliche Kraft. Die Verhaftung meines Vaters schien sie trotz ihrer Trauer über sich selbst hinauswachsen zu lassen. Das ist schwer zu erklären, Matthew, doch ich entdeckte Züge in ihrem Gesicht, einen Ausdruck in ihren Augen, die mich an Papa erinnerten. Wenn sie sprach, war es, als würde ich Papa zuhören.

Ich nehme an, erst in diesem Jahr in der Schweiz erkannte ich richtig, welch tiefes Einssein zwischen den beiden bestand. Obwohl alle im *Lebenshaus* zu Papa als geistlichem Leiter aufgeblickt hatten, wurde mir klar, daß Mama dieselbe Stellung innehatte, wenn auch im Hintergrund."

Sabrina schaute wehmütig beiseite.

„Du brauchst nicht weiterzuerzählen, wenn du nicht möchtest", meinte Matthew.

„Doch, ich möchte schon. So traurig die Erinnerung daran einerseits auch ist, so schön ist sie andererseits." Sabrina lachte leise. „Da erzähle ich dir vom Tod meiner Mutter und sage, es sei schön gewesen! Du mußt mich für recht seltsam halten."

„Nicht mehr als damals, als ich dich kennenlernte", erwiderte Matthew. „Du steckst eben immer voller Überraschungen!"

Er schaute auf seine Uhr.

„Es tut mir leid, aber ich muß gehen. In fünfzehn Minuten habe ich noch eine Verabredung."

Sie erhoben sich und verließen das kleine Café.

„Bis morgen dann", sagte Matthew.

12

Das neue Regime

Die Verwüstungen des Krieges schufen seltsame Bundesgenossen.

Die unerwarteten Segnungen des Friedens jedoch stellten noch seltsamere und unpassendere Verbündete zusammen. Dieses Volk würde er nie verstehen können. Doch das war in diesem neuen Regime auch nicht wichtig. Man mußte nur wissen, wo die Macht lag, nichts weiter.

Wenn also seine von ihm insgeheim verachteten Kollegen und Mitarbeiter stiefelleckende Aufsteiger waren, so bedeutete dies für ihn nur eine weitere Herausforderung.

Ihm war beigebracht worden, die Russen zu verachten. Und nun waren sie seine Verbündeten und Vorgesetzten. Sie nannten *ihn* Genosse!

Manchmal haßte er es. Manchmal mußte er darüber lächeln.

Es gab keine „Genossen" in diesem tödlichen Roulette um die Loyalität, das die Russen spielten. Mißtrauen, Selbsterhaltungstrieb, Furcht und vorgetäuschte Treue dem System gegenüber – sie waren das Öl im Getriebe, das diesen riesigen Apparat namens „kommunistischer Staat" in Gang hielt, wenn auch unwirtschaftlich und unproduktiv.

Sein ganzes Leben lang hatte er sich angepaßt. Warum sollte es nun anders sein? Zuerst war es die Liebe seiner Mutter, dann die hohen Erwartungen seines Vaters, danach die Ansprüche der Gestapo an ihn.

Er hatte den Nationalsozialismus überlebt.

Er war hart geworden, hatte um seine Seele die stählerne Waffenrüstung der Leidenschaftslosigkeit gezogen. Und die hatte ihn während jener schwierigen Nachkriegstage beschützt, als man Schutz nötig hatte, um am Leben zu bleiben.

Flüchtig überflog er die Papiere auf seinem Schreibtisch.

Nein, da gibt es wirklich nichts, sagte er sich. *Wieder eine Sackgasse.*

In diesem Augenblick öffnete sich die Tür zum Büro des Bezirksleiters. Ein junger Mann kam mit einem braunen Aktenordner in der Hand herein.

„Ich habe die Dossiers, die Sie angefordert haben", sagte er.

„Sehr gut, Galanow. War es schwer, sie zu bekommen?"

Der junge Mann, der etwa Anfang Zwanzig sein mochte, lächelte verschlagen. „Nicht übermäßig."

„Das Angebot war in Ordnung?"

„Zusammen mit dem Hinweis auf den KGB war er nur zu gern bereit, mir die Akten zu überlassen."

„Haben Sie sie schon durchgeschaut?"

„Flüchtig."

„Irgendeinen Hinweis auf das Mädchen?"

„Welches Mädchen, Genosse? Die Frau, die in Warschau gesehen wurde oder die andere, die Sie –"

„Auf beide!" unterbrach ihn der Bezirksleiter ärgerlich.

„Nein, Genosse Schmundt."

Was immer der ältere der beiden Männer noch sagte, ging unter in dem Geräusch der auf den Schreibtisch krachenden Faust.

Der junge russische Agent wartete reglos auf neue Anweisungen.

Der Bezirksleiter beruhigte sich allmählich.

„Hat unser polnischer Kontaktmann noch irgend etwas zu der verpfuschten Überwachung Anfang dieser Woche gesagt?" fragte er vorsichtig.

„Er hat die Zeugen in der Umgebung befragt. Jemand hat gesehen, wie eine Frau in einen Wagen stieg. Er wird immer noch verhört."

„Wo kam der Wagen her?"

„Er hatte deutsche Nummernschilder."

„Welche Stadt?"

„Berlin."

„Das dachte ich mir. Mittlerweile ist die Information wahrscheinlich bereits in den Westen gelangt. Doch er soll weitermachen."

„Wir versuchen, eine bessere Beschreibung des Wagens zu bekommen, und wir haben eine oder zwei Nummern des Nummernschildes."

„Wie ist es möglich, daß Zeugen etwas gesehen haben und Ihr Mann nichts bemerkt hat?"

„Offensichtlich war die fragliche Frau sehr attraktiv – nicht von der Sorte, wie die Polen sie jeden Tag zu Gesicht bekommen. Obwohl sie ärmlich gekleidet war, hat sie anscheinend tiefen Eindruck gemacht. Da war ein Mann, der ihr half, ihren Wagen in Gang zu bekommen."

Der Bezirksleiter dachte kurz über diese Information nach. Ihm war nicht ganz klar, was sie zu bedeuten hatte. Jedoch behielt er seine Gedankengänge für sich.

„Durchkämmen Sie auch weiterhin das betreffende Gebiet", befahl er schließlich. „Setzen Sie alles ein, was nötig ist. Wenn es uns gelingt, das Nummernschild auch nur teilweise zusammenzusetzen oder das Modell des Wagens herauszubekommen, können wir vielleicht die Spur aufnehmen, auch wenn sie mittlerweile kalt ist."

„Jawohl, Genosse Schmundt. Ich werde dafür sorgen, daß Ihre Anweisungen ausgeführt werden."

„Halten Sie mich persönlich auf dem Laufenden. Ich möchte, daß alle Berichte zwischen Ihnen und mir bleiben, Galanow, ist das klar?"

„Jawohl, Genosse Schmundt."

„Das ist alles für heute."

13

Verbindende Elemente

„Seien Sie unter der üblichen Nummer erreichbar. Ich werde in genau zwei Stunden anrufen."

Darauf war die Leitung tot.

Eine Stunde und fünfzig Minuten später stand er bereit. Beim ersten Klingeln nahm er den Hörer ab.

„Sie müssen sich für mich einer Sache höchster Dringlichkeit annehmen", sagte eine Stimme.

„Inoffiziell?" erwiderte der junge Mann namens Galanow. „Rufen Sie mich deswegen samstags in meiner Wohnung an?"

„Vielleicht vorerst. Für den Augenblick möchte ich sehen, was Sie herausfinden und mir berichten können."

„Ich verstehe."

„Wichtige Informationen sind durchgesickert."

„Ja, wir haben davon gehört."

„Gewisse Dokumente sind aus dem Land geschmuggelt worden."

„In dem Bericht, den mein Vorgesetzter erhalten hat, waren keine Einzelheiten vermerkt, doch wir haben uns in dieser Angelegenheit umgehört."

„Berlin ist das wahrscheinliche Ziel."

„Was für Dokumente?"

„Fotos."

„Schädliche?"

„Äußerst. Sie würden alle Bemühungen unseres Generalsekretärs in der Berlin-Frage kompromittieren."

„Warum?"

„Wenn diese Fotos in die falschen Hände gelangen und verwendet würden, könnte sich die Weltöffentlichkeit gegen uns wenden, und auch ... meine eigene Position hier wäre gefährdet, und somit auch Ihre. Wir wollten diese Organisation gerade zerschlagen, als die Fotos auf einmal verschwunden waren."

„Die Organisation?“

„Juden.“

„Irgendwelche Hinweise, die hilfreich sein könnten?“

„Nur eine vage Spur, die nach Polen führt ... Warschau, wie wir meinen.“

Galanow antwortete nicht sofort.

„Hmmm ...“, meinte er nach einer Weile. „Auch wir sind von einer Übergabe in Warschau informiert worden. Wir hatten den betreffenden Ort unter Beobachtung –“

„Wurde die Übergabe durchgeführt?“ unterbrach der andere ihn hoffnungsvoll.

„Ja, aber unser Mann hat die Spur verloren.“

Ein lauter Fluch drang an Galanows Ohr.

„Wir versuchen das Modell des deutschen Wagens herauszufinden, der in der Nähe des Übergabeortes beobachtet wurde.“

„Dann möchte ich, daß Sie dieser Angelegenheit oberste Priorität einräumen. Wenn die Möglichkeit besteht, daß der Zwischenfall, von dem Sie sprechen, im Zusammenhang mit den Fotos steht, müssen Sie *alles* tun, was in Ihrer Macht steht, um diese Leute ausfindig zu machen. Kein Preis ist zu hoch dafür. Geben Sie notfalls Bestechungsgelder aus. Töten Sie, wenn es sein muß ... aber gehen Sie dieser Sache auf den Grund!“

„Ich verstehe.“

Galanow hängte ein und ging langsam zu seiner Wohnung zurück.

Es war nicht leicht, für zwei Männer gleichzeitig zu arbeiten, dachte er, vor allem nicht, wenn beide so leidenschaftlich, ja fanatisch nach bestimmten Personen fahndeten.

Er fragte sich, wie lange er diese Gratwanderung durchhalten konnte.

14
Ein Spaziergang durch die Stadt

So sehr Sabrina ihr letztes Treffen auch genossen hatte, als sie abends allein in ihrer Wohnung war, kamen ihr düstere Gedanken.

Matthews Anwesenheit hatte sie in so große Verwirrung gestürzt, daß sie nachdenken mußte.

Ihr Leben hatte sich auf einmal so dramatisch verändert, daß sie nicht so genau wußte, wie sie damit umgehen sollte. Bei ihrem Zusammensein hatte sie alle diese Verwicklungen gar nicht erkannt, doch nun stürmten die Gedanken von allen Seiten auf sie ein.

Nach einem bewölkten und kühlen Morgen kam die Sonne gegen Mittag zum Vorschein. Sabrina beschloß, einen Spaziergang zu machen, einen langen Spaziergang.

Es gab so vieles, über das sie nachdenken mußte.

Als sie das Haus verließ, wandte sie sich nach Osten, nicht nach Westen. Sie war im Augenblick nicht in der Stimmung für das lebhafte Treiben West-Berlins.

Ihre Gedanken drehten sich um Matthew und um die Fotos, die sie immer noch in ihrer Wohnung versteckt hatte.

Sie hatte mit ihrer Kontaktperson ein neues Treffen für Dienstag vereinbart. Doch seit sie Matthew wiedergesehen hatte, überlegte sie, ob sie diese Fotos nicht lieber ihm geben sollte. Es war schwer, ihren Beweisen die nötige Aufmerksamkeit zu verschaffen. Matthew dagegen verkehrte in höchsten diplomatischen Kreisen. Wenn *er* die Fotos den richtigen Leuten übergab, würde die ganze Welt erfahren, was Stalin getan hatte und was immer noch in den entlegenen Gebieten Rußlands geschah. Matthew könnte die Wende herbeiführen, auf die sie gehofft hatten.

Doch konnte sie ein solches Risiko auf sich nehmen? Wieviel wußte sie denn über sein jetziges Leben?

Sie war nicht mehr dieselbe wie damals, als sie sich kennengelernt hatten.

Gab es in ihrem Leben noch Platz für Matthew? Und dann die noch wichtigere Frage – wie weit konnte und *sollte* sie ihm trauen?

Deutschland war ein geteiltes Land, und sie war auf der Seite gelandet, wo Freiheiten, wie Matthew sie genoß, nicht existierten.

So sehr sie Matthew mochte, so wundervoll es war, ihn wiederzusehen, und so sehr sie sich einerseits auch wünschte, sich dieser Freude hingeben zu können, es gab einen Faktor, der schwerer wog als alle anderen – er war Amerikaner.

Sie dagegen war eine Deutsche – eine Ostdeutsche, die in der von Kommunisten regierten DDR lebte.

Zwischen ihnen gab es eine unsichtbare und unüberwindliche Mauer.

Er war nicht nur Amerikaner – er war ein bedeutender amerikanischer Diplomat.

Matthews Loyalität mußte unangetastet bleiben, wie immer auch ihre Gefühle füreinander aussehen mochten. Wenn ihre Geheimnisse nun den Zielen seiner Regierung nicht dienlich waren?

Sie hatte vieles über die Amerikaner gehört. Die Hälfte davon konnte sie nicht glauben. Sie traute den Kommunisten nicht. Informationen wurden nur gefärbt weitergegeben.

Und doch wurde immer wieder verbreitet, die Vereinigten Staaten würden aus egoistischen Gründen dem Weltfrieden im Wege stehen. Es konnte kein Zweifel daran bestehen, daß die Spannungen in Berlin von Tag zu Tag größer wurden. Man erzählte sich, der amerikanische Präsident sei ein Kriegshetzer, der Europa täglich weiter an den Abgrund dränge und nur darauf warte, den, wie sie es nannten, Atomknopf zu drücken. Für einen solchen Menschen konnte Matthew doch nicht arbeiten. Und trotzdem gab das Gerede ihr zu denken.

Wenn es nun tatsächlich stimmte?

Konnte sie riskieren, ihre Informationen an solche Leute weiterzugeben?

Selbst wenn es nicht stimmte, selbst wenn Matthew ihrer Sache positiv gegenüberstand – er war anderen Menschen doch sehr viel mehr verpflichtet als ihr, einer alten Jugendfreundin. Wenn sie sich ihm nun anvertraute und dann jemand anderer in seiner Regierung es für nötig erachtete, ihre Organisation zum Schweigen zu bringen?

Und wer sagte überhaupt, daß Matthew ihrer Sache positiv gegenüberstand?

Sie konnte das nicht wissen. Er hatte sich vielleicht genauso sehr verändert wie sie.

Und wem galt *ihre* Loyalität? Wenn sie sich zu entscheiden hätte zwischen der Organisation und Matthew, würde ihr die Entscheidung nicht so leicht fallen wie noch zwei Wochen zuvor.

Ach, es gab zu viele Fragen!

So gern sie Matthew auch wiedersehen wollte, allein seine Anwesenheit stürzte sie in so große Verwirrung, daß sie nicht wußte, ob sie das würde ertragen können.

Als Sabrina drei Stunden später zu ihrer Wohnung kam, war sie der Lösung des Problems noch keinen Schritt näher gekommen.

15

Kontaktaufnahme

Es war Dienstag.

Matthew hatte erfolglos versucht, sich noch einmal mit Sabrina zu treffen. Er hatte ihr einen Ausflug am Sonntag vorgeschlagen, doch sie hatte sich herausgeredet und gesagt, sie sei an diesem Tag beschäftigt.

Das hatte er seltsam gefunden, hatte sie ihr Leben doch als so langweilig und trübsinnig geschildert.

Diese Woche war vollgepackt mit Verpflichtungen, doch bis halb acht an diesem Abend war er frei. In der Hoffnung, daß sie zusammen zu Abend essen könnten, wartete er nach Dienstschluß auf dem Bürgersteig neben dem Eingang auf sie.

Zwei Minuten nach fünf kam Sabrina heraus.

„Matthew!" rief sie, als er auf sie zukam. Ihre Stimme verriet Erstaunen, aber auch Nervosität. Unbewußt zog sie ihren Mantel etwas enger um sich, obwohl es seit Sonntag erheblich wärmer geworden war.

„Ich habe mich etwas früher freigemacht", sagte er. „Um halb acht habe ich noch eine Verabredung, doch ich dachte, wir könnten vielleicht zusammen zu Abend essen."

„Es tut mir leid, Matthew", erwiderte sie. „Heute abend kann ich nicht."

„Erzähl mir nicht, daß du auch eine dringende Verabredung hast!" meinte er lachend.

Sabrina antwortete nicht. Sie gingen zusammen den Bürgersteig entlang.

„Eine Stunde wirst du doch sicher erübrigen können", sagte Matthew. „Mußt du wirklich so früh schon nach Hause?"

„Ich kann einfach nicht, Matthew. Ich ... ich habe noch eine Verabredung."

„Wird das lange dauern?"

„Nein ... nicht lange."

„Dann gehe ich mit dir, und wir essen danach zu Abend", schlug er vor.

„Bitte, Matthew – es ist etwas, das ich allein tun muß – vielleicht ein anderes Mal."

„Wie wär's am Donnerstag?"

„Ja ... ja, das wäre schön."

„Gut. Ich bin um fünf Uhr hier."

Matthew starrte Sabrina verwirrt nach. Sie schaute nicht zurück.

*

Sabrinas Herz klopfte zum Zerspringen. Warum mußte er ausgerechnet an diesem Tag auftauchen?

Ihr wurde ganz heiß beim Gedanken an den Umschlag in ihrer Manteltasche. Es war, als würden die Fotos danach schreien, in *seinen* Besitz zu gelangen!

Doch sie wollte sich nicht wieder verwirren lassen, nachdem sie beschlossen hatte, den Umschlag zu übergeben wie immer.

Um fünf Uhr neunzehn betrat sie das kleine Café und setzte sich an einen Tisch in der äußersten Ecke.

Um fünf Uhr einundzwanzig kam eine andere Frau herein. Sie war vielleicht sechs oder sieben Jahre jünger als Sabrina, und sie setzte sich ihr gegenüber.

„Guten Abend, Ursula", sagte Sabrina leise.

„Wie geht es dir, meine Freundin?"

„Gut, obwohl mich vieles beschäftigt."

„Unangenehme Dinge?"

Sabrina nickte.

„Ich wünschte, du würdest in den Westen kommen. Das Leben ist hier sehr viel besser."

„Die Arbeit muß weitergehen. Jemand muß vor Ort sein."

„Aber es gibt doch noch nicht einmal genügend zu essen."

„Ich komme ganz gut zurecht. Gott ist treu, ich kann mich nicht beklagen."

„Es gibt andere, die deinen Platz einnehmen könnten."

„Niemand, dem die Sache so am Herzen liegt wie mir. Vielleicht werde ich irgendwann einmal zu dir kommen, doch erst wenn Gott mir klarmacht, daß dies sein Plan für mich ist."

„Ich vermisse dich schrecklich."

„Ich dich auch."

Es entstand eine kurze Pause. Ihre Begegnungen waren immer viel zu kurz, doch das war der Preis, den beide bereit waren zu zahlen, als sie vor einigen Jahren diese Abmachung getroffen hatten. Es war ihnen in diesem Leben nicht vergönnt, glücklich zu sein.

„Du hast eine Lieferung für mich?"

„Ich hatte ... aber ..."

Sabrina zögerte.

„Aber was?"

„Ich bin der Meinung, daß wir besser noch ... das heißt, es könnte sein, daß sich uns ein neuer Weg öffnet. Ich ... ich bin der Meinung, ich sollte noch warten."

„Worauf warten?"

„Darauf, daß wir für die Information, die ich besitze, bessere Verwendung finden können als bei unseren eigenen Leuten hier im Westen."

„Ich verstehe dich nicht."

„Ich kann das jetzt nicht erklären", sagte Sabrina, die sich auf einmal entschloß, die Fotos noch zurückzuhalten. „Du mußt mir vertrauen."

„Natürlich vertraue ich dir, aber –"

„Es könnte sein, daß sich uns ein effektiverer Weg auftut, als wir ihn bisher zur Verfügung hatten. Ich kann nicht mehr sagen, bis ich es selbst weiß. Doch wir waren jetzt lange genug zusammen – ich muß gehen."

Sabrina erhob sich.

Ihre Freundin schaute sie verwirrt an. Das sah Sabrina so gar nicht ähnlich.

Sabrina bemerkte ihre Verwirrung. Sie ergriff die Hand der Freundin und drückte sie.

„Mach dir keine Sorgen", sagte sie. „Wir werden rechtzeitig erkennen, welches der beste Weg ist. Ich werde dir früh genug Bescheid geben", fügte sie lächelnd hinzu.

Sabrinas warmer Blick zerstreute die Besorgnis der anderen für den Augenblick. Sie gab den Händedruck zurück und lächelte.

„Dein Vater läßt dich grüßen", sagte Sabrina.

„Du hast ihn gesehen!"

„Er hat mir dieses Päckchen gegeben."

„Geht es ihm gut?"

„Sehr gut."

„Gott sei Dank!"

„Ich muß jetzt gehen. Alles Gute, meine Schwester."

„Dir auch."

16

Ein weiteres Treffen

Am Donnerstag hatte Matthew zum erstenmal in dieser Woche einen ganzen Abend frei.

Um kurz vor fünf ging er zu Sabrinas Büro, nahm den Aufzug und wartete im Flur auf sie.

Diesmal würde er mit ihr zu Abend essen und keine Ausrede gelten lassen. Sein Terminkalender war ziemlich vollgepackt, und erst am Sonntag würde er wieder frei haben. So lange wollte er nicht warten.

Doch er hätte sich keine Gedanken zu machen brauchen. Sabrina war nur zu gern bereit, mit ihm auszugehen. Sie suchten sich ein nettes Lokal, und schon bald waren sie in eine Unterhaltung vertieft.

Matthew fragte nach dem Baron, und Sabrina erzählte ihm mehr über das Schicksal ihres Vaters.

„Es gab Berichte, die besagten, die Nazis hätten meinen Vater nicht getötet", sagte sie. „Darum hoffte ich ihn nach dem Krieg zu finden."

„Du hast seither nichts von ihm gehört?"

Sabrina schüttelte den Kopf. „Immer wieder hörten wir, er sei noch am Leben, doch nichts weiter. Nein, wir hatten keinen direkten Kontakt zu ihm. Als die Alliierten in Berlin einmarschierten und der Krieg zu Ende war, nahm ich natürlich an, daß er entlassen werden würde. Dies war damals eine sehr schwierige Zeit, mußt du wissen, Matthew. Deutschland war zusammengebrochen. Überall herrschte Chaos und Unsicherheit. Niemand wußte, was werden würde. Überall wimmelte es von russischen, amerikanischen und britischen Soldaten, und vor den Russen hatten wir genauso viel Angst wie vor der Gestapo."

„Hast du deinen Vater gefunden?"

„Ich war in dem Gefängnis, wo ich dachte, daß sie ihn hingebracht hätten, doch dort gab es keinen Hinweis auf ihn."

„Was hast du dann getan?"

„Ich bat die alliierten Behörden um Hilfe – zuerst die Amerikaner, dann die Engländer und Franzosen, und schließlich sogar die Russen. Man sagte mir, daß alle Gefangenen, die aus politischen oder religiösen Gründen inhaftiert worden waren, entlassen worden seien. Ich suchte überall, sprach mit Gefängnisvorstehern und forderte Listen von Gefangenen an. Doch nirgendwo konnte ich auch nur eine Spur von ihm entdecken."

„Es mußte aber doch einen Hinweis geben."

„Ich konnte ihn jedenfalls nicht finden. Papa war verschwunden. Niemand wußte etwas. Alle sagten mir dasselbe, daß die Nazis ihn vor Ende des Krieges bestimmt getötet hätten."

„Aber du hast ihnen nicht geglaubt."

„Ich wußte nicht, was ich glauben sollte, Matthew. Sie hatten tatsächlich so viele Menschen umgebracht. Warum nicht auch Papa? Unser Freund Dietrich Bonhoeffer wurde nur zwei Monate vor Kriegsende gehängt. Es ist so grausam und schrecklich, ich kann es kaum aussprechen! Sie waren so blutrünstig, kaum vorstellbar, daß sie wirklich Deutsche waren."

„Wir haben von den Greueltaten gehört, die 1945 begangen wurden, als alles zusammenbrach. Ich hörte auch vom Schicksal Bonhoeffers."

„Die Behörden nahmen an, meinen Vater hätte dasselbe Schicksal ereilt, aber du hast recht, ich konnte es nicht glauben. Auf jeden Fall war er verschwunden, und ich konnte keine Spur von ihm finden."

„Wie ging es weiter?" fragte Matthew.

„Ich suchte weiter, stellte Fragen, sprach mit Leuten und folgte den Hinweisen, die ich hatte."

„Was für Hinweise?"

„Wir hatten während des Krieges viele Leute kennengelernt, die auch Juden vor den Nazis versteckten. Sie waren es auch, die uns geholfen hatten, in die Schweiz zu fliehen. Sie hatten Kontakt zum Widerstand. Viele dieser Leute machten sich auf die Suche nach Vermißten. Es gab Tausende wie mich, die ihre Verwandten ausfindig machen wollten."

„Und?“

„Es dauerte eine Weile, doch schließlich fand ich heraus, was passiert war.“

„Du hast deinen Vater gefunden?“

„Nein, ich fand nur heraus, was mit ihm geschehen war.“

„Lebte er noch?“

„Ja, zum Glück. Dafür konnte ich dankbar sein. Doch der Rest war weniger erfreulich.“

„Was war geschehen?“

„Er wurde immer noch festgehalten, im russischen Sektor.“

„Wer hielt ihn fest?“

„Das ist das Seltsame. Ich konnte nicht in Erfahrung bringen, wer ein solches Interesse an ihm hatte, doch auf jeden Fall steckten die Russen dahinter.“

„Hast du versucht, Licht in diese Angelegenheit zu bringen?“

„Natürlich, mehr als ein Jahr lang, doch es war, als ob sich ein Vorhang des Schweigens über den Fall gesenkt hätte. Papa wurde unter strengsten Sicherheitsbedingungen festgehalten.“

„Aber du warst sicher, daß er noch am Leben war?“

„Eigentlich schon – und die Leute, mit denen ich in Kontakt stand, waren dessen auch sicher.“

„Was für Leute?“

Sabrina schwieg und wendete den Blick ab. Diese Tür hatte sie nicht öffnen wollen! Sie konnte Matthew nicht alles erzählen, was sie nach dem Krieg getan hatte ... auch um seiner selbst willen nicht.

„Leute, die ... Dinge wußten ... die Kontakte hatten“, antwortete sie schließlich zögernd. „Wir erfuhren schließlich“, fuhr Sabrina nach einer Weile fort, „daß mein alter Freund und Nachbar Gustav für das Schicksal meines Vaters verantwortlich war.“

„Dieser Schmundt-Bursche!“ rief Matthew ungläubig aus.

Sabrina nickte.

„Wie in aller Welt konnte er einen solchen Einfluß im neuen Regime gewinnen?“

„Das war lange Zeit unklar. Ich kann mir das immer noch

nicht erklären. Irgendwie hat er sich bei den Russen beliebt gemacht, und als sie ihre ostdeutsche Marionetten-Regierung zusammenstellten, war Gustav mittendrin."

„Und er war verantwortlich dafür, daß dein Vater nach dem Krieg im Gefängnis festgehalten wurde? Warum?"

„Ich nehme an, es gab ein Dutzend Gründe dafür, warum ein Kleingeist wie Gustav so etwas getan hat. Rache steht vermutlich ganz oben auf der Liste. An dem Tag, an dem mein Vater festgenommen wurde, hat er Gustav und diesen anderen Mann –"

Auf einmal brach Sabrina ab.

Sie schnappte nach Luft und wurde ganz blaß. Damals hatte sie dieses Gesicht schon einmal gesehen!

„Sabrina – was ist los?" fragte Matthew alarmiert.

„Äh ... nichts", stammelte sie. „Die Erinnerung an diesen Tag ist nur ... so lebendig und äh ... schmerzlich. Papa hat ihnen gesagt, sie sollten uns andere gehen lassen."

Während sie sprach, kehrte die Farbe langsam wieder in Sabrinas Gesicht zurück.

„Sie gehörten der Gestapo an, Matthew – und doch waren sie machtlos, sich ihm zu widersetzen. In diesem Augenblick waren sie so klein und erbarmungswürdig. Obwohl sie meinen Vater verhafteten, wußte doch jeder, der Zeuge dieser Szene geworden war, wer der wirkliche Sieger war. Ich bin sicher, daß diese Begegnung während der folgenden Jahre an Gustav gefressen hat. Wenn ich ihn richtig einschätze, hat er sich geschworen, es meinem Vater heimzuzahlen, und wenn es das Letzte ist, was er tut."

„Aber warum hat er ihn am Leben gelassen? Wenn er so viel Einfluß gehabt hätte, hätte er ihn doch wie viele andere exekutieren lassen können."

„Das war auch mir lange Zeit nicht klar", erwiderte Sabrina, „bis zu dem Zeitpunkt, wo ich endlich eine Nachricht von meinem Vater erhielt."

„Dann war er tatsächlich noch am Leben?"

„Ja."

„Und du hast ihn gesehen?"

„Nein, ich erhielt nur eine Nachricht von ihm. Es zeigte sich, daß er mehr von dem wußte, was vorging, als ich."

„Du hast ihn also nicht gesehen?"

„Nein, aber schließlich wurde ein Kontakt hergestellt. Zwei Jahre lang waren wir nicht in der Lage gewesen, seinen Aufenthaltsort ausfindig zu machen. Immer, wenn wir nahe dran waren, etwas in Erfahrung zu bringen, verlief auch diese Spur wieder im Sande. Es stellte sich später heraus, daß Gustav meinen Vater von Gefängnis zu Gefängnis brachte, um seinen Aufenthaltsort geheimzuhalten. Mein Vater war ein in einigen Kreisen sehr bekannter politischer Gefangener, und es gab viele im Untergrund und in anderen Organisationen, die mir bei der Suche nach ihm halfen."

„Dein Freund Schmundt hat soviel Macht?"

„Anscheinend."

„Doch schließlich habt ihr ihn gefunden."

„Ja."

„Wie?"

„Auf einmal, ganz plötzlich, war es, als würde der Vorhang gelüftet. Fast schien es, als wollte Gustav auf einmal, daß mein Vater gefunden würde, was tatsächlich auch der Fall war."

„Er *wollte*, daß du ihn findest?"

„Ja. Er hatte die Information nicht bekommen, die er von meinem Vater hatte haben wollen, nicht durch Schläge oder Verhöre, also änderte er plötzlich seine Taktik."

„Worauf war er denn aus?" fragte Matthew.

Sabrina wendete den Blick ab. Ein schmerzlicher Ausdruck legte sich auf ihr Gesicht.

Sie schwieg einige Minuten lang.

Schließlich ergriff Matthew wieder das Wort.

„Es tut mir leid", sagte er. „Ich wollte nicht neugierig sein."

„Ich ... ich glaube, daß ich im Augenblick nicht mehr weiter davon sprechen kann", erwiderte Sabrina. „Es tut mir leid ... vielleicht solltest du mich nach Hause bringen."

„Paß auf", meinte Matthew, sehr darum bemüht, die Stimmung zu verbessern, „wir werden am Samstag ein Picknick machen – was hältst du davon?"

Sabrina versuchte zu lächeln.

„Und ich verspreche, daß ich keine tiefgehenden Fragen stellen werde. Wir wollen uns einfach nur amüsieren!“

„Ich weiß deine Bemühungen zu schätzen, Matthew. Ja ... ja, ich glaube, das würde mir Spaß machen.“

17
Matthews Überlegungen

Als Matthew an diesem Abend zu seinem Hotel zurückfuhr, war er sehr nachdenklich. Die plötzliche Veränderung in Sabrinas Verhalten machte ihm zu schaffen.

Ihm war klar, daß ihr Leben seit dem Krieg sehr schwierig war. Aber nach ihrer ersten Begegnung schien sie sich zunehmend unwohl in seiner Gesellschaft zu fühlen. Unwillkürlich fragte er sich, ob sie ihn vielleicht lieber nicht mehr sehen wollte.

Das wäre eine große Enttäuschung für ihn. Er hatte Sabrina niemals vergessen und jahrelang dafür gebetet, sie einmal wiedersehen zu dürfen – so unmöglich dies auch zu sein schien.

Und jetzt war sie da.

Und doch ... irgend etwas stimmte nicht. Er konnte es spüren. Das Band, das sie als Jugendliche verbunden hatte, existierte immer noch – er wußte es. Er war sicher, daß auch sie es spürte.

Doch da war noch etwas anderes, das sich in ihre Beziehung mischte, etwas, das er nicht erklären konnte. Was immer es war, es wollte verhindern, daß sie sich näherkamen.

Wenn er dieses Etwas beim Namen nennen sollte, so würde er sagen, daß es Dinge gab, die sie vor ihm verbergen wollte.

Es war ganz in Ordnung, daß ein Mensch bestimmte Dinge für sich behalten wollte. Er wußte aus eigener Erfahrung, daß man nicht jedem Menschen, den man kennenlernte, seine Lebensgeschichte erzählte.

Doch eine solche Verhaltensweise war der Sabrina, die er kennengelernt hatte, so ganz und gar unähnlich. Sie schien anders zu sein, und dafür konnten nicht nur die vergangenen Jahre und ihr hartes Leben verantwortlich sein.

Wie sehnte er die fröhliche und kindlich unschuldige Sabrina von damals zurück.

Wenn es nur einen Weg gab, diesen Teil ihres Wesen wieder aufzuschließen!

Sie schien so lebensmüde und bekümmert. Er wünschte, er könnte ihr einen Teil der Last abnehmen.

Vielleicht gab es einen anderen Mann in ihrem Leben?

Warum auch nicht? Sie war sehr attraktiv. Nein, mehr als das, sie war überwältigend schön. Die Zeit hatte ihrer Schönheit nichts anhaben können. Sie mußte im Laufe der Jahre viele Verehrer gehabt haben.

Auf einmal fiel ihm etwas anderes ein.

Der falsche Name – das war ihm von Anfang an komisch vorgekommen.

Was hatte es damit auf sich?

Eine weitere geheimnisvolle Seite des einst so offenen Lebensbuches der Sabrina von Dortmann.

Wenn nun mehr dahinter steckte, als sie ihn wissen ließ? Konnte es sein, daß sie verheiratet war? Vielleicht war sie ja noch immer verheiratet ... getrennt lebend ... ihr Mann war vielleicht im Gefängnis ... oder im Untergrund.

So viele Möglichkeiten gingen Matthew auf einmal durch den Sinn. *Rosenblatt* war ein Name, der ihm noch nie vorher begegnet und doch seltsam vertraut war.

Als er am Hotel ankam, stellte er seinen Wagen ab und ging langsam hinauf in sein Zimmer im zweiten Stock.

Gut, dachte er, *all diese Geheimnisse, die Sabrina umgeben, werde ich an diesem Abend nicht lösen können. Vielleicht sollte ich gar nicht versuchen, sie zu lösen!*

Wenn Sabrina ihm mehr erzählen wollte, würde sie es tun, wenn sie dazu bereit war. Was für ein Freund war er denn, wenn er ihr diese Freiheit nicht zugestand? Immerhin hatten sie sich einundzwanzig Jahre und zehn Monate nicht gesehen. Er hatte kein Recht, sie zu drängen.

18

Traurige Erinnerungen und fröhliches Lachen

Zwei Tage später holte Matthew Sabrina wie vereinbart in ihrer Wohnung ab und fuhr mit ihr in nordwestlicher Richtung aus der Stadt heraus.

Er merkte sofort, daß ihr Lächeln zurückgekehrt war. Dies zerstreute sofort die Zweifel und Unsicherheiten, die er bei ihrer letzten Begegnung empfunden hatte.

„Ich habe uns im Hotel ein Picknick zusammenpacken lassen", sagte er.

Sabrina lächelte und dachte darüber nach, wie lange sie schon nicht mehr über Dinge wie Picknicks nachgedacht hatte.

Sie passierten die Grenze nach West-Berlin und fuhren weiter ins Land hinein. Schweigend erfreuten sie sich an der Landschaft.

Schließlich drosselte Matthew die Geschwindigkeit und bog in einen Feldweg ein, der in einen Wald führte. Nach einer Weile hielt er an.

„Wir wollten doch den Menschen und der Stadt entkommen", meinte er. „Wie wär's mit einem Waldspaziergang – wie in alten Zeiten?"

„Das wäre wundervoll", erwiderte Sabrina.

Während sie durch den Wald gingen, war es zu Matthews Verwunderung Sabrina, die an das letzte Gespräch anknüpfte.

„Matthew", sagte sie, „es tut mir leid, daß ich unser Treffen neulich so abrupt beendet habe. Du mußt mich für schrecklich launenhaft halten."

„So etwas darfst du nicht einmal denken."

„So vieles belastet mich. Und, um ehrlich zu sein, dich wiederzusehen hat vieles aus der Vergangenheit in mir aufgewühlt, von dem ich dachte, ich wäre längst fertig damit."

„Ich weiß. Bitte, vergiß es. Ich hätte nicht danach fragen sollen."

„Nein, es war nicht dein Fehler. Ich hoffe, du verstehst das, was ich gerade gesagt habe, nicht falsch – es hat nichts mit dir zu tun. Ich möchte, daß du weißt, wie das mit Papa war ... und mit Gustav. Ich denke, ich bin jetzt bereit, die Frage zu beantworten, die du mir gestellt hast."

„Du meinst über das, was Gustav wollte?" fragte Matthew.

Sabrina nickte, dann schwieg sie eine Weile, sammelte ihre Gedanken und Gefühle.

„Was er wollte ...", sagte sie seufzend, „war ich."

„Gustav wollte ... *dich*?" fragte Matthew, der sich sehr darum bemühte, ruhig zu bleiben. „Er wollte dich doch nicht etwa nach allem, was passiert ist, noch heiraten?"

„Offensichtlich", sagte Sabrina. „Seit der Verhaftung meines Vaters hat er versucht, Informationen über meinen Verbleib aus ihm herauszubekommen."

„Wenn dein Vater im Gefängnis war, was wollte er denn dann von ihm erfahren?"

„Er war sicher, daß mein Vater die Flucht geplant hatte und die Namen und Kontakte kannte, die ihn zu mir führen würden."

„Doch er bekam nichts heraus?"

„Mein Vater hätte mich niemals an Gustav verraten, was immer sie ihm auch angetan hätten."

„Was ist mit dem *Lebenshaus?* Warum bist du nicht zurückgegangen?"

„Das bin ich ... aber nur einmal."

Bei der Erinnerung daran überlief Sabrina unwillkürlich ein Schauer. Matthew sah es, sagte aber nichts, sondern wartete darauf, daß sie fortfuhr.

„Es war alles so verändert, Matthew", fuhr sie nach einer Weile fort. Ihre Stimme klang verloren. Sie beide erinnerten sich unwillkürlich daran, wie das *Lebenshaus* einst gewesen war. „Was die Nazis an Schönem in unserem Land nicht zerstört hatten, haben sich die Russen genommen und entweder selbst zerstört oder verstaatlicht. Es war schrecklich zu sehen, was sie unserem geliebten Land angetan haben. Verzeih, wenn ich bitter klinge ... vermutlich bin ich es auch. Wir alle haßten die Russen, ob wir wollten oder nicht. Sie waren genauso grausam wie die Sturmtruppen Hitlers."

„Willst du damit sagen, daß sie euch das *Lebenshaus* genommen haben?" fragte Matthew.

„Während der letzten Kriegstage, dem Zusammenbruch Deutschlands, marschierten die Russen von Osten her auf Berlin zu. Sie verübten schreckliche Greueltaten, plünderten, zerstörten Bauernhöfe und nahmen Rache an uns, wo immer sie konnten. Natürlich lag der Besitz meines Vaters und ganz Pommern und Preußen auf ihrem Weg. Sie konfiszierten das *Lebenshaus,* während Berlin noch in Flammen stand."

„Allein der Gedanke daran verursacht mir Übelkeit", meinte Matthew.

„Ich habe versucht, es zu vergessen", seufzte Sabrina. „Die Zeit hilft dabei."

„Aber du sagtest, einmal seist du zurückgekehrt?"

Sabrina nickte. „Alle haben mich davor gewarnt", erzählte sie. „Doch sobald ich nach Berlin zurückkehrte, verspürte ich den Wunsch, das Haus wiederzusehen. Da der Krieg längst vorüber war – ich hatte Monate gebraucht, um von der Schweiz nach Berlin zu kommen –, nahm ich an, die Alliierten, auch die Russen würden entgegenkommend sein. Ich war so naiv, bis ich die Wirklichkeit kennenlernte! Zuerst beschäftigte ich mich damit, etwas über den Verbleib meines Vater herauszufinden und wunderte mich, daß keiner der Alliierten etwas über ihn wußte. Als ich das *Lebenshaus* wiedersah, hatte ich schon die Berichte über den Aufenthaltsort meines Vaters bekommen. Und mittlerweile war ich ziemlich desillusioniert.

Man warnte mich, zum Haus zurückzukehren, und mir war

auch klar, wie gefährlich das war, da Gustavs Elternhaus ja in der Nachbarschaft stand. Ich wußte nicht, was aus ihm geworden war. *Geh' nicht,* sagten meine Freunde. *Es ist nicht gut. Du mußt diesen Teil deines Lebens hinter dir lassen. Das ist der einzige Weg, in der sowjetisch besetzten Zone zu überleben, du mußt nach vorne schauen.* "

„Aber du konntest es nicht?"

„Nicht, ohne daß dabei ein Teil von mir gestorben wäre", antwortete Sabrina. „Wie kann man sich mit dieser Ungerechtigkeit abfinden? Wie konnte ich nicht den Wunsch verspüren, alles, wofür mein Vater gelebt hatte, wiederzusehen? Nein, ich mußte noch einmal einen Blick auf das *Lebenshaus* werfen."

„Und, hast du?"

„Mit der Hilfe von Freunden konnte ich mich durch die Wälder im Süden auf das Gelände schleichen – du erinnerst dich."

„Wie könnte ich das vergessen – wo ich dort den denkwürdigsten Ritt meines Lebens gemacht habe!"

„Und den denkwürdigsten Sturz", fügte Sabrina hinzu.

Matthew lachte. „Es scheint so lange her zu sein. Und doch ..."

„Als sei es erst gestern gewesen?"

„Woher weißt du?"

„So erscheint es mir auch – oh, Matthew, dich wiederzusehen bringt alles wieder zurück, was ich hinter mir gelassen hatte, aber jetzt ..."

„Ich weiß", sagte er. „Ich weiß genau, was du meinst."

Sie gingen eine Weile schweigend weiter.

„Sieh nur, da ist eine Lichtung", meinte Matthew. „Was denkst du – der geeignete Platz für ein Picknick?"

Er fing an zu laufen, und Sabrina folgte ihm.

Keuchend und lachend ließen sich die beiden wenige Minuten später auf das grüne Gras fallen.

„Hast du Hunger?"

„Eigentlich nicht", erwiderte Sabrina. „Wenigstens noch nicht."

„Dann werden wir noch etwas warten, und du kannst mir die Geschichte über deinen Besuch im *Lebenshaus* zu Ende erzählen."

Der glückliche Ausdruck verschwand aus Sabrinas Gesicht, doch sie erzählte weiter.

„Als ich dort hinkam, waren, wie ich schon sagte, einige Jahre vergangen. Das *Lebenshaus* diente, wie viele der anderen schönen Anwesen, als Militärhauptquartier. Doch es waren nur wenige Soldaten da. Vorwiegend lebten dort Offiziere. Es tat so weh zu sehen, was aus dem schönen Besitz geworden war. Einige der Scheunen waren vollkommen zerstört, und obwohl man begonnen hatte, Reparaturen am Haupthaus vorzunehmen, waren immer noch viele Fenster herausgebrochen und überall am Mauerwerk Einschußlöcher zu sehen. Ganz offensichtlich waren Plünderer am Werk gewesen. Zu dem Zeitpunkt sollte eine neue militärische Oberaufsicht etabliert werden, so daß sowohl Deutsche als auch Russen anwesend waren. Zwischen 1947 und 1949 herrschten große Spannungen. Ihr Amerikaner wart dabei, die BRD zu schaffen und ihr die Unabhängigkeit zu geben, während auf dieser Seite die Russen ihre Satellitenstaaten errichteten – so nennt ihr sie doch, nicht wahr?"

Matthew nickte.

„Sie beeinflußten die Länder innerhalb ihres Einflußbereiches ganz anders."

„Wirklich ganz anders!" wiederholte Matthew. „Ohne jegliche Freiheit."

Je mehr sie miteinander sprachen, desto mehr stellte Sabrina fest, daß ihre Zweifel in bezug auf Amerika, seine Politik und Regierung schwanden. Ganz offensichtlich verfolgte Amerika nicht die Politik der Konfrontation und der Unterdrückung. Sie wußte es ... sie hatte es immer gewußt. Solche Zweifel hätte sie nicht aufkommen lassen dürfen.

Natürlich konnte sie Matthew vertrauen. Ob sie ihm die Fotos anvertrauen sollte, das war eine andere Sache.

Eine so wichtige Entscheidung würde sie noch nicht treffen. Was bedeuteten einige Tage oder Wochen ... oder ein

Monat? Die Situation würde sich nicht über Nacht ändern. Diesen geheimen Krieg führten sie schon seit Jahren. Sie mußte klug vorgehen, bis sie wußte, was das Richtige war.

„Du hattest keine Angst, dich so nahe am Schmundt-Anwesen aufzuhalten?“ fragte Matthew in Sabrinas Gedankengänge hinein.

„Ich weiß nicht“, erwiderte sie. „Ich glaube nicht, daß ich darin eine große Gefahr gesehen habe. Nach den Berichten, die wir über Gustav bekommen hatten, nahm ich an, daß er sich sonstwo aufhielt.“

„Was hast du gemacht?“

„Ich bin durch den Wald in den unteren Teil des Gartens gelangt –“

„Wie sah der Garten aus?“

„Oh, Matthew!“

Sabrina schaute beiseite; bei der Erinnerung daran füllten sich ihre Augen mit Tränen.

„Schrecklich“, erzählte sie nach einer Weile mit leiser Stimme, „verwüstet, von Unkraut überwuchert, niedergetrampelt, kaum wiederzuerkennen. Der Rosengarten sah am schlimmsten aus. Es hat mir fast das Herz gebrochen. Ich weinte, dachte an die glückliche Zeit, hörte die Stimme meines Vaters, der so oft zu mir gesprochen hatte. Doch ich mußte mich beeilen. Ich durfte nicht gesehen werden.“

Während Sabrina sprach, fragte sie sich, wie viel sie Matthew von den Aktivitäten ihrer Familie während des Krieges erzählen sollte.

„Es gelang mir, mich in den Keller zu schleichen –“

„Wie?“ unterbrach sie Matthew.

„Durch die Geheimtür zum Garten.“

„Welche Tür? Hat dein Vater die Tür gefunden, von der du immer gesprochen hast?“

„Ja, es gab einen Ausgang vom Keller zum abfallenden Teil des Gartens, von dem unterirdischen Raum, in dem wir beide uns immer aufhielten, aus gesehen auf der anderen Seite des Hauses. Er hat sogar das Verlies gefunden!“

„Tatsächlich!“ rief Matthew.

„Genau dort, wo er es immer vermutet hat."

„Die Tür nach draußen interessiert mich. Wie öffnete man sie?"

Sabrina erklärte es und erzählte auch, wo die Schlüssel zu den inneren Türen aufbewahrt wurden.

„Die Hecke wurde nicht zerstört und die Tür gefunden?" fragte Matthew.

„Einige Teile des Gartens waren nicht niedergetrampelt, darum ist die Tür auch nicht entdeckt worden. Alles war gut verborgen. Dafür hat mein Vater immer gesorgt. Ich glaube nicht, daß die Russen, als sie später kamen, an irgend etwas anderem als dem Haus interessiert waren. Wahrscheinlich sind sie nicht einmal in den Garten gegangen. Mittlerweile hatten die Hecken und Büsche die Tür überwuchert. Niemand hätte sie entdecken können, wenn er nicht genau wußte, wo er suchen mußte. Nein, man hatte sie nicht gefunden, und so konnte ich in das Innere des Hauses gelangen. Du kannst dir nicht vorstellen, welche Gefühle und Gedanken auf mich einstürmten, als ich durch die unterirdischen Gänge schlich. Ich mußte an dich denken, Matthew, und den Spaß, den wir miteinander hatten. Doch als ich die Geheimtreppe hochstieg zu dem Raum, wo du mit deinem gebrochenen Bein gelegen hast, waren alle meine glücklichen Erinnerungen mit einem Mal ausgelöscht."

„Was passierte?"

„Was hätte ich darum gegeben, deine Stimme auf der anderen Seite der Mauer zu hören. Doch leider war es nicht deine Stimme."

Wieder durchlief ein Schauer Sabrinas Körper.

„Es waren Leute in dem Raum?"

Sabrina nickte.

„Du konntest sie hören?"

„Sehr deutlich, als ich mein Ohr an den Spalt legte. Die Tür war immer noch da, verschlossen und vor allen Blicken verborgen. Offensichtlich waren die Räume nicht genau untersucht worden. Seit der Nacht unserer Flucht hatte anscheinend niemand mehr die unterirdischen Gänge betreten. Wir hatten alle Geheimtüren hinter uns geschlossen, so daß die Gänge verborgen blieben."

„Wen hast du denn in dem Zimmer gehört? Russische Soldaten?" fragte Matthew.

Sabrina schüttelte den Kopf.

„Es war eine Stimme, die ich überall erkennen würde", erwiderte sie.

„Wessen?"

„Es war Gustav."

„Was tat *er* denn dort?"

„Er sprach mit Untergebenen. Anscheinend wurde dieses Zimmer als Büro genutzt. Ich verstand nicht so ganz, warum sie nicht das Büro meines Vaters oder eines der größeren Räume als Hauptquartier benutzten. Auf jeden Fall war Gustav dort, und ich konnte ihn hören.

Wieder einmal konnte ich nicht glauben, daß Gustav so tief gesunken war. Ich konnte die Kälte in seiner Stimme hören und wußte, welcher Ausdruck in seinen Augen lag. Doch was er sagte, war noch schlimmer. Es bestätigte mir, was wir von verschiedenen Seiten gehört hatten, ich jedoch immer nicht hatte glauben wollen."

Sabrina zitterte bei der Erinnerung daran. Matthew wartete.

„‚Ich möchte, daß besondere Vorkehrungen getroffen werden', hörte ich ihn sagen, zusätzliche Wachen in der Nähe des Grundstücks und Agenten im Dorf. Wenn sie auftaucht, soll sie festgehalten werden. Ich will sofort benachrichtigt werden. In der Zwischenzeit werde ich versuchen, auf die eine oder andere Weise von ihrem Vater Informationen über ihren Verbleib zu bekommen. Sie wird mir nicht entkommen. Sie gehört mir, und wenn ich sie erst einmal habe, wird sie nicht mehr von mir fortkommen.'"

Sabrina schloß die Augen und schüttelte den Kopf.

„Allein der Gedanke daran ist mehr, als ich ertragen kann, Matthew", fuhr sie fort. „Er sprach über *mich*! Nach all der Zeit war er immer noch entschlossen, mich zu bekommen."

Unbewußt schloß sich Matthews Hand zur Faust.

„Danach wußte ich, daß ich das *Lebenshaus* wahrscheinlich nie mehr würde wiedersehen können. Ich schlich hinaus, voller Angst, daß man mich vielleicht hören könnte, zurück durch den verwüsteten Garten. Ich achtete darauf, daß die Geheimtüren verborgen blieben, wie mein Vater es getan hatte, eilte durch die Wälder und fuhr zurück nach Berlin. Ich fand eine Wohnung in der Stadt, und seither lebe ich dort."

Eine lange Stille folgte. Schließlich ergriff Matthew das Wort.

„Ich bin sehr froh, daß du mir das erzählt hast", sagte er. „Ich weiß, daß es dir sehr schwergefallen sein muß."

Ihre Augen trafen sich, genau wie an jenem ersten Tag vor so vielen Jahren in Otto von Dortmanns Garten. Ihr Leben mochte sich verändert haben, sie waren älter geworden, und ihre Schläfen zeigten die ersten Spuren von grauen Haaren, doch ihre Augen hatten sich nicht verändert. In diesem Augenblick war es, als wäre nicht ein Tag seit ihrer ersten Begegnung vergangen.

Beide hatten den Eindruck, daß die Schwelle eines neuen Vertrauens und neuer Hoffnung überschritten war. Vielleicht war die Zeit noch nicht gekommen, daß sie sich einander vollkommen öffneten. Doch wenigstens waren einige Barrieren gefallen. Sie waren sich wieder nähergekommen.

19

Aufstieg in der neuen Elite des Ostens

Gustav von Schmundt, Bezirksleiter der ostdeutschen Geheimpolizei und eine der vielen Verbindungen zwischen der DDR-Regierung und dem russischen KGB verlor langsam die Geduld. Er hatte nicht übel Lust, den Alten zu töten und Sabrina zu vergessen, um endlich Ruhe zu haben.

Nicht einmal mit allen dem Staatssicherheitsdienst zur Verfügung stehenden Mitteln hatte er Sabrina ausfindig machen können. In diesem Gebäude gab es Akten von mehr als drei Millionen Männern und Frauen sowohl aus dem Osten als auch aus dem Westen. Die Stasi wußte alles über jeden. Und doch hatte er diese eine Information, die er mehr als alles andere haben wollte, nicht bekommen können.

Vom Büro, an dessen einzigem Fenster er stand, schaute er auf eine schmutzige Gegend Ost-Berlins in der Nähe der Grenze herab. Natürlich, dachte er, ganz Ost-Berlin ist schmutzig. Wäre er auf der anderen Seite des Gebäudes, hätte er auf die Prachtstraße „Unter den Linden", das Stadtzentrum in den dreißiger Jahren, blicken können. So weit war er jedoch noch nicht in den Rängen der Stasi aufgestiegen, so daß er noch keinen Anspruch auf ein solches Büro hatte – obwohl dieser Tag nicht mehr in weiter Ferne lag.

Schmundt wendete sich vom Fenster ab, ging langsam zu seinem Schreibtisch zurück und nahm wieder Platz. Sein Gesicht war ausdruckslos, ähnlich wie all die anderen Gesichter in dieser gesichtslosen, unpersönlichen Bürokratie. Charakter war hier nicht gefragt, ganz im Gegenteil. Persönlichkeit wurde nicht gern gesehen, Individualität skeptisch betrachtet, und Integrität konnte nicht gedeihen.

Er hatte schwere Tränensäcke unter den Augen, und sein Haar, obwohl noch dunkel, wurde immer lichter. Sein Alter von fast zweiundvierzig Jahren war ihm deutlich anzusehen. Doch sein Ziel, die an das Schmundt-Anwesen angrenzenden kleineren Höfe in seinen Besitz zu bekommen, hatte er nicht erreicht. Niemand „besaß" etwas in diesen Zeiten. Der Staat hatte Häuser und Land schon vor langer Zeit konfisziert. Doch sogar die stumpfsinnigen Bürokraten, KGB-Agenten und Regierungsbeamten hatten Ehefrauen.

Und er hatte schon viel zu lange auf seine gewartet!

Wieder schaute er die Papiere durch, die Galanow ihm gebracht hatte.

Er wußte, daß er, wenn er seinen ehemaligen Nachbarn töten würde, ihm nur zu seinem endgültigen Sieg verhelfen würde. Der Dummkopf war verrückt genug, sich nicht vor dem Tod zu fürchten, und er würde sich darüber freuen, daß er seine Tochter nicht verraten hatte.

Nein, dachte Gustav, er konnte ihn noch nicht töten.

Wenn er ihn töten würde, dann sollte Sabrina zuschauen. Auf diese Weise konnte er sich an beiden rächen!

Doch es mußte jetzt etwas unternommen werden. Die Sache dauerte schon viel zu lange, und er hatte es langsam satt.

*

Emil Korsch hatte schon lange vor dem Ende die Schrift an der Wand gesehen. Als der Krieg sich seinem Ende näherte, hielt er es für sinnvoll, Gustav mitzunehmen. Es gelang Korsch, sich in die Ränge der sich auf dem Vormarsch befindlichen russischen Armee einzuschleusen und sie mit ausreichenden Informationen zu versorgen, so daß er, als Berlin in der Hand der Russen war, sich ihnen unentbehrlich gemacht und ihnen weisgemacht hatte, er sei selbst ein loyaler Russe, der als Spion in Deutschland gearbeitet habe.

In der russischen Zone Deutschlands arbeiteten sie eine Weile zusammen, doch schon bald trennten sich ihre Wege. Gustav stieg nach der Staatsgründung im Jahre 1949 langsam in den Rängen der kommunistischen DDR auf, während Korsch nach Osten ging, wo das Machtzentrum lag. Sie hatten nur wenig Kontakt miteinander, obwohl ihre gemeinsame Mission sie immer noch in einer seltsamen Beziehung von gegenseitigem Mißtrauen und Abscheu verband.

Zusammen hatten sie zu viel erlebt, um noch so etwas wie Achtung voreinander zu empfinden. Man konnte sie wohl kaum Freunde nennen. In diesem Teil der Welt gab es nur wenige Freundschaften. Alle waren Genossen, und diese neue Bezeichnung beschrieb ihre Beziehung sehr treffend.

Ein verbindendes Element gab es allerdings zwischen ihnen. Beide hatten noch eine Rechnung mit Baron von Dortmann zu begleichen. Gustav wollte immer noch die Tochter des Barons, Korsch suchte immer noch nach dem heiligen Kästchen von Rabbi Wissen mit seinen wertvollen alttestamentlichen jüdischen Reliquien. Ihr Wert war unschätzbar, nicht nur der ideelle Wert, auch der materielle. Hitlers Interesse an solchen Dingen war ideeller Natur gewesen. Er jedoch war nur aus einem Grund an dem Inhalt des Kästchens interessiert: Es sollte ihn reich machen! Doch seit dem Krieg waren sowohl der Rabbi als auch das Kästchen spurlos verschwunden.

Baron von Dortmann blieb die einzige Verbindung, durch die sie die Spur vielleicht wieder aufnehmen konnten. Allein aus diesem Grund war er am Leben gelassen und unter strengste Bewachung gestellt worden.

Korsch hatte mittlerweile seine eigenen Informanten im stalinistischen Rußland, die den Angelegenheiten und den Reliquien der Juden auf der Spur blieben. Seine persönliche Abneigung gegen Juden fand fruchtbaren Boden, auf dem sie sich noch weiter entwickeln konnte. Innerhalb des KGB hatte er eine eigene Abteilung aufgebaut, die über alle Aktivitäten bekannter Juden informiert war, und er selbst war unter Stalin entscheidend an der Judenverfolgung beteiligt gewesen.

In der Zwischenzeit war er bereit, sofort zu handeln, falls er irgend etwas von dem Gefangenen oder seinen eigenen Quellen über den Rabbi erfuhr.

Gustav und Korsch waren übereingekommen, den Baron vor den Alliierten zu verstecken, weil sie glaubten, sowohl das Mädchen als auch auch das Kästchen auf diese Weise in ihre Hände bekommen zu können. Der Baron jedoch gab nichts preis. Gustav, der immer zorniger wurde, brachte ihn schließlich von Gefängnis zu Gefängnis, verhörte und folterte ihn immer rücksichtsloser, um zu erfahren, wo Sabrina sich aufhielt.

Doch ihr Vater verriet nichts. Keine einzige Spur von ihr war zu finden, auch hatten seine Spione niemanden mit dem Namen Sabrina von Dortmann irgendwo in Ostdeutschland ausfindig machen können. Er hatte alle ihre Verwandten befragt. Niemand wußte etwas. Es hatte den Anschein, als sei sie vom Erdboden verschluckt.

Dies war der letzte Strohhalm. Es war an der Zeit, die Taktik noch einmal zu ändern.

Zwar widerstrebte es ihm, um Hilfe zu bitten, und ihm gefiel auch nicht, daß er Korsch seine gegenwärtige Position verdankte, doch es war sicherlich sinnvoll herauszufinden, ob es irgendwelche neuen Informationen gab.

Er ergriff den Hörer und bellte:

„Fräulein Reinhardt, geben Sie mir die private Nummer in Moskau." Schon legte er den Hörer wieder auf und lehnte sich auf seinem Stuhl zurück.

Er kannte diese Russen, und er wußte, daß es durchaus eine ganze Stunde dauern konnte, bis die Verbindung zustande kam.

20

Ein Picknick im Wald

Sabrina und Matthew hatten endlich den Picknickkorb geöffnet und verspeisten genüßlich ihr Roggenbrot, den Käse und die Äpfel.

„Was hast du gemacht, als du nach Berlin zurückgekommen bist?" fragte Matthew schließlich.

„Ich wußte nicht, was ich wegen Papa unternehmen sollte. Ihn im Gefängnis zu wissen war schrecklich. Manchmal habe ich tatsächlich überlegt, mit Gustav Kontakt aufzunehmen und ihm zu sagen, ich würde zu ihm kommen, wenn er Papa freiließe."

„Er hätte deinen Vater nicht freigelassen, wenn du ihn nicht geheiratet hättest, nicht wahr?"

„Ich habe sogar das in Erwägung gezogen", seufzte Sabrina.

„Eine Heirat!" rief Matthew.

„Ich wollte Papa unbedingt aus dem Gefängnis befreien."

„Du kannst doch nicht ernsthaft darüber nachgedacht haben, die Ehefrau dieses Wahnsinnigen zu werden!“

„Oh, Matthew, ich war so verwirrt. Ich wußte nicht, an wen ich mich wenden, was ich tun sollte. Papa hatte sich geopfert, damit wir anderen entkommen konnten. Warum sollte ich nicht bereit sein, dasselbe für ihn zu tun?“

„Und warum hast du es nicht getan?“

„Papa selbst hat mich daran gehindert“, antwortete Sabrina.

„Dein Vater – wie?“

„Es war kurz nach dem Zwischenfall, von dem ich dir erzählt habe, als Gustav plötzlich seine Taktik änderte. Auf einmal wurde bekannt, wo mein Vater gefangengehalten wurde. Es erschien sogar ein kleiner Artikel darüber in einer Berliner Zeitung. Als ich das las, sank mir das Herz. Oh, du kannst dir meinen Kummer nicht vorstellen. Immer wieder war ich nahe dran, alle Vorsicht beiseite zu lassen und zum Gefängnis zu gehen, nur um einen Augenblick mit ihm zusammensein zu können.“

„Aber du hast es nicht getan?“

„Mein Vater wußte viel von dem, was vorging. Ihm war klar, daß Gustav versuchte, durch ihn etwas über mich in Erfahrung zu bringen, und nun, da ihm das nicht gelungen war, versuchte er, mich mit dem Artikel aus meinem Versteck zu locken. Mein Vater war nicht vollkommen isoliert und konnte seinerseits Kontakte knüpfen.“

„Weißt du, wie?“

„Nicht genau. Das Gefängnis ist eine Welt für sich. Papa war zusammen mit ehemaligen Nazis, mit Juden, politischen und anderen Gefangenen, hatte jedoch eine Zelle für sich. Und er hatte bestimmte Privilegien.“

„Zum Beispiel?“

„Er durfte schreiben, hatte Zugang zur Gefängnisbibliothek und Umgang mit den anderen Gefangenen. Nach dem, was ich von den Alliierten erfuhr, gab es bestimmte Gefängnisse, in denen die Zustände erträglich waren. In dieser Umgebung lernte Papa Menschen kennen, die in der Lage waren, Leuten, die ich kannte, eine Botschaft zu übermitteln.“

„Dann hast du also endlich etwas von ihm gehört?"

Sabrina nickte traurig.

„Es war nicht gerade das, was ich gern gehört hätte", sagte sie, „aber es entsprach genau Papas Wesen."

„Was hat er dir ausrichten lassen?"

Sabrina lächelte. „Die Botschaft wurde durch mindestens drei oder vier Leute weitergegeben, bevor sie mich erreichte. Doch ganz zweifellos stammte sie von meinem Vater."

Sie machte eine Pause, rief sich die Worte wieder ins Gedächtnis.

„‚Meine geliebte Tochter, du darfst nicht versuchen, mich zu sehen. Ich bin in Sicherheit, und es geht mir gut. Der Herr gebraucht mich, um den verlassenen Blumen in diesem Teil seines Gartens zu helfen. Es ist an der Zeit, daß du deinen eigenen Boden bestellst. Wir werden füreinander beten, doch wir werden uns erst wiedersehen, wenn es der Wille des Vaters ist. Denke daran, daß denen, die Rosen wirklich kennen, nicht nur die Blütenblätter, sondern auch die Dornen duften.'"

Tränen waren in Sabrinas Augen getreten.

„Dann sagte er mir noch, ich solle meinen Namen ändern und mich darum bemühen, die Vergangenheit zu vergessen. Er versicherte mir noch einmal, daß es ihm gutgehe; ich sollte mir um ihn keine Sorgen machen und mich vor Gustav in acht nehmen."

Sabrina brach ab, biß in einen Apfel und kaute langsam. Beide schwiegen eine Weile und schauten sich die friedliche Landschaft an.

„Du kannst dir nicht vorstellen, wie schwer es mir gefallen ist, mich nach seinen Worten zu richten", fuhr Sabrina schließlich fort. „Es gab Zeiten, wo ich Papa im stillen inständig bat, mich Gustav doch heiraten zu lassen – um seinetwillen. Dann dachte ich wieder daran, wie oft er mir gesagt hatte, ich solle nicht nach meinem eigenen, sondern nach dem Willen des Herrn fragen. Ich habe dies gelernt, indem ich in den ganzen Jahren immer wieder gefragt habe, was Papa tun würde und was *er* wollte, das ich tun sollte."

Bei dem Gedanken an ihren Vater legte sich ein Lächeln auf ihr Gesicht.

„Am Ende wußte ich, daß ich gar keine Wahl hatte, als seinen Wünschen nachzukommen. Darum nahm ich den Namen Karin Rosenblatt an und ließ mein früheres Leben hinter mir."

Sabrina seufzte tief und schaute Matthew nachdenklich lächelnd an.

„Du siehst", sagte sie, „es war wirklich eine lange Geschichte."

„Ich bin froh, daß du das Vertrauen hattest, sie mir zu erzählen", erwiderte er. „Hast du noch einmal etwas von deinem Vater gehört?"

„Gelegentlich. Doch ich habe ihn jetzt seit siebzehn Jahren nicht mehr gesehen."

„Ist er ... gesund?"

„Nach dem, was ich höre, ist er gesund und zufrieden."

„Weiß er vom Tod deiner Mutter?"

„Ja. Ich bin sicher, daß Mamas Tod es ihm leichter macht, zufrieden zu sein. Sonst hätte er schon um ihretwillen alles versucht, aus dem Gefängnis herauszukommen."

„Ist er immer noch am selben Ort?"

„Im Laufe der Jahre wurde er mehrmals verlegt."

„Aber du weißt, wo er ist?"

Sabrina nickte. „Im Augenblick befindet er sich in einem alten Pensionat, das zu einem Gefängnis für politische und religiöse Gefangene umgebaut worden ist. Auch einige Juden, die zu bedeutend sind, um sie hinzurichten, werden dort festgehalten. Er ist zusammen mit in Ungnade gefallenen Dichtern, ehemaligen Aristokraten wie er selbst und politischen Abweichlern."

„Wenigstens ist er immer noch in der Nähe von Berlin. Die Russen hatten schon immer eine Vorliebe für Sibirien als Abschiebeort für unwillkommene Personen."

„Gustav möchte ihn in der Nähe haben."

„Du glaubst, daß er nach all den Jahren immer noch versucht, dich zu finden?"

„Zweifellos. Er ist im DDR-Establishment aufgestiegen. Ich habe seinen Werdegang verfolgt, obwohl ich versucht habe, ihm nicht über den Weg zu laufen. Er gehört der Stasi an."

„Genau die richtige Karriere für einen ehemaligen Gestapomann", meinte Matthew trocken.

„Gustav ist gefährlich. Ich habe Freunde, die ihn meinetwegen unter Beobachtung halten. Stasi-Spitzel gibt es überall, und ich muß über jede seiner Bewegungen informiert sein."

„Dir zuzuhören ist, wie nach einer langen Abwesenheit Neuigkeiten von meiner eigenen Familie zu hören."

„Und wann wirst du mir erzählen, wie es dir all die Jahre ergangen ist?"

„*Meine* lange Geschichte, ja?"

„Ja. Ich kann es kaum erwarten, sie zu hören."

„Wenn die Zeit gekommen ist", sagte Matthew. Es war nicht so, daß er ihr nicht alles gern erzählt hatte, er wollte nur nicht die Stimmung, die nach Sabrinas Geschichte entstanden war, zerstören, indem er von sich erzählte.

„Wie wär's mit einem Spaziergang nach dem Essen?" fragte Matthew und sprang auf. Sabrina tat es ihm gleich.

Während sie durch den Wald gingen, wurde ihr Gespräch langsam in andere Bahnen gelenkt.

Als sie sich am Ende des Tages nach vielen Stunden ernsthafter und guter Gespräche voneinander verabschiedeten, beteuerte Sabrina, einen so schönen Tag habe sie seit Jahren nicht mehr erlebt.

„Oh, es tut so gut, wieder lachen zu können", seufzte sie, als sie zu ihrer Wohnung fuhren. „Ich habe heute tatsächlich wieder einmal gelacht, Matthew – hast du das gehört?"

„Das habe ich tatsächlich."

21
Ein einsames Gebet im Exil

Obwohl es heller Tag war, drangen nur wenige Sonnenstrahlen in die Zelle.

Die ehemalige Schule war sehr wirkungsvoll zu einem Gefängnis umgebaut worden, und keine Spur von irgendwelchem Komfort war zu finden.

Im Inneren der Zelle saß ein älterer Mann auf einem wakkeligen Stuhl, über einen groben Holztisch gebeugt. Offensichtlich schrieb er gerade. Der Tisch und der Stuhl waren die einzigen Gegenstände, die man als Möbelstücke hätte bezeichnen können, abgesehen von einem Bett und einem Regal in der Ecke. Der Boden war betoniert, die Wände grau verputzt. Eine kleine Fensteröffnung ließ etwas Licht herein, doch sie war zu hoch, als daß er hätte hinaussehen können. Eine trübe Glühbirne hing von der Decke herab.

Die Tische waren in diese Gefängniszellen gestellt worden, um die Briten, Franzosen und Amerikaner zu beschwichtigen, die immer noch die Vorgänge in diesem Sektor ihres ehemaligen russischen Verbündeten im Auge behielten. Die Tische, das Papier, die Bücher und die Möglichkeit des Zusammenseins mit anderen Gefangenen machten dieses Haus eher zu einer „Verwahranstalt" als zu einem richtigen Gefängnis. Den Berichten zufolge wurden hier nur die ungefährlichen politischen und religiösen Aufrührer gefangengehalten, die natürlich Verräter waren, doch nicht so gefährlich, daß sie nach Sibirien gebracht werden müßten. Es hieß, sie würden gut ernährt und behandelt und könnten kaum etwas Besseres erwarten.

Die hervorstehenden Wangenknochen und der abgemagerte Körper des Mannes deuteten eher auf das Gegenteil hin, ebenso wie die Narbe auf der Wange und die frische Wunde unter dem linken Auge. Daß er nach so langer Zeit noch am Leben war, zeugte von seiner ehemals guten körperlichen Verfassung und seiner festen Entschlossenheit.

Sein dichtes Haar war grau wie die Wand hinter ihm und sein Gesicht in dem trüben Licht der Zelle von gespenstischer Blässe. Jetzt, mit siebenundsechzig Jahren, war er angesichts der Umstände immer noch bei relativ guter Gesundheit, obwohl man ihn gut zehn Jahre älter geschätzt hätte, als er tatsächlich war.

Er beugte sich vor, schrieb einige Worte auf das Papier und legte dann den Stift nieder. Er setzte sich auf und seufzte laut. Seit mehr als zwei Stunden hatte er ununterbrochen geschrieben. Das hatte ihn erschöpft.

Er schloß die Augen und seufzte noch einmal, diesmal, weil er geistig erschöpft war. Früh am Morgen war er aufgewacht; seine Gedanken und Gebete waren auf einmal in eine ganz neue Richtung gegangen. Den ganzen Tag über hatte er versucht, seine Gedanken in Worte zu fassen, doch bisher nur mit mäßigem Erfolg.

„Herr", flüsterte er leise, „zeige mir, was du mir zu sagen versuchst ...? Was ist dein Plan und Wille für diese Nation ... und für dein Volk?"

Im nächsten Augenblick fiel er auf seine Knie.

„Oh, lieber himmlischer Vater", murmelte er kaum hörbar, „du bist so gut zu mir gewesen. Täglich offenbarst du mir mehr von dir.

Gib mir den Mut zu beten, und zu glauben, daß du bereits vor mir hergehst und den Weg ebnest für eine Antwort.

Ich bete für dieses Land, das zerbrochen und auseinandergerissen ist. Ich bete für die Last der Schuld aller Greueltaten, die auf diesem Volk liegt. Laß dieses Volk dazu kommen, daß es seine Schuld erkennt und sich reuevoll zu dir hinwendet. Demütige dieses stolze Land – nicht durch das, was die Welt als Demütigung ansieht, denn dies ist ja bereits geschehen. Demütige seinen Geist vor dir.

Oh, lieber Vater im Himmel, erneuere und heile dieses Land und sein Volk, zu deinem Zeitpunkt und auf deine Weise – nicht daß es in den Augen der übrigen Welt seine herausragende Stellung wieder einnehmen kann, sondern erneuere seine Wurzeln, daß es sich dir unterwirft.

Ich kann nichts anderes tun als zu beten. Ich bin machtlos, Herr, habe keinerlei Bedeutung mehr in den Augen der Welt. Doch ich bitte dich, daß du mir hilfst, treu zu sein im Gebet für dieses Land, das ich so liebe. Ich danke dir, daß du für mich sorgst und für deine große Liebe."

Wieder wurde es still in der kleinen Zelle. Leise betete der alte Mann im Herzen weiter.

Nach einer Weile sprach er wieder.

„Und, Vater, ich bitte dich auch für meine Tochter. Erhalte sie, sorge für sie, führe sie. Ich bitte dich, daß sie eine Frau nach deinem Herzen wird. Gib ihr Kraft, den Weg zu gehen, den du für sie bestimmt hast.

Und ich bitte dich auch für meine Mitgefangenen. Gib mir Gelegenheit, mit ihnen zu sprechen und ihnen von deiner Güte zu erzählen. Für unsere Wärter bitte ich dich. Hilf mir, sie zu lieben, wie Jesus geliebt hat. Segne sie, und offenbare dich ihnen."

Nach kurzer Zeit erhob er sich müde, ging langsam zum Bett, legte sich hin, und nach fünf Minuten war er fest eingeschlafen.

22

Ein Anruf aus Moskau

Das Läuten des Telefons riß Gustav aus seinen Gedanken.

Unbewußt schaute er auf seine Uhr. Angemeldet hatte er den Anruf zweiundfünfzig Minuten früher.

„Ja ... ja, ich warte immer noch auf meine Verbindung", sagte er ärgerlich. „Gut, ja, ich bleibe dran."

Eine weitere Minute wartete er noch, dann zeigte sein Gesichtsausdruck, daß die Verbindung endlich zustande gekommen war.

„Ja ... ja, es ist wirklich lange her ... ja, immer beschäftigt."

Er schwieg eine Weile und hörte zu. Dann sagte es: „Entwicklungen? Ach ... nein, eigentlich nicht. Leider ist dies nicht der Grund für meinen Anruf."

Er räusperte sich, weil seine Kehle auf einmal seltsam trokken war. „Ich, äh, ich wollte hören, ob sich bei Ihnen etwas ergeben hat", sagte er und versuchte, seine Stimme optimistisch klingen zu lassen.

Er wartete, und sein Gesichtsausdruck ließ darauf schließen, daß die Antwort nicht sehr freundlich ausfiel.

„Nein, ich erwarte nicht, daß Sie meine Arbeit tun, aber ich –"

Sein Gesprächsteilnehmer unterbrach ihn.

„Natürlich ... ja, ich weiß, daß Sie ihre eigenen Leute auf den Juden angesetzt haben, aber –"

Wieder Stille, diesmal etwas länger.

„Nein, nichts über die Frau. Darum rufe ich an. Es gab Berichte über eine Frau im Zusammenhang mit zionistischen Aktivitäten hier, auf die die Beschreibung paßt. Ich hatte meinen besten Mann darauf angesetzt – tatsächlich ist einer Ihrer Männer zu meinem Büro hier gestoßen. Es handelt sich um den jungen Galanow."

Eine Bemerkung unterbrach ihn.

„Ja, ein wagemutiger junger Agent. Auf jeden Fall hat die Spur ins Leere geführt. Nichts herauszufinden, obwohl Galanow mir versicherte, er hätte alles versucht. Darum kam mir der Gedanke, ob es vielleicht einen Zusammenhang gibt zwischen den Zionisten und Ihrem Rabbi. Ich dachte, Sie hätten vielleicht etwas Neues herausgefunden, daß Verbindungen bestünden, die uns beide unserem Ziel näherbringen."

Wieder hörte er auf das, was sein Gesprächspartner sagte.

„Ich verstehe ... Ja, ich weiß, daß Sie die Frau haben wollten, um zu erfahren, wohin der Rabbi gegangen ist, nachdem er die Schweiz verlassen hat. Doch wie ich schon sagte, alle meine Bemühungen, sie ausfindig zu machen, waren erfolglos. ... Nein, natürlich nicht." Seine Verärgerung nahm zu. „Ich war absolut nicht nachlässig in meinen Bemühungen. Ich dachte lediglich –"

Die Stimme aus dem Telefonhörer war fast so laut, als säße der Gesprächspartner im selben Zimmer. Gustav war nun selbst ärgerlich, doch er versuchte, sich zu beherrschen. Der KGB konnte unangenehm sein, aber es war nicht klug, ihn zu verärgern.

„Verzeihen Sie", sagte Gustav nach einer Weile, „das war keinesfalls meine Absicht. Doch es ist offensichtlich, daß es eine Verbindung gibt. Es muß eine geben, wie wir die ganze Zeit schon vermutet haben. Was macht es schon aus, von welcher Seite aus wir die Spur verfolgen, von ihm zu ihr oder von ihr zu ihm ...?

... Ich verstehe ... Ja, Sie haben klargemacht, daß die Fäden des Rabbi immer noch lose hängen ...

... Ich werde auch weiterhin alles tun, was in meiner Macht steht. Selbstverständlich werde ich Sie benachrichtigen, sobald ich einen der Zionisten in die Hände bekomme. Wir werden sie schließlich doch beide zu fassen kriegen."

Wieder sprach der andere.

„Nein, ich hatte keine Kenntnis von einem neuen Informationsnetz ... ja, wir haben Informationen über Material erhalten, das aus dem Land geschmuggelt wurde ... Hmmm ... wir untersuchen einen Vorfall in Warschau ... gibt es da eine Verbindung?

... Der jüdische Untergrund, sagen Sie ... Ich dachte, Sie sagten, Sie hätten nichts gegen den Alten", sagte Gustav. Er saß auf einmal aufrecht in seinem Stuhl.

Kann es sein, daß dies die Verbindung ist, die wir die ganze Zeit gesucht haben? Etwas an dem Zwischenfall in Warschau und an der Beschreibung haben ihn von Anfang an alarmiert.

Wenn das stimmte – ein unglaublicher Gedanke! – dann würde das bedeuten, daß sich Sabrina hier in Berlin aufhielt!

Vielleicht hatte sein Plan doch besser funktioniert, als er angenommen hatte, und die Anwesenheit ihres Vaters hatte sie ganz in seiner Nähe gehalten. Eine weitere Veränderung würde sie vielleicht aus ihrem Versteck locken!

„... Ja, ich verstehe ... unbestätigt ... Ich werde dem erste Priorität einräumen", murmelte er, dann hörte er wieder zu.

„Was den Grund meines Anrufs angeht", fuhr er fort, als der andere ausgeredet hatte, „ich habe in Erwägung gezogen, den Vater zu verlegen –"

Wieder wurde er unterbrochen.

„Ja, ich fürchte, er ist immer noch am Leben. Ein widerstandsfähiger alter Mann, doch ich werde seiner allmählich überdrüssig. Ich frage mich, ob seine Anwesenheit Ihren Aktivitäten nicht eher hinderlich ist. Wenn er nicht mehr da wäre, würde das die Dinge vielleicht erleichtern. Ihn als Lockvogel zu benutzen hat nicht funktioniert. Gibt es vielleicht einen geeigneten Platz für ihn, wohin wir ihn verlegen könnten, damit er uns aus dem Weg ist?"

Die Antwort fiel kurz aus.

„Es besteht immer die Gefahr, daß die westlichen Behörden Wind von etwas bekommen. Ihre Agenten schnüffeln auch überall herum. Sie beobachten unsere Gefängnisse. Ich bin äußerst vorsichtig zu Werke gegangen. Dies ist eine Angelegenheit, von der das amerikanische State Department möglichst nichts erfahren sollte. Angesichts der großen Spannungen in Berlin und den Auseinandersetzungen zwischen Chruschtschow und Kennedy würde ich ihn lieber aus dem Weg haben ... Ich verstehe, ganz in der Nähe von Moskau?"

Er hörte zu und nickte nachdenklich mit dem Kopf.

„Gut", erwiderte er schließlich. „Das scheint der geeignetste Ort ... Dann treffen Sie die Vorkehrungen, und ich werde die passende Gelegenheit abwarten, um ihn fortbringen zu lassen. Vielleicht in ein oder zwei Monaten."

Teil II

Zwischenspiel des Glücks

Juni/Juli 1961

23

Mitternächtlicher Umzug

Die kleine Gruppe, die aus einem bärtigen alten Mann, einem jüngeren Mann, zwei Frauen und einem Kind bestand, schlich vorsichtig durch die verlassenen nächtlichen Straßen. Die vier Erwachsenen hatten Angst, entdeckt zu werden. Das Kind schlief bereits, es wurde auf den Armen des Vaters in die Freiheit gebracht.

Nichts sonst rührte sich in der Stadt.

Ein Mann führte die kleine Gruppe an. Noch bevor die Nacht vorbei war, würde er wieder in seinem eigenen Bett liegen, während sich die fünf auf die letzte Phase ihrer langen Reise in die Freiheit vorbereiteten.

Sie hatten nur noch wenige hundert Meter zurückzulegen. In einem Waldgebiet hätte das nicht lange gedauert. Doch Städte waren keine freundliche Umgebung für Reisende, die zu Fuß unterwegs waren, und sie mußten durch verlassene Straßen und Industriegebiete gehen. Darum wurden sie auf Umwegen zu ihrem Ziel geführt, und der ermüdende Fußmarsch dauerte noch anderthalb Stunden.

Ihr Anführer blieb stehen und bedeutete den anderen mit einem Handzeichen, es ihm gleichzutun.

Aufmerksam lauschte er in die Stille.

Er meinte etwas gehört zu haben, doch es war wohl nur das Bellen eines Hundes gewesen. Zum Glück wurden sie nicht verfolgt. Doch bestand die Möglichkeit, daß der Hund andere Hunde rebellisch machte und so die Aufmerksamkeit der Leute auf sich zog.

„Schnell!“ flüsterte er den anderen zu. „Wir müssen uns beeilen.“

Er fing nun an zu laufen, führte die kleine Gruppe in eine dunkle Seitenstraße. Hinter ihm machte das Keuchen der anderen deutlich, wie erschöpft sie waren.

„Bleiben Sie ganz dicht hinter mir", sagte er, dann ging er schnell weiter zu einer hohen, hölzernen Wand. Sie hatte keine Tür.

Der Mann blieb stehen, prüfte, ob alle da waren und dicht hintereinander standen. Dann drückte er gegen eine ganz bestimmte Holzlatte.

Auf einmal öffneten sich einige große Latten der Wand zu einem Spalt. Das unsichtbare Tor war klug erdacht. Und seine Scharniere waren sehr gut geölt, denn sie machten nicht das leiseste Geräusch.

Kein Licht oder Laut zeigten an, daß sich auf der anderen Seite jemand befand.

Der Anführer der kleinen Gruppe beugte sich vor und sprach in den dunklen Spalt hinein.

„Haben Sie Rosen?" flüsterte er in die undurchdringliche Dunkelheit.

„Nein, dies ist nicht die Zeit für Blüten", kam die leise Antwort.

„Ja", sagte der Mann, hinter dem sich die vier anderen ängstlich zusammenkauerten, *„doch denen, die lieben, duften selbst die Blätter."*

„Ich sehe, Sie verstehen die Wege des Vaters", sagte die Stimme. *„Wie viele Blüten brauchen Sie?"*

„Fünf."

„Dann kommen Sie, ich denke, wir werden welche für Sie finden."

24
Wie früher im Lebenshaus

Sabrina führte ihre Gäste durch die Kellertür unter dem Haus und durch eine verborgene Falltür in ihre Wohnung.

Erst nachdem sie überprüft hatte, daß alle Vorhänge heruntergelassen waren, knipste sie eine kleine Lampe an.

Erstaunt blickte sie sich um.

„Gisela ... Helga – oh, ihr Lieben!" flüsterte sie. „Aber was ... ich hatte keine Ahnung, daß ihr kommen würdet – was tut ihr denn hier?"

Jede Antwort wurde erst einmal durch Umarmungen und Küsse unterdrückt. Nicht nur Sabrinas Augen hatten sich mit Tränen gefüllt.

„Es tut mir leid wegen des plötzlichen Anrufs", sagte der Anführer der kleinen Gruppe, „doch wir hatten keine Zeit, dich zu benachrichtigen."

„Rabbi, ich kann immer noch nicht glauben, daß Sie es wirklich sind! Warum haben Sie denn nicht einfach draußen an der Tür gesagt, daß Freunde da sind und ich öffnen soll?"

Der Rabbi lachte leise.

„Weil ich in der Zeit, die wir mit unserem unerschrockenen Anführer durch die nächtlichen Straßen gewandert sind, immer daran denken mußte, wie wir damals in jener Nacht ins *Lebenshaus* gekommen sind."

„Diese Nacht Ihrer Ankunft werde ich niemals vergessen!"

„Ich wollte noch einmal diese Worte hören, die uns in jener Nacht vor so langer Zeit gesagt wurden. Doch jetzt mußt du meine kleine Enkeltochter Billa kennenlernen, obwohl sie gerade schläft – und meinen Schwiegersohn, Giselas Mann Karl."

„Karl – oh, Gisela, ich freue mich so, deine kleine Familie kennenzulernen."

Sie schüttelte Karls Hand.

„Ihr müßt euch setzen", sagte Sabrina immer noch flüsternd. „Ich wünschte, ich könnte euch etwas anbieten, aber die Nahrungsmittel sind hier so knapp. Allerdings habe ich etwas Brot, Milch und Kartoffeln."

„Das ist ganz egal, liebe Sabrina", sagte die Frau des Rabbi. „Was immer du hast."

„Morgen, oder wann immer du es für uns arrangieren kannst, werden wir im Westen sein. Dann können wir essen!"

Auf einmal ging ein Leuchten über Sabrinas Gesicht.

„Weiß es Ursula schon?"

„Nein, wir sind in aller Eile aufgebrochen, wir hatten keine Zeit dazu."

„Sie stirbt bestimmt vor Freude!"

„Das werden wir zu verhindern wissen, aber auch wir können es kaum erwarten, sie zu sehen!"

*

Eine Stunde später hatte sich die kleine Gruppe in Sabrinas enger Küche bei Brot und gekochten Kartoffeln versammelt, die sie dankbar in Empfang nahmen.

„Morgen wäre nicht gut", sagte Sabrina gerade. „Ich würde euch lieber erst am Montagmorgen zur U-Bahn bringen."

„Aber die Grenzen sind doch immer noch offen, oder nicht?"

„Ja, aber die Volkspolizei überprüft die Papiere jetzt sehr genau. Es wird immer schwieriger, in den Westen zu kommen. Die Furcht, daß die Grenze eines Tages geschlossen wird, wächst von Tag zu Tag. Gelegentlich gibt es auch Verhaftungen. Mit Ihrem Namen und den russischen Ausweispapieren ... es könnte zu gefährlich sein. Doch die U-Bahn ist immer noch sicher."

Rabbi Wissen seufzte.

„Wahrscheinlich hast du recht", flüsterte er. „Vermutlich werden wir auch schon gesucht. Die Grenzposten könnten sogar meinen Namen haben. Nach mir wird auf höchster Ebene gefahndet."

„Haben Sie darum Rußland so überstürzt verlassen?"

Der Rabbi nickte.

„Der KGB ist schon seit Jahren hinter mir her. Zum Glück bin ich ihnen nicht in die Quere gekommen. Doch letzte Woche befand ich mich plötzlich in großer Gefahr. Wir mußten sofort fliehen. Sonst wären wir wahrscheinlich alle getötet worden. Auch hier sind wir nicht in Sicherheit. Der KGB hat seine Leute überall. Wahrscheinlich sogar in Israel."

„Warum werden Sie gesucht – wegen Ihrer Arbeit für das Netzwerk?"

„Zum Teil. Ich bin jedoch sicher, daß jemand im KGB noch ein anderes Motiv hat, obwohl ich keine Ahnung habe, was das sein könnte."

„Das Kästchen mit den Steinen?"

„Vielleicht. Doch ich frage mich, wie jemand in der Sowjetunion nach so langer Zeit davon Kenntnis haben kann. Wenn es tatsächlich das ist, dann vergeuden sie ihre Zeit."

Sabrina nickte.

„Ich habe das Gefühl, daß es eher mit den Fotos zusammenhängt als mit dem Kästchen ... vermutlich spielt beides eine Rolle."

„Und Ihre Arbeit für das Netzwerk?"

„Das auch. Es ist schon ganz gut, daß wir jetzt in den Westen gehen. Vielleicht kann ich den Informationen in bezug auf Rußlands Rolle im Holocaust auf diese Weise mehr Gewicht verleihen. Die Weltöffentlichkeit muß irgendwie darauf aufmerksam gemacht werden. Der Westen muß erfahren, was in Rußland passiert. Sind die Fotos in Händen von jemandem, der sie zu unserem Vorteil verwenden kann?"

Sabrina schwieg. Sie hatte gewußt, daß die Frage irgendwann gestellt werden würden.

„Ich fürchte, nein", sagte sie langsam und leise.

„Es ist doch hoffentlich nichts damit passiert?" fragte der Rabbi alarmiert.

„Nein, nein ... sie sind in Sicherheit. Immer noch in meinem Besitz."

„Du hast sie nicht Ursula gegeben?"

Sabrina schüttelte den Kopf.

„Dann sollte ich vielleicht –“

„Das ist zu riskant, Rabbi. Das wissen Sie doch sicher.“

Rabbi Wissen nickte. „Du hast recht. Wenn mir etwas zustoßen sollte ...“

Er seufzte.

„Als wir darüber gesprochen haben, was wir tun wollten“, fuhr er fort, „waren wir uns einig, daß die Sache wichtiger ist als einer von uns. Ich bin neugierig – welche Pläne hast du damit?“

„Ich weiß es noch nicht. Ich habe eine alte Bekanntschaft erneuert – mit einem Amerikaner, der eine hohes Regierungsamt bekleidet.“

Der Rabbi lächelte. „Ich glaube, ich weiß, was du vorhast. Auch das ist sehr riskant, Sabrina, mein Kind.“

„Ich weiß. Ich bin noch zu keiner Entscheidung gekommen. Doch wenn er sich für unsere Sache einsetzt, hätte er mehr Möglichkeiten, die Fotos an die Öffentlichkeit zu bringen, als jeder unserer anderen Kontakte.“

„Vielleicht, aber auch Israel übt heutzutage großen Einfluß in der Weltöffentlichkeit aus.“

„Ich werde vorsichtig sein“, versprach Sabrina, „und über Ursula werden wir in Kontakt bleiben. Ich werde nichts unternehmen, ohne vorher Ihren Rat eingeholt zu haben.“

Der Rabbi nickte.

„Willst du nicht mit uns kommen, liebe Sabrina?“ fragte Helga Wissen.

„Meine Zeit ist noch nicht gekommen.“

„Du sagst doch selbst, daß die Furcht wächst, die Grenze könnte eines Tages geschlossen werden“, beharrte Gisela.

„Ja, Sabrina“, fügte die Frau des Rabbi hinzu. „Vielleicht neigt sich auch unsere Arbeit hier dem Ende zu.“

„Ich kann nicht gehen in dem Wissen, daß mein Vater hierbleibt. Auch wenn ich nur wenig für ihn tun kann, muß ich in der Nähe bleiben.“

„Gibt es Neuigkeiten von ihm?“ fragte der Rabbi.

Sabrina schüttelte den Kopf.

„Hast du deine Meinung in bezug auf das Netzwerk geändert?“

„Sie meinen, daß ich unsere Leute bitten soll, einen Befreiungsversuch zu unternehmen ... nein, ich habe meine Meinung nicht geändert. Ich möchte nicht das Leben anderer Menschen in Gefahr bringen. Meinen Vater zu befreien ist nicht die Aufgabe, der sie sich verschrieben haben. Auch mein Vater wäre damit nicht einverstanden."

„Wenn du unser Volk kennen würdest, wüßtest du, daß sie euch nur zu gern helfen würden. Wir alle haben uns der Freiheit verschrieben."

Sabrina nickte.

„Das stimmt", sagte sie. „Einige haben mich sogar schon gefragt, ob sie nicht versuchen dürften, ihn zu befreien."

„Und du hast nein gesagt?"

„Bis jetzt ja. Unser lieber Freund Erich bemüht sich eifrig darum, eine Fluchtmöglichkeit zu schaffen, obwohl seine Frau schreckliche Angst hat. Aber ich werde über das nachdenken, was Sie gesagt haben. Es kann sein, daß die Zeit kommt, wo ich Erichs Hilfe und die seiner Freunde in Anspruch nehme."

Schweigen senkte sich auf den kleinen Raum.

Auf einmal schien allen klarzuwerden, wie spät es bereits war. Zu dieser Stunde konnte sogar ihr Flüstern gehört werden.

„Arme Gisela!" sagte Sabrina und schaute ihre Freundin an. „Du siehst müde aus! Komm, du und Karl, ihr werdet heute nacht in meinem Bett schlafen."

Sabrina erhob sich.

„Es tut mir leid, daß ich euch nicht die Annehmlichkeiten des *Lebenshauses* bieten kann", meinte sie. „Ich habe eine zusammengerollte Matratze in meinem Schrank und genügend Decken für die Couch und den Fußboden."

„Wir fühlen uns durch deine Freundschaft reich gesegnet", sagte Helga. „Wir brauchen keinen Luxus."

„Ich werde morgen früh fortgehen – und wahrscheinlich den größten Teil des Tages fortbleiben", sagte Sabrina, „mit dem alten Freund, von dem ich gesprochen habe. Doch meine Wohnung gehört euch. Haltet die Fenster geschlossen und die Vorhänge zugezogen, und unterhaltet euch nur im Flüsterton.

Schlaft gut. Ich werde nachmittags zurück sein, dann werden wir Pläne schmieden für eure Flucht in die Freiheit am Montag."

25

Glückliche Zeiten

Der folgende Tag war ein Sonntag. Matthew holte Sabrina wieder ab, und sie besuchten gemeinsam zuerst einen Gottesdienst. Sabrina war sehr viel fröhlicher als bei den früheren Begegnungen.

Nach dem Gottesdienst gingen sie in ein Straßencafé zum Mittagessen. Sabrina seufzte und ließ sich müde auf einen Stuhl sinken.

„War die Predigt so ermüdend", fragte Matthew, „oder findest du nur meine Gesellschaft so langweilig?"

„Es tut mir leid", erwiderte Sabrina fröhlich lachend. „Ich habe gar nicht gemerkt, wie müde ich bin."

„Von unserer Ausfahrt und dem Picknick gestern?"

„Wahrscheinlich."

„Ich wollte dir nur ein wenig Abwechslung verschaffen", lachte Matthew.

„Es war wundervoll. Verzeih mein Gähnen", sagte Sabrina lächelnd.

„Und ich habe auch unseren ganzen Nachmittag verplant – den Zoo, einen Spaziergang, vielleicht können wir sogar in der Havel schwimmen."

„Das klingt großartig. Aber jetzt erzähle mir ein wenig von deiner Arbeit. Warum bist du in Berlin?" fragte sie. „Du sagtest, du arbeitest für den Präsidenten?"

„Du weißt um die Berlin-Debatte zwischen Chruschtschow und Eisenhower – beziehungsweise jetzt Kennedy?"

„Ich fürchte, ich weiß kaum etwas darüber", erwiderte Sabrina. „Hier im Ostteil der Stadt erfahren wir nur wenig."

„Aber du weißt doch, was der sowjetische Generalsekretär Chruschtschow vorhat?"

„In den Nachrichten wird gesagt, er arbeite für die Wiedervereinigung Deutschlands, doch der Westen, vor allem die Amerikaner, würden sich allen seinen Bemühungen widersetzen, um die Kontrolle über Deutschland und Berlin zu behalten."

Matthew lachte leise.

„Das stimmt zwar", erwiderte er, „allerdings nicht ganz so, wie Chruschtschow euch glauben machen möchte. Er arbeitet vielleicht für ein vereinigtes Deutschland – aber so, wie er es haben möchte."

„Und das wäre?"

„Ein vereinigtes Deutschland ohne Bindung an den Westen, ohne jegliche westliche Militarpräsenz – ein vollkommen neutrales und demilitarisiertes Deutschland."

„Wäre das denn so schlimm?" fragte Sabrina.

„Er möchte die Alliierten aus West-Berlin und aus ganz Europa vertreiben."

„Wäre das nicht ein gerechtfertigter Preis, um aus Deutschland wieder eine Nation zu machen?"

„Nicht wenn man Männer wie Lenin, Stalin und den letzten der modernen Zaren, nämlich Chruschtschow, kennt. Kennst du nicht das erklärte Ziel der kommunistischen Partei?"

„Uns wird gesagt, daß sie für den Frieden in Europa arbeitet und daß die Amerikaner jeden ihrer Versuche zunichte machen, indem sie immer mehr Soldaten, Waffen und Raketen ins Land bringen. Ich weiß, daß sie zu ihren Gunsten übertreiben, aber das sind unsere Informationen."

„Die Sowjets haben vermutlich doppelt so viele Flugkörper wie wir", erklärte Matthew. „Sie haben im Augenblick sechshundert Langstreckenraketen auf die USA gerichtet, und vermutlich noch einmal halb so viele auf die Hauptstädte Westeuropas. *Rußland* ist das Land, das das Wettrüsten beschleunigt, nicht wir. Doch zurück zu meiner Frage – das erklärte Ziel der Kommunisten seit 1917 ist nichts weniger als die Weltherrschaft. Frieden ist in Ordnung, so lange *sie* die Kontrolle darüber haben. Wenn sie die Herrschaft friedlich übernehmen können, um so besser. Sie sind nicht unbedingt darauf aus, militärische Maßnahmen zu ergreifen wie vor fünf Jahren in Ungarn und Polen, ganz zu schweigen von dem Aufstand 1953 hier in Ostdeutschland. Wenn du hier warst, wirst du dich ganz sicher noch an die Panzer erinnern, die sie geschickt haben."

Sabrina nickte.

„Sie werden Gewalt einsetzen, wenn sie müssen", fuhr Matthew fort, „aber wenn ihr Ziel auf friedlichem Weg zu erreichen ist, werden sie dies zuerst versuchen."

„Und du meinst, sie wollen die Kontrolle über ganz Deutschland?"

„Ich *weiß*, daß sie das wollen. Chruschtschow hat einen neutralen Staatengürtel vorgeschlagen, der sich vom Südbaltikum bis zum Mittelmeer erstreckt, und zu dem beide Teile Deutschlands gehören sollen."

„Und was ist daran verkehrt?"

„Oberflächlich gesehen nichts", erwiderte Matthew. „Wir möchten nichts lieber, als Deutschland wieder vereint zu sehen. Auch ist Abrüstung für Mitteleuropa eines unserer erklärten Ziele. Nur meint Chruschtschow nicht, was er sagt, weil er nur eines will: noch mehr Macht über Europa."

„Wie will er das erreichen?"

„Es ist eine geschichtlich bewiesene Tatsache, daß jeder schwache, neutrale Staat – und vor allem jedes entmilitarisierte Niemandsland – schließlich doch in den Herrschaftsbereich seines stärksten Nachbarn fällt. Chruschtschow weiß dies genausogut wie Kennedy. Er will nicht nur ein vereinigtes Deutschland frei von aller westlichen Einmischung – er will Deutschland für sich. Er ist gerissener, als man denkt, und spielt ein diplomatisches Spiel auf der Weltbühne. Doch sein Ziel ist die Übernahme."

„Und wenn ihr euch nun irrt?"

„Wir irren uns nicht. Chruschtschows Voraussetzung für eine Vereinigung ist eine kommunistische Infiltration Westdeutschlands. Sein Ziel ist ein sozialistisches Deutschland, nicht ein kapitalistisches."

„Bist du sicher?"

„Möchtest du hören, was er in einer Rede gesagt hat?"

Sabrina nickte.

„Paß auf. Ich kann es nicht wörtlich wiedergeben, doch ich habe es so oft gelesen, daß ich es fast auswendig kann: ‚Was bedeutet die Vereinigung Deutschlands unter den gegenwärtigen Umständen? Auf welcher Basis kann sie erreicht werden? Die Interessenvertreter der Arbeiterklasse können nicht zulassen, daß die Arbeiter und Bauern der Deutschen Demokratischen Republik, die einen Arbeiter- und Bauernstaat aufgebaut und erfolgreich den Sozialismus eingeführt haben, durch eine Wiedervereinigung alle ihre Vorteile verlieren und sich wieder unter die Unterdrückung der Kapitalisten begeben.'"

„Das sind Chruschtschows Worte?"

„Genau. Verstehst du jetzt, was ich meine? Sogar der Name, den Moskau für Ostdeutschland gewählt hat, Deutsche *Demokratische* Republik, ist eine Täuschung. Die Kommunisten wollen die Herrschaft. Wenn dir das erst einmal klargeworden ist, kannst du dies aus allem, was sie tun und sagen, heraushören."

„Ich habe dich früher nie so engagiert über Politik sprechen hören", sagte Sabrina.

Matthew lachte.

„Es tut mir leid, ich wollte dich nicht überfahren. Aber ich bin Kennedys Berater, und er kennt Chruschtschow gut. Ich nehme an, ich engagiere mich deswegen so stark, weil ich weiß, was der russische Diktator will und sehe, daß die halbe Menschheit seinen glatten Worten über Frieden Glauben schenkt."

„Und du meinst nicht, daß er den Frieden will?"

„Ich bin sicher, daß er es vorziehen würde, seine Ziele friedlich durchzusetzen. Aber er will die Macht in Europa. Sein Ziel unterscheidet sich kaum von dem Hitlers, nur die

Methode ist anders. Der sowjetische Botschafter erklärte vor kurzem einer Gruppe westdeutscher Führungskräfte in Bonn, die Verstaatlichung der großen Industriezweige sei eine der Bedingungen Chruschtschows für eine Vereinigung. Auch müsse die Macht der, wie er es nannte, ‚Monopolisierung des Kapitals' gebrochen werden und die Arbeiterklasse politischen Einfluß gewinnen. Und du weißt, was er mit der *Arbeiterklasse* meint?"

„Den Kommunismus?"

Matthew nickte. „Chruschtschow versucht, den amerikanischen Einfluß in Europa auszulöschen – zuerst durch die Neutralisierung Westdeutschlands, als nächstes durch die Vereinigung der DDR und der Bundesrepublik, und dann, indem er das neutrale, entmilitarisierte Deutschland ganz allmählich in den sowjetischen Einflußbereich bringt. Wenn ihm das gelingt, wird die kommunistische Partei innerhalb von zehn Jahren nach der Wiedervereinigung genauso wachsen wie die nationalsozialistische Partei Ende der zwanziger Jahre. Innerhalb von zwanzig Jahren wird Deutschland nur noch Befehlsempfänger Moskaus sein."

„Das ist beängstigend", meinte Sabrina. „Die Lage ist nicht gut in der DDR, und ich würde nur ungern zusehen, wie sie sich auch in der Bundesrepublik verschlechtert. Aber Matthew, du hast mir immer noch nicht gesagt, was deine Aufgabe bei all dem ist."

„Ganz einfach", erwiderte Matthew. „Ich muß dafür sorgen, daß dies nicht geschieht."

„Ganz allein? Du bist derjenige, der über die Zukunft Deutschlands zu entscheiden hat?" fragte Sabrina in ehrfürchtigem Staunen. „Du bist wirklich ein bedeutender Mann geworden."

Matthew lachte.

„Nicht ich allein. Ich bin nur einer von vielen auf beiden Seiten. Tatsächlich arbeite ich direkt unter dem Außenminister, einem Mann mit Namen Dean Rusk."

„Was tust du?"

„Als Chruschtschow merkte, daß keiner der Alliierten ihm

sein Wiedervereinigungsmärchen abkaufte, widmete er Berlin seine besondere Aufmerksamkeit. Wenn er auf irgendeine Weise diese Insel der Freiheit mitten in der DDR eliminieren und Berlin zu einer sowjetischen Hauptstadt machen könnte, würde die DDR enorm an Ansehen gewinnen, und das wäre ein großer Triumph für Chruschtschow. Darum versucht er die Alliierten zu zwingen, West-Berlin aufzugeben."

„Und damit seid ihr nicht einverstanden?"

„Nicht eine Sekunde lang. Doch als Chruschtschow im November '58 begann, Ultimaten zu stellen, spitzte sich die Lage sehr zu. *Säbelrasseln* nennt man das, und Chruschtschow ist ein Meister darin. Eisenhower, Macmillan in Großbritannien und Adenauer in Bonn reagierten unterschiedlich auf die verschiedenen Angebote, und es hatte den Anschein, daß wenigstens eines der Ziele Chruschtschows erreicht worden ist."

„Welches?"

„Uneinigkeit innerhalb der NATO zu schaffen. Doch als Kennedy gewählt wurde, hat sich alles geändert."

„Wie?"

„Er ging nicht im geringsten auf die Pläne der Sowjets ein."

„Hatte er keine Angst vor dem, was passieren könnte?"

„Er hatte mehr Angst, als er in der Öffentlichkeit zeigte. Er hatte Angst vor Chruschtschow, doch gleichzeitig hatte Kennedy den Mut, seinem Gegner ins Auge zu blicken. Chruschtschow hat Kennedy von Anfang an unterschätzt. Auf jeden Fall rief Kennedy mich eine Woche nach der Wahl an und bat mich, meine Koffer zu packen und nach Deutschland zu fahren."

„Und seither bist du hier in Berlin?" fragte Sabrina.

„Nicht die ganze Zeit. Ich bin bestimmt ein dutzendmal nach Washington geflogen, nach London fast genauso oft und auch zweimal nach Moskau. Von Hotel zu Hotel bin ich gezogen."

„Dann hätten wir uns ja schon viel früher über den Weg laufen können. Ich wünschte, das wäre der Fall gewesen", sagte Sabrina. „Aber erzähle nur weiter."

„Im vergangenen Jahr war immer häufiger die Rede von einem Krieg mit der Sowjetunion. Und dann fingen die Russen eines unserer Aufklärungsflugzeuge ab. Chruschtschow stieß Drohungen aus und beharrte weiter auf der Lösung der Deutschlandfrage, sonst würde der Westen die Konsequenzen zu tragen haben. Inmitten dieser Spannungen wurde Kennedy zum Präsidenten gewählt. Er hat mich hierher geschickt, und seither stehen wir in Verhandlungen mit den Russen."

„Wie lange dauert die Krise schon?" fragte Sabrina.

„Schon mehrere Jahre. Es geht immer auf und ab. Eigentlich gibt es keinen Grund für eine Krise. Chruschtschow gefällt nur nicht, daß wir hier sind."

„Warum nicht?"

„Wir sind ihm zu nahe. Die Freiheit ist eine Bedrohung für die Kommunisten. Sie verabscheuen die Vorstellung eines marktwirtschaftlichen, kapitalistischen, NATO-verbündeten Berlins inmitten ihres kleinen Marionetten-Staates. Mehr als alles andere, glaube ich, sind es aber die Flüchtlinge, die aus der DDR nach West-Berlin kommen. Chruschtschow erzählt der Welt, daß der Kapitalismus ausstirbt und die Zukunft der Welt im Kommunismus liegt. Und doch fliehen Tausende aus Polen und Ostdeutschland – und sogar aus Rußland – in den Westen."

Während sie zuhörte, war Sabrina sehr still geworden. Interessiert lauschte sie dem, was Matthew erzählte. Sie wußte aus eigener Erfahrung, daß es stimmte.

„Chruschtschow ist stolz. Er wird nicht zulassen, daß sein Ansehen in der Welt noch weiter sinkt, wie das im Augenblick der Fall ist. Jeden Monat scheint sich die Zahl der Flüchtlinge zu verdoppeln."

Matthew seufzte. „Ich bin nun hier, um eine Lösung zu finden, doch bisher ist uns das noch nicht gelungen."

*

Beide waren sehr traurig, daß sich das Wochenende dem Ende zuneigte.

„Versprich mir“, sagte Matthew, als sie sich voneinander verabschiedeten, „daß der nächste Samstag nur dir und mir gehört.“

Sabrinas Lächeln war in dem Augenblick verflogen, als sich ihre Wohnungstür hinter ihr schloß. Tränen stiegen ihr in die Augen, Tränen des ungläubigen Staunens, der Freude, der Erleichterung, des Glücks und der Trauer über die Jahre, die sie verloren hatten, und Tränen der Unsicherheit darüber, was das alles bedeutete und wie weit sie sich gestatten durfte, etwas zu empfinden, von dem sie nicht geglaubt hatte, daß sie das jemals wieder würde empfinden können.

„Was ist los, Sabrina?“ fragte eine leise Stimme hinter ihr.

Sabrina drehte sich um. Gisela stand hinter ihr und schaute sie besorgt an.

„Oh Gisela, ich weiß nicht.“

„Hattest du keinen schönen Tag mit deinem amerikanischen Freund?“

„Doch, es war ein wunderschöner Tag.“

„Und doch weinst du?“

Sabrina versuchte zu lachen.

„Hast du nicht schon einmal zwiespältige Gefühle gehabt – Vorfreude auf das, was die Zukunft dir bringen wird, aber gleichzeitig auch Furcht davor?“

Gisela lächelte.

„Doch, ich glaube schon.“

„Alles scheint auf einmal besser zu sein, als ich es jemals für möglich gehalten hätte.“

„Und du bist nicht sicher, ob du ihm trauen kannst?“

„Ja! Wo ... woher weißt du das? Unser Leben hat sich so unterschiedlich entwickelt. Und doch ... vielleicht weiß ich nur nicht mehr, inwieweit ich mir selbst trauen kann.“

„Im Augenblick glaube ich, daß du Schlaf brauchst“, meinte Gisela lächelnd. „Komm, leg' dich hin und hör' auf nachzudenken.“

Sie legte ihren Arm um sie, als wäre sie die Gastgeberin und Sabrina der Gast, und führte sie in ihr Schlafzimmer.

Sabrina ließ sich auf das Bett fallen und brach wieder in Tränen aus, bis sie schließlich vom Schlaf übermannt wurde. Als sie aufwachte, war der Abend bereits weit fortgeschritten. Sie erhob sich und unterhielt sich einige Zeit mit dem Rabbi und seiner kleinen Familie. Sie bereiteten sich eine einfache Mahlzeit, die sie gemeinsam einnahmen. Danach begaben sich alle zur Ruhe.

Am folgenden Morgen brachte Sabrina sie durch den Keller auf die Straße und zur nächsten U-Bahn-Station. Danach kehrte sie in ihre Wohnung zurück, machte sich zur Arbeit fertig und auf den Weg zu ihrem Büro.

26

Ein märchenhafter Ausflug

Wie versprochen erschien Matthew am folgenden Samstag, dem 24.Juni, morgens vor Sabrinas Wohnung. Er war gerade erst aus Bonn zurückgekommen.

„Bist du bereit?" fragte er, als sie die Tür öffnete.

„Wofür?"

„Für ein Abenteuer! Ich habe den ganzen Tag frei."

„Was für ein Abenteuer?" lachte Sabrina.

„Stell mir nicht so viele Fragen", antwortete Matthew mit gespieltem Ernst. „Du mußt eine Hose anziehen."

„Warum?"

„Keine Fragen. Vertrau mir einfach und komm."

Da war es wieder – das Wort Vertrauen. *Ich werde mir jetzt keine Gedanken mehr darum machen,* sagte sich Sabrina; sie war entschlossen, an diesem Tag alle Fragen hinter sich zu lassen und sich einfach nur zu amüsieren.

Sie rannte in die Wohnung zurück, um sich umzuziehen. Danach stiegen sie in den Wagen, und Matthew fuhr auf dem schnellsten Weg in Richtung Süden aus Berlin heraus.

„Wohin fahren wir?" fragte Sabrina fröhlich.

Matthew antwortete nicht. Er lächelte nur.

„Willst du mich necken, Matthew?" Sie bemühte sich darum, ernst zu klingen, doch es gelang ihr nicht so ganz.

„Niemals", erwiderte er.

„Wohin fahren wir also?"

„Warst du schon einmal im Spreewald?"

„Nein", erwiderte Sabrina. „Ich habe nur gehört, daß es dort herrlich sein soll – ein sattgrüner Sumpfwald mit vielen Wasserläufen."

„Ich dachte, wir könnten den Wald gemeinsam erkunden."

„Oh, wie wundervoll!" rief Sabrina. Sie lehnte sich zurück und genoß die Fahrt.

Nach etwa einer Stunde bog Matthew von der Hauptstraße ab. Langsam fuhren sie einen Feldweg entlang, der kaum breiter war als das Auto. Große Erlen standen an jeder Seite, und dahinter war ein silbrig glänzender Wasserlauf zu sehen. Als der Weg zu schmal wurde, um weiterzufahren, blieb Matthew stehen, stellte den Motor ab und zog den Schlüssel heraus.

„Ich glaube, wir müssen zu Fuß weitergehen", sagte er.

„Wohin?"

„Ich weiß es nicht, einfach so durch den Wald", erwiderte Matthew unschuldig. „Komm!"

Er sprang aus dem Wagen, eilte zu Sabrinas Seite und nahm sie an der Hand.

Sabrina mußte sich anstrengen, mit ihm Schritt halten zu können.

„Matthew, wohin gehen wir denn?" kicherte sie.

„Wer weiß – wir wollen mal sehen", antwortete er und verlangsamte seinen Schritt, damit sie ihn einholen konnte.

„Ich glaube dir kein Wort, Matthew McCallum. Du weißt sehr gut, wo wir hingehen! Du bist ein sehr schlechter Lügner!"

„Was? Willst du damit sagen, ich wüßte mehr, als ich sage?"

„Das tue ich tatsächlich", antwortete Sabrina und schaute ihn lächelnd an.

Matthew sah den Ausdruck in ihren Augen und gab ihn zurück. Es tat so gut zu sehen, daß Sabrina wieder fröhlich war!

Ihre Blicke trafen sich kurz. In diesem Blick drückte sich aus, was sie auch schon in ihrer Jugend füreinander empfunden hatten. Die Liebe, die schon so lange in ihnen geschlummert hatte, begann sich zu regen.

Es gab so vieles zu sagen, doch konnte keiner von ihnen die Sehnsucht und das Glück, das sie empfanden, in Worte fassen.

Trotz ihrer Zweifel beschloß Sabrina in diesem Augenblick, daß das Leben ohne Vertrauen nicht gut sein konnte. Wenn sie sich jetzt zurückhielt und ihr Innerstes vor ihm verborgen hielt, dann hatte sie vielleicht niemals wieder die Gelegenheit, wahre Vertrautheit kennenzulernen.

Über die Auswirkungen würde sie ein anderes Mal nachdenken. Im Augenblick wollte sie auf jeden Fall Vertrauen haben. Es war etwas zwischen ihnen im Entstehen, das sie nicht verlieren wollte.

Schweigend hakte Sabrina sich bei Matthew unter. Freude durchströmte Matthew, und unbewußt verlangsamten beide ihren Schritt.

„Wie kann eine vierzigjährige Frau, deren Mutter tot, deren Vater im Gefängnis ist und die alles verloren hat, das ihr einst lieb und wert gewesen ist, nur so glücklich sein?" seufzte Sabrina schließlich. „Ich glaube nicht, daß ich das verdient habe."

Matthew sagte nichts, und sie gingen eine Zeitlang schweigend weiter.

„Hast du auch das Gefühl, daß die Zeit stehengeblieben ist?" fragte Sabrina.

Matthew nickte. „Das habe ich auch gedacht. Und doch sind wir so viel älter geworden. In der Rückschau hat es den Anschein, als wären wir damals Kinder gewesen."

Wieder verfielen sie in Schweigen.

„Matthew, wohin gehen wir denn nun?" fragte Sabrina auf einmal. Ihre Stimme klang genauso, wie Matthew sie von damals in Erinnerung hatte.

„Vielleicht finden wir einen Hochsitz, wo wir uns hinsetzen und über den Spreewald sehen können."

„Oh, das wäre wundervoll!" rief Sabrina. „Nichts könnte mir mehr Freude machen."

Lächelnd ging Matthew weiter.

„Nanu, was ist denn das?" rief er auf einmal. Sie kamen an eine Lichtung.

Keine fünfzehn Meter vor ihnen standen zwei herrliche Reitpferde, gesattelt und an einem Ast festgebunden.

„Matthew ... sind die schön!" rief Sabrina. „Was meinst du, wem sie gehören?"

„Uns natürlich", antwortete Matthew. „Hast du Lust, mit mir auszureiten?"

„Matthew ... meinst du das im Ernst?"

„Natürlich meine ich das. Wir wollen den Wald erforschen."

Matthew band eines der Pferde los, gab Sabrina, die immer noch staunend vor den Tieren stand, die Zügel, band dann das zweite Tier los und stieg in den Sattel. Ein Pfad führte von der Lichtung an einem Fluß entlang. Sabrina brauchte nur einen Augenblick, um aufzusteigen und Matthew einzuholen.

Der Weg war breit genug, daß zwei Pferde nebeneinander hergehen konnten.

„Matthew, hast du diese Pferde wirklich nur für uns beide hierhergebracht?"

„Nein, ich kann ehrlich sagen, daß ich es nicht war", erwiderte er lächelnd.

„Aber du hast alles arrangiert?"

„Du hast mich ertappt ... ich bekenne mich schuldig."

„Aber wie?"

„Ich bin doch Diplomat, weißt du nicht? Ich habe Mittel und Wege."

„Ich kann mir gar nicht vorstellen –"

„Dann versuch es doch auch gar nicht. Genieße einfach den Ritt."

„Es ist zu herrlich, wie in einem Märchen ... Ich habe seit Jahren nicht mehr im Sattel gesessen!"

„Dann will ich sehen, ob du immer noch eine so gute Reiterin bist, daß du mich einholst!“

Matthew gab dem Pferd die Zügel frei, und es verfiel in Galopp. Innerhalb weniger Augenblicke war er um eine Biegung verschwunden.

Sofort nahm Sabrina die Verfolgung auf. Doch so sehr sie sich auch bemühte, sie konnte die Entfernung zwischen ihnen nicht verringern.

Das Rennen hatte begonnen!

Die jahrelang aufgestaute Untätigkeit fiel auf einmal von ihr ab. Sie war wieder ein junges Mädchen und in den Feldern und Wäldern in der Umgebung vom *Lebenshaus.*

Lachend gab sie der Stute die Sporen, entschlossen, das Rennen nicht zu verlieren.

Doch Matthew war nicht geneigt, sich einholen zu lassen. Geschickt lenkte er sein Pferd um die Kurven des Weges.

So jagten sie hintereinander den jetzt etwas ansteigenden Weg entlang. Es ging einen Hügel hinauf, der sich etwa dreihundert Meter über die Ebene erhob. Es war der höchste Punkt in fünfzig Kilometern Umkreis und ein beliebtes Ausflugsziel für Spaziergänger und Fahrradfahrer. Doch an diesem Tag schienen sie ganz allein zu sein.

Endlich hielt Matthew an und wartete auf Sabrina.

„Hast du genug?“ rief er.

Atemlos kam sie heran. „Matthew, wo hast du nur so reiten gelernt? Du kannst ja mit dem Pferd umgehen wie einer eurer Cowboys!“

Matthew legte den Kopf in den Nacken und lachte laut. „Nach dem Sturz und dem gebrochenen Bein im *Lebenshaus* habe ich mir gesagt, daß mir so etwas nie wieder passieren darf. Also habe ich angefangen, Reitunterricht zu nehmen. Es hat einige Jahre gedauert, doch ich muß sagen, nie wieder hat mich eine Frau geschlagen.“

„Vermutlich bist du seitdem mit vielen Frauen ausgeritten?“ fragte Sabrina vorsichtig.

„Eigentlich nicht“, antwortete er. „Seit jenem Tag bin ich genaugenommen mit niemandem mehr ausgeritten.“

„Warum nicht? Hast du keine Freundin?“

„Um deine erste Frage zu beantworten, wahrscheinlich, weil ich die Erinnerung an jenen ersten Ritt mit dir nicht verderben wollte.“

„Die Erinnerung an den Beinbruch!“

„Ich dachte eher an die anschließende Woche“, meinte Matthew. „Doch genug von der Vergangenheit – komm, wir wollen sehen, ob wir zum Gipfel dieses Hügels kommen können.“

Wieder jagte er davon wie der Blitz, und Sabrina tat ihr Bestes, um ihn einzuholen. Doch diesmal hatte sie mehr Erfolg, obwohl fraglich war, ob Matthew wirklich das Äußerste aus seinem Pferd herausholte. Nach wenigen Minuten hatten sie den Gipfel erreicht.

Beide zügelten ihre Pferde.

Vor ihnen befand sich ein großer Granitfelsen, der jeden Spaziergänger einlud, ihn zu besteigen und die Gegend zu betrachten.

Langsam ritten sie darauf zu.

„Nanu“, rief Matthew erstaunt, als sie sich ihm näherten. „Was ist denn das?“

Er sprang von seinem Pferd, band es an einem stabilen Ast fest und ging auf den Felsen zu. Auch Sabrina stieg ab und folgte ihm.

„Matthew“, rief sie. „Das ist ein Picknickkorb. Es müssen noch andere Leute hier sein.“

„Es ist niemand zu sehen“, meinte Matthew und schaute um sich. „Anscheinend ist er noch unberührt. Komm, wir wollen sehen, was darin ist.“

Er lief vor und blieb bei dem Korb stehen.

„Matthew, das geht doch nicht. Er gehört jemand anderem.“

Noch bevor Sabrina weitere Einwände erheben konnte, hatte Matthew den Deckel geöffnet und untersuchte den Inhalt.

„Ein weißes Leinentuch ... hmmm ...“

Er drehte sich zu ihr um und hielt ein Ei und einen Laib

Brot in der Hand. „Sieh nur, Sabrina", rief er. „Zwei Eier, zwei frische Brote, ein Päckchen Butter, Messer, Salz, Käse, Fleisch – schon geschnitten – und Schinken. Es hat den Anschein, als sei der Inhalt für zwei Leute gedacht ... Warum also nicht für uns!"

„Matthew! Wenn die Leute nun zurückkommen ...? Was werden sie von uns denken!"

„Wer?"

„Wer auch immer."

„Der Korb ist bestimmt für uns – sagtest du nicht, es sei alles wie im Märchen?"

„Da ist ein Zettel ... Sieh nur!"

„Tatsächlich. Ich glaube, du hast recht. Ich kann gar nicht verstehen, wieso ich ihn übersehen habe. Was steht drauf?"

Sabrina griff in den Korb hinein und zog den Zettel heraus.

„Kannst du ihn lesen?" fragte Matthew.

„Er ist mit der Schreibmaschine geschrieben. *Willkommen, müde Wanderer, zu dem Proviant, der nur für euch bereitgestellt wurde*", las Sabrina langsam. „*Laßt euch das Essen schmecken, doch freut euch noch mehr an der Gesellschaft des anderen. Ihr braucht euch nicht zu beeilen, diesen Ort zu verlassen. Genießt das Märchen. Guten Appetit!*"

„Was hat das zu bedeuten, Matthew?" rief sie, als sie von dem Zettel aufschaute. Ihr Gesicht war vor Erregung ganz gerötet.

„Es bedeutet anscheinend, daß wir essen und dankbar sein sollen."

„Aber wie ... wie kann das sein?"

„Wir sind mitten in einem Märchen gelandet, Sabrina!" lachte Matthew. „Und man hat uns angewiesen, es zu genießen."

Er legte die wenigen Sachen wieder in den Korb, sprang auf, nahm den geheimnisvollen Korb beim Henkel und kletterte den Felsen hinauf.

Mit leuchtenden Augen, doch immer noch verwirrt folgte ihm Sabrina.

Oben angekommen breitete Matthew die Decke aus und packte den Korb aus.

„Matthew", sagte sie langsam, als sie sich neben ihm niederließ, „das hast du alles vorbereitet, nicht wahr?"

„Willst du den Zauber des Märchens brechen?"

„Zu wissen, daß du das alles nur für mich getan hast, ist ein viel größeres Märchen", erwiderte Sabrina leise. „Danke, Matthew – ich weiß nicht, was ich sonst sagen soll. Du gibst mir das Gefühl, etwas ganz Besonderes zu sein. Ich fühle mich auf einmal so lebendig, wieder so jung."

Matthew lächelte. „Genau das war meine Absicht."

„Matthew, du bist ja ein Romantiker!"

„Kannst du denn nun alles genießen, was in dem Korb ist?"

„Ja", erwiderte Sabrina schüchtern. „Ich hätte wissen sollen, daß ich dir vertrauen kann."

„Komm hierher – was hältst du von der Aussicht?"

„Die habe ich bisher noch gar nicht wahrgenommen", meinte Sabrina. Sie folgte ihm zum Rand des riesigen Felsens. „Oh!" rief sie. „Es ist atemberaubend. Ich hatte keine Ahnung, daß er so hoch ist!"

Nebeneinander bewunderten sie den Ausblick über die weite Niederung mit dem Sumpfwald und den vielen Seitenarmen der Spree.

Danach ließen sie sich auf der Decke nieder, machten sich über die guten Sachen her und plauderten miteinander. Sie genossen den Ausblick und die frische Luft, doch wie auf dem Zettel gestanden hatte, freuten sie sich mehr an der Gesellschaft des anderen.

Schließlich erhob sich Matthew, ging ein paar Schritte bis zum Rand des Felsens und streckte sich. Sabrina begann die Sachen wieder in den Korb zu packen.

„Matthew, auf dem Boden des Korbs liegt ein Umschlag", rief sie.

„Tatsächlich?" gab Matthew betont desinteressiert zurück.

„Das weißt du doch ganz genau – du hast ihn doch selbst hineingelegt!" schimpfte Sabrina.

„Dann kann er ja nicht für mich sein."

Sabrina griff in den Korb und holte den Umschlag heraus.

„Dieses Blatt ist nicht mit Schreibmaschine geschrieben", sagte sie, „und ich erkenne die Schrift."

„Du hast mich wieder einmal ertappt", gestand Matthew.

Leise las Sabrina die Gedichtzeilen. Tränen stiegen ihr in die Augen.

Es heißt, Liebe soll gleich einer Rose sein,
die in meinem Herzen wächst, so süß und rein.
Doch wird sie auch ein Dorn geheißen,
der wütend mir will das Herz zerreißen.

Die schöne Zeit einst mit dir,
die mich so glücklich gemacht,
hat die Rose in mir zum Blühen gebracht.
Die Jahre der Trennung gebären den Schmerz,
gleich Dornen zerstach er mein blutendes Herz.

Warum wohl die Liebe, sobald sie verwirkt,
so vieles an Tränen und Schmerz in sich birgt?
Doch ich weiß, mit der Zahl ihrer Dornen da steigt
jeder Rose Reiz und Lieblichkeit.

„Es ist wunderschön", sagte sie. „Wer hat das geschrieben?"

Matthew schaute unter sich, sagte aber nichts.

„Es ist von dir, nicht wahr?"

„Durch dieses Gedicht konnte ich mich an einen ganz besonderen Menschen erinnern", antwortete Matthew leise und ernst. „Immer wenn ich es durchgelesen habe, mußte ich an meine liebe Freundin Sabrina denken."

„Matthew McCallum", sagte sie betont fröhlich, wobei ihre Stimme sichtlich bewegt klang, „du bist tatsächlich ein Romantiker!"

27
Eine denkwürdige Rose

Der wundervolle Samstag lag hinter ihnen, und Matthew und Sabrina waren auf dem Rückweg zu Sabrinas Wohnung.

„Ich habe noch etwas für dich", sagte Sabrina, als sie die oberste Treppenstufe erreichten. „Warte hier."

Sie schloß die Tür auf und verschwand in der Wohnung. Matthew sah ein Licht angehen, und nach weniger als einer Minute war sie wieder da.

„Was hast du da?" fragte Matthew. Sabrina hielt eine Hand hinter ihrem Rücken versteckt.

„Nun ist es an mir, dich zu überraschen", meinte Sabrina.

Langsam holte sie die Hand hinter ihrem Rücken hervor und reichte Matthew ein kleines Stoffsäckchen.

Er nahm es, öffnete das Band und schaute hinein. Sein fragender Blick machte klar, daß er die Bedeutung des Inhalts nicht begriffen hatte.

„Riech einmal daran", meinte Sabrina aufgeregt.

Matthew hielt seine Nase an die Öffnung und schnupperte.

„Irgendwelche getrockneten Blumen?" fragte Matthew.

„*Irgendwelche?*" schimpfte Sabrina. „Matthew, das ist eine *Rose* – kannst du das nicht erkennen?"

„Rosen riechen ganz anders, wenn sie getrocknet sind", meinte Matthew lachend.

„Sieh hinein", beharrte Sabrina. „Erkennst du sie nicht?"

„Sollte ich?" fragte Matthew.

„Ja, du solltest! Es ist die getrocknete Blüte der gelben Rose, die du mir an jenem Tag im Jahre 1939 im Lebenshaus gegeben hast, als wir Abschied voneinander nehmen mußten."

„Du hast sie die ganze Zeit aufbewahrt?"

„Natürlich! Du hast doch nicht gedacht, ich würde sie wegwerfen, oder?"

„Ich weiß es nicht. Nach allem, was du durchgemacht hast, bin ich überrascht, daß sie überlebt hat."

„Diese gelbe Rose gehörte zu den wenigen Dingen, die ich mitgenommen habe, als wir geflohen sind."

„Und du hast sie immer bei dir gehabt?"

„Wo immer ich hingegangen bin."

Sabrina zögerte, dann fügte sie hinzu: „Matthew, du mußt wissen – diese kleine Rose gehört zu meinen liebsten Erinnerungen."

Nun war es an Matthew, nachdenklich zu werden.

„Ich verstehe", sagte er schließlich. „Auch ich habe meine Erinnerungen, obwohl ich keine Rose habe, nur die Hoffnung, eines Tages das kleine Kästchen wiederzusehen, das du mir geschenkt hast. Vermutlich hat es den Krieg nicht überstanden?"

„Ich weiß es nicht. Ich habe es im Haus gelassen."

„Warum hast du diese Rose mitgenommen und das Kästchen nicht?"

„Vermutlich hoffte ich, ich würde bald wieder zurück sein. Schon oft habe ich bereut, es nicht mitgenommen zu haben. Vermutlich ist es mittlerweile zerstört worden, so wie alles im Haus. Diese getrocknete gelbe Rose ist alles, was mir von jener glücklichen Zeit geblieben ist."

„Nun, dann werde ich deine Sammlung von Erinnerungsstücken erweitern", sagte Matthew. „Jedesmal, wenn ich dich sehe, werde ich dir eine Rose mitbringen!"

„Oh, Matthew!" lachte Sabrina.

„Ich verspreche es. Du wirst Rosenblätter in jeder Farbe haben!"

„Dann werde ich ein Potpourri daraus machen. Wir werden eine neue Rosensammlung beginnen anstelle der beiden Knospen, die wir zurückgelassen haben."

„Übrigens", fragte Matthew grinsend, „welche Farbe hatte denn nun die Rose aus dem Garten deines Vaters, die du in das Kästchen gelegt hast?"

Sabrina lächelte zurück.

„Ich bin noch nicht bereit, das preiszugeben", antwortete sie.

Beide wurden schweigsam.

Ihnen schien auf einmal klarzuwerden, was es bedeutete, daß sie sich wiedergefunden hatten. Die Erinnerung an die ersten Rosen, die sie sich geschenkt hatten, brachte unzählige Gefühle wieder an die Oberfläche, die sie beide viele Jahre lang in einer geheimen Kammer ihres Herzens verschlossen gehalten hatten.

„Ich ... ich denke, es ist schon sehr spät ...“, stammelte Matthew unsicher.

„Ja“, lachte Sabrina. Auch sie spürte die Verlegenheit. Auf einmal war ihr sehr heiß.

„Ich nehme an ... ich, äh, sollte jetzt gehen. Besuchen wir morgen wieder den Gottesdienst?“

„Das wäre schön.“

„Dann komme ich um halb zehn bei dir vorbei.“

Sabrina nickte, dann schaute sie hinunter in die Dämmerung.

„Mit der ersten neuen Rose“, fügte er hinzu.

„Oh, Matthew!“

„Ich meine es ernst.“

„Wo willst du denn am Sonntagmorgen eine herbekommen?“

„Ich werde schon vor dem Morgengrauen aufstehen und die Straßen der Stadt absuchen. Ein Versprechen ist ein Versprechen. Ich werde hier an deiner Türschwelle mit einer Rose stehen ... selbst wenn ich sie aus einem Garten stehlen muß.“

Wieder senkte sich Schweigen über den Treppenabsatz, wo sie standen.

Beide fingen gleichzeitig zu reden an.

„Entschuldige“, meinte Matthew. „Was wolltest du sagen?“

„Nein ... du zuerst“, erwiderte Sabrina. „Du hast zuerst angefangen.“

Matthew trat verlegen von einem Fuß auf den anderen.

„Ich ... wollte sagen ... daß heute – die vergangenen zwei Wochen ... ich habe diese Zeit unendlich genossen. Ich möchte, daß du weiß, wie froh ich bin, daß ... weißt du, daß wir ...“

Er zögerte, suchte nach den richtigen Worten und fand sie nicht.

„Ich weiß, was du sagen möchtest“, erwiderte Sabrina. „Ich empfinde genauso. Ich bin dankbarer, als du dir vorstellen kannst. Diese zwei Wochen waren die glücklichsten Tage seit dem Krieg. Du kannst dir nicht vorstellen, wieviel sie mir bedeuten.“

„Doch, ich glaube schon. Ich habe genauso lange gewartet.“

„Gewartet ... worauf?“ fragte Sabrina.

„Sabrina“, sagte Matthew kaum lauter als ein Flüstern. „Weißt du das nicht?“

Was konnte sie sagen? Sie fand keine Worte.

Sabrina errötete in der Dunkelheit, als die Bedeutung ihr dämmerte.

„Gewartet darauf ... dich wiederzusehen, Sabrina“, fügte Matthew nach einer Weile hinzu.

Immer noch hielt sie den Blick gesenkt.

Langsam nahm Matthew ihre Hand, hielt sie einen Augenblick in seiner, führte sie dann langsam an seine Lippen und küßte sie leicht.

„Gute Nacht, Sabrina“, flüsterte er, dann drehte er sich um und verließ das Haus.

Sabrina blieb reglos stehen und schaute ihm noch nach, als er schon lange aus ihrem Blickfeld verschwunden war.

Dann schloß sie ihre Tür auf und machte sich für die Nacht zurecht. Bevor sie das Licht löschte, las sie sich Matthews Gedicht noch einmal durch. Ihre Augen füllten sich mit Tränen. Es war überwältigend, sich vorzustellen, daß er so empfand, doch diese Worte konnten nicht lügen. Wie konnte sie ihm nicht vertrauen, wo er seine Seele offen vor ihr ausgebreitet hatte?

Als sie im Bett lag, konnte sie die Tränen nicht mehr zurückhalten. Doch es waren Freudentränen, die aus dem Gefühl entstanden, daß alles gut werden würde.

28

Die Suche geht weiter

Gustav von Schmundt hatte Galanow persönlich nach Warschau geschickt mit dem Befehl, der Kiosk-Angelegenheit auf den Grund zu gehen. Nach dem vielversprechenden Anfang mit den zwei Augenzeugen hatte ihr polnischer Kontaktmann die Spur kalt werden lassen.

„Sie fahren persönlich hin", hatte er gesagt, „und sagen diesem Dummkopf, daß er, sein Netz enger knüpfen soll, falls er jemals die Farbe unseres Geldes wiedersehen will, damit Verräter nicht mehr so leicht hindurchschlüpfen können!"

Galanow nickte.

„Dann begleiten Sie ihn zu dem Ehepaar, das vermutlich Kontakt mit der Frau hatte. Denken Sie an ihre Ziele, Galanow. Wenn Sie eines Tages ein hochrangiger KGB-Agenten werden wollen, dann ist jetzt die Zeit zu beweisen, daß Sie das Zeug dazu haben. Enttäuschen Sie mich nicht. Ich will Beweise. Ich will das Modell, die Farbe, das Baujahr und die Zulassungsnummer des Wagens. Wenn der Mann ihr geholfen hat, den Wagen in Gang zu bringen, weiß er sicher mehr, als er sagt."

Spät am Abend war Galanow mit der Information, die sie brauchten, zurückgekehrt. Er hatte die Einzelheiten aus dem Mann herausprügeln müssen, doch schließlich hatte der Kerl aufgegeben.

Er gab Gustav den Zettel. Gustav lächelte. Dies war alles, was er brauchte. Den ganzen Morgen hatte er gebraucht, einen mißmutigen Beamten aus dem Bett zu zerren und dazu zu bringen, sein Büro zu öffnen. Eine Stunde hatte es gedauert, den Namen und die Adresse des Wageninhabers zu bekommen.

Und nun war Gustav auf dem Weg zu der betreffenden Adresse in Bucholz im Norden Ostberlins.

Gustav parkte auf dem Parkplatz vor dem Mietshaus und schaute sich die Wagen dort genau an. In der dritten Reihe entdeckte er das Nummernschild, das er suchte.

Gut, dachte er lächelnd, sie sind zu Hause. Seltsam, die Farbe und das Modell stimmen nicht mit den Angaben Galanows überein. Noch einmal schaute er auf den Zettel, den er in der Hand hielt. Nein, die Zulassungsnummer stimmte, nur die Beschreibung des Wagens nicht.

Der Sache würde er auf den Grund gehen. Er drehte sich um, steckte den Zettel in die Tasche und ging schnell zur Eingangstür des Mietshauses.

Eine Stunde später verließ er das Gebäude wieder auf demselben Weg, enttäuscht und wütend. Seine Stasi-Uniform wies deutliche Anzeichen der in seiner Organisation üblichen rüden Befragungsmethoden auf.

Außer sich vor Wut, daß eine so vielversprechende Spur ins Nichts geführt hatte, stürmte er zu seinem Wagen und brauste davon.

Tief in seinem Innern hatte er in dem Augenblick, wo er die Wohnung betreten hatte, gewußt, daß die Frau, die er gerade verlassen hatte, unschuldig war. Weder sie noch ihr Mann hatten etwas gewußt und würden wahrscheinlich nicht einmal nach Warschau gefunden haben, selbst wenn sie es gewollt hätten. Außerdem konnte die häßliche Alte wohl kaum die wunderschöne Frau sein, die an dem Kiosk gesehen worden war.

Doch dies hatte seinen Zorn nicht aufhalten können, der sich über ihnen entladen hatte. Er war äußerst verärgert, und es war ihm egal, an wem er seinen Ärger ausließ.

Ein Irrtum im Nummernschild konnte nicht vorliegen.

Die einzige Erklärung war, daß Galanow sich von den sogenannten Zeugen in Warschau in die Irre hatte führen lassen. Wenn sie einer wunderschönen Frau in einem Wagen mit Berliner Nummernschilder geholfen hatten, war es ganz sicher weder dieser Wagen noch die Frau da oben in der Wohnung gewesen!

Er hätte selbst nach Warschau fahren sollen. Galanow war jung und unerfahren. Vielleicht hatte er zu viel Druck ausgeübt und die Zeugen dadurch gezwungen zu lügen. Schon früher waren Teile des Nummernschildes bekannt gewesen.

Wahrscheinlich hatten sie den Rest der Nummer erfunden, um ihre Haut zu retten.

Es würde einige Zeit dauern, dachte Gustav, der sich langsam wieder beruhigte, doch er würde alle Berliner Nummernschilder überprüfen, in denen die Nummer vorkam, an die die beiden Zeugen sich anfangs erinnert hatten.

Die in Frage kommenden Wagen würde er einkreisen und persönlich die Suche aufnehmen.

Wer immer diese geheimnisvolle Frau war, die in Berlin wohnte – er würde sie finden!

29

Matthews Geschichte

Guten Morgen!" sagte Matthew strahlend, als er am folgenden Morgen vor Sabrinas Tür stand.

„Ich sehe deinen Wagen gar nicht", meinte Sabrina.

„Ich bin zu Fuß gekommen! Es ist ein wundervoller Tag, und wir haben Zeit ... Ich dachte, wir könnten zu Fuß gehen."

Als sie losgingen, holte Matthew seine Hand hinter dem Rücken hervor und hielt ihr eine Rose hin.

„Sie ist wunderschön."

„Habe ich das nicht versprochen?"

„Ja, aber ..." Sabrina beendete den Satz nicht, sondern hielt sich die Rose an die Nase und sog tief ihren Duft ein. „Und sie duftet sogar."

Sabrina schaute Matthew an. „Vielen Dank, Matthew", sagte sie leise. „Du machst mich so glücklich. Ich ... ich weiß gar nicht, was ich sagen soll."

„Sag einfach, daß du den ganzen Tag mit mir verbringst!" meinte Matthew, als sie weitergingen.

Sabrina lachte verlegen auf. „Ich habe Angst, daß du meiner überdrüssig wirst", sagte sie.

„Aber Sabrina, wie kommst du denn darauf?"

„Ich weiß auch nicht. Auf einmal habe ich Angst, daß –"

„Sabrina, wovor hast du Angst?" fragte Matthew. Tiefe Besorgnis war aus seiner Stimme herauszuhören.

„Ich habe Angst, ich könnte eines Tages aufwachen und müßte feststellen, daß du fort bist und daß ... daß alles nur ein Traum gewesen ist ...!"

Sie brach in Tränen aus.

Matthew nahm sie sanft in die Arme.

„Es ist kein Traum, Sabrina", flüsterte er leise.

„Ich möchte das so gern glauben."

„Dann tu es doch. Und was hältst du nun von meinem Vorschlag?" fragte Matthew.

„Den habe ich schon vergessen."

„Den ganzen Tag mit mir zu verbringen?"

„Wie kann ich das ablehnen? So lange du mir versprichst, daß du meiner nicht überdrüssig wirst."

„Niemals!"

*

Nach dem Gottesdienst begleitete Matthew Sabrina in ihre kleine Wohnung.

„Es ist mir peinlich, daß du siehst, wie ich wohne", sagte Sabrina, als sie hineingingen.

„Warum ist dir das peinlich? Du glaubst doch nicht, daß es mir etwas ausmacht, wo du lebst?" fragte Matthew, als er seine Jacke auszog und sie über einen der beiden Stühle in dem kleinen Wohnzimmer legte.

„Vielleicht empfinde ich auch eher Traurigkeit. Ich stamme aus einer gutsituierten Familie, wuchs auf dem herrlichsten Gut auf, das man sich vorstellen kann ... und schau mich jetzt an."

Sie schaute sich in dem kleinen Raum um. Das verschlissene Sofa und die beiden Stühle hatten offensichtlich schon viele Besitzer gehabt. Eines der Fenster hatte gar keinen Vorhang, der andere war von der Sonne verblichen, und seine einst grüne Farbe glich nun eher einem düsteren Grau. Einen Teppich gab es nicht, nur blanke Holzdielen.

Matthew folgte ihr in die Küche. Zehn Minuten später schälte er Kartoffel am Waschbecken, während Sabrina einen Salatkopf zerpflückte. Danach legte sie die Würstchen in eine schwarze Pfanne auf dem Herd.

„Ist jetzt die richtige Zeit?"

„Zeit wofür?"

„Du weißt schon", sagte Sabrina. „Du bist dran, mir zu erzählen, wie es dir ergangen ist."

„Du meinst, ich soll dir meine Geschichte der letzten zwanzig Jahren erzählen?" fragte Matthew lächelnd.

„Ja. Ich möchte wissen, wie du dazu gekommen bist, einer der Spitzen-Berater des Präsidenten zu werden."

„Ich habe nie behauptet, zu seinen Spitzen-Beratern zu gehören", lachte Matthew.

„Das war wohl meine eigene Interpretation."

„Ich denke, ich kann sagen, daß mein Vater mir die Türen geöffnet hat. Als wir bei Kriegsausbruch in die Staaten zurückkehrten, zogen wir nach Washington D.C. Mein Vater hatte natürlich Kontakt zu vielen hochrangigen Regierungsleuten. Als der Krieg vorbei war, arbeitete er mit Außenminister George Marshall an dem Wiederaufbauprogramm für Europa. Er kam also nach Europa zurück, auch nach Deutschland."

„Bist du mitgekommen?"

„Manchmal. Ich war fünfundzwanzig, als der Krieg endete, und einen guten Teil der folgenden sechs Jahre verbrachte ich mit Studieren, obwohl ich gleichzeitig auch für meinen Vater arbeitete."

„Was hast du studiert?"

„Politik und Geschichte."

„Ich wußte gar nicht, daß du dich für Geschichte interessierst", meinte Sabrina.

„Das habe ich früher auch nicht. Mein Interesse ist allmählich, durch meine anderen Studien, erwacht."

„Was hast du nach deinem Studium gemacht?"
„Ich brauchte sechs Jahre, bis ich meinen Abschluß hatte. Ich bin herumgereist und habe dies und das gemacht. Und dann habe ich Jack kennengelernt."
„Jack?"
„Kennedy. Jack wurde '46 ins Repräsentantenhaus und dann '52 in den Senat gewählt. Ich arbeitete zeitweise für ihn, als er noch Kongreßabgeordneter war. Im Jahr nach seiner Wahl gehörte ich zu seinem Stab."
„Ihr seid gute Freunde?" fragte Sabrina.
„Sagen wir, wir sind gute Kollegen", erwiderte Matthew. „Jack ist einige Jahre älter als ich, und natürlich ist er in den fünfziger Jahren schnell aufgestiegen. Aber niemand wie ich kann wirklich ein Freund des Präsidenten der Vereinigten Staaten sein. Doch er behandelt mich gut, und ich kann nicht klagen. Auch ich bin aufgestiegen, und ich tue genau das, was ich immer wollte. Ich muß sowohl meinem Vater als auch Jack sehr dankbar sein."
„Wie geht es deinem Vater?" fragte Sabrina.
„Ihm geht es gut. Er spricht oft von deinem Vater, immer mit der größten Hochachtung. Ich habe ihm schon geschrieben, daß ich dich wiedergefunden habe. Wenn er vom Schicksal deines Vaters erfährt, wird er sicher wieder aktiv werden. Ich kann ihn schon sehen, wie er einen Feldzug startet, um deinen Vater freizubekommen."
„Er ist pensioniert?"
„Sozusagen, aber nicht offiziell. Er ist erst siebenundsechzig, also noch recht jung für einen Diplomaten. Anfang des Jahres hat er eingewilligt, als Botschafter nach Island zu gehen. Jack hatte ihn gefragt, welches Land er bevorzugen würde, und mein Vater meinte, er wolle an einen ruhigen Ort, wo er ein Buch über seine Zeit an der diplomatischen Front schreiben wolle. Island stand zur Auswahl, und mein Vater hat angenommen."
„Ich glaube, jetzt müssen wir uns erst einmal um die Wurst kümmern", meinte Sabrina und drehte die drei dicken Würstchen noch ein letztes Mal in der Pfanne um. „Ich glaube, sie sind fertig."

Der Geruch von Kartoffeln und Bratwurst erfüllte den winzigen Raum.

„Ich bin bereit", lachte Matthew.

30

Ist Wahrheit noch etwas wert?

Erinnerst du dich daran, als wir zusammen mit deinem Vater im Garten saßen und er mir von dem *Weg der Entdeckung* erzählt hat?" fragte Matthew und schnitt ein Stück der Bratwurst ab, stippte es in den Senf und steckte es genüßlich in den Mund.

Sabrina lächelte.

„Ich erinnere mich daran", antwortete sie.

„So würde ich mein Leben beschreiben seit dem Zeitpunkt, als ich dich kennenlernte. Das Wichtigste an dieser Zeit war das, was in meinem Innern geschah, nicht meine Karriere. Ich schulde deinem Vater so viel, daß ich es nie in meinem Leben zurückzahlen kann."

„Was schuldest du ihm denn?"

„Er hat mich herausgefordert zu denken, über meine Ansichten nachzudenken ... die Wahrheit zu finden. Natürlich war die größte Herausforderung, das Wesen Gottes zu erkennen."

Matthew machte eine Pause. In seinem Gesicht spiegelten sich die Erinnerungen an die Jahre der inneren Einkehr. Es waren gute Erinnerungen.

„Im Laufe der Jahre habe ich so oft an dich gedacht", fuhr Matthew fort, „und mir gewünscht und dafür gebetet, daß ich die Gelegenheit bekomme, dir das alles zu erzählen."

„Ich bin so glücklich, das zu hören."

„Eigentlich hat mit dir alles erst begonnen, weißt du?"

„Mit mir?“ fragte Sabrina.

„An jenem Tag, als wir uns auf dem Gartenfest deines Onkels kennengelernt hatten. Du hast so frei und begeistert von Gott gesprochen – an diesem Tag begann mein ‚Weg der Entdeckungen‘.“

„Hmmm“, überlegte Sabrina. „Vermutlich weiß man gar nicht, wer einem Aufmerksamkeit schenkt, und welchen Einfluß man, vielleicht ohne es zu wissen auf andere ausübt. Ganz sicher hätte ich nicht gedacht, daß dir irgend etwas Außergewöhnliches aufgefallen wäre.“

„Dein Vater hat auch viel dazu beigetragen“, fuhr Matthew fort. „In den Gesprächen mit ihm habe ich Gott als einen liebenden und fürsorgenden Vater kennengelernt. Als er meinen Vater und mich aufforderte, die Wahrheit zu suchen und zu finden, erkannte ich, daß ich auf einem Weg war, der entscheidend wichtig für mein ganzes Leben sein würde.“

„Ich bin sicher, Papa hat gehofft, daß genau das passieren würde“, sagte Sabrina nach einer Weile.

„Und so war es auch. Vielleicht bin schon immer den Dingen auf den Grund gegangen, weil ich der Sohn eines Diplomaten bin. Ich begann also zu lesen ... sehr viel zu lesen.“

„Bücher?“

„Zuerst das Neue Testament. Das habe ich dir ja in einem meiner Briefe geschrieben. Auch in den folgenden Jahren an der Universität habe ich weiter in der Bibel gelesen. Danach habe ich mich mit christlicher Literatur beschäftigt.“

„Was für Bücher?“

„Du hast vielleicht von dem Engländer C. S. Lewis gehört, einem Professor in Oxford. Er hielt eine Reihe von Vorträgen in der BBC. Einige davon habe ich gehört, als ich einmal mit meinem Vater in England war. Später habe ich mir ein paar seiner Bücher gekauft. Durch seine Schriften bin ich auf einen Mann gestoßen, den Lewis selbst als seinen Mentor betrachtete – Lewis war nämlich Atheist, bis er den Schotten George MacDonald kennenlernte.“

Sabrina lächelte. Sie mußte an den Besitzer des Buchladens in Berlin, Herrn Ascher, einen guten Freund ihres Vaters denken.

„Und diese beiden haben dich davon überzeugt, daß der christliche Glaube der richtige ist?"

„Nicht sie allein. Ich wollte die Dinge wirklich verstehen, sie aus verschiedenen Blickwinkeln betrachten. Ich las Bücher von sehr vielen christlichen Schriftstellern. Nicht, daß ich skeptisch gewesen wäre, ich wollte nur sicher sein. Das Buch, das mir am meisten geholfen hat, trug den Titel *Ist die Wahrheit noch etwas wert?*"

„Ein provokanter Titel", meinte Sabrina nachdenklich.

„Ein provokantes Buch, das kannst du mir glauben. Aus meiner Sicht konnte es nur einen Grund geben, Christ zu werden – weil das Christentum *wahr* war. Wenn das so war, würde die Wahrheit einen treiben, Jesus Christus in allen Bereichen des Lebens zu folgen. Wenn diese Lehre jedoch nicht stimmte, dann war die ganze Sache nichts wert."

„Das klingt logisch."

„Ich bin kein Mensch, der sich gleich mit Haut und Haaren auf alles Neue einläßt. Doch wenn ich etwas beginne, dann richtig. Loyalität halte ich für sehr wichtig. Das habe ich Jack auch gesagt, bevor ich mich für seine Wahlkampagne im Jahre '52 verpflichtete. Jack antwortete darauf, daß er genau solche Leute suche. Und seither arbeite ich für ihn."

Matthew unterbrach sich kurz.

„Und das war auch deine Meinung in bezug auf Loyalität Gott gegenüber?"

Matthew nickte langsam. „Ich denke schon", sagte er. „Ich habe das damals nicht so ausgedrückt. Immerhin war ich noch sehr jung, und Glaubensdinge, eine sogenannte *Religion*, zu durchdenken war noch sehr neu für mich. Doch allmählich wurde mir klar, daß viel auf dem Spiel stand. Diese Entscheidung durfte nicht übereilt getroffen werden. Denn *falls* man sich für Christus entschied, würde sich alles ändern, weil die fundamentale Loyalität im Leben einem anderen als mir selbst galt. Ich habe mich an alles erinnert, was dein Vater mir gesagt hat. Immer wieder habe ich an seine Worte denken müssen. Jedesmal schien es so, als würde ich der Wahrheit immer näherkommen. Und schließlich erkannte ich, daß Gott ein *guter Vater* war, genau wie dein Vater gesagt hatte, und daß er *wahrhaftig* war. Zu diesen beiden Erkenntnissen hat mich mein Weg der Entdeckungen geführt."

„Was hielt dein Vater von all dem?"

„Dad und ich sprachen viel darüber. Auf der ganzen Überfahrt nach New York haben wir kaum ein anderes Gesprächsthema gehabt. Dad war so fasziniert davon, daß dein Vater nicht versucht hat, uns zu drängen, daß auch er mehr darüber erfahren wollte. Einmal sagte er: ‚Ich habe nicht das Gefühl, daß ich Gott so brauche, wie das bei anderen der Fall ist.'

Ich antwortete ihm: ‚Aber Dad, welchen Unterschied macht das schon. Wenn das stimmt, was das Christentum lehrt, und wenn Gott das ist, was der Baron sagt, wie kann man sich dann nicht dem christlichen Glauben anschließen und versuchen, danach zu leben, auch wenn wir denken, daß wir ihn nicht brauchen?'

‚Vielleicht hast du recht, Matt', sagte er. ‚Außerdem brauchen wir ihn vielleicht mehr, als wir denken.' Und schließlich haben wir ein Abkommen getroffen."

„Ein Abkommen?"

„Wir haben uns versprochen, daß, wo immer wir uns aufhalten, egal wie unser Weg auch im Laufe der Jahre aussieht, wir uns immer jeden neuen Gedanken und jede neue Einsicht mitteilen würden. Wir beschlossen, uns immer wieder auch über unsere Gedanken auszutauschen. Wir nannten das unser ‚Suche-nach-der-Wahrheit-Abkommen.'"

„Wie wundervoll."

„Ja, das war es wirklich."

„Und ihr habt es gehalten?"

„Ja."

„Wie schön muß das sein", sagte Sabrina. Zwangsläufig dachte sie daran, wie sehr sie ihren eigenen Vater vermißte.

„Wenn ich mich jetzt an diesen Abend zurückerinnere", fuhr Matthew fort, „denke ich, daß ich schon damals wußte, daß alles, was dein Vater gesagt hat, wahr war. Obwohl ich, wie ich schon sagte, auch weiterhin viel gelesen, studiert und nachgedacht habe. Doch ich mußte alles genau untersuchen, damit ich eine feste Grundlage hatte, auf der ich meine Schlußfolgerungen aufbauen konnte."

„Das kann ich verstehen."

„Ich hatte Christen kennengelernt, die ihren sogenannten christlichen Glauben auf bestimmten Erfahrungen gründen oder auf einer Offenbarung Gottes. Am schwersten zu verstehen waren für mich diejenigen, die sich nur um das drehen, was Gott für sie *tut* – Gebetserhörungen, Gefühle der Freude und Hochstimmung. Immer wieder habe ich mir gesagt, daß ich, falls ich mich entschließen würde, Christ zu werden, meinen Glauben auf etwas Solideres gründen wollte als auf eines jener ‚Nebenprodukte' des Glaubens.

Doch ich springe schon wieder. Es ist nicht leicht, der Reihe nach zu erzählen, weil es mir nicht in einem bestimmten Augenblick, sondern erst im Laufe vieler Jahre klargeworden ist."

„Ich glaube, ich verstehe es trotzdem", meinte Sabrina.

„Obwohl ich spürte, daß Gott mir an jenem Abend auf dem Schiff näher kam als jemals zuvor, war ich noch nicht bereit, mich ihm ganz auszuliefern. Ich wollte das nicht von einem Augenblick abhängig machen. Für mich war dies ein vielschichtiger Prozeß des Wachstums. Die Macht und Gegenwart Gottes zu erfahren, war nicht genug. Eine Erfahrung kann niemals hindurchtragen. Also forschte, betete und dachte ich noch einige Jahre lang nach. In meinem Herzen wußte ich, daß der christliche Glaube der richtige war. Doch mein Verstand mußte sicher sein. Ich fühlte mich wie ein Anfänger im Glauben."

„Hast du dich irgendwann nicht mehr so gefühlt?" fragte Sabrina.

Matthew lächelte.

„Du weißt die Antwort, nicht wahr?"

„Ja. Ich habe es dir sofort angemerkt. Doch ich möchte es aus deinem Mund hören."

„Ich sagte ja schon, daß ich 1952 mein Examen abgelegt habe. Direkt danach kehrte ich nach Montana zurück. Dad war noch in Washington, und ich hatte vor, zu Jacks letzter

Wahlkampagne, der Wahl und seinem erhofften Sieg zurückzukehren. Doch ich wollte einige Monate frei haben, um die Wildnis zu genießen, einige alte Freunde zu besuchen und in den Bighorn Mountains zu wandern und zu zelten."

„Das ist aber ein seltsamer Name."

„Ja", lächelte Matthew. „Das stimmt. Ich nahm nur meine Bibel und zwei Bücher mit. Als ich dort in der Natur umherwanderte, brachte mich Gott einen Schritt weiter – eigentlich waren es sogar mehr Schritte. Dort erkannte ich schließlich, daß ich Gottes Kind war."

„Das wirst du mir doch noch erzählen?"

„Langweilt dich meine Geschichte noch nicht?"

„Ganz und gar nicht. Ich möchte jedes Wort hören."

Sie hatten längst fertig gegessen, und das Essen, das noch auf dem Tisch stand, war bereits kalt geworden.

„Wie wär's mit Kaffee?" fragte Sabrina.

Matthew nickte.

„Gut. Ich würde jetzt auch gern einen trinken. Ich koche uns den Kaffee, und dann gehen wir ins Wohnzimmer, und du erzählst mir alles – und wenn es bis Mitternacht dauert!"

31

Die Liebe Gottes

Wenige Minuten später saßen sie im anderen Zimmer und hielten ihre Kaffeetasse in der Hand.

„Als ich eben sagte", ergriff Matthew schließlich wieder das Wort, „ich sei nach meinem Examen nach Montana gefahren, um zu Jacks Wahlkampagne zurückzukommen, klingt das entschlossener, als ich eigentlich war. Tatsächlich hat es kaum eine Zeit in meinem Leben gegeben, in der ich weniger wußte, was ich tun sollte."

„Was meinst du damit?“ fragte Sabrina.

„Ich befand mich an einer Weggabelung. Ich wußte nicht, wie meine Zukunft aussehen sollte. Für Jack zu arbeiten war nur eine von vielen Möglichkeiten. Man hatte mir außerdem noch eine Stelle im State Department angeboten, und Dad versuchte mich zu überreden, mich seinem Stab anzuschließen. Auch habe ich überlegt, ob ich weiterstudieren und promovieren sollte. Es gab viele Möglichkeiten, doch ich konnte einfach nicht erkennen, was ich tun sollte. Ich habe natürlich darüber gebetet, doch es hatte den Anschein, als würde Gott schweigen.“

Matthew wurde wieder nachdenklich.

„Da ist etwas, was du mir noch nicht erzählt hast, nicht wahr?“ fragte Sabrina.

Matthew nickte.

„Es war nicht nur eine berufliche Weggabelung, auch eine emotionale“, erzählte er langsam. „Ich stand vor meiner ersten Glaubenskrise. In all den Jahren seit meinem Aufenthalt in Deutschland war ich ständig gewachsen in meinem Verständnis der Dinge Gottes. Auf einmal stand ich vor etwas, von dem ich nicht wußte, ob ich damit fertigwerden würde. Mein Glaube, wie klein er auch sein mochte, wurde auf einmal sehr erschüttert.“

„Was war passiert?“

„Ich hatte einen sehr guten Freund. Wir verbrachten Stunden damit, uns über geistliche Dinge zu unterhalten. Er war der Sohn eines Pastors und von Kind auf mit dem christlichen Glauben vertraut gemacht worden. Doch nun stellte er den Glauben, in dem er aufgewachsen war, in Frage. Wir sprachen über alles. Natürlich sahen wir alles von verschiedenen Standpunkten aus. Er wies den christlichen Glauben, von dem er die Nase voll hatte, zurück, ich dagegen war dabei, den christlichen Glauben erst richtig kennenzulernen und wollte mehr darüber erfahren. Als wir uns kennenlernten, war es, als hätten wir beide dieselbe Ausgangsbasis, doch wir bewegten uns in entgegengesetzte Richtungen. Wir stellten dieselben Fragen, dachten über dieselben Dinge nach, doch ich wollte erfahren, daß es wahr, war und er wollte beweisen, daß es falsch war.

Ich denke, diese Freundschaft hat mir in bezug auf meinen Glauben sehr gut getan. Mein Freund zwang mich dazu, alles von einem anderen Standpunkt aus noch einmal neu zu überdenken. Es war eine manchmal sehr enttäuschende und schmerzliche Erfahrung. Doch seine Zweifel dienten letztlich dazu, meinen eigenen Glauben zu stärken."

Matthew unterbrach sich, seufzte und schaute fort. Sabrina wartete.

„Er war sehr launisch, depressiv, sehr ernst. Trotzdem war es eine gute Freundschaft. Wir hatten auch viel Spaß miteinander. Wie konnten wir zusammen lachen, wenn wir beide in der richtigen Stimmung waren! Beim Abschied versprachen wir uns, uns zu schreiben, unsere Suche nach der Wahrheit gemeinsam fortzusetzen und uns im Herbst, wenn ich in den Osten zurückkam, wiederzusehen."

„Habt ihr euch geschrieben?" fragte Sabrina.

„Nur einmal", erwiderte er leise und abwesend.

„Ich war den ganzen Tag in den Bergen von Wyoming gewandert. Es war ein außergewöhnlicher Tag. Ich stand vor so viel Unsicherheit in meinem Leben, wußte nicht, was ich machen, welche Stelle ich annehmen oder ob ich gar weiterstudieren sollte.

Während meiner Wanderung war es, als ob Gott langsam vom Himmel stieg und neben mir herging. Mehr als das, ich hatte fast das Gefühl, als würde er mich hochheben und tragen. In der Bibel steht, daß der Heilige Geist für uns betet, wenn wir nicht wissen, was wir beten sollen. Mir waren so viele Dinge unklar und ich sah mich außerstande zu beten. Und doch spürte ich, wie ich unablässig betete, wie ich alles, was mich belastete, vor Gott ausbreitete und nacheinander ihm überließ.

Ich betete für all die Menschen, die ich kannte, für meinen Vater, für mein eigenes geistliches Leben und bat Gott, mich im Glauben wachsen zu lassen. Ich betete für meine zukünftige Frau, wer immer sie sein mochte, obwohl ich zu der Zeit keine bestimmte im Auge hatte. Ich betete für dich und deine Eltern und natürlich für meinen Freund.

Als ich mich auf den Heimweg machte, fühlte ich eine enorme Leere in mir – eine gute Leere, eine gereinigte Leere. Ich hatte das Gefühl, als wären alle Lasten und Sorgen von mir abgefallen. Ich fühlte mich leicht, glücklich und sorglos und dankte Gott dafür.

Im Hotel angekommen, nahm ich meine Post mit auf mein Zimmer. Drei Briefe waren für mich angekommen.

Der erste war vom State Department. Man teilte mir mit, das Stellenangebot sei zurückgezogen worden. Der zweite kam von meinem Vater. Er schrieb mir, sein Leben sei unerwartet in eine Krise geraten.

Und dann war da noch ein Brief von meinem Freund ... ihn hatte ich bis zum Schluß aufgehoben.

Es war ein sehr düsterer Brief. Seine ganze Verzweiflung breitete er vor mir aus. Nie hatte ich ihn in einem solchen Tief erlebt. Mir war klar, daß er in sehr schlechter Verfassung sein mußte, und ich bekam plötzlich Angst um ihn.

Mir brach der kalte Schweiß aus. Ich las den Brief gar nicht erst zu Ende, sondern rannte zum Telefon. Meine Finger zitterten, während sie die Nummer wählten. Endlich kam ich durch. Doch eine fremde Stimme war am Telefon.

Mein Freund hatte sich am Tag zuvor umgebracht."

Matthew schaute Sabrina mit solcher Hilflosigkeit an, wie sie noch nie bei ihm gesehen hatte. In seinen Augen standen Tränen.

„Matthew!" sagte sie und legte ihre Hand auf seinen Arm. „Wie schrecklich."

„Ich war wie betäubt", fuhr Matthew fort.

„‚*Gott ... oh, Gott ...*', mehr brachte ich nicht heraus. Ich konnte nicht einmal mehr beten.

Auf einmal hatte ich kein Ziel mehr, keinen Grund mehr, weiterzumachen. Es war, als ob sich die Verzweiflung meines Freundes auf mich übertragen hätte.

Das Gefühl der Gegenwart Gottes war verschwunden. Ich hatte Gott alles in meinem Leben übergeben ... und er hatte mir scheinbar alles genommen. Er ließ mich mit nichts zurück, für das es sich zu leben gelohnt hätte.

‚*Gott . . . lieber Gott, hilf mir*', flehte ich.

Dann passierte etwas Bemerkenswertes. Das Gefühl der Gegenwart Gottes kehrte zurück. Doch diesmal war es nicht dieses überströmende Glücksgefühl, sondern still und voller unbeschreiblicher Liebe.

Ich *wußte*, daß der Vater bei mir war, daß er mich liebte und sich meiner annehmen würde. Mehr als das – ich wußte, daß *mein* Vater bei mir war, daß ich ihn wirklich *Vater* nennen konnte und daß für mich der Augenblick gekommen war, aufzuschauen und ihn in meinem Schmerz und meiner Trauer Vater sein zu lassen. Es war an der Zeit, mich in seine Arme fallen zu lassen.

Ich schäme mich nicht zu sagen, daß ich weinte", sagte Matthew, und während er sprach, strömten die Tränen nicht nur aus seinen, sondern auch aus Sabrinas Augen.

„Es ist schwer zu beschreiben. Trotz des Schmerzes, trotz der Einsamkeit, trotz der Trauer über den Verlust meines Freundes überkam mich eine große Freude, Zufriedenheit, daß ich mich in den Armen des Vaters bergen konnte, und das Wissen, daß ich von ihm geliebt war. Das einzige, was zählte, war, daß ich sein Kind war.

Und mehr wollte ich in diesem Augenblick auch gar nicht. Plötzlich war nichts anderes mehr wichtig.

In diesem Augenblick hat sich mein ganzes Leben verändert."

32

Dieser Augenblick kommt für alle einmal

Matthew brach ab und lachte leise.

„Es ist seltsam“, sagte er, „ich habe vorher gesagt, daß ich gelesen, nachgedacht und gebetet hatte, weil ich meinen Glauben nicht auf eine emotionale Erfahrung gründen wollte. Und doch ist die Erfahrung, von der ich gerade erzählt habe, so emotional, wie sie nur sein kann. Ich frage mich, ob das vielleicht ein Widerspruch ist.“

„Vielleicht kein Widerspruch“, meinte Sabrina, „sondern ein Ausgleich.“

„Ich hoffe, du hast recht.“

„Was hast du dann getan?“

„Das weiß ich gar nicht mehr. Ich kann mich nur daran erinnern, wie sich das Gefühl der Liebe und Freude ausbreitete. Die Dinge sahen auf einmal anders aus. Sogar mein Hotelzimmer wirkte freundlicher. Die anderen Menschen um mich herum wurden plötzlich so lebendig. Alles hatte sich auf einmal verändert. Ich brauchte mir keine Gedanken mehr darum zu machen, was aus mir werden sollte. Während der folgenden Wochen schrieb ich an Freunde und versuchte ihnen zu erzählen, was passiert war. Und ich las sehr viel.“

Er unterbrach sich für eine Weile und fuhr dann fort.

„Ich sagte dir ja, daß ich zwei Bücher mitgenommen hatte. Das eine hieß *Leben im Zentrum*. Wieso ich gerade dieses Buch eingepackt habe, weiß ich nicht. Während der folgenden zwei Wochen habe ich dieses Buch verschlungen. Ich glaube, ich habe es fünf- oder sechsmal durchgelesen.

Als ich nach Washington zurückkehrte, war ich ein anderer Mensch. Jack wollte immer noch, daß ich in seinem Wahlkampfteam mitarbeitete, und ich spürte, es war Gottes Wille, daß ich für ihn arbeitete. Doch meine Motive und Ziele im Leben waren nicht mehr dieselben wie vorher. Für mich war nur noch eines wichtig, und das hat seither auch den ersten Platz in meinem Leben eingenommen."

„Was war das?" fragte Sabrina.

„Du erinnerst dich sicher noch daran, wie dein Vater meinem Vater und mir sagte, im Leben eines jeden Menschen käme einmal der Augenblick der Entscheidung."

Sabrina nickte.

„‚Der Geist Gottes bestimmt die Zeit und die Umstände', sagte er. „Ich erinnere mich genau daran. Er sagte: ‚Wenn dieser Augenblick kommt, hängt alles in der Schwebe. Jesus schaut dich an und sagt zu dir: *Folge mir nach*'."

Während Sabrina zuhörte, war es, als würde sie ihren eigenen Vater sprechen hören. Das hatte er tatsächlich gesagt. Sie erinnerte sich noch sehr gut an diesen Abend.

„‚Wenn wir diese Worte hören', sagte dein Vater, ‚dann können wir entweder vorwärts gehen in ein Leben mit ihm oder uns von ihm abwenden.'

Gott hatte mir wie Hiob alles genommen. Er hatte mir gestattet, Einblick zu nehmen in die tiefe Verzweiflung meines Freundes und zu sehen, was aus einem Menschen wird, der sich gegen Gott entscheidet.

Dann war es, als würde Gott zu mir sagen: *Ich habe dir all dies gezeigt. Ich habe dich die Qual und den Schmerz des Todes erfahren lassen. Ich habe dir alles genommen. Ich habe deine Gebete gehört und alles genommen, was du mir angeboten hast. Ich habe dir deinen früheren Ehrgeiz, deine Hoffnungen und Ziele genommen. Ich habe dir die Einsamkeit gezeigt, die man erfährt, wenn man niemanden hat, an den man sich wenden kann. Und nun stelle ich dich vor die Entscheidung – kannst du mir in all dem vertrauen? Vertraust du mir? Glaubst du immer noch, daß ich allen meinen Kindern ein guter Vater bin? Kannst du das glauben und mir vertrauen ... willst du mir vertrauen? Mehr noch ... willst du mir folgen, wo ich dich hinführe? Ich rufe dich, mein Sohn. Ich bitte dich zu kommen. Doch die Entscheidung mußt du treffen.*

Danach konnte ich nur noch das tun, was Gott zu tun mir aufgetragen hatte: *ihm zu folgen.* Das ist der Weg, den ich gewählt habe – ich wollte sein Jünger sein und ihm mein ganzes Leben übergeben, ihm in jeder Phase des Lebens gehorchen."

Eine lange Stille folgte. Als Matthew Sabrina anschaute, weinte sie leise.

Es dauerte eine Weile, bis Sabrina das Wort ergriff.

„Mein Vater war immer fest davon überzeugt, daß man großen Schaden anrichten kann, wenn man versucht, einen Menschen zu einer Entscheidung für Gott zu drängen. Er spürte, daß man sich niemals in den inneren Dialog zwischen den Menschen und Gott einmischen sollte. Er vertraute Gott so sehr, daß er lieber wartete und zwanzig Jahre für einen Menschen betete, als ihn zu einer Entscheidung zu drängen, für die er vielleicht noch nicht bereit war."

„Diesem Vertrauen deines Vaters verdanke ich meinen Glauben", sagte Matthew. „Als ich deinen Vater verließ, wollte ich Gott finden. So konnte mir Gott immer mehr von sich aufschließen, bis er mich schließlich dreizehn Jahre später vor die Entscheidung stellte, ihm zu folgen oder mich von ihm abzuwenden. Und in diesem Augenblick war ich bereit, ihm alles zu geben."

33

Ein Kästchen voller Erinnerungen

Es war einige Tage später.

Matthew und Sabrina schlenderten Arm in Arm den Kurfürstendamm in West-Berlin entlang. Um sie herum herrschte reges Treiben, doch sie bemerkten es nicht.

Ohne zu überlegen fragte Sabrina auf einmal: „Warum hast du eigentlich nie geheiratet?" Nachdem sie die Frage ausgesprochen hatte, konnte sie sie nicht mehr zurücknehmen.

Matthew blieb stehen. Sabrina wartete.

„Bevor ... du weißt, als Dad und ich dich vor dem Krieg besucht haben ... wir waren so jung und unschuldig. Wir hatten solchen Spaß miteinander, ohne uns Gedanken machen zu müssen über ... du weißt, die Dinge, über die sich Jungen und Mädchen in dem Alter normalerweise Gedanken machen. Sicher hast auch du das so empfunden."

„Ja", erwiderte Sabrina. „Du warst so ganz anders als alle anderen, die ich je kennengelernt habe."

„Dasselbe habe ich auch über dich gedacht", fuhr Matthew fort. „Du warst für mich nicht so sehr ein Mädchen, eine junge Frau, sondern eher ein Freund, ein Kamerad. Kannst du das verstehen?"

„Natürlich. Mir ging es genauso."

„Und doch konnte ich nicht leugnen, daß da noch mehr war. Als du damals in den Ballsaal der Schmundts kamst, nachdem ich dich – wie lange war es, anderthalb Jahre? – nicht gesehen hatte, dachte ich, ich hätte niemals ein schöneres Mädchen gesehen. Während wir miteinander tanzten, hatte ich fürchterliches Herzklopfen."

„Auch ich erinnere mich an jenen ersten Tanz. Ich hatte mich so darauf gefreut, dich wiederzusehen."

„Erinnerst du dich noch an Eppies Geschichte von Geistern und dem Verlies, damals auf dem Balkon?"

„Das werde ich nie vergessen", sagte Sabrina.

„Als sich deine Hand in meine legte, hätte ich dich am liebsten in die Arme genommen. Ich war so glücklich, dort mit dir stehen zu können. Und doch hatte ich gleichzeitig auch große Angst."

„Angst – doch nicht vor mir!"

„Nein ... ich weiß nicht, wovor. Ich war so durcheinander, fühlte so viel Neues und Fremdes. Sicher verstehst du das."

„Natürlich", lachte Sabrina. „Was meinst du, warum ich auf einmal losrannte und mich in den Regen stellte? Ich wußte auch nicht, was ich sagen oder tun sollte."

„Ich hielt mich damals für so erwachsen. Doch wenn man zurückschaut, ist man mit neunzehn Jahren doch noch sehr jung. Was zwischen uns passierte, war eine ganz besondere

Freundschaft. Wir hatten nicht nur Spaß zusammen, zwischen uns entwickelte sich eine Bindung, die tiefer ging."

„Die Gespräche, die wir geführt haben!"

„Ja, über so vieles! Verstehst du nicht, was ich meine, Sabrina? Nach all dem ... es konnte einfach niemand anderen mehr geben."

„Ich verstehe", sagte Sabrina leise. Tatsächlich verstand sie ihn nur zu gut. Sie hatte dasselbe erlebt.

Sie gingen weiter.

„Erinnerst du dich, wie du mich vor einigen Tagen gefragt hast, ob ich mit niemand anderem ausgeritten sei und ob ich Freundinnen gehabt hätte?"

„Du hast nur meine erste Frage beantwortet."

„Das ist dir also aufgefallen, ja?" sagte Matthew lächelnd.

„Natürlich, aber ich wollte dich nicht drängen."

Matthew lachte. „Nun, jetzt beantworte ich auch deine zweite Frage. Ja, ich habe einige Frauen kennengelernt. Bei meinem Beruf bleibt das nicht aus. Einige haben auch, sagen wir, ‚Interesse' gezeigt an einer tieferen Bekanntschaft, doch ich war nicht interessiert. Ich bin einige Male ausgegangen, doch das war oberflächlich und leblos. Da war nicht eine solche Seelenverwandschaft wie zwischen dir und mir, und alle anderen Bekanntschaften kamen dem nicht gleich. Vor einigen Jahren habe ich aufgehört, über eine Heirat nachzudenken und mich einem Junggesellendasein verschrieben. Ich war ganz zufrieden damit."

Ein langes Schweigen folgte.

„Und nun bist du an der Reihe", sagte Matthew. „Warum hast *du* nie geheiratet?"

„Weißt du mittlerweile nicht, warum?"

„Vielleicht schon, aber ich möchte es von dir hören", sagte Matthew grinsend.

„Warum soll ich das alles noch einmal wiederholen?" meinte Sabrina. „Du hast meine Geschichte bereits bis in die kleinsten Kleinigkeiten erzählt."

Sie kamen an einem Geschäft mit Glas- und Porzellanwaren vorbei. Sie gingen hinein und schauten sich die Auslagen an.

„Oh, sieh nur, Matthew!“ rief Sabrina. „Was für ein wunderschönes Kästchen! Ganz mit kleinen Rosen bedeckt . . . es erinnert mich an das Kästchen, in das wir im *Lebenshaus* unsere Rosen gelegt haben.“

Das Kästchen, das Sabrina vom Regal genommen hatte, war etwas kleiner als das, das sie Matthew zum Abschied gegeben hatte.

„Ich kaufe es dir“, sagte Matthew. „Du hast mir das andere geschenkt, nun schenke ich dir dieses für die Rosen, die wir zusammen sammeln werden.“

„Ich werde jedes Blütenblatt aufheben!“ rief Sabrina aufgeregt.

„Bis zu dem Tag, an dem wir das *Lebenshaus* wiedersehen . . . gemeinsam“, fügte Matthew hinzu. „Dann werden wir den Deckel heben und alle getrockneten Blätter im Frühlingsgarten verteilen, damit ihr Duft ihn wieder zum Leben erweckt.“

Matthew bezahlte, und sie verließen das Geschäft.

Sabrina war sehr nachdenklich, als sie wieder draußen standen.

„Meinst du wirklich, wir werden es noch einmal wiedersehen?“

„Ja . . . ja, das werden wir. Ich verspreche es.“

„Wieder ein Versprechen?“

„Ein Versprechen, das ich mit – laß mich sehen, wie wär’s mit einer gelb-orangen Rose, deren Blütenblätter mit feuerrot durchzogen sind? – besiegele.“

Sabrina lachte.

„Eine Rose für jede Gelegenheit, nicht wahr?“

„Das stimmt, meine Dame.“

„Oh, Matthew, ich würde das so gern glauben. Doch ich bin schon so oft enttäuscht worden.“

„Nun hast du ja mich, der deine Hoffnungen teilt“, erwiderte Matthew.

„Du kannst dir nicht vorstellen, wieviel mir das bedeutet“, sagte sie.

Matthew lächelte sie an.

„Ich will alles tun, was in meiner Macht steht", sagte er, „daß deine Hoffnungen nicht wieder enttäuscht werden. Wir werden nicht nur hoffen, wir werden dafür beten, daß wir das *Lebenshaus* wiedersehen, ... gemeinsam."

34
Die alte Bruderschaft

Baron von Dortmann wurde niemals müde, die Briefe und Aufzeichnungen seines Freundes Dietrich Bonhoeffer zu lesen, die er während seiner Inhaftierung in Tegel geschrieben hatte. Er fühlte sich Dietrich verwandt, auch er fühlte sich gedrängt zu schreiben. Bonhoeffer lebte tatsächlich in seinen Schriften und Gedanken weiter, vor allem für einen Menschen, der selbst schon so lange inhaftiert war. Es war, als hätte der Herr sie beide vorbereitet, jeden auf seine Weise, während der kurzen Zeit ihres Zusammenseins vor dem Krieg, für die Zeit im Gefängnis, die beide aufgrund ihres Glaubens würden erleben müssen. Obwohl sie beide verschiedene Wege gegangen waren, hatten sie doch ein ähnliches Ende gefunden. Langsam, fast ehrfürchtig schlug er den verschlissenen Band auf. Obwohl fast zwanzig Jahre vergangen waren und der Faschismus längst tot war, bewegten diese Worte ihn immer wieder.

Zuerst las er Gedanken zu den Jahren der Nazi-Herrschaft, die Anfang 1943, kurz vor seiner Verhaftung geschrieben worden waren.

Zehn Jahre sind im Leben eines jeden Menschen eine lange Zeit. Da die Zeit das kostbarste, weil unwiederbringlichste Gut ist, über das wir verfügen, beunruhigt uns bei jedem Rückblick der Gedanke etwa verlorener Zeit. Verloren wäre die Zeit, in der wir nicht als Menschen gelebt, Erfahrungen gemacht, gelernt, geschaffen, genossen und gelitten hätten. Verlorene Zeit ist unausgefüllte, leere Zeit ...

Ich glaube, daß Gott aus allem, auch aus dem Bösesten, Gutes entstehen lassen kann und will. Dafür braucht er Menschen, die sich alle Dinge zum Besten dienen lassen. Ich glaube, daß Gott uns in jeder Notlage soviel Widerstandskraft geben will, wie wir brauchen. Aber er gibt sie nicht im voraus, damit wir uns nicht auf uns selbst, sondern allein auf ihn verlassen. In solchem Glauben müßte alle Angst vor der Zukunft überwunden sein. Ich glaube, daß auch unsere Fehler und Irrtümer nicht vergeblich sind und daß es für Gott nicht schwerer ist, mit ihnen fertig zu werden als mit unseren vermeintlichen Guttaten. Ich glaube, daß Gott kein zeitloses Fatum ist, sondern daß er auf aufrichtige Gebete und verantwortliche Taten wartet und antwortet.

Er blätterte um und las nun Dietrichs ersten Brief aus Tegel an seine Eltern. Wie ähnlich hatte er empfunden!

Vor allem müßt Ihr wissen und auch wirklich glauben, daß es mir gut geht. ... Was man sich gewöhnlich bei einer Haft als besonders unangenehm vorstellt, also die verschiedenen Entbehrungen des äußeren Lebens, das spielt merkwürdigerweise tatsächlich fast gar keine Rolle. Man kann sich auch mit trocken Brot morgens satt essen – übrigens gibt es auch allerlei Gutes! – und die Pritsche macht mir schon gar nichts aus, und schlafen kann man von abends 8 bis morgens um 6 Uhr reichlich. ... Eine so starke innere Umstellung, wie sie eine so überraschende Verhaftung mit sich führt, die Nötigung, sich innerlich zurecht- und abzufinden mit einer völlig neuen Situation – das alles läßt das Körperliche völlig zurücktreten und unwesentlich werden; und das empfinde ich als eine wirkliche Bereicherung meiner Erfahrung. Alleinsein ist für mich ja nicht etwas so Ungewohntes wie für andere Menschen und ist sicher ein gutes seelisches Dampfbad. ... Übrigens habe ich meine Bibel und Lesestoff aus der hiesigen Bibliothek, auch Schreibpapier jetzt genug...

Eine Stunde lang las er und dachte nach über die Worte seines Freundes und die Jahre, die er schon im Gefängnis saß.

Nach einiger Zeit schloß er den dünnen Band von Briefen, die von der Familie und von Freunden gesammelt worden waren. Er zog seine Bibel zu sich heran, die noch abgegriffener war als das Buch seines Freundes, und begann, in dem Brief an die Gemeinde in Philippi zu lesen.

Ich lasse euch aber wissen, liebe Brüder: Wie es um mich steht, das ist nur mehr zur Förderung des Evangeliums geraten. Denn daß ich meine Fesseln für Christus trage, das ist im ganzen Prätorium und bei allen andern offenbar geworden, und die meisten Brüder in dem Herrn haben durch meine Gefangenschaft Zuversicht gewonnen ...

Aber ich werde mich auch weiterhin freuen; denn ich weiß, daß mir dies zum Heil ausgehen wird durch euer Gebet und durch den Beistand des Geistes Jesu Christi, wie ich sehnlich warte und hoffe, daß ich in keinem Stück zuschanden werde, sondern daß frei und offen, wie allezeit so auch jetzt, Christus verherrlicht werde an meinem Leibe, es sei durch Leben oder durch Tod. Denn Christus ist mein Leben, und Sterben ist mein Gewinn ...

Als er die vertrauten Worte las, mußte er die Augen schließen. Seine Hände legten sich auf sein Gesicht, als er kaum hörbar betete.

„Gott, oh, mein Gott, mach mich würdig, dieses Gebet des Apostels mitzubeten!“

35

Eine Einladung

Matthew und Sabrina sahen sich auch weiterhin so oft wie möglich, obwohl Reisen nach London und Paris Matthew mehr in Atem hielten, als ihm recht war.

Nach seiner Rückkehr Anfang Juli war sein Terminkalender vollgepackt, doch war es ihm möglich, sich nach seiner Ankunft in Berlin mit Sabrina in der Mittagspause zu treffen.

„Ich habe nur wenige Minuten Zeit“, sagte Matthew, „doch ich wollte dir eine wichtige Frage stellen.

„Was denn?“

„Erinnerst du dich daran, daß ich vor einigen Wochen sagte, ich würde an den Festivitäten des diplomatischen Lebens nicht teilnehmen?“

Sabrina nickte.

„Bei dieser besonderen Gelegenheit brauche ich deine Erlaubnis."

„Ich fürchte, ich verstehe nicht."

„Die Franzosen geben ein Sommerfest in ihrer Botschaft. Ich möchte daran teilnehmen ... und du sollst mich begleiten."

„Ich?"

„Wer sonst?"

„Aber ... Matthew. Ich kann doch nicht zu so einem Fest gehen. Ich bin doch nur eine arme Arbeiterin."

„Ja, die schönste in ganz Berlin."

„Matthew, bitte – neck mich nicht."

„Ich würde mich nie über dich lustig machen, Sabrina. Ich meine es ernst. In meinen Augen bist du die schönste Frau der Welt."

„Jetzt ist es aber genug, Matthew!" protestierte Sabrina.

„Ich meine es ernst. Ich würde mich geehrt fühlen, wenn du an meiner Seite wärst. Außerdem werden wir uns königlich amüsieren!"

„Das klingt wundervoll ... aber es geht nicht ... ich habe nichts Passendes anzuziehen."

„Daran habe ich auch schon gedacht. Wir werden dir ein neues Kleid kaufen. Extra für diese Gelegenheit."

„Du bist so gut zu mir! Wird dieses Märchen niemals enden?"

„Nicht, wenn es nach mir geht."

„Ich wüßte nicht einmal, was ich mir aussuchen sollte. Ich kenne die neuste Mode nicht, und ich kenne auch keine Geschäfte."

„Ich werde mich um alles kümmern."

„Es ist so lange her, daß ich das letzte Mal über Kleider nachgedacht habe. Ich habe nicht einmal das gekauft, was ich gerade anhabe. Wir im –"

Sie brach ab, fuhr jedoch fort, bevor Matthew die Gelegenheit hatte, ihr eine Frage zu stellen.

„Ich meine, es gibt eine Gruppe, die getragene Kleidung weitergibt. Wir brauchen unser Geld für etwas anderes."

Ihre Stimme verklang, und ihr wurde auf einmal klar, daß es immer noch etwas gab, das sie vor Matthew geheimhielt. Sie tröstete sich damit, daß es ja nur zu seiner Sicherheit geschah, und war froh, daß er im Augenblick nicht weiter in sie drang.

„Versuche einfach, dich daran zu erinnern, was ihr – du und deine Mutter – getan habt, wenn ein Fest geplant war. Wir werden dasselbe tun."

Sabrina lachte.

„Mutter war so praktisch. Sie schaute sich einfach Zeitschriften an, um zu sehen, was gerade in Mode war."

Während sie sprach, freute sich Matthew, die Begeisterung in ihren Augen zu lesen.

„Wir werden in das größte, beste Geschäft Berlins gehen und sehen, was es gibt."

„Meine Mutter sagte dem Schneider immer genau, was sie haben wollte. So etwas kann man nicht einfach kaufen."

„Wir können, und wir werden es auch – und wenn wir zwanzig Geschäfte abklappern müßten!"

„Bist du sicher, daß du dir wegen mir so viel Mühe machen willst?"

„Absolut. Ich werde deine gute Fee sein."

„Was ist das?"

„Kennst du nicht die Geschichte von Cinderella, die in der Asche schlief und so gern zu einem großen Ball gehen wollte? Eine gute Fee kam und brachte ihr ein wunderschönes Kleid. Darin ging sie zu dem Ball, doch niemand erkannte das Mädchen, das vorher nur in Lumpen gekleidet war."

„Cinderella? Bei uns heißt dieses Märchen Aschenputtel. Es war immer eines meiner Lieblingsmärchen. Doch bei uns haben die Tauben das Kleid gebracht, nicht eine Fee."

„Nun, du hast weder Tauben noch eine gute Fee – deshalb werde ich dir ein neues Kleid kaufen! Am nächsten Samstag werden wir alle Geschäfte Berlins absuchen, bis wir das Kleid gefunden haben, das deine Mutter ausgesucht hätte."

Matthew schaute bedauernd auf seine Uhr. „Ich muß los", sagte er. „Ich bin schon spät dran. Konferenzen, Konferenzen,

Konferenzen", fügte er bedauernd hinzu, als er zu seinem Wagen eilte.

„Auf Wiedersehen!" rief Sabrina ihm nach.

„Bis Samstag!"

36

Strategien auf höchster Ebene

Im Ostteil der Stadt brütete ein ehrgeiziger junger Sowjetoffizier nachdenklich über einer Information, die ihm an diesem Morgen in die Hände gefallen war.

Das könnte sie sein, dachte er, *die Gelegenheit, wenigstens eine Stufe aufzusteigen. Es konnte aber auch nichts zu bedeuten haben, ein reiner Zufall. Selbst wenn es derselbe Mann war, konnte die Spur ins Nichts führen.*

Ein Trunkenbold, der in ihrem Sektor für die Franzosen arbeitete und Kontakte zu hochrangigen Mitarbeitern im französischen Konsulat hatte. Er war sicher, daß er als einziger auf östlicher Seite eine Kopie der Einladungsliste besaß.

Die Frage war nur, wie er diese Information zu seinem Vorteil nutzen konnte. Sollte er Kontakt aufnehmen mit seinem Onkel in Moskau oder seine Aktivitäten für den Augenblick auf Berlin begrenzt halten? Wem sollte er einen Dienst erweisen? Das war heutzutage immer die Frage.

Sein Onkel in Moskau hatte ihm diese Stelle verschafft. Sein Vater war zwar ein loyales Parteimitglied, doch sein Onkel hatte die besseren Beziehungen. Außerdem war er KGB-Mann durch und durch. Und sein Onkel hatte keinen Zweifel daran gelassen, warum er nach Berlin geschickt worden war. Er solle „die Augen offenhalten", wie er es nannte, in dem Büro seines deutschen Genossen. Es war nicht schwer für Andrassi zu sehen, daß das Vertrauen, das die beiden Männer sich trotz der vielen Jahre der Zusammenarbeit entgegenbrachten, nicht sehr groß war.

Gleichzeitig mußte er sich aber auch dem deutschen Bezirksleiter gegenüber loyal zeigen, da dieser in der DDR große Macht besaß. Sich ihm gefällig zu erweisen könnte eine Beförderung bedeuten.

Sicher hatte sein Onkel ihm Versprechungen gemacht. Doch Andrassi war kein Dummkopf. Er kannte den Charakter seines Onkels sehr gut und wußte, was über ihn erzählt wurde. Er und sein Vater hatten sich kaum gekannt, als er noch klein war, und Andrassi wußte, daß er seine gegenwärtige Stellung nicht brüderlicher Zuneigung zu verdanken hatte. Er traute ihm nicht mehr als dem Deutschen.

Der KGB war sowohl in Berlin als auch in Moskau tätig. Wenn er seine Karten richtig ausspielte, konnte eine glänzende Zukunft vor ihm liegen. Er mußte seine Akte nur sauber und seinen Ruf in Berlin *und* Moskau unbefleckt halten.

Seine Identität mußte dem Bezirksleiter natürlich verborgen bleiben. Es war eine Gratwanderung, und er mußte höllisch aufpassen. Wieviel sollte er jedem von den beiden erzählen? – das war die Frage. Und eigentlich hatte weder der Deutsche noch der russische Onkel eine Ahnung, von welchen Motiven und Bestrebungen Andrassi Papowitsch Galanow, Neffe des einen und Schützling des anderen, angetrieben wurde.

Wieder fiel sein Blick auf die Liste, die er in die Hand bekommen hatte.

Er kannte den Hintergrund seines deutschen Vorgesetzten gut genug, um dessen Bedeutung zu erkennen. Der Name des Amerikaners kam in keiner Akte vor. Es gab keine offizielle Verbindung zwischen den beiden Männern. Doch er hatte oft genug mit seinem Chef über das Mädchen und ihren Versuch gesprochen, sie ausfindig zu machen. Dabei war auch dieser Name gefallen.

Er ging beide Möglichkeiten durch.

Ja, er würde diese Information an beide weitergeben, dachte er.

Jedem einzeln, natürlich. Dem Deutschen mußte er es erzählen, so viel stand fest. Doch gleichzeitig wollte er seinen Onkel wissen lassen, daß er seine Augen offen hielt. Falls er herausfinden sollte, daß er, Andrassi diese Information an den Deutschen weitergegeben und ihm verheimlicht hatte … nun, den Zorn seines Onkel wollte er wahrhaftig nicht auf sich ziehen.

Das mußte unter allen Umständen vermieden werden.

Er erhob sich und verließ seine kleine Wohnung. Das Telefon, von dem aus er nach Moskau telefonierte, war etwa zwanzig Minuten Fußmarsch entfernt. Dies war eine Unannehmlichkeit, die er gern in Kauf nahm, um sicherzustellen, daß seine Identität vor dem Bezirksleiter verborgen blieb. Zweifellos wurde sein Privatanschluß abgehört. Mißtrauen gab es hier im Überfluß.

Galanow meldete sein Gespräch an. Dreißig oder vierzig Minuten später klingelte das öffentliche Telefon. Sofort nahm er den Hörer ab.

„Onkel Korskajew … hier spricht Andrassi … Ja, guten Tag … Ich habe eine Information erhalten, die vielleicht recht nützlich sein könnte …“

37

Das Kleid

Am Samstag machten sich Matthew und Sabrina wie besprochen auf die Suche nach dem neuen Kleid, das Sabrina bei dem Fest tragen sollte.

„Woher weißt du denn, wo man so etwas bekommt?“ fragte Sabrina, als sie das erste Konfektionsgeschäft betraten.

„Ach“, erwiderte Matthew verschmitzt, „Diplomaten und Spione sind abhängig von ihren Informanten!“

Sie suchten in vielen Geschäften, doch nach zwei Stunden hatten sie immer noch nicht das Passende gefunden.

Es war Matthew jedoch gelungen, Sabrinas Begeisterung zu wecken. Ob sie nun ein Kleid fanden oder nicht, sie hatten so viel Spaß miteinander, daß es ihnen fast egal war.

Doch nachdem sie verschiedene andere Geschäfte aufgesucht hatten, wurden sie langsam müde.

„Ich hätte jetzt nichts gegen ein Mittagessen einzuwenden", meinte Matthew. „Zuerst gehen wir aber noch in dieses eine Geschäft."

„Ich glaube nicht, daß ich noch ein einziges Kleid anprobieren kann", seufzte Sabrina.

„Du kannst und du wirst, meine Liebe", sagte Matthew zuversichtlich. „Fasse Mut. Ich bin sicher, daß unsere Suche sich dem Ende zuneigt. Und", fügte er fröhlich hinzu, als er vor sich einen kleinen Verkaufsstand entdeckte, „ich glaube, ich sehe da etwas, das unser Glück besiegeln wird."

Übermütig lief er davon. Sabrina blieb allein mitten auf dem Bürgersteig stehen. Zwei Minuten später kam er zurück mit einer langstieligen Rose, die er gekauft hatte.

„Lavendelfarben ... oh, danke, Matthew – sie ist wunderschön." Sie hob sie an die Nase und sog ihren Duft tief ein.

Schweigend gingen sie weiter.

Vor einem Geschäft blieb Matthew stehen.

„Wir wollen es hier noch einmal probieren", meinte er.

In dem Augenblick, in dem sie das Geschäft betraten, wußten sie, daß sie das Kleid gefunden hatten, nach dem sie den ganzen Vormittag über gesucht hatten.

Die Suche war vorbei.

„Matthew ... es ist einfach traumhaft!" rief Sabrina, als sie das hellblau-rosa Seidenkleid entdeckte. „Ich muß es anprobieren!"

Erwartungsvoll rannte sie in die Umkleidekabine. Den ganzen Vormittag über hatte sie das harte Leben vergessen können, das sie auf der anderen Seite der Stadt, auf der anderen Seite der Welt, führte. Der Traum blieb ihr noch eine halbe Stunde erhalten, während sie noch die nötigen Accessoires, unter anderem auch ein Paar weiße Schuhe, kauften.

Doch als Matthew zur Kasse ging, um die Einkäufe zu bezahlen, fand sie in die Realität zurück. Ihr Gesicht verdüsterte sich.

*

„Stimmt etwas nicht?“ fragte er.

„Oh, Matthew, das Kleid erinnerte mich auf einmal an ein Kleid, das meine Mutter früher getragen hat. Und ich mußte an sie denken, und an meinen Vater. Bitte versteh mich doch – dich wiederzufinden, mit dir zusammenzusein, das wundervolle Kleid – das alles macht mich so glücklich. Aber wie kann ich glücklich sein, wo Papa ... und andere ...? Es gibt so viel Elend in der Welt.“

Matthew legte den Arm um sie, doch er schwieg, während Sabrina erzählte, was sie bedrückte.

Mit feuchten Augen schaute sie zu ihm auf.

Unwillkürlich mußte er denken, daß sie die schönste Frau auf der ganzen Welt war.

„Matthew“, seufzte sie, „bist du sicher, daß es nicht verkehrt ist, so glücklich zu sein? Wie vielen Menschen geht es schlecht. Wie kann ich mich an dem freuen, was du für mich tust ... daß du mir dieses teure Kleid kaufst? Irgendwie habe ich das Gefühl, daß ich selbst auch ein wenig traurig sein sollte um der anderen willen, die *immer* traurig sind. Wie kann ich mich nicht schuldig fühlen, daß ich so reich beschenkt bin?“

Matthew nahm sie in die Arme und strich ihr übers Haar. „Du darfst dich daran freuen, weil Gott es dir geschenkt hat.“

38

Der Bezirksleiter und sein Assistent

Der junge Andrassi Galanow kam in das Büro des Bezirksleiters gestürmt.

„Guten Morgen."

„Wenn ich Sie so hereinkommen sehe, würde ich sagen, Sie sind ein Deutscher", erwiderte Gustav zynisch, „ein *West*deutscher."

„Darf ich das als Kompliment auffassen?"

„Russen betrachten es in der Regel nicht als Kompliment, wenn sie mit den Deutschen in Verbindung gebracht werden", bemerkte Gustav trocken.

„Wir leben in anderen Zeiten, mein Herr", erwiderte Galanow. „Wir sind jetzt Freunde. Es wird nicht mehr lange dauern, bis die Rassen in Osteuropa nicht mehr zu unterscheiden sind."

„Ich bezweifle, daß die Zeiten *so* neu sind, mein junger russischer Freund."

„Sie wissen doch, was die *Prawda* schreibt, daß Rußland eines Tages die Welt beherrschen wird."

„Wenn das jemand glaubt, dann kennt Moskau die Deutschen nicht."

„Sie würden doch nicht wollen, daß eine solche Äußerung nach Moskau dringt?"

Gustav schaute seinen Assistenten verschlagen an. Sein Ton war unmißverständlich. Für seine einundzwanzig Jahre war der junge russische Offizier unverfrorener, als es Gustav lieb war. Er hätte ihn gern in den Osten zurückgeschickt, wo er hingehörte. Doch andererseits war der Bursche fähig.

„Nein, und Sie würden es auch nicht wagen, so etwas weiterzugeben", sagte Gustav nach einer Weile, „wenn Sie wissen, was gut für Sie ist. Die Russen und Deutschen hassen sich vielleicht, doch im Augenblick befinden wir uns in der *Deutschen* Demokratischen Republik und nicht in Moskau, und ich bin zufällig Ihr Vorgesetzter. Hier in Berlin bin ich nicht ohne Einfluß, wie Sie wissen. Also behalten Sie Ihre versteckten Drohungen für sich. Im übrigen können Sie meinen Kommentar werten, wie Sie wollen, obwohl der Bezug auf die Westdeutschen ganz sicher kein Kompliment war."

Galanow lächelte. Dieser Wortwechsel hatte ihn amüsiert. Normalerweise behielt er seine Gedanken für sich, doch hin und wieder gestattete er sich den Luxus, sie auszusprechen, und die Reaktion des Herrn von Schmundt war jedesmal sehr amüsant, obwohl er eine Rüge einstecken mußte.

„Was sind das für Papiere, die Sie in der Hand halten?" fragte Gustav spitz.

„Etwas, das Sie bestimmt interessieren wird", erwiderte Galanow und nahm wieder seine unterwürfige Haltung an.

„Und das wäre?"

„Einer meiner Kontaktmänner in West-Berlin hat mir die Einladungsliste für eine Festivität im französischen Konsulat besorgt."

„Was ist das für eine Festlichkeit?"

„Ein Ball."

„Welches Interesse könnte ich an so etwas haben?"

„Ein Name auf der Liste hat meine Aufmerksamkeit erregt. Ich dachte, ich sollte es Ihnen zeigen."

„Geben Sie sie mir", sagte Gustav und streckte die Hand aus. „Welcher Name?"

„Er steht auf der dritten Seite", erwiderte Galanow, als er die Blätter Schmundt reichte. „Der Name ist McCallum."

Langsam schaute Gustav die Namen durch. Da stand er. Es konnte keinen Irrtum geben: *Matthew McCallum, U. S. State Department.*

Eifersucht überfiel ihn auf einmal, und gleichzeitig schalt er sich und verfluchte den Amerikaner dafür. Ein Dutzend anderer Gefühle wurden in ihm wach, und er bemühte sich, sie zu unterdrücken.

„Was ist ... inwiefern sollte das von Interesse für mich sein?" fragte er und räusperte sich.

„Sie haben diesen Burschen in Verbindung mit dem Mädchen erwähnt“, antwortete Galanow.

„Ja, ich habe mich oft gefragt, ob sie wohl in Verbindung geblieben sind“, gab Schmundt mit erzwungener Selbstbeherrschung zurück. Sein Untergebener durfte nichts von seinem inneren Aufruhr merken. „Obwohl es schon viele Jahre her ist“, fuhr er nachdenklich fort. „Ich glaube nicht, daß das möglich ist.“

„Es kann nicht schaden, dem nachzugehen. Alle unsere anderen Spuren haben nichts erbracht.“

„Ja ... ja, natürlich, Sie haben recht. Gute Arbeit, Galanow“, sagte Schmundt, der mittlerweile seine Haltung wiedergefunden hatte.

Dieser Bursche weiß vielleicht etwas, dachte er. Vielleicht war gerade dies der Glücksfall, auf den er die ganze Zeit gewartet hatte! Er brauchte nur ein oder zwei Minuten mit McCallum zusammenzusein. Ihre Feindseligkeiten lagen lange hinter ihnen. Sie waren damals junge Männer gewesen, die sich um ein Mädchen geprügelt hatten. Nichts Ungewöhnliches. McCallum würde nichts von seiner gegenwärtigen Position wissen. Er würde ihn für einen loyalen West-Berliner halten, der für dieselben Ziele arbeitete wie er selbst. Er würde ihn wie einen alten Freund begrüßen, ihn zu einem Drink einladen und dann ganz nebenbei fragen, ob er Sabrina in letzter Zeit gesehen habe. Ein Blick in McCallums Gesicht, und Gustav würde wissen, ob er ihn anlog. Schließlich war es sein Beruf, eine Lüge in weniger als einer Sekunde zu erkennen.

Ja, dachte Gustav, dies war eine höchst vorteilhafte Wende der Ereignisse!

„Sagen Sie mir“, fragte Gustav, der immer noch nur mäßiges Interesse vortäuschte, „wieviel Einfluß hat Ihr Freund?“

„Nicht sehr viel.“

„Denken Sie, er könnte mir eine Einladung besorgen?“

„Das kann ich nicht sagen. Vielleicht, wenn er den nötigen Anreiz hat.“

„Dann sehen Sie zu, daß er ihn bekommt, Galanow!“ gab Gustav zurück, der seinen Tonfall sofort bereute. „Es tut mir leid“, fügte er hinzu. „Ich meinte nur, daß es vielleicht nicht schaden könnte, wenn ich daran teilnähme. Sehen Sie zu, was Sie tun können.“

„Das werde ich“, erwiderte Galanow.

Er drehte sich um und verließ den Raum. Ein Lächeln umspielte seine Mundwinkel.

39

Eine unwillkommene Störung

Sabrina konnte es kaum erwarten.

Auf einmal war alles wie im Märchen, und sie lebte mittendrin. Sie war Aschenputtel, und heute abend auf dem Ball würde der schöne Prinz mit ihr tanzen.

Und sie brauchte sich keine Gedanken zu machen um mißgünstige Stiefschwestern.

Oh, wie konnte man nur so glücklich sein!

An diesem Tag konnte sie sich unmöglich auf ihre Arbeit konzentrieren. Wie dankbar war sie, daß der Ball am Freitag stattfand und sie dann noch das ganze Wochenende zum Ausruhen vor sich hatte. Drei Tage lang brauchte sie an nichts anderes als an ihren Prinzen zu denken!

Endlich war es fünf Uhr.

Sabrina stürzte zur Tür und auf die Straße hinunter.

Ihre Schritte waren leicht, weil sie endlich die Tagesarbeit hinter sich hatte.

Sie würde sich schön machen, heute abend ... für Matthew.

Sie verdankte ihm alles – Leben ... Liebe ... Freude ... Lebenslust.

Vor allem aber verdankte sie ihm die neue Hoffnung, die in ihr keimte – daß sie vielleicht doch noch glücklich sein konnte.

Von solchen Gedanken gefangengenommen, näherte sie sich dem großen Haus, in dem sich ihre Wohnung befand.

Auf einmal war ihre gute Laune verflogen.

Oh nein, dachte sie, *nicht heute abend ... bitte nicht heute abend!*

Ein Mann stand an ein verlassenes Gebäude gelehnt und schaute den Bürgersteig entlang. Er rauchte lässig eine Zigarette. Dem Anschein nach war er auf dem Heimweg nach einem ermüdenden Tag in einer der Ost-Berliner Fabriken. Seine Kleidung war schmutzig, und seine Hände und sein Gesicht rußig.

Sabrina kam langsam heran, doch er schenkte ihr keine Aufmerksamkeit.

„Hermann", sagte sie, „warum sind Sie hier?"

„Warum bin ich wohl hier, Rosenblatt?" erwiderte er, ohne aufzuschauen.

„Bitte, Hermann, ich habe heute abend keine Zeit."

„Ein seltsamer Einwand, gerade von Ihnen."

„Ich habe etwas anderes vor."

„Haben wir das nicht alle?"

„Suchen Sie jemand anderen."

„Es gibt keinen anderen."

„Bitte, ich bin heute beschäftigt, bis spät in die Nacht. Es muß doch jemand anderen –"

„Ich stelle den Zeitplan nicht auf", unterbrach sie der Mann mit Namen Hermann. „Das wissen Sie doch besser als ich."

Sabrina seufzte. Natürlich hatte er recht. Er konnte ja nichts dafür. Sie kamen, wann sie kamen. Die Mitarbeiter hatten sich bereiterklärt, zur Verfügung zu stehen, wann immer sie gebraucht wurden. Sie selbst hatte es so gewollt. Sie hatte eine solche Verpflichtung von anderen gefordert.

„Kann es nicht um eine Nacht verschoben werden?"

„Unmöglich."

Sabrina seufzte resigniert.

„Wann?"

„Um Mitternacht."

„Mitternacht! Hermann, können Sie nicht etwas später kommen? Ich kann dann unmöglich zu Hause sein."

„Sie kommen um elf. Es ist zu spät, um das zu ändern."

„Dann verstecken Sie sie woanders. Ich werde nicht vor ein oder zwei Uhr zu Hause sein."

„Ich werde um Mitternacht da sein. Sie können nicht warten."

„Es ist zu gefährlich, sie allein zu lassen."

„Was kann ich sonst tun?"

„Ich werde dann nicht zu Hause sein", sagte Sabrina fest. „Verschieben Sie es, Hermann. Denken Sie sich irgend etwas aus. Ich habe mich all die Jahre eingesetzt. Dieser Abend gehört mir, und nichts wird mich dazu bringen, ihn aufzugeben!"

Ohne ein weiteres Wort überquerte sie schnell die Straße.

Der Mann mit Namen Hermann hatte sie nicht einmal angeschaut. Er nahm noch einen Zug von seiner Zigarette, dann warf er sie auf den Boden, zertrat sie mit seinem Stiefel und schlenderte langsam weiter.

40

Ein Ausflug in die Vergangenheit

Sabrina versuchte, Hermanns unwillkommenen Besuch aus ihren Gedanken zu verbannen.

Nichts würde ihr diesen Abend verderben. Doch als sie in das warme Schaumbad stieg, mußte sie unwillkürlich noch einmal über diesen Zwischenfall nachdenken.

Sie seufzte leise. Welches Recht hatte sie, ärgerlich zu sein? In den vergangenen Wochen war sie über die Maßen gesegnet worden. Wenn der Vater ihren Dienst inmitten dieses Glücks brauchte, so war das wohl kaum ein hoher Preis. Sie war ein Kind des Königs, also eigentlich eine Prinzessin, und das nicht nur im Märchen. *Ihm* allein schuldete sie Gehorsam.

„Vergib mir, Vater", flüsterte sie. *„Hilf mir, dir und deinem Volk treu zu dienen. Ich danke dir für Matthew, für heute abend. Doch hilf mir, daß ich meinen Blick nicht von dir abwende, auch nicht wegen Matthew. Du kennst die Wünsche meines Herzens. Ich bitte dich trotzdem, mich nach deinem Willen zu gebrauchen, Herr, und laß mich zufrieden sein und deinen Weg für Matthew und mich dankbar annehmen in der Gewißheit, daß du nur das tust, was gut für deine Kinder ist."*

Als sie zwanzig Minuten später aus der Badewanne stieg und sich der Abendtoilette widmete, summte Sabrina heiter.

Ihr Aussehen, ihr Haar, ihre Kleidung, all das hatte schon vor Jahren jegliche Bedeutung für sie verloren. Auf einmal war ihr das nicht mehr egal. Wegen Matthew war es ihr wieder wichtig geworden.

Vor einigen Tagen hatte sie in einem Geschäft das Parfüm entdeckt, das sie früher immer genommen hatte. Wie hatte sie diesen Duft früher geliebt! Ihr Vater hatte einmal lachend erklärt, ihr ganzes Zimmer würde danach riechen.

Sie war überrascht, daß dieses Parfüm noch verkauft wurde. Eine kleine Flasche, mehr konnte sie sich nicht leisten. Sie hatte das Badewasser damit parfümiert, und nun nahm sie noch einige Tropfen, bevor sie in ihr neues Kleid schlüpfte.

Als Matthew einige Minuten vor sieben klingelte, öffnete ihm eine strahlende Prinzessin die Tür.

„Du meine Güte!" rief er. „Sabrina ... du siehst ja wundervoll aus!"

Sie senkte den Blick und errötete erfreut.

Ihr blondes Haar hing ihr lose auf die Schultern herab, wenn es auch längst nicht so lang war wie früher. Ihre Haut war weich und seidig, die Wangen gerötet. Ihre blauen Augen wurden von der Farbe des Kleides noch unterstrichen.

Ihre Ausstattung war einfach, doch sehr wirkungsvoll. Das kleine Rosenbouquet, das er ihr ins Büro geschickt hatte, steckte in ihrem Haar und vervollständigte ihre Erscheinung. Eine der Rosen hatte sie herausgezogen und in die Schleife an ihrer Taille gesteckt.

„Vielen Dank, Matthew", erwiderte sie fast verlegen. „Du siehst auch sehr elegant aus in deinem Smoking!"

„Standardkleidung für solche diplomatischen Anlässe", erwiderte er. „Du dagegen wirst die Sensation des Balles sein."

„Oh, Matthew, das stimmt doch nicht!"

„Du wirst schon sehen. Du hast die Rosen also bekommen."

„Matthew ... ich danke dir. Du bist immer so umsichtig."

„Ich habe es dir ja gesagt ... jedesmal, wenn ich dich sehe. Und hier ist noch eine."

„Was soll ich damit machen?"

„Was du möchtest. Laß sie hier ... oder nimm sie mit, dann wird man dich im Ballsaal nur die *Rosenprinzessin* nennen."

„Oh, Matthew!"

„Bist du fertig ...? Wie du sehen kannst, wartet unser Transportmittel schon ungeduldig."

Matthew drehte sich halb um und deutete hinaus.

Auf der Straße stand eine Kutsche aus dem neunzehnten Jahrhundert, mit schwarzen Ledersitzen und einem Kutscher im Frack, der die Zügel der beiden schwarzen Pferde – offenbar von edelster Rasse – hielt.

„Matthew!" rief sie. „Ich kann es kaum glauben. Wo hast du die denn aufgetrieben?"

„Ach, zu viele Fragen verderben das Märchen, meine Dame. Denk immer daran, du mußt dich an den guten Gaben erfreuen, die deinen Weg säumen."

Er deutete eine Verbeugung an und reichte ihr seinen Arm.

Vorsichtig raffte sie ihr Kleid zusammen, ergriff Matthews dargebotene Hand und stieg in die Kutsche. Mit einem Sprung saß er neben ihr.

„Und los geht's", rief er mit jungenhafter Begeisterung.

Der Kutscher schnalzte mit der Zunge, und die Pferde setzten sich in Bewegung. Trotz Matthews überschäumender Freude sagte keiner der Passagiere ein Wort, und auch der Kutscher schwieg standesgemäß.

Während die Kutsche dahinholperte, hing Sabrina ihren Gedanken nach. Sie war der Wirklichkeit vollkommen entrückt, und Matthew, der ihre Stimmung spürte, schwieg auch. Nur ab und zu flog ein Lächeln über sein Gesicht.

41

Aschenputtels Ball

Der Aufruhr, der entstand, als eine Kutsche vor dem französischen Konsulat vorfuhr, entging Sabrina vollkommen.

Abwesend gestattete sie Matthew, ihr aus der Kutsche zu helfen. Die sie umgebende Menge von Gästen war ebenso fasziniert von der Schönheit der unbekannten „Prinzessin“ am Arm des amerikanischen Attachés wie von ihrer ungewöhnlichen Ankunft.

Matthew gab dem Kutscher Anweisung, wann er sich bereithalten sollte, und führte Sabrina durch die große Eingangstür des weißen Gebäudes. Er reagierte kaum auf die Kommentare und Fragen, die ihm unterwegs zugerufen wurden. Im Ballsaal angekommen, zerstreuten sich die Gäste, und sie wurden schnell von der Menge verschluckt.

Der Saal war riesig und wunderschön dekoriert. Von der Decke hingen etwa zwanzig Kristalleuchter herab, die den Saal in strahlendes Licht tauchten. In einer Ecke saß ein achtzehnköpfiges Orchester, obwohl nicht mehr als ein Viertel der anwesenden Gäste zu seiner Musik tanzte. Die meisten standen in Gruppen zusammen und sprachen entweder über die Spannungen in Berlin oder tratschten darüber, wer mit wem gesehen worden war.

Es hatte sich nicht viel verändert seit dem Fest in der Villa der Schmundts vor so langer Zeit. Mag sich die ganze Weltsituation auch verändern, dachte Matthew, der Diplomatenklatsch wird immer derselbe bleiben. Wie ganz anders hatte die Welt damals im Jahre 1939 ausgesehen. Damals hatte er noch gedacht, Rußland sei ein Verbündeter!

Aus den Augenwinkeln sah Matthew einen seiner amerikanischen Kollegen auf sie zukommen. Sein Gesichtsausdruck und das Glas in seiner Hand bestätigten Matthew, daß er schon sehr viel früher hier angekommen war und wahrscheinlich mehr Alkohol zu sich genommen hatte, als gut für ihn war.

Matthew verspürte keine große Lust, sich seine manchmal etwas unsauberen Bemerkungen anzuhören.

Darum faßte er Sabrina bei der Hand und führte sie sanft und sicher in die Mitte der Tanzfläche. Sie sprachen nur wenig miteinander, sondern genossen die Gegenwart des anderen. *Wo die Zitronen blühen* kam als nächstes Stück, gefolgt vom *Kaiserwalzer,* der die Darbietung der Musik des jüngeren Strauss beendete.

Die Gäste applaudierten, als das Orchester sich erhob und sich zu einer Pause zerstreute. Zwei Violinisten und ein Cellist spielten statt dessen ein Streichertrio von Haydn und Tänze von Händel.

Erhitzt und mit strahlenden Augen konnte Sabrina ihre Begeisterung nicht mehr länger zurückhalten.

„Sind wir wirklich hier?" rief sie. „Sag mir, daß ich nicht träume, Matthew!"

Er lachte und freute sich zu sehen, daß sie allmählich wieder zu sich kam.

„Du träumst nicht, Sabrina", sagte er. „Das garantiere ich dir."

„Ich muß immer wieder denken, daß es doch nicht die Wirklichkeit ist. Ich fühle mich wie Aschenputtel. Wie hieß das Mädchen noch bei euch?"

„Cinderella", erwiderte Matthew.

„Ich würde sagen, Matthew", erklang eine Stimme hinter ihnen, „es ist an der Zeit, daß Sie mir Ihre Freundin vorstellen."

Wenn Matthew Bedauern über die Störung seines betrunkenen Kollegen empfand, so verstand er es jedoch meisterhaft, dies zu überspielen. „Hallo, was meinten Sie, Wahlen?"

„Ich sagte, das ist aber eine mächtig hübsche –"

„Habe ich die Erlaubnis, die Rosenprinzessin vorzustellen?" unterbrach Matthew ihn hastig.

Sabrina nickte höflich.

„Dies, meine Liebe", fuhr Matthew fort, „ist der geschätzte Frank Wahlen, Staatssekretär des europäischen Büros von Bill Tyler und ein überall anwesender, nichtsnutziger Amerikaner, nicht wahr, Frank?"

„Das stimmt!“ erwiderte er und wendete sich Sabrina zu. „Ich bin entzückt“, sagte er und musterte sie mit einem schnellen Blick. Dann schaute er Matthew augenzwinkernd und mit einem Lächeln an, dessen Absicht nicht mißverstanden werden konnte. „Nun kommen Sie schon, McCallum, wo haben Sie sie aufgetrieben? Und das ist doch bestimmt nicht ihr Name –“

„Sie ist eine Prinzessin“, erwiderte Matthew, „und ich sage Ihnen die Wahrheit. Wo sie herkommt, müssen Sie schon selbst herausfinden.“

„Kommen Sie, Ihrem alten Kumpel Frank können Sie es doch sagen“, beharrte Wahlen.

„Kumpel oder nicht, in Ihrem Zustand ist das alles, was Sie aus mir herauskriegen, Frank“, lachte Matthew.

Er wendete sich wieder Sabrina zu.

„Kommen Sie, Fräulein ... äh, Fräulein Rosenblatt“, sagte er und versuchte, dem Staatssekretär zu entkommen.

„Nicht so schnell, Matt“, sagte Wahlen, der ihnen mit unsicherem Schritt folgte. „Sie haben mir keine Gelegenheit gegeben, Ihre ... Ihre *Prinzessin* um einen Tanz zu bitten.“

Während er das Wort aussprach, blinzelte er Matthew bedeutungsvoll zu.

„Tut mir leid, Frank, aber sie wird den ganzen Abend über ausschließlich mir Gesellschaft leisten.“

Endlich konnten Matthew und Sabrina dem verblüfften Staatssekretär entkommen, der ihnen noch eine Weile nachstarrte. Schließlich entdeckte er, daß sein Glas immer noch halb gefüllt war, hob es an die Lippen und leerte es mit einem Zug.

„Es tut mir leid“, meinte Matthew ernst. „Ich hatte gehofft, wir würden ihm entgehen können.“

„Ist er ein Freund von dir?“ fragte Sabrina.

„Das würde ich nicht sagen. Er gehört zu unserem State Department. Eigentlich ist er gar kein so übler Kerl, wenn er nüchtern ist. Und er kennt die russische Geschichte in- und auswendig. Doch in betrunkenem Zustand kommt seine andere Seite zum Vorschein, die nicht sehr angenehm ist.“

„Ist er ein typischer Amerikaner?"

„Ich hoffe doch nicht!" lachte Matthew.

Sabrina lächelte.

„Ich bin froh, daß du ihm nicht meinen Namen gesagt hast", fügte sie hinzu.

„Machst du Witze? Ein falsches Wort in seiner Nähe, wenn er betrunken ist, und alle hier würden dich kennen. Ich bin Diplomat genug zu wissen, wann ich meinen Mund halten muß, was ich von Frank nicht behaupten kann."

Arm in Arm schlenderten sie langsam durch den Saal und unterhielten sich, während Matthew hier und da seine vielen Bekannten begrüßte, Höflichkeiten austauschte, es aber tunlichst vermied, Sabrina irgend jemandem vorzustellen.

Viele der Gäste versuchten einen Blick auf die geheimnisvolle, atemberaubend schöne Dame am Arm des amerikanischen Attachés zu werfen.

Sabrina und Matthew spürten die Aufmerksamkeit, die sie erregten, ignorierten sie jedoch und schlenderten auch weiter fröhlich plaudernd durch den Ballsaal.

Nach einiger Zeit hatte das Streicherterzett seinen Vortrag beendet, und das Orchester nahm seinen Platz wieder ein; diesmal spielte es ein Stück des großen Meisters Wolfgang Amadeus Mozart.

„Hör nur, Matthew!" sagte Sabrina, als es zu spielen begann, „erkennst du es?"

„Äh, ja ... aber *woher* kenne ich es?" fügte er etwas verlegen lachend hinzu.

„Es ist das das Menuett aus *Eine kleine Nachtmusik*."

„Und ..."

„Das Streichquartett hat es gespielt an dem Tag, als wir uns kennengelernt haben ... du erinnerst dich – bei meinem Onkel Otto!"

„Diesen Tag werde ich niemals vergessen, obwohl du mir verzeihen mußt, daß ich mich besser an dein Aussehen erinnere als an die Musik."

„Matthew, du sagst manchmal die komischsten Dinge", meinte Sabrina.

„Das war ernst gemeint. Ich erinnere mich an jeden Zentimeter deines Gesichtes an jenem Tag."

„Ich erinnere mich auch an die Musik. Ein glücklicher Tag kann einem auf vielerlei Weise im Gedächtnis bleiben."

„Wie recht du hast."

„Sieh nur, einige Leute stellen sich zum Menuett auf. Komm, wir wollen mitmachen!"

Sofort begann Sabrina, auf die Gruppe der Tanzenden zuzugehen. Matthew zog sie hinter sich her.

„Ein Menuett! Sabrina, ich weiß gar nicht, wie man das tanzt", lachte Matthew.

„Ich werde es dir beibringen", entgegnete Sabrina.

„Ich habe so etwas noch nie getanzt. Solche altmodischen Tänze werden uns in den Staaten nicht beigebracht."

„Ich zeige dir jeden Schritt", erwiderte Sabrina.

Mittlerweile waren sie schon bei den anderen angekommen.

„Nimm meine Hand", sagte Sabrina und legte sie in seine. „Und nun beobachte die anderen Männer ... bleib in einer Reihe mit ihnen ..."

Bevor Matthew weitere Einwände erheben konnte, waren sie schon mittendrin in dem alten Tanz des französischen Hofes, sehr zu Sabrinas Freude.

Sie tat ihr Bestes, ihm Anleitung zu geben, wenn auch mit mäßigem Erfolg.

„Halt meine Hand fest ... dreh dich jetzt nach links ... kleine, zierliche Schritte ..."

Sie mußte lachen, als sie sah, wie sehr er sich abmühte.

Matthew meisterte den Tanz, wenn auch nicht gerade anmutig. Einige der anderen beobachteten ihn amüsiert aus den Augenwinkeln.

„Du warst wundervoll!" lachte Sabrina.

„Mach keine Witze!" erwiderte Matthew und zog sie schnell von der Gruppe fort, deren Blicke ihm genauso folgten wie Sabrina.

„Das warst du wirklich! Seit Jahren habe ich nicht mehr so viel Spaß gehabt!"

„Hast du nicht gesehen, wie sie mich alle angestarrt haben?" fragte Matthew, der versuchte, der Menge zu entkommen. „Wir wollen eine Weile nach draußen gehen!"

Immer noch lachend nahm Sabrina seinen Arm und folgte ihm.

„Ich weiß nicht, was schlimmer ist, sich auf dem Tanzboden zum Narren zu machen ... oder in einen Goldfischteich zu fallen!" fügte Matthew hinzu, der jetzt auch lachte.

42

Vorsichtige Nachforschungen

Matthews betrunkener Kollege hatte sich darum bemüht, mehr Aufmerksamkeit zu bekommen, als gut war für jemanden in seinem Zustand.

Er machte seiner Verärgerung über die – seiner Meinung nach unfreundliche – Abfertigung durch seinen amerikanischen Landsmann und die von der hochnäsigen Dame zurückgewiesene Aufforderung zum Tanz bei allen möglichen Leuten im Ballsaal Luft, indem er mit Halbwahrheiten die Funken allgemeiner Neugier anfachte. Schließlich stand seine Verärgerung über sein Gespräch mit Matthew in keinem Verhältnis mehr zu dem, was tatsächlich passiert war.

Als das Menuett zu Ende war, unterhielt er sich am anderen Ende des riesigen Saales gerade mit einem Diplomaten aus Bonn, der dem Malzgetränk aus dem Norden Großbritanniens ebenfalls ausgiebig zusprach. Sie sprachen deutsch, obwohl Wahlen mittlerweile immer mehr Schwierigkeiten hatte, die Sprache zusammenhängend zu sprechen, die er unter normalen Umständen fließend beherrschte.

Sie unterhielten sich über die neusten Entwicklungen, vor allem über Chruschtschows Drohungen, einen separaten Frie-

das Gespräch der beiden gewesen war. „Ich nehme an, Sie gehören zur amerikanischen Delegation?“

„Das stimmt, Herr von Schmundt“, erwiderte Frank lustlos.

Gustav nahm langsam einen Schluck aus seinem Glas. Er schien tief in Gedanken versunken zu sein.

„Sagen Sie mir, Herr Wahlen“, fuhr er nach einer Weile fort, „kennen Sie viele Amerikaner hier in Berlin?“

„Fast alle, würde ich sagen.“

„Da ist ein Mann, der auch zu den Ratgebern Ihres Präsidenten gehört. Ich habe versucht, Kontakt mit ihm aufzunehmen. Sie kennen ihn sicher, wenn Sie auch zu Kennedys Delegation gehören.“

„Vielleicht. Wie heißt er?“

„Äh ... McCallum“, erwiderte der Ostdeutsche.

Bei dem Namen war Wahlens Aufmerksamkeit geweckt.

„Was wollen Sie denn von *dem*?“ fragte er.

„Es handelt sich ... äh, um eine recht delikate Angelegenheit. Kennen Sie ihn?“

„Vielleicht“, erwiderte Wahlen vielsagend.

„Kommen Sie, Herr Wahlen“, gab Gustav scharf zurück. Seine Augen blitzten wütend, doch nur für einen Augenblick. Schnell hatte er sich wieder in der Gewalt. Der Amerikaner hatte seine Ungeduld nicht bemerkt. „Sie erscheinen mir nicht wie jemand, der eine Vorliebe für Wortspiele hat.“

Wahlen lächelte betrunken und nickte langsam.

„Ja ... ich kenne den Mann, von dem Sie sprechen“, erwiderte er. Seine Verärgerung hielt er genauso gut verborgen wie Gustav.

„Ich muß sehr dringend mit ihm sprechen – ist er hier?“

„Sie meinen *hier* ... heute abend?“

„Genau das meine ich. Nimmt er an dem Fest teil?“

Wahlen entdeckte eine Gelegenheit, sich für McCallums vermeintliche Überheblichkeit zu rächen.

„Was Sie der amerikanischen Delegation zu sagen haben, Herr von Schmidt –“

„Ich heiße *Schmundt*“, zischte Gustav.

„Also, was immer Sie zu sagen haben, können Sie auch mir mitteilen. Ganz unter uns, McCallum ist ein kleines Licht. Ich kann mich sehr viel besser um Sie kümmern."

„Ich muß mit McCallum persönlich sprechen."

„Warum, Smudt?" Seine Sprache wurde immer undeutlicher.

„Aus persönlichen Gründen", entgegnete Gustav. Er hatte Mühe, seine wachsende Verärgerung über diesen aufschneiderischen Narren zu unterdrücken. „Ich muß darauf bestehen, daß Sie mir sagen, wo ich ihn finden kann."

„Sehr wichtig, ja, Schmidt?"

„Außerordentlich wichtig."

„Nun, Sie werden ihn heute abend nicht antreffen", gab Wahlen zurück. Er würde diesem arroganten Burschen überhaupt nichts erzählen!

„Ist er nicht hier?"

Wahlen schüttelte den Kopf und nahm einen großen Schluck aus seinem Glas. „Nein", wiederholte er. „Nirgendwo! Habe ihn seit Tagen nicht gesehen."

Ohne ein weiteres Wort drehte Schmundt sich um und verschwand. Weder für den idiotischen Amerikaner noch für seinen westdeutschen Bekannten hatte er ein Wort oder eine Geste des Abschieds.

43

Alte Erinnerungen . . . und neue

Ein weiterer Walzer begann. Wieder schwebten Matthew und Sabrina anmutig über die Tanzfläche.

„Wir wollen hoffen, daß ich es schaffe, nicht über dich zu stolpern", sagte Matthew, als sie zu tanzen begannen.

„Das wird wohl kaum passieren", meinte Sabrina.

„Nur wenn ich Walzer tanze“, gab Matthew grinsend zurück.

„Du bist ein ausgezeichneter Tänzer“, fuhr Sabrina fort. „Das weiß ich noch von unserem ersten Tanz bei Gustav.“

Die Erinnerung daran machte beide nachdenklich. Eine Weile tanzten sie schweigend.

„Was hast du an jenem Tag gedacht?“ fragte Sabrina schließlich.

„Worüber ... du meinst, über *dich*?“

„Ich weiß nicht ... über alles.“

„Nun, ich habe tatsächlich viel an dich gedacht“, sagte Matthew. „Sofort nachdem ich in den Saal gekommen war, kam deine Cousine Brigitte zu mir und redete auf mich ein. Doch die ganze Zeit habe ich nur nach dir Ausschau gehalten.“

Sabrina schaute verlegen zu Boden.

„Übrigens, was ist aus ihr geworden?“

„Aus Brigitte?“

Matthew nickte.

Sabrina lächelte bekümmert. „Das ist eine traurige Geschichte ... wenigstens in meinen Augen.“

„Wieso?“

„Ich nehme an, sie hat alles, was sie will. Doch als ich sie das letzte Mal sah, was schon viele Jahre her ist, war ich ziemlich betrübt wegen ihr.“

„Es ging ihr ... nicht gut?“ fragte Matthew.

„In den Augen der Welt wird sie sicherlich von jedem beneidet. Sie hat die Familientradition weitergeführt und einen Bankier geheiratet. Onkel Otto ist nach dem Krieg wieder auf den Füßen gelandet. Sein Vermögen hat er zwar nicht ganz erhalten können, doch den größten Teil davon. Ich weiß nicht genau, wie ihm das gelungen ist, bestimmt über irgendwelche Verbindungen. Er ist immer noch in Berlin, hat einen ziemlich guten Posten im DDR-Banksystem. Ich habe ihn seit dem Krieg nicht mehr gesehen.“

„Du lebst mit deinem eigenen Onkel in derselben Stadt? Und er ist dir in der Angelegenheit mit deinem Vater nicht behilflich gewesen?“

Sabrina schüttelte den Kopf.

„Die Kommunisten sind in dieser Beziehung wie die Nazis“, sagte sie. „Sie lassen keinen Raum für Sentimentalitäten. Ich bezweifle, daß mein Onkel mich erkennen würde, wenn wir uns auf der Straße begegneten – oder zugeben würde, daß er mich kennt.“

„Was ist mit Brigitte?“

„Sie hat sich gut verheiratet, ist mit ihrem Mann nach West-Berlin gezogen und steht nun im Mittelpunkt der Gesellschaft. Ich habe sie vor einigen Jahren ganz zufällig gesehen. Hinterher mußte ich weinen. Sie hatte sehr stark zugenommen und versuchte nun, das durch teure französische Kleider, Make-up und Schmuck auszugleichen. Sie sah – ich weiß nicht, wie ich es anders beschreiben kann – mitleiderregend aus. Ihr Haar glänzte unnatürlich, und ihre Augen, Wimpern und Lippen waren so dick bemalt, daß sie nicht mehr wie ein richtiger Mensch aussah. Sie erinnerte mich an eine Puppe oder einen Möchtegern-Filmstar. Sie war mit Schmuck behängt, Ringe an jedem Finger, an ihren Ohren, am Handgelenk. Sie tat mir leid. Inmitten ihres Reichtums wirkte sie so einsam und unglücklich.“

„Was hast du zu ihr gesagt?“

„Ich habe es nicht fertiggebracht, sie anzusprechen“, erwiderte Sabrina traurig. „Ich ließ den Augenblick verstreichen, schaute sie einfach nur an. Sie hat mich nicht gesehen.“

Beide dachten über Sabrinas Worte nach.

„Und“, fuhr sie nach einer Weile fort, „außerdem mußte ich an die Sicherheit meines Vaters denken. Damals war ich schon nicht mehr Sabrina von Dortmann. Ich bin sicher, daß Gustav sowohl mit Brigitte als auch mit Onkel Otto in Kontakt getreten ist. Ich durfte nicht riskieren, daß sie meine neue Identität erfahren.“

Sabrina seufzte bei der Erinnerung daran.

„Das überrascht mich nicht“, meinte Matthew. „Deine Cousine war immer ganz anders als du – wenigstens als ich euch beide kennenlernte.“

„Die Unterschiede traten schon in der Kindheit zutage“, bemerkte Sabrina nachdenklich.

„Ich weiß noch, wie sie bei den Schmundts auf mich zukam. Doch ich wollte *dich* sehen. Und in diesem hellgrünen Kleid warst du noch schöner, als ich dich in Erinnerung hatte. Du warst so voller Leben, ein junges Mädchen, aber gleichzeitig auch eine erwachsene Frau.“

Gedanken und Gefühle durchströmten sie, während sie über die Tanzfläche schwebten. Kein Mann und keine Frau hätten verliebter sein können als Matthew McCallum und Sabrina von Dortmann in diesem Augenblick.

Um sie herum tanzten viele Menschen, doch sie sahen nur sich, hielten sich fest im Arm. Ihre Körper bewegten sich im Einklang zur Musik, und Sabrinas Kopf ruhte zufrieden an Matthews Schulter.

„Ich weiß jetzt, daß Gott uns zusammengeführt hat“, flüsterte er ihr ins Ohr. „Damals konnte ich das noch nicht wissen, doch nun ist es klar. Ich sehe, daß er seither am Werk gewesen ist und uns für diesen Augenblick erhalten hat.“

Er spürte, wie Sabrina zustimmend nickte.

„Siehst du die Hand des Herrn in allem, was passiert ist, bei unserem Wiedersehen und darin, daß wir beide immer noch dieselben Gefühle füreinander haben ... und daß keiner von uns geheiratet hat?“

Wieder nickte sie.

„Ich empfinde sogar eine tiefe Dankbarkeit für die vergangenen Jahre. Wie hätte ich ohne sie diese besondere Zeit jetzt erleben können? Ich würde diese Wochen, die ich mit dir zusammensein konnte, gegen nichts in der Welt eintauschen! Der Herr, wie dein Vater gesagt hätte, wirkt tatsächlich alles zum Besten. Verstehst du, was ich zu sagen versuche, Sabrina? Ich bin der Überzeugung, daß der Herr uns füreinander bestimmt hat.“

Mehrere Sekunden vergingen. Allmählich wurde ihm klar, daß sie weinte.

Er blieb stehen und trat einige Schritte zurück, um sie ansehen zu können. Tiefe Besorgnis lag in seinem Blick.

Sabrina schaute ihn an. Ihre Augen waren groß und voller Liebe.

Sie spürte seine Furcht und versuchte, ihre Gefühle in Worte zu fassen, seine Besorgnis zu zerstreuen, doch ihre Lippen konnten nicht einmal das Lächeln formen, das ihm Sicherheit gegeben hätte.

Sie standen wie eine Insel inmitten von Dutzenden von Tänzern, mehrere Sekunden lang und schauten sich nur an. Ihre Blicke drückten aus, was zehntausend Bücher nicht zu sagen vermochten.

„Oh, Matthew!" murmelte Sabrina. „Du machst mich so glücklich!"

Ihre Augen füllten sich wieder mit Tränen.

Sanft nahm er sie in die Arme. Die Augen hielt er nun geschlossen.

„Wir sind doch im Märchen, weißt du nicht mehr?" flüsterte er ihr ins Ohr, „... *unserem* Märchen."

44

Der Stachel des Reichtums

Während Gustav sich wütend durch die Menge kämpfte, kam ihm die Vermutung, daß dieser Dummkopf, mit dem er sich unterhalten hatte, ihn angelogen hatte. Jeder wußte, daß man den Amerikanern heutzutage noch weniger trauen konnte als je zuvor.

Doch er brauchte ihn nicht. Er brauchte keinen von ihnen. Er würde McCallum irgendwie ausfindig machen – mit oder ohne die Hilfe dieses Narren!

Langsam ging er auf das hintere Ende des Ballsaals zu, wo das Orchester spielte. Dort war er an diesem Abend noch nicht gewesen. Vielleicht konnte er Gesprächsfetzen aufschnappen, die ihm nützlicher waren als das Gespräch, das er gerade geführt hatte!

Unbehagen beschlich ihn. Er würde es niemals eingestanden haben, doch er fühlte sich hier fehl am Platze.

Es war ihm zu fröhlich, zu festlich.

Er war wütend auf die Amerikaner, Briten und Franzosen mit ihrer Fröhlichkeit, ihrer Naivität im Angesicht der mächtigen sowjetischen Herrschaft. Er war wütend auf sie, weil sie auf Ostdeutschland herabblickten, obwohl er sich das niemals eingestanden hätte.

Er war noch immer wütend auf diesen Schuft McCallum, wütend über die Zuneigung, die Sabrina ihm auf seinem eigenen Geburtstagsfest entgegengebracht hatte; er verachtete ihn wegen seines Erfolgs und Einflusses, war wütend, daß er jetzt nicht hier war, damit er seine Hände um seinen Hals legen und aus ihm herauswürgen konnte, wo Sabrina sich aufhielt!

Im Grunde genommen war er vor allem wütend auf Sabrina, weil sie sich vor ihm versteckte, weil es ihr gelungen war, ihm all die Jahre zu entkommen.

Das würde er ihr heimzahlen!

Es war ihm schon lange egal, ob sie ihn liebte. Rachedurst war an die Stelle einstiger Liebe getreten. Er würde sie nehmen, nofalls mit Gewalt, und über die Verbitterung lachen, die der Gedanke bei ihr hervorrufen würde, daß er, Gustav von Schmundt, sie vollkommen in der Hand hatte.

Und er war immer noch wütend auf ihren Vater, der einen Narren aus ihm gemacht hatte, wütend über den idiotischen Frieden, der auf seinem Gesicht lag. Der Alte und sein schwachsinniges Geschwätz über Gott und die Religion!

Er würde es ihnen schon zeigen ... Er würde ihnen klarmachen, daß all ihr Glück auf einem falschen Fundament aufgebaut war. Sie waren Idioten vorzugeben, so glücklich zu sein.

Er würde sie finden! Er würde sich dieses Barons entledigen – ihn nach Moskau oder Sibirien schicken –, McCallum zusammen mit ihm ins Gefängnis stecken und Sabrina für sich selbst nehmen!

Er würde sie finden. Er kam ihr immer näher. Sein Gefühl sagte ihm, daß es nun nicht mehr lange dauern würde.

Gustav hatte keine Ahnung, welche Macht das Gebet des

Barons hatte. Dieses Gebet, das er siebzehn Jahre zuvor auf einer einsamen Landstraße außerhalb des Dorfes Fürstensdorf gesprochen hatte, wurde auch an diesem Abend erhört:

Herr Gott, unser Vater, verblende seine Augen und binde seine Macht, daß er deinem Volk kein Leid antun kann.

Ohne auf seine Schritte zu achten, schlenderte Gustav zerstreut zwischen den Tanzenden umher. Ein französisches Ehepaar stieß gegen ihn. Auf ihre aufrichtige Entschuldigung hin stieß er mehrere Flüche aus, die das Ehepaar nicht verstehen konnte.

„Warum können diese Dummköpfe denn nicht aufpassen, wo sie hintreten!" murmelte er wütend.

45

Ein Duft aus der Vergangenheit

Der Walzer war zu Ende, und ein neuer begann.

Immer noch standen Matthew und Sabrina unbeweglich wie im Traum mitten auf der Tanzfläche.

Doch schließlich bewegten sie sich langsam wieder zum Rhythmus der Musik, hingebungsvoller als alle anderen um sie herum.

In der Mitte des Stückes gab es einen kleinen Aufruhr zwei oder drei Meter hinter ihnen. Keiner von ihnen drehte sich um, um zu sehen, was der Grund war, obwohl Sabrina einen Augenblick später erstarrte.

Er spürte, wie ein Zittern sie durchlief, und legte den Kopf zurück, um sie anzusehen.

Ihre Augen waren aufgerissen und von Furcht erfüllt. Einen Augenblick lang sah sie nicht einmal ihn.

„Sabrina – was ist los?" fragte er alarmiert.

Seine Stimme brachte sie zurück.

„Ich ... ich weiß es nicht", sagte sie. „Auf einmal empfand ich fürchterliche Angst, und mir war eiskalt."

Während Gustav sich den Weg durch die Menge bahnte, steigerte sich seine Wut ins Unermeßliche.

Auf einmal blieb er stehen, schaute sich um, als konzentriere er sich auf etwas, das er nicht genau bestimmen konnte.

Er atmete tief ein.

Das war der Geruch von Sabrinas Zimmer. Es war Sabrinas Duft!

Seine Gedanken wanderten zurück zu seiner Geburtstagsfeier vor vielen Jahren, als er mit ihr getanzt hatte, ihren Körper gespürt, den Duft ihres Parfüms wahrgenommen hatte. Und dann eine weitere Erinnerung: in jener Nacht im *Lebenshaus,* als sie das Haus durchsuchten, das Kissen, auf dem ihr Kopf gelegen hatte.

Er stand da wie eine Marmorsäule, schloß seine Augen und sog tief diesen Duft ein, verfluchte aber gleichzeitig die Frau, die dieses Parfüm an diesem Abend benutzte.

Abrupt drehte er sich um und verschwand durch die Tür, durch die er den Saal betreten hatte.

Er mußte hier raus!

*

Sabrina schauderte, als müsse sie die Nachwirkungen dieses seltsamen Gefühls abschütteln. Dann flüchtete sie sich wieder in Matthews Arme.

„Ich weiß gar nicht, wovor ich Angst haben könnte, vor allem, wo du bei mir bist, um mich zu beschützen", sagte sie. „Es ist gut ... ich bin wieder in Ordnung."

Sie tanzten noch etwas weiter, dann ergriff Matthew das Wort.

„Weißt du was?" fragte er. „Auf einmal bin ich absolut nicht mehr in der Stimmung für einen Ball und alle diese Leute, die Musik und die oberflächlichen Gespräche. Was meinst du, wollen wir uns die Gärten ansehen?"

„Du mußt Gedanken lesen können", erwiderte Sabrina.

„Ich dachte gerade daran, wieviel Freude mir das jetzt machen würde."

„Dann komm", sagte Matthew und drehte sich schnell um. „Nichts wie raus hier!"

★

Zehn Minuten später wanderten sie langsam auf den von Hekken gesäumten Wegen im Garten des Konsulats. Sabrina hatte sich bei Matthew eingehängt und dachte träumerisch darüber nach, daß ihr Märchen Wirklichkeit geworden war.

Die Dämmerung hatte sich bereits über die Stadt gesenkt, und der Mond stieg im Osten immer höher.

Der Garten war sehr groß, so groß wie der Garten des Barons im *Lebenshaus,* wenn nicht sogar größer. Doch er war nicht so einfallsreich angelegt, mit rechteckigen Hecken, gleich hohen Bäumen und breiten Gehwegen. Wenn sie am Tag hierhergekommen wären, hätten weder Sabrina noch Matthew ihn interessant gefunden.

Doch etwas anderes als der Garten beschäftigte sie.

„Ist es schwer für dich, an einen solchen Ort zu kommen?" fragte Matthew leise.

„Wie meinst du das?" gab Sabrina zurück.

„Gärten, Hecken, Wege ... sind das Erinnerungen an deinen Vater?"

Sie dachte einen Augenblick nach. „In vieler Hinsicht wird mich vermutlich immer Traurigkeit erfassen, wenn ich einen gut gepflegten Garten sehe. Ja, sie erinnern mich an ihn und an Mama, an die glückliche Vergangenheit, an unseren Garten, den es jetzt nicht mehr gibt."

„Hast du etwas dagegen, hierzusein?"

„Oh nein. Ich liebe Gärten immer noch. Ich habe im Laufe der Jahre viele Parks in Berlin durchstreift."

„Aus welchem Grund?"

„Wegen der Erinnerung."

„Das verstehe ich nicht."

„Es ist auch schön, an diese Zeit zurückzudenken. Wenn

ich von wachsenden Dingen umgeben bin, über die Papa sich freuen würde, fällt es mir leichter, für ihn zu beten. Obwohl ich auch traurig bin, fühle ich mich durch die Erinnerung ihm näher ... und auch meinem himmlischen Vater."

„Weißt du eigentlich, wie sehr du deinem Vater gleichst?"

„Hmm ... ich glaube nicht."

„Natürlich bist du eine eigenständige Persönlichkeit, doch so vieles an dem, wie du dich ausdrückst, wie du bestimmte Dinge siehst, wie du denkst, erinnert mich an ihn."

„Ich freue mich, daß du das sagst."

„Du bist so sehr die Tochter des Baron von Dortmann, und doch ..."

Matthew brach ab.

„Und doch, was?" fragte sie nach einer Weile.

„Ich wollte sagen, daß du aber auch eine reife Frau geworden bist ... eine Frau – ich glaube nicht, daß es ein Geheimnis ist –, die ich mehr als nur sehr gern mag."

Sie gingen weiter.

„Sabrina ...", sagte Matthew mit stockender Stimme, „ich wollte eigentlich nicht mit dir über den Garten deines Vaters sprechen, sondern ich ... ich weiß nicht, wie ... oh, du meine Güte!"

„Was denn, Matthew?"

„Es ist so schwierig."

„Du kannst mir doch alles sagen."

„Ich weiß ... aber es herauszubringen ist eine andere Sache. Ich spreche den ganzen Tag lang mit Leuten, doch bei dem Menschen, der mir am meisten am Herzen liegt, weiß ich einfach nicht, wie ich es in Worte fassen soll."

Schweigen senkte sich auf sie.

„Verstehst du denn nicht", brach es auf einmal aus ihm heraus, „wir können einfach nicht immer so weitermachen. Wir sind zu alt. Wir sind nicht mehr die sorglosen Teenager, die viel Spaß zusammen haben. Wir sind vierzig Jahr alt ... um Himmels willen, wir sind ..."

Matthew seufzte.

„Ich fühle mich noch nicht alt, Matthew. Tatsächlich fühle

ich mich jetzt jünger als in all den Jahren, fast als sei ich wieder ein Teenager, ein Teenager in –"

Auf einmal war es an Sabrina, mitten im Satz abzubrechen. Sie senkte den Blick. Ihr war plötzlich sehr heiß.

„Genau das ist es", sagte er heftig. „Wir empfinden nicht anders, doch die Dinge haben sich geändert. Wir sind älter. Wir tragen Verantwortung. Die Welt hat sich verändert. Du bist im Osten, ich bin Amerikaner. Jederzeit könnte ich in die Staaten zurückgeschickt werden ..."

„Sag so etwas nicht, Matthew. Der Gedanke daran, daß du abreisen könntest –"

„Aber verstehst du denn nicht, wir müssen über so etwas nachdenken. Wir haben nicht mehr so viele Jahre zur Verfügung wie früher. Wir ... wir können es uns nicht leisten –"

Wieder unterbrach er sich, atmete tief durch.

„Wir müssen ... wir müssen über die Zukunft nachdenken", fügte er hinzu.

„Über die *Zukunft*, Matthew?" fragte Sabrina mit zitternder Stimme.

„Ja ... über die Zukunft. Wir ... wir müssen Pläne schmieden. Ich bin entschlossen, nun, da wir uns wiedergetroffen haben, nichts mehr zwischen uns kommen zu lassen."

Er brach ab, wandte den Blick ab und holte tief Luft.

„Sabrina ... das ist schwerer, als ich gedacht habe. Was ich zu sagen versuche, ist, daß ich möchte ... das heißt, ich würde dich gern fragen ... ob du meine Frau werden willst."

Noch bevor er den Satz zu Ende gesprochen hatte, blieb Sabrina stehen und starrte ihn an.

„Ich glaube, daß der Herr uns zusammengeführt hat", fuhr Matthew fort. „ich möchte nicht, daß wir uns noch einmal trennen, egal, was in der Welt auch geschieht. Ich möchte dich fragen, ob du mich heiraten willst. So!" fügte er laut seufzend hinzu. „Ich hab' es endlich herausgebracht!"

Nun suchten Sabrinas feuchte Augen im Mondschein die seinen. Sie konnte nur seinen Namen flüstern, bevor sie anfing, vor Freude zu schluchzen. „Oh, Matthew ..."

Sie ließ sich in seine Arme sinken, legte den Kopf an seine Schulter und ließ ihren Tränen freien Lauf.

Er nahm sie zärtlich in die Arme.

Es war Sabrina, die endlich das Schweigen brach.

„Ich kann mir keine schöneren Worte vorstellen", sagte sie, „als *Sabrina McCallum*."

„Bedeutet das ...?"

„Natürlich, Matthew. Du brauchtest bloß zu fragen."

„Wie lange ... wann hast du –"

„Ich gehöre dir schon, seit du mir die gelbe Rose im *Lebenshaus* geschenkt hast ... und ich werde dir auf ewig gehören!"

Matthew legte seine Hand auf ihre Schulter, schob sie ein wenig von ihm zurück, blickte ihr tief in die Augen, dann beugte er sich vor und küßte sie zärtlich. Darauf flüsterte er ihr ins Ohr: „Auch ich will dir gehören ... auf ewig."

46

Blinder Beobachter

Während die beiden noch Hand in Hand durch den Garten schlenderten, stand knapp dreihundert Meter entfernt auf einer Steinbrücke eine einsame Gestalt, die in die entgegengesetzte Richtung starrte. Die Stimmung des Mannes war so frostig wie das Wasser des Flusses, der unter der Brücke hindurchfloß.

Es war nicht vollkommen dunkel, da der Mond schien. Hätte er sich umgedreht und seinen Blick auf die beiden Menschen gerichtet, hätte er die Frau erblickt, die er seit Jahren suchte.

Er nahm einen tiefen Zug von seiner Zigarette und blies den Rauch langsam aus.

Sein Zorn hatte sich abgekühlt, seit er den Ballsaal verlassen hatte, und er stand über die hüfthohe Brüstung gebeugt. Seine Gedanken drehten sich um Sabrinas und seinen eigenen Vater und die Häuser der beiden Männer.

Alles hatte sich unter dem neuen Regime verändert. Die beiden Güter waren von der Regierung beschlagnahmt worden. In diesem Sinne war er kaum besser dran als der Baron. Doch er hatte vorsorglich alle Dokumente und Besitzurkunden, die seinen eigenen Status als Sohn des Grafen und alle alten Rechte belegten, aufbewahrt. Der Tag würde kommen, daran zweifelte er nicht, da ihm das Schmundt-Anwesen zurückgegeben werden würde. Wenn nicht durch eine Veränderung in der kommunistischen Politik, dann durch seine eigene Findigkeit. Es war bekannt, daß sogar in dieser Ära der sogenannten Gleichheit für alle einigen Besitzrechte eingeräumt wurden, die sie „gleicher" machten als ihre niedrigeren Gleichgestellten. Er war dabei aufzusteigen. Er hatte Verbindungen in Moskau und füllte sich die Taschen, wie es ihm beigebracht worden war. Und zu gegebener Zeit würde er sich darum bemühen, das Gut seines Vaters, wo er seine Kindheit verbracht hatte, zurückzubekommen. Harte Währung war in der DDR immer gefragt, und wenn er genügend Geld angesammelt und seinen Ruf sowohl in Moskau als auch in Berlin gefestigt hatte, würde er in Aktion treten.

Vielleicht konnte er sich auch das Gut des Barons aneignen? Ein normaler Ankauf war natürlich unmöglich. Seit er zum letzten Mal kurz nach dem Krieg dort gewesen war, war es in ein von der Regierung geführtes Pflegeheim umgewandelt worden, und es war unwahrscheinlich, daß eine Privatperson es in ihren Besitz bringen konnte, mochte sie auch noch so einflußreich sein.

Doch wenn er beweisen könnte, was sein Vater ihm immer gesagt hatte – daß das Dortmann-Gut nämlich rechtmäßig den Schmundts gehörte? Wenn er weiter belegen könnte, daß auch die Geschichte von dem alten preußischen Gold stimmte? Als Kind hatte er immer mit weit aufgerissenen Augen diesen Legenden gelauscht. Als er größer wurde, hatte er sie als Märchen abgetan.

Falls er die beiden Güter in seine Hände bekommen könnte

... und falls das Gold tatsächlich da sein sollte ... würde er Sabrina sicherlich dazu bewegen können, den Rest ihres Lebens mit ihm zu verbringen. Er konnte ihr ja versprechen, ihrem Vater seinen Besitz zurückzugeben.

Drohungen richteten weder bei Sabrina noch bei ihrem Vater etwas aus, diese Erfahrung hatte Gustav schon gemacht.

Doch der Vorstellung, wieder im restaurierten *Lebenshaus* wohnen zu können, würden sie ganz sicher nicht widerstehen können. Er konnte dem Baron sogar versprechen, seinen Garten wieder herrichten zu lassen. Das wäre sicher ein starkes Lockmittel.

Er würde den alten Mann fortbringen lassen, damit eine Rückkehr zum *Lebenshaus* ein noch größerer Anreiz war. Bevor er den beiden seinen Plan unterbreitete, würde er sie ein wenig aufrütteln.

Wenn sie miteinander in Kontakt standen, wie er vermutete, brauchte er den Baron nur wissen zu lassen, daß sich das *Lebenshaus* in seinem Besitz befand, und daß alles ihm wieder gehören könnte, wenn Sabrina zustimmen würde, ihn zu sehen und sich mit ihm über die Möglichkeit einer Heirat zu unterhalten. Er würde seine Karten langsam und vorsichtig ausspielen, eine Heirat vorerst nicht als Voraussetzung ins Spiel bringen.

Damit sein Plan überhaupt Aussicht auf Erfolg hatte, würde er als erstes die nötigen Dokumente beschaffen müssen, die seinen rechtmäßigen Anspruch sowohl auf das Gut seines Vaters als auch auf das des Barons belegten.

Die Originalurkunden des Dortmann-Gutes könnten sehr hilfreich sein bei seinem Plan. Sein Vater hatte ihm immer von einem Geheimverlies erzählt, wo das Gold versteckt sein sollte. Falls Dokumente existierten, würden sie ganz sicher auch in diesem Raum aufbewahrt sein. Sein Urgroßonkel – oder war es ein noch älterer Vorfahr? – hatte sich zu Bismarcks Zeiten mitten in der Nacht in das Haus geschlichen, so wurde erzählt, und war danach nie mehr gesehen worden. Er hatte diese Geschichte nie geglaubt, genausowenig wie die von dem Gold. Doch nun fragte er sich, ob vielleicht doch etwas Wahres dran war.

Das preußische Gold ... Papiere, die den Besitzanspruch auf beide Güter sichern würden ... sie hatten dem alten Schmundt-Spion vielleicht den Tod gebracht, doch für ihn könnten sie der Schlüssel für die Ausführung seines Planes sein.

Der Geheimraum war ihr Versteck. Wenn er dem Haus nur mehr Beachtung geschenkt hätte, als er und Sabrina als Kinder dort gespielt hatten!

Wie auch immer. Er konnte das Verlies finden.

In der Zwischenzeit hatte er viel zu tun.

Er warf seinen Zigarettenstummel in das Wasser der Spree, dann verließ er die Brücke mit wiedererwachter Energie und einem neuen Ziel.

47
Luftschlösser

Wie lange sie Hand in Hand die Gartenwege entlanggewandert waren, wußten weder Matthew noch Sabrina zu sagen. Beide hatten jegliches Zeitgefühl verloren. Eine Stunde, vielleicht zwei waren vergangen, seit sie den Ballsaal verlassen hatten.

Die Dämmerung war in Dunkelheit übergegangen, und nur der Mond erleuchtete ihren Weg.

Sie sprachen wenig miteinander und leise, kaum mehr als ein Flüstern, während sie ihrer Phantasie freien Lauf ließen und die vielen Räume ihres Luftschlosses ausstatteten.

Doch allmählich wendete sich die Unterhaltung den praktischen Dingen des Lebens zu.

„Was hältst du davon, wenn wir in den Vereinigten Staaten leben?“ fragte Matthew, nachdem sie einige Zeit geschwiegen hatten.

Sabrina antwortete nicht. Nach etwa einer Minute hatte sie immer noch nichts gesagt, und er schaute sie besorgt an.

Sie spürte seinen Blick.

„Ich ... ich fühle mich so töricht", sagte sie. „Die ganze Zeit sprechen wir davon, wie es sein wird, verheiratet zu sein, ein Heim und Kinder zu haben, daß ich dir Frühstück mache und über alles, was wir tun werden ... und doch ist mir die Bedeutung von all dem noch gar nicht aufgegangen."

„Du meinst, daß du in den Westen ziehen mußt? Nach Amerika?"

„Es hört sich bestimmt komisch an, aber ich glaube, ich habe vergessen, daß ... daß du ein Amerikaner bist ... und Berater deines Präsidenten ... daß du einen so einflußreichen Posten hast."

„Nichts ist mir so wichtig wie die Zukunft mit dir", sagte Matthew ernst.

Sabrina nickte. „Das ist mir jetzt klar – es ist die einzige Möglichkeit. Dein Platz ist in Amerika. Ich ... ich hatte das nur nicht bedacht."

„Erschreckt dich die Vorstellung, in Amerika leben zu müssen?"

„*Erschrecken* ... nein. Nicht, so lange ich bei dir bin."

„Was ist es dann?"

„Du mußt verstehen, wie schwierig das ist. Deutschland ist meine Heimat. Und ..." fuhr sie fort, als spräche sie einen Gedanken aus, der ihr gerade erst gekommen war, „ich kann Papa doch nicht im Stich lassen."

Matthew seufzte.

„Ich habe auch an deinen Vater gedacht", meinte er.

„Es tut mir leid, Matthew!" rief Sabrina und schüttelte die Melancholie ab, die über sie gekommen war. „Ich will nichts lieber, als den Rest meines Lebens mit dir zu verbringen! Bitte versteh mich nicht falsch! Es gibt nur so vieles zu bedenken."

„Ich weiß."

„Obwohl ich Papa so viele Jahre nichts gesehen habe, tröstet mich der Gedanke, in seiner Nähe zu sein. Ich hoffe immer noch, daß irgendwann und irgendwie eine Veränderung eintritt und ich ihn sehen kann. Wie das geschehen könnte, wenn ich den Kontakt verliere mit ... das heißt, wenn ich so weit von ihm entfernt bin ..."

„Du mußt auch an Gustav denken", wendete Matthew ein. „Wenigstens müßtest du in den Staaten vor ihm keine Angst mehr haben."

„Und was würde er Papa antun, wenn er erfährt, daß ich mit dir verheiratet bin?"

Sie schwiegen. Beide kannten Gustav gut genug, um die Antwort auf ihre Frage zu wissen.

„Wir können nur eines tun", sagte Matthew entschlossen.

„Was denn?"

„Wir werden deinen Vater befreien!"

„Oh, Matthew, meinst du das im Ernst?"

„Natürlich meine ich das ernst. Nie in meinem ganzen Leben bin ich entschlossener gewesen. Auf keinen Fall will ich dich noch einmal verlieren."

Sie gingen weiter. Jeder dachte nach über das, was dieser neue Weg der Liebe ihm bringen würde.

Wohin er führen würde, konnte keiner von ihnen wissen. Es gab unvermeidliche Risiken und Unsicherheiten. Aber umzukehren war auch nicht mehr möglich.

Matthew erkannte, daß er sich des Barons annehmen mußte. Seit er sein Leben seinem Herrn und Vater übergeben hatte, hatte sich alles für ihn verändert. Er betrachtete das Leben aus einer ganz anderen Perspektive als seine Kollegen und Freunde. Für ihn gab es eine Ordnung, die in allen Dingen beachtet werden mußte. Für ihn standen die Mitmenschen an erster Stelle. Gottes Wille war die Lebensregel, der zu folgen war, nicht die eigenen Wünsche, Ziele oder Motive.

Wenn der Baron nicht im Gefängnis gewesen wäre, hätte Matthew sicher die für einige altmodische Tradition befolgt und den Baron zuerst um die Hand seiner Tochter gebeten. Zwar wußte er, daß er den Segen des Barons hatte. Und doch konnte er nicht ignorieren, daß der Baron zu ihrem Leben dazugehörte. Er mußte in ihre Pläne miteinbezogen werden, und Matthew war klar, daß es nicht richtig wäre, Sabrina zu heiraten, ohne zuerst dem Baron zu helfen. Er konnte sie nicht bitten, mit ihm ein neues Leben zu beginnen und ihren Vater in seinem Elend zurücklassen.

„Laß mich wenigstens", sagte Matthew schließlich, „Vorsorge treffen, daß du nach West-Berlin kommst."

„Ich ... ich weiß nicht, ob ich bereit dazu bin, Matthew", antwortete Sabrina mit einem Zögern in der Stimme, das Matthew seltsam vorkam.

Auf einmal überkamen sie wieder all ihre Zweifel, vor allem auch die Frage, was sie mit den Fotos machen sollte. Was würde aus ihrer Arbeit werden, ihren Kontakten und all den Leuten, die sich auf sie verließen? Ihr wurde erst allmählich klar, was Matthews Heiratsantrag zwangsläufig alles mit sich brachte.

Warum erzähle ich ihm nicht einfach alles? dachte sie. Vertraute sie ihm immer noch nicht so ganz? Wenn doch, was ließ sie zögern?

„Ich sehe keinen Grund, daß du noch im Osten bleibst. Es gibt Tausende von Flüchtlingen. Warum solltest du nicht dazugehören? Wir können genausogut von hier aus versuchen, deinen Vater freizubekommen – vielleicht sogar besser."

„Es ist ... es ist noch nicht der richtige Zeitpunkt."

„Welchen besseren Zeitpunkt könnte es geben? Die Situation im Osten wird sich nicht bessern."

„Es gibt ... bestimmte Dinge, deren ich mich vorher noch annehmen muß", erwiderte Sabrina vage.

„Was für Dinge? Hat das etwas mit mir zu tun ... mit all dem, worüber wir gesprochen haben?"

„Nein ... oh nein, Matthew – nichts dergleichen!"

„Warum kannst du es mir dann nicht sagen?"

„Es tut mir leid ... ich kann es einfach nicht. Vertrau mir, Matthew ... bitte."

Noch bevor sie den Satz zu Ende gesprochen hatte, haßte sich Sabrina dafür. Wie konnte sie Matthew bitten, ihr zu vertrauen, wenn sie selbst nicht bereit war, sich ihm anzuvertrauen?

„Ich vertraue dir. Ich möchte nur dein Bestes, und noch länger in Ost-Berlin zu bleiben, scheint mir nicht gut zu sein."

„Mein größter Wunsch ist, mit dir zusammenzusein – das mußt du mir glauben“, sagte Sabrina ernst. „Doch ich kann noch nicht fort. Noch nicht.“

„Wenn wir deinen Vater befreien könnten – das würde die Dinge doch ändern, oder?“

„Es würde alles verändern“, erwiderte Sabrina.

48

Eine überstürzte Heimfahrt

Wieder senkte sich Schweigen auf sie.

In den vergangenen zwanzig Minuten hatten sie den Garten durchwandert und kamen nun wieder in die Nähe des Konsulatsgebäudes. Matthew nahm auf einmal wieder die Orchestermusik wahr.

„Ich frage mich, wie lange wir schon hier draußen sind“, bemerkte er.

Gedankenlos schaute er auf seine Uhr, deren Zeiger im Mondschein kaum zu erkennen waren.

„Hmm ... zehn vor zwölf – wir sind tatsächlich eine ganze Weile hier draußen gewesen.“

Sie gingen weiter. Auf einmal fuhr Sabrina zusammen.

„Was hast du gerade gesagt?“ fragte sie alarmiert.

„Ich sagte, es ist zehn vor zwölf.“

„Vor *Mitternacht*!“ rief Sabrina.

„Ja“, lachte Matthew, „warum?“

„Oh, Matthew, ich muß gehen!“ sagte sie und machte sich schnell auf den Weg zum Konsulatsgebäude.

„Warum denn auf einmal so eilig?“ fragte er, während er ihr sichtlich verwirrt folgte.

„Ich habe keine Zeit für große Erklärungen ... ich muß einfach schnell nach Hause.“

„Gibt es eine Sperrstunde, von der ich noch nichts gehört habe?" fragte er. Er fand ihre plötzliche Verhaltensänderung lustig. „Ich hab's!" rief er. „Wir spielen das Märchen zu Ende. Großartig – los!" Er begann zu laufen, holte sie schnell ein und zog sie mit sich. „Paß auf, daß du deinen Schuh nicht verlierst!"

„Matthew, ich mache keinen Spaß. Ich muß nach Hause – und zwar schnell!"

Sie hasteten die breite Steintreppe vom Garten zum Ballsaal hinauf.

„Wie wär's mit einem letzten Tanz mit dem Prinzen?" fragte Matthew, der nun langsamer ging und sie augenzwinkernd anschaute.

Sabrina bahnte sich den Weg durch die Gäste. „Es tut mir leid, Matthew, ich wünschte, ich könnte", sagte sie. „Aber dafür ist einfach keine Zeit – vielleicht sollten wir ein Taxi rufen!"

„Aber ich bitte dich, nach allem, was ich durchgemacht habe, um die Kutsche zu bekommen", erwiderte Matthew. Enttäuschung war aus seiner Stimme herauszuhören.

„Es tut mir leid", sagte Sabrina, die stehenblieb und ihn anschaute. „Es war gedankenlos von mir, so etwas vorzuschlagen."

Matthew lächelte. „Außerdem", meinte er, „habe ich mir von dem Kutscher versprechen lassen, daß die Kutsche sich nach Mitternacht *nicht* in einen Kürbis verwandelt."

Sabrinas Humor kehrte zurück. Sie lächelte. „Du wirst ihm doch sagen, daß er mich so schnell wie möglich nach Hause bringt, nicht wahr?"

„Obwohl ich dich nur ungern verlasse, wo es noch so früh ist", erwiderte Matthew, „beuge ich mich deinen Wünschen, meine Dame."

Mit diesen Worten rannte Matthew los, um den Kutscher und die von zwei schwarzen Pferden gezogene Kutsche zu holen.

Der Abend, an dem er Sabrina einen Heiratsantrag gemacht hatte, endete nicht gerade so, wie er es sich vorgestellt hatte.

Doch er hatte ihr gesagt, daß er ihr vertraute. Und nun, dachte er, während die Kutsche zurück nach Ostberlin holperte, hatte er die Gelegenheit, das zu zeigen, obwohl er sich die plötzliche Veränderung in Sabrinas Verhalten absolut nicht erklären konnte.

Um fünf vor halb eins kamen sie bei Sabrinas Wohnung an.

Nach einem kurzen Abschied hastete Sabrina hinein. Matthew starrte ihr nach. Er wußte nicht, was er davon halten sollte.

Schließlich ließ er den Kutscher wenden und langsam nach West-Berlin zurückfahren. Er fragte sich, ob mehr hinter dem Märchen steckte, als ihm klar war.

In der Dunkelheit ihrer Wohnung standen Tränen in Sabrinas Augen, weil sie den schönsten Abend in ihrem Leben so abrupt hatte beenden müssen.

Vielleicht bin ich ja wirklich Aschenputtel, dachte sie bitter, während sie schnell ihr wunderschönes Kleid auszog, das Matthew ihr gekauft hatte.

Alles schien ein längst vergangener Traum zu sein.

Hatte er wirklich gefragt, ob sie ihn heiraten wollte? Würde sie Sabrina McCallum werden?

Sie hatte jetzt keine Zeit, darüber nachzudenken! Die Pflicht rief.

Ohne Licht zu machen ging sie zu ihrer Hintertür, öffnete sie so leise wie möglich, dann schlich sie in den kleinen Hof hinter dem Gebäude und zu dem Zaun am hinteren Ende des Grundstücks.

Teil III

Eine gefährliche Mission

Juli/August 1961

49

Im Oval Office

Es war nicht das erste Mal, daß Matthew das Oval Office im Weißen Haus betrat. Doch es war das erste Mal, daß er selbst um ein Gespräch mit dem Präsidenten gebeten hatte.

Matthew betrat das Büro des Präsidenten durch die große Flügeltür, schüttelte dem ersten Mann Amerikas die Hand und nahm auf dem Stuhl Platz, der ihm angeboten wurde.

„Ich freue mich, daß Sie mich empfangen, Mr. President", sagte er.

„Das ist das Wenigste, was ich für einen alten Freund und treuen Verbündeten tun kann", erwiderte der Präsident. „Besonders nach allen Ihren Bemühungen in Wien und Berlin. Wie ist die Stimmung dort, seit Sie die Stadt verlassen haben?"

„Es hat sich nicht viel verändert. Bonn ist nervös. Die Regierung ist froh, daß Sie sich so für das deutsche Volk einsetzen, doch ihre formelle Antwort auf das sowjetische Hilfs-Memorandum vom Siebzehnten hat ihre Furcht vor einem Krieg nicht zerstreuen können."

Kennedy lächelte. „Das habe ich auch nicht angenommen", meinte er. „Doch es hat keinen Zweck, so zu tun, als seien die Konsequenzen dieser Distanzierung nicht äußerst ernst. Sie hinunterzuspielen wäre nicht gut. Wenn ich nicht hart bleibe, wird Chruschtschow mich für schwach halten – was er vermutlich sowieso tut. Der *Präsidentenjunge*, so hat mich jemand genannt. Aus diesem Grund habe ich die Antwort so scharf formuliert und die Sowjets vor den großen Gefahren gewarnt, die ein Beharren auf dem gegenwärtigen Kurs mit sich bringen würde."

„Zweifellos haben Sie das Richtige getan, Mr. President", sagte Matthew. „Doch die öffentliche Meinung dort drüben ist schwer einzuschätzen. Die Westdeutschen mögen im Augenblick unsere Verbündeten sein, doch sie sind immer noch unabhängige Denker."

„Sind Sie noch hier, um meine Rede am Fünfundzwanzigsten zu hören?"

„Das hängt von der Angelegenheit ab, die ich mit Ihnen zu besprechen habe."

„Ich werde dem amerikanischen Volk von den wachsenden Spannungen in Berlin erzählen und den Kongress bitten, eine Erhöhung des Verteidigungsetats zu genehmigen sowie die B-52- und B-47-Bomber in Alarmbereitschaft zu versetzen. Ich ziehe sogar in Betracht, Reserveeinheiten einzuberufen."

„Das sind strenge Maßnahmen."

„Nach der Prügel, die Chruschtschow in Wien ausgeteilt hat, denke ich, er versteht nichts anderes."

„Sie haben doch nicht etwa die Absicht zu bluffen?"

„Drücken wir es etwas anders aus – ich hoffe, daß er erkennt, wie töricht es ist, so weiterzumachen. Auf der anderen Seite, wenn das nicht der Fall ist ... nein, ich bluffe nicht. Ich bin bereit, einen Krieg zu riskieren, um die Freiheit Berlins zu erhalten, obwohl ich hoffe, daß es nicht dazu kommt."

Sie schwiegen. Beide wußten, wie schwierig die Situation war.

„Nun, aber Sie haben ja nicht um eine Unterredung gebeten und sind den ganzen Weg von Berlin hierhergeflogen, um den Inhalt meiner Rede vom fünfundzwanzigsten Juli zu hören", fuhr Kennedy nach einer Weile fort. „Also schießen Sie los, was haben Sie auf dem Herzen?"

„Mein Problem betrifft eigentlich den Vater meiner Verlobten", begann Matthew. „Wir beide können unsere Pläne nicht weiterverfolgen, ohne seine Freiheit sicherzustellen – er ist Ostdeutscher ... wie meine Verlobte."

Kennedy nickte nachdenklich.

„Ich verstehe das Problem", sagte er, „obwohl es doch nicht so unüberwindlich ist, daß Sie meine Hilfe in Anspruch nehmen müßten. Sie nach West-Berlin zu bringen sollte doch nicht so schwierig sein."

„Ich habe Ihnen das Wesentliche noch nicht erzählt", fuhr Matthew fort. „Der Mann sitzt irgendwo in Ostdeutschland im Gefängnis."

„Ich verstehe. Was hat er verbrochen?"

„Gar nichts."

„Aha ... einer von jenen. Die Kommunisten lieben das *Verbrechen gegen den Staat*, so nennen sie es wohl."

„Baron von Dortmann, mein zukünftiger Schwiegervater, sitzt seit dem Krieg im Gefängnis."

„Ein Kriegsverbrecher ... war er ein Nazi?"

„Eher ein religiöser Gefangener, der von den Nazis während des Krieges eingesperrt wurde. Haben Sie von Dietrich Bonhoeffer gehört?"

„Ich glaube schon", erwiderte Kennedy nickend.

„Die beiden waren Freunde. Bonhoeffer wurde '45 gehängt. Aus mir unbekannten Gründen haben sie den Baron am Leben gelassen."

„Warum wurde er dann nach dem Krieg nicht entlassen?"

„Hier wird es kompliziert. Offiziell gab es keinen Grund, ihn noch länger festzuhalten, doch ein junger Gestapo-Mann, der im neuen kommunistischen Regime recht einflußreich geworden war, führte einen persönlichen Rachefeldzug gegen ihn ... außerdem war er in meine Verlobte verliebt."

„Ein altmodisches europäisches Melodram also!" lachte Kennedy.

„Es stellte sich heraus, daß der Bursche genügend Einfluß hatte, den Baron hinter Gittern zu behalten, wo er immer noch ist."

„Hat sich seine Tochter an die Behörden gewandt?"

„Sie hat alles versucht, ist zu allen Besatzungsmächten gegangen. Doch Sie wissen ja, wie das war – die Russen waren zwischen '46 und '48 nicht besonders kooperativ."

„Seit dem Krieg nicht mehr."

„Genau. Er ist eines der Opfer eines unmenschlichen Regimes, er ging verloren in dem System und ist es seither geblieben."

„Ich fürchte, es gibt Tausende wie ihn", seufzte der Präsident.

„Das ist also unser Dilemma. Wir müssen ihn freibekommen, bevor Sabrina mit mir in den Westen kommen will."

„Und was kann ich Ihrer Meinung nach für Sie tun?"

„Ich hoffte, wir könnten irgendwie Druck auf die ostdeutsche Regierung ausüben, über den Kopf des Burschen hinweg, der, wie erwähnt, einen persönlichen Rachefeldzug gegen den Baron führt."

„Es ist keine günstige Zeit, die Kommunisten um einen Gefallen zu bitten. Ein solcher Schuß könnte nach hinten losgehen. Ich bin nicht gerade ein Held auf der anderen Seite des Vorhangs. Meine Bitte, den Baron freizulassen, könnte für ihn alles noch schlimmer machen."

„Das habe ich in Betracht gezogen", erwiderte Matthew.

„Ich bezweifle, daß wir über den Staat oder irgendeinen unserer normalen diplomatischen Kanäle etwas erreichen könnten."

„Auf der anderen Seite", meinte Matthew, „wenn wir es über Bonn versuchen würden und selbst im Hintergrund bleiben –"

„Ich kann mir nicht vorstellen, daß Bonn bei den Ostdeutschen mehr ausrichten könnte als wir. Die Kluft zwischen den beiden Regierungen wird durch diesen lächerlichen Vertragsvorschlag Chruschtschows immer größer."

„Sie könnten recht haben."

„Sind Sie der Meinung, daß dieser Mann, der den Baron im Gefängnis hält, Kontakte nach Moskau hat?"

„Das könnte gut sein ... ich weiß es nicht."

„Wenn auch Moskau darin verwickelt ist, würde das die Angelegenheit nur erschweren. Verstehen Sie doch, Matthew, nicht, daß ich nicht bereit wäre zu helfen. Doch im Augenblick muß ich hart bleiben."

„Das verstehe ich, Mr. President."

Ein kurzes Schweigen entstand. Beide Männer durchdachten die Möglichkeiten.

„Was würden Sie von einer kleinen Geheimoperation halten?" schlug Matthew schließlich vor.

Der Präsident schwieg. „Ihr Tonfall sagt mir, daß Sie das tatsächlich in Betracht ziehen.“

Matthew nickte.

„Sie schlagen doch nicht allen Ernstes vor, daß ich den CIA einschalte? Mit all den Problemen, die ich in Kuba habe, ganz zu schweigen von Berlin, Rußland, Laos und Südostasien – wo Eisenhower mir jede Menge Landminen hinterlassen hat, von denen das Land noch nicht einmal etwas weiß ... ich sage Ihnen, dieses Land kann vor unserer Nase in die Luft gehen. Es gibt ein halbes Dutzend Sicherungen in der Welt, die bereits durchgebrannt sind und in Flammen stehen. Sie wissen, daß ich das nicht billigen kann ... offiziell.“

„Ja, Mr. President, das weiß ich.“

„Welche andere Idee haben Sie?“

„Könnten Sie mich wenigstens autorisieren, auf mittlerer Ebene mit dem CIA zusammenzuarbeiten, damit wir herausfinden können, wo der Baron festgehalten wird?“

„Sie haben nicht einmal einen Hinweis auf seinen Aufenthaltsort?“

Matthew schüttelte den Kopf. „Wir glauben zu wissen, wo er ist. Doch er wird immer wieder woanders hingebracht, und ich muß genau wissen, wo er ist, bevor ich Schritte unternehmen kann. Dann müssen wir sehen, ob jemand vielleicht bestochen werden kann.“

„Ich werde Langley anrufen“, erwiderte der Präsident. „Direktor Smith wird den Kontakt zu seinen Leuten herstellen. Pro Quadratmeter haben wir in den beiden Teilen Deutschlands mehr Agenten als in der übrigen Welt!“ fügte Kennedy lachend hinzu.

„Ich weiß das zu schätzen, Mr. President.“

„Aber ich kann das State Department nicht bitten, eine formelle Untersuchung über den Verbleib Ihres Barons anzustellen. Wenn später etwas passiert, würde Chruschtschow wissen, daß wir unsere Hände im Spiel hatten. Wir dürfen nicht riskieren, daß unsere Männer im Sowjetsektor geschnappt werden. Es tut mir leid, ich kann Ihnen wirklich nur helfen, den Baron ausfindigzumachen.“

„Das wird mir eine große Hilfe sein.“

„Und falls Sie in ... sagen wir, *Schwierigkeiten* kommen sollten“, fügte Kennedy hinzu, „Sie haben nie für mich gearbeitet ... und diese Unterredung hat nie stattgefunden. Ist das klar?“

Matthew nickte. „Ich bin Ihnen sehr dankbar, Mr. President“, sagte er.

„Helfen Sie mir einfach nur, daß dieses Pulverfaß dort drüben nicht explodiert“, sagte Kennedy mit einem Lächeln. „Sie gehören immer noch zu meinem Team, und wir sind in Berlin noch lange nicht aus dem Schneider.“

50

Ein folgenschweres Kommuniqué

Matthew machte es sich in seinem Flugzeugsitz bequem und stieß einen tiefen Seufzer aus. Er lehnte sich zurück und schloß die Augen. Mit gemischten Gefühlen sah er auf das, was ihn erwartete. Obwohl er nur fünf Tage fortgewesen war, konnte er es kaum erwarten, Sabrina wiederzusehen.

Doch das war nicht der Grund für seine Unruhe, sondern der Weg, den er einschlagen wollte. Er war erfahren genug zu wissen, was alles passieren konnte.

Matthew hätte sich für sein Vorhaben wirklich keine schlechtere Zeit aussuchen können.

Nachdem ihm Kaffee serviert worden war, lehnte er sich zurück und dachte nach über das, was sich seit seinem Besuch bei Jack Kennedy ergeben hatte.

Den Nachmittag hatte er im CIA-Hauptquartier verbracht und die Situation des Barons mit mehreren ihrer deutschen und russischen Experten durchgesprochen. Am Ende des Tages waren einige Telefongespräche geführt worden, um den

Aufenthaltsort des Barons herauszufinden. Vielleicht hatte sich schon etwas ergeben, wenn Matthew in Berlin landete.

„Dort drüben gibt es genügend Doppel-, Dreifach- und Vierfach-Agenten", hatte Smith ihm gesagt. „Eine solche Information dürfte nicht schwer zu beschaffen sein. Vor allem nicht, wenn unsere Leute harte Währung und amerikanische Zigaretten vorzeigen. Die Spione der Kommunisten würden für Zigaretten sogar ihre eigene Mutter verraten!"

„Ist es möglich, jemanden dort herauszuschaffen?" fragte Matthew.

„Das ist schwieriger, als eine Information zu bekommen. Wir können fast alles machen, falls Sie keine Angst vor den Konsequenzen haben. Doch wurde uns gesagt, hierbei dürfe es keine Konsequenzen geben. Wir können es uns nicht leisten, einen Feuerwerkskörper loszulassen. Es darf nicht den leisesten Hinweis darauf geben, daß der CIA seine Finger im Spiel hat."

„Richtig. Ich verstehe", sagte Matthew.

Als Matthew das Hauptquartier verließ, war ein Treffen mit einem der CIA-Männer in Berlin verabredet worden. Dort würde ihm mitgeteilt werden, was sie in Erfahrung gebracht hatten.

Danach war er in sein Hotel zurückgegangen, wo er eine Rücktrittserklärung verfaßte, die er am Morgen auf dem Weg zum Flughafen zum Weißen Haus geschickt hatte. Er hoffte sehr, daß sie nicht verwendet werden würde, doch er mußte dem Präsidenten die Möglichkeit geben, Gebrauch davon zu machen.

Der Begleitbrief lautete:

Mr. President,

Ich danke Ihnen, daß Sie mir gestern Ihre Zeit gewidmet haben. Die Leute im Hauptquartier waren sehr hilfsbereit. Ich bin zuversichtlich, daß wir den Baron schnell finden werden; dann werde ich sehen, was getan werden kann. Ich hoffe sehr, daß niemand in Gefahr gerät. Seien Sie versichert, daß ich nichts unternehmen werde, was in irgendeiner Weise Ihren Ruf oder die Interessen der Vereinigten Staaten kompromittieren könnte.

Doch es ist unmöglich, im voraus zu wissen, was aus einer solchen Angelegenheit werden wird. Für den Fall, daß mir etwas zustoßen sollte, möchte ich nicht, daß meine Position Ihre Regierung oder spätere Verhandlungen mit den Sowjets überschattet.

Darum füge ich diesem Brief meine Rücktrittserklärung bei, mit Datum des Tages unseres Treffens. Seien Sie versichert, daß es mein Wunsch ist, auch weiter im Dienst Ihrer Regierung zu stehen. Falls es jedoch notwendig sein sollte, diese Erklärung zu verwenden, kann meine Rückkehr nach Washington leicht damit erklärt werden, daß ich Ihnen dieses Gesuch persönlich übergeben wollte. Als Grund könnten Sie nervliche Anspannung wegen der Krise und der Verhandlungen angeben. Dies sollte Grund genug sein, meine fragwürdige Handlungsweise nicht mit Ihnen in Verbindung zu bringen.

Ihr Einverständnis vorausgesetzt, würde ich gern die nächsten zwei oder drei Wochen Urlaub nehmen, was auch der Rücktrittserklärung mehr Gewicht verleiht, falls es notwendig werden sollte, sie einzusetzen.

Ich nehme an, daß Sie diesen Begleitbrief vernichten werden.

Mit freundlichen Grüßen
Matthew McCallum

*

Sabrina hatte noch nie ein Telegramm bekommen.

Mit zitternden Fingern riß sie den dünnen gelben Umschlag auf und zog das Blatt Papier heraus.

Die Nachricht war kurz, doch sie verstand sehr gut, was sie zu bedeuten hatte.

KEINE HILFE VOM WH MÖGLICH STOP SIND AUF UNS SELBST GESTELLT STOP MATTHEW.

Das war alles.

51

Der erste Kontakt

„In Ordnung, McCallum, hier ist alles, was ich für Sie ausgraben konnte."

Der Agent reichte Matthew ein Blatt Papier.

„Es ist nicht viel. Wenn ich noch eine Woche Zeit zur Verfügung hätte, könnte ich Ihnen mehr bieten."

Matthew überflog die Seite.

„Er ist also immer noch in Postdam", bemerkte Matthew. „Das ist gut ... sonst nicht mehr so viel – Beschreibung der Anlage ... wurde '51 in ein Gefängnis umgewandelt ... im Prinzip das, was wir schon wußten."

„Ich konnte nicht sehr viel von dem Personal dort in Erfahrung bringen", entschuldigte sich der Agent. „Unser bester Mann in Ost-Berlin hat seine Möglichkeiten ausgeschöpft. Er sagte, er könnte Ihnen vielleicht helfen, doch Sie müßten schnell handeln."

„Warum schnell?" fragte Matthew.

„Er sagte, dort herrsche große Aktivität. Er konnte nicht nah genug herankommen und wollte nicht den falschen Leuten irgendwelche Fragen stellen. Ihm erschien es so, als würden sie Vorbereitung treffen, einige der Gefangenen zu verlegen."

„Sie zu verlegen? Wohin?"

„Keine Ahnung. Unsere Befehle waren klar: Helfen Sie, Informationen zu beschaffen, doch halten Sie Abstand. Mein Rat an Sie, McCallum: Wenn Sie es ernst meinen, gehen Sie nach Ost-Berlin und finden Sie es selbst heraus. Wir können Ihnen nicht weiterhelfen. Ich kann den Kontakt zu unserem Mann dort herstellen, doch danach –"

„Das ist in Ordnung", sagte Matthew. „Wie finde ich ihn also?"

„Ich werde Ihnen einen Namen, zwei Codesätze und eine Telefonnummer aufschreiben. Sie lernen sie auswendig. Wenn

Sie nach Ost-Berlin kommen, rufen Sie von einer Telefonzelle aus diese Nummer an und nennen diesen Namen. Sie werden als Antwort irgendeinen Ort in Schottland erhalten. Merken Sie sich den Namen. Es könnte sein, daß Paddy Sie danach fragt. Dann nennen Sie den ersten Kennsatz. Damit ist der Kontakt zu Paddy Red, unserem Mann dort, geschaffen. Paddy wird Ihnen sagen, was zu tun ist."

„Ich werde mich mit ihm in Verbindung setzen."

„Sagen Sie nichts weiter. Ich möchte nichts von Ihren Plänen wissen."

„Ich danke Ihnen für Ihre Hilfe, Clatchen."

„Es versteht sich von selbst, McCallum", sagte der Mann, als Matthew sich zum Gehen wandte, „daß ich jegliche Kenntnis Ihrer Situation leugnen würde, falls ich gefragt werden würde. Der CIA hält sich da raus. Dies ist das letzte Mal, daß wir uns treffen ... und diese Unterhaltung hat niemals stattgefunden."

52

Paddy Red

Matthew mochte die Telefone in Ostdeutschland genausowenig wie die Toiletten. Der Kapitalismus hatte doch mehr Vorteile, als in den Zeitungen zu lesen war.

Er hatte dafür gesorgt, daß er nicht verfolgt wurde. Und doch machte ihn dieser Kontakt mit dem CIA – zuerst in Virginia, dann in West-Berlin und schließlich hinter dem Eisernen Vorhang – nervös.

Er war Diplomat, kein Agent! Trotzdem war er wachsam, schaute sich ständig um, um sicherzugehen, daß niemand ihm folgte. Er fühlte sich wie ein Darsteller in einem Humphrey-Bogart-Film!

Wieder drehte er sich um. Dann nahm er den Hörer des

öffentlichen Telefons ab. Kurze Zeit später hörte man es am anderen Ende der Leitung klingeln.

Ein Knacken zeigte an, daß abgenommen worden war, es meldete sich jedoch niemand.

„Hier spricht Prinz Charlie", sagte Matthew nervös.

„Im Februar ist es in Banff sehr kalt. Zu viel Schnee für einen jungen Mann", erwiderte ein Mann mit einem starken britischen Akzent.

„Rot ist die Farbe des Haars meiner Geliebten", sagte Matthew darauf.

„So etwas hat Burns niemals geschrieben."

„Burns wurde falsch übersetzt. Er meinte rot, nicht schwarz."

Eine kurze Stille folgte.

„Liebermannstraße 4. Zehn nach drei heute nachmittag. Klopfen Sie zweimal an die Tür, dann drehen Sie sich um, überqueren die Straße und gehen in östliche Richtung."

Darauf war die Leitung tot.

Matthew hängte ein.

*

Am Nachmittag wanderte Matthew durch ein entlegenes Gebiet Ost-Berlins. Die Häuser sahen so heruntergekommen aus, als wären sie seit Jahren nicht mehr bewohnt.

Er schaute auf seine Uhr. Es war fünf Minuten nach drei.

Er hatte die Liebermannstraße ausfindig gemacht. Dort vorne war die Nummer 4. Nun brauchte er nur noch zu warten.

Matthew ging langsam die Straße herauf und herunter, schaute wieder auf seine Uhr, dann stieg er langsam die Stufen hinauf. Er klopfte einmal, dann noch einmal.

Es kam keine Antwort.

Matthew drehte sich um und stieg die Treppen wieder hinunter, überquerte die Straße und ging nach rechts. In den vergangenen zehn Minuten hatte er weder ein Auto noch irgendein menschliches Wesen gesehen.

Vor ihm kam eine Gestalt in Sicht. Der Mann ging langsam seinen Weg.

Er kam näher, schaute nach unten, offensichtlich bemerkte er Matthew überhaupt nicht.

Sie gingen aneinander vorbei. Der Mann stolperte und fiel gegen Matthew. Beide blieben stehen.

„Entschuldigung", sagte der Mann auf englisch, „fürchterlich ungeschickt von mir." Er drehte sich um und schaute Matthew an. „Was würden Sie von einer Reise nach Schottland im Februar halten?"

„Äh ... zu kalt", kam Matthews zögernde Antwort, „vor allem in ... äh ... in Banff", fügte er mehr fragend hinzu.

„In Ordnung, Charlie", sagte der Mann, drehte sich um und ging neben Matthew her. „Mein Name ist Paddy Red, und von jetzt an sprechen wir deutsch."

„Aber was ist mit dem Gebäude dahinten?" fragte Matthew.

„Gar nichts. Die ganze Straße ist unbewohnt. Ich mußte nur sicher sein, daß Sie es waren."

„Und der britische Akzent ... ich dachte, Sie wären –"

„Sprechen Sie nicht weiter, Charlie. Ich versuche sie glauben zu machen, ich sei Deutscher, doch sie sind eine gerissene Bande. Und wenn sie es durchschauen, möchte ich, daß sie den Union Jack sehen und nicht die amerikanische Flagge. Alle, die denken, sie hätten meine ‚wirkliche Identität' entdeckt, sind der Meinung, ich sei Engländer durch und durch. Ich halte sie durch meinen Akzent, Codewörter und sogar meinen Decknamen in diesem Glauben. Wie ich hörte, brauchen Sie Informationen über die Neustädt-Schule in Potsdam."

„Was immer Sie haben."

„Das meiste habe ich heute morgen schon weitergegeben."

„In welcher Gegend von Potsdam liegt die Schule?"

„Südöstlich, am Rande des Babelsberger Waldes, ganz in der Nähe der Nuthe."

„Also nicht mitten in der Stadt?"

„Nein. Es gibt dort ein großes Waldgebiet südlich der Stadt, der sogenannte Staatsforst. Recht groß und hügelig. Er schließt sich direkt an die Randgebiete Potsdams an. Auf jeden Fall wurde diese Schule südlich des Flusses am Rande des Waldes gebaut."

„Es war die Rede von einem Burschen, der mir vielleicht helfen könnte?"

„Der Schlaukopf – ein niederer Beamter."

„Heißt er wirklich so?" lachte Matthew.

„Wenn jemand diesen Namen verdient, dann er. Es ist natürlich nicht sein richtiger Name, aber alle kennen ihn nur so."

„Wem ist er verpflichtet?"

„Sich selbst und niemand anderem. Er ist gebürtiger Litauer, kam 1945 mit der russischen Invasionsarmee nach Deutschland – es sei denn, er lügt auch in diesem Punkt – und blieb in der DDR. Er spricht fast jede Sprache, die im Warschauer Pakt zu finden ist."

„Ist er käuflich?"

Der CIA-Agent nickte. „Wenn ich mich mit ihm treffe, nehme ich drei Stangen Zigaretten mit, nur für den Fall. Schlaukopf weiß alles und kennt jeden in und um Ost-Berlin, und er weiß, wie das System arbeitet. Alle benutzen ihn. Doch wenn Sie in diesem Spiel am Leben bleiben wollen, behalten Sie Ihre Identität für sich. Lassen Sie ihn nur ja nie wissen, daß Sie Amerikaner sind. Können Sie sich als Deutscher ausgeben?"

„Ich denke schon", antwortete Matthew.

„Er ist der Meinung, er hätte meine Tarnung durchschaut. Für ihn bin ich ein Brite, nur aus diesem Grund spricht er mit mir. Er haßt die Amerikaner und hat schon mehr als einen unserer Männer getötet. Die Kommunisten benutzen ihn, um uns zu überwachen."

„Wenn der Kerl so gefährlich ist, warum setzen Sie ihn dann ein?"

„Er kennt mehr als zwanzig CIA-Agenten. Und er ist niemandem verpflichtet, außer sich selbst. Seine Sorte kommt uns manchmal wie gerufen, wenn wir bestimmte Dienste benötigen, wie das bei Ihnen im Augenblick der Fall ist. Und wenn Sie seine Hilfe wollen, brauchen Sie Geld *und* Zigaretten."

„Können Sie den Kontakt herstellen?“

„Das kann ich. Aber seien Sie auf der Hut. Er ist ein gewissenloser Schurke. Wenn er herausfindet, daß Sie Amerikaner sind, wird er Sie töten. Er ist skrupellos. Ich würde Sie begleiten, doch wir haben Anweisung, daß es in dieser Angelegenheit keinerlei Verbindung zwischen Ihnen und uns geben darf. Mir gefällt es gar nicht, Sie ohne Schutz dorthin zu schicken. Sie kennen dieses Spiel nicht. Doch wenn Sie entschlossen sind, die Sache durchzuziehen, kann ich Ihnen sagen, wo Sie ihn finden können.“

„In Ordnung“, sagte Matthew seufzend. „Ich stecke schon zu tief drin. Sie sagen mir besser, wie ich Kontakt zu ihm aufnehmen kann.“

53

Der Schlaukopf

Matthew betrat das spärlich erleuchtete Gasthaus.

Ein Gasthaus wie dieses wäre in West-Berlin zu dieser Tageszeit überfüllt mit fröhlichen Gästen gewesen.

Hier war die Stimmung jedoch eher gedrückt.

Keine Musik war zu hören. Der Mann hinter dem Tresen schien gelangweilt. Drei oder vier Männer waren seine einzigen Gäste. Zwei saßen an einem Tisch in eine leise Unterhaltung vertieft. Leichter Tabakrauch hing in der Luft.

Matthew ging zum Tresen.

„Zwei Bier“, sagte er.

Der Mann schaute ihn mißtrauisch an. *Im Osten sind alle wegen allem mißtrauisch,* dachte Matthew, der sich bemühte, nicht nervös zu wirken. Ihm gefiel das Ganze überhaupt nicht, doch es war zu spät, um einen Rückzieher zu machen!

„Warum zwei?“ knurrte der Gastwirt.

„Eins für mich und eins für meinen Freund“, erwiderte Matthew kühl in seinem besten Umgangsdeutsch.

„Ich sehe keinen Freund“, sagte der Mann mürrisch.

„Mein Freund ist sehr schlau“, entgegnete Matthew. „Er taucht auf, wenn man es am wenigsten erwartet.“

Immer noch musterte ihn der Mann, als versuche er, ihn einzuordnen. Schließlich stellte er zwei Bier auf den Tresen, drehte sich um und ging zum Telefon an der Wand hinter ihm. Matthew nahm die Gläser und brachte sie zu einem leeren Tisch.

Er setzte sich und wartete.

Zehn Minuten später kam ein Mann herein. Der Wirt deutete mit dem Kopf auf Matthew. Der Neuankömmling kam näher, setzte sich Matthew gegenüber und nahm sich eines der beiden Biere. In einem Zug trank er es aus und machte dem Wirt ein Zeichen, ein neues zu bringen. Dann erst schaute er Matthew an.

„Wie ich höre, wollen Sie meine Dienste in Anspruch nehmen“, sagte er.

„Wenn Sie mir helfen können“, erwiderte Matthew, der unmerklich zitterte.

„Um was geht es denn?“

„Zuerst um einige Informationen, später vielleicht mehr.“

Der Wirt kam mit dem Bier und stellte es vor sie auf den Tisch.

Der Schlaukopf trank auch dieses Glas in einem Zug leer.

„Was für eine Information?“

„Ein Mann wird festgehalten, den ich befreien will.“

„Festgehalten ... wo?“

„In der Neustädt-Schule in Potsdam“, erwiderte Matthew.

Der Mann nahm diese Information mit einem wissenden Kopfnicken auf. Paddy Red hatte Matthew gesagt, er solle selbstbewußt auftreten, etwas barsch, wenn es nötig war, und er bemühte sich nach Kräften, diesen Rat zu befolgen.

„Was für ein Mann?“ fragte der Schlaukopf.

„Sein Name ist Dortmann ... Baron Heinrich von Dortmann“, erwiderte Matthew.

„Warum wird er festgehalten?"

„Er sitzt schon seit dem Krieg im Gefängnis."

„Das ist keine Antwort auf meine Frage", sagte der Schlaukopf, seine Augen verengten sich.

„Die Nazis fanden es nicht zweckmäßig, die Gründe für seine Inhaftierung bekanntzugeben", erwiderte Matthew ausweichend.

Die Andeutung eines Lächelns umspielte die dünnen Lippen seines Gegenübers, doch es war schnell wieder verschwunden.

„Warum wollen Sie den Mann befreien?" fragte der Schlaukopf.

„Man sagte mir, Sie würden keine Fragen zu den Motiven stellen."

„Wer?"

„Man sagte mir auch, daß auch mein eigener Hintergrund nicht von Interesse sein würde", gab Matthew kurz zurück. Er stand auf. „Falls Sie kein Interesse an dieser Aufgabe haben, werde ich mir jemand anderen suchen."

Der andere schaute ihn mit mildem Interesse an, dann bedeutete er ihm, wieder Platz zu nehmen.

„Vielleicht kann ich helfen, vielleicht nicht. Manchmal ist es nützlich, die Hintergründe zu kennen, aber es ist nicht erforderlich."

„Ich werde nichts weiter preisgeben als das, was ich bereits gesagt habe", sagte Matthew. „Wollen Sie sich nun das Geld verdienen oder nicht?"

„Westdeutsches Geld?"

„Natürlich."

„In bar?"

„Sobald sich der Baron in meinen Händen befindet."

„Ich nehme an, es handelt sich um einen Baron aus der alten Zeit?"

Matthew gab keine Antwort darauf.

„Er muß sehr wertvoll sein ... Meine Hilfe wird Sie einiges kosten."

„Ich bin in der Lage zu bezahlen."

„Hat er ein Vermögen versteckt, an das die Nazis nicht herankonnten?“

„Viele Fragen. Man hat mich gewarnt“, sagte Matthew, der seinen Mut bis zum Äußersten strapazierte. Sein Herz klopfte zum Zerspringen. „Aber Sie werden nichts außer ihrem Honorar bekommen. Finden Sie für mich heraus, wie die Situation des Barons ist, und alles, was ich sonst noch wissen muß. Ich werde Sie hier in genau achtundvierzig Stunden treffen. Falls Sie etwas für mich haben, werde ich entscheiden, ob ich mit Ihnen weitermache.“

Matthew erhob sich und verließ ohne ein weiteres Wort das Gasthaus.

Als er auf die Straße trat, konnte er kaum verhindern, daß seine Knie zitterten. Fast rechnete er damit, jeden Moment das Messer in seinem Rücken zu spüren, von dem Paddy gesprochen hatte. Schnell ging er davon.

54

Zögern und Entscheidungen

Die Stimmung war so gedrückt wie noch nie zuvor. Die grausame Realität dessen, was Matthew vorschlug, wurde ihnen allmählich klar.

„Ich ... ich weiß es einfach nicht, Matthew“, sagte Sabrina. „Ich habe irgendwie Angst.“

„Wenn wir deinen Vater befreien wollen, sehe ich keinen anderen Weg“, erwiderte Matthew. „Ich gebe zu, es ist gefährlich. Doch dieses Risiko nehme ich gern auf mich. Wir haben keine andere Möglichkeit.“

„Ich ... ich möchte nicht, daß dir etwas passiert.“ Während sie sprach, füllten sich Sabrinas Augen mit Tränen.

Matthew nahm sie in die Arme.

„Nichts wird geschehen", beruhigte er sie. „Ich werde sehr, sehr vorsichtig sein. Doch wenn wir das jetzt nicht tun – wir wollen es einmal deutlich aussprechen –, wirst du deinen Vater sehr wahrscheinlich niemals wiedersehen."

„Ich weiß", sagte Sabrina leise. „Ich habe nur Angst, daß ich dich wieder verlieren könnte. Ich habe noch einmal über das nachgedacht, was ich auf dem Ball gesagt habe. Vielleicht ist es an der Zeit, daß ich mich mit seinem Schicksal abfinde und akzeptiere, was Papa selbst gesagt hat: daß er Frieden hat."

„Könntest du das wirklich? Und glücklich sein und selbst Frieden haben?" fragte Matthew.

Sabrina lächelte schwach. „Wie gut du mich kennst", sagte sie. „Zweifellos könnte ich das nicht. Ich kann nicht zur Ruhe kommen mit dem Wissen, daß Papa im Gefängnis ist. Der Gedanke, ihn eines Tages wiederzusehen, hat mir all die Jahre über Hoffnung gegeben."

„Wir könnten heiraten, doch du würdest niemals im Westen zur Ruhe kommen. Und ich könnte auch nicht alles aufgeben und im Osten ein neues Leben mit dir beginnen."

„Das würde ich auch nie von dir verlangen, Matthew. Ich kenne dich gut genug, um zu wissen, daß du unter solchen Umständen niemals glücklich sein könntest."

Sie schwiegen eine Weile. Dann befreite sich Sabrina aus Matthews Umarmung und lehnte sich zurück.

„Da ist noch etwas anderes", sagte sie.

Matthew zog die Augenbraue hoch.

„Papa sagte mir, ich solle nicht versuchen, Kontakt zu ihm aufzunehmen oder ihn zu befreien", fuhr Sabrina fort.

„Er wußte, welche Gefahr Gustav für dich bedeutete", sagte Matthew, „nicht, weil er nicht frei sein wollte."

Sabrina nickte.

„Und doch – gegen seinen Willen so etwas zu unternehmen, käme mir vor, als würde ich mich seinen Wünschen widersetzen . . . vielleicht könnte ich ihm durch das Netzwerk eine Nachricht zukommen lassen", überlegte sie.

„Nein, nein", sagte Matthew bestimmt. „Je weniger Leute

davon wissen, desto besser." Er machte eine Pause, dann fragte er: „Welches Netzwerk?"

„Die, äh ... die Leute, von denen ich ... äh, dir erzählt habe, die Kontakte innerhalb des Gefängnisses haben", stotterte Sabrina, der klarwurde, daß sie mehr gesagt hatte, als sie wollte.

„Was für Leute?"

„Freunde ... Kontakte, die ich geknüpft habe. Hier ist es anders als im Westen, Matthew. Um zu überleben, muß man Leute in allen Gesellschaftsschichten kennen. Bitte ... frag nicht weiter. Ich verspreche, ich werde dir alles erzählen ... bald."

Matthew bewahrte die Ruhe. Er mußte zurückdenken an das seltsame Ende jenes Abends, als er Sabrina gebeten hatte, seine Frau zu werden. Er wußte, daß sie Geheimnisse vor ihm hatte. Doch er vertraute ihr und konnte warten.

„Auf jeden Fall", fuhr er nach einer Weile fort, „darf nicht einmal dein Vater erfahren, daß irgend etwas im Gange ist. Das ist sicherer. Ich werde selbst die volle Verantwortung für diese Entscheidung übernehmen. Gustav wird nicht mehr länger eine Gefahr für dich darstellen. Ich habe dich gebeten, meine Frau zu werden. Das macht mich zu deinem Beschützer und legt die Verantwortung für deinen Vater ebenso in meine wie in deine Hände. Ich werde mir selbst das Recht vorbehalten, die Entscheidung zu treffen, sowohl für dich als auch für ihn. Ich hoffe, das ist dir recht."

„Ja ... ja, das ist mir recht", stimmte Sabrina zu. „Ich habe Angst, doch ich weiß auch, daß das, was du sagst, nicht von der Hand zu weisen ist."

„Dann sind wir uns also einig – uns bleibt keine Wahl, als deinen Vater aus dem Gefängnis zu holen, so gefährlich das vielleicht auch sein mag. Es ist der einzige Weg, ein neues Leben im Westen zu beginnen ... zusammen mit deinem Vater."

Ihr Schweigen dauerte mehrere Minuten. Beide waren in Gedanken versunken.

Schließlich ergriff Sabrina das Wort.

„Dann gehe ich mit dir", verkündete sie.

„Was?"

„Du hast gehört, was ich gesagt habe – ich werde dich begleiten."

„Das geht nicht", wandte Matthew ein. „Du hast selbst gesagt, es könnte gefährlich werden."

„Nur unter dieser Bedingung bin ich einverstanden", erwiderte Sabrina fest. „Ich bin Ostdeutsche. So fehlerlos dein Deutsch auch ist, Matthew, es ist nicht perfekt. Wenn du in Eile bist oder schnell sprichst, ist dein Deutsch zu glatt – so spricht kein Einheimischer. Ich kenne die Sprache, und ich habe Kontakte ... ich kenne Leute in der näheren Umgebung von Berlin –"

„In Potsdam?" unterbrach sie Matthew.

„In der Nähe."

„Wie nah?"

„Achtzehn Kilometer ... in einem kleinen Dorf namens Großbeeren."

„Zu weit", überlegte Matthew laut.

„Das ist egal – ich werde dich trotzdem begleiten", beharrte Sabrina. „Falls etwas schiefgehen sollte, kann ich dir vielleicht helfen."

„Ich will dich nicht in Gefahr bringen."

„Ich werde nicht zulassen, daß du ohne mich gehst."

Matthew schaute sie an, dann lächelte er seufzend.

„Ich habe von Anfang an gewußt, daß du eine eigenwillige Frau bist."

„Falls dein Plan fehlschlagen sollte", sagte Sabrina, „möchte ich die Gelegenheit nicht versäumen, meinen Vater wiederzusehen, wenn auch nur für einen Augenblick. In sein Gesicht sehen und ihm sagen zu können, daß ich ihn liebe, ist mir das Risiko wert."

Matthew erkannte, daß er sie durch nichts von ihrem Vorhaben abbringen konnte. Er nickte zustimmend.

„Du mußt verstehen, Matthew, dich und meinen Vater wiederzusehen, dafür habe ich in den vergangenen fünfzehn Jahren gelebt. Und nun, da ich diesem Ziel so nahe bin, bitte mich nicht, diese Chance ungenutzt verstreichen zu lassen. Nicht einmal der Gedanke, selbst ins Gefängnis zu kommen . . . oder Schlimmeres . . . kann mich davon abhalten."

Matthew seufzte, dann nickte er. Sie würde mitmachen, das sah er jetzt ein. Er und sie würden jede Einzelheit des Planes ausarbeiten ... gemeinsam.

„Noch eins", fügte Sabrina hinzu. „Ich möchte dir ein kleines Päckchen zur Aufbewahrung geben. Wirst du es in deinem Hotel in West-Berlin deponieren für den Fall, daß etwas schiefgehen sollte – und ohne mir irgendwelche Fragen zu stellen?"

Matthew dachte einen Augenblick nach.

„Ich bin neugierig", sagte er lächelnd. „Aber ja, natürlich tue ich das."

55

Eine zweite Begegnung mit dem Schlaukopf

Matthews zweiter Besuch in dem schmuddeligen Gasthaus trug nicht dazu bei, seinen ersten Eindruck zu verbessern.

Er ging geradewegs zum Tresen und bat denselben Mann, den Schlaukopf anzurufen.

Zwölf Minuten später erschien er, nickte dem Wirt zu und setzte sich an Matthews Tisch. Er wartete auf das Bier, das der Wirt kurze Zeit später auch brachte. Erst nachdem er das Glas wieder in einem Zug geleert hatte, begann er zu sprechen.

„Sie schulden meinem Freund da drüben immer noch das Bier vom letzten Mal", sagte er und wischte sich mit dem Ärmel über die Lippen. „Es gefällt ihm überhaupt nicht, wenn meine Kumpel weggehen, ohne zu bezahlen. Und mir gefällt es auch nicht, wenn ich selbst zahlen muß."

„Setzen Sie es auf meine Rechnung“, sagte Matthew.

„Noch besser“, erwiderte der andere, „gehen Sie jetzt gleich hinüber und bezahlen den Mann, für das heutige Bier gleich mit. Er berechnet vierzig Mark für die beiden Tage.“

„Vierzig Mark!

„Auch er muß sehen, wo er bleibt. Darum stellt er mir die Benutzung dieses Tisches in Rechnung.“

Matthew erhob sich, ging zum Tresen, legte wortlos zwei Zwanzigmarkscheine hin und kam zum Tisch zurück.

„Was haben Sie für mich?“ fragte er.

„Das hängt davon ab, ob Sie Bargeld dabeihaben“, erwiderte der Schlaukopf.

„Ich sagte Ihnen doch bereits, daß die Bezahlung erst nach der Befreiung des Barons erfolgt“, gab Matthew zurück. Er sprach etwas zu hastig.

Der Schlaukopf schaute ihn vorsichtig an. „Was ich habe, kann nicht warten. Es ist eine wertvolle Information, und wenn Sie sie haben wollen, dann kostet das etwas ... und zwar jetzt. Sonst müssen Sie halt woanders Hilfe suchen.“

„Unsere Vereinbarung war Bezahlung nach Erhalt.“

„Ich habe keine Vereinbarung getroffen. Ich habe eine Information, und wenn Sie sie haben wollen, müssen Sie bezahlen. Sonst ...“

Diesmal tat der Schlaukopf so, als wolle er aufstehen.

„Setzen Sie sich, Schlaukopf“, sagte Matthew, der seine Brieftasche wieder hervorholte. „Wie ist Ihr Preis?“

„Einhundert Mark.“

„Für eine lausige Information?“

Der Schlaukopf nickte.

Matthew schaute ihn ärgerlich an, nahm einen Hundertmarkschein aus seiner Brieftasche und legte ihn auf den Tisch. Sofort streckte der Schlaukopf die Hand danach aus.

„Nicht so schnell, Herr Schlaukopf“, sagte Matthew, indem er die Hand auf den Schein legte. „Geben Sie mir, was Sie haben, dann können Sie den Grünen haben.“

Der Schlaukopf hielt inne. Mit stechendem Blick schaute er Matthew eine Weile an, dann sprach er.

„Ihr Freund, der Baron, soll verlegt werden", sagte er, „in ein anderes Gefängnis."

„Wohin?" fragte Matthew.

„Das ist nicht bekannt. Sicher ist nur, daß er von Potsdam fort weiter nach Osten, vielleicht sogar nach Moskau gebracht wird."

Matthew bemühte sich, sein Erschrecken zu verbergen.

„Wann?"

„In etwa einer Woche, vielleicht zehn Tagen."

„Da bleibt uns nicht mehr viel Zeit", meinte Matthew und senkte den Blick, während er über die neueste Entwicklung nachdachte. Blitzschnell ergriff der Schlaukopf den Hundertmarkschein und steckte ihn ein.

„Das könnte eine gute Gelegenheit sein", fügte er nach einer Weile hinzu.

„Wie meinen Sie das?" fragte Matthew und zog die Augenbrauen hoch.

„Wenn man vorhat, ihn zu verlegen, könnten wir uns dies zunutze machen – das heißt, falls Sie meine Dienste noch in Anspruch nehmen wollen."

„Wieviel?"

„Viertausend Mark."

„Viertausend!" rief Matthew. „Das ist eine Menge Holz!"

„Ich werde eine Reihe von Leute bestechen müssen. Vermutlich habe ich Glück, wenn ich eintausend für mich behalten kann. Vergessen Sie nicht, mein Freund: Falls Sie diese Gelegenheit verpassen, wird Ihr Baron in Moskau sein, und Sie werden niemals kriegen, was Sie von ihm haben wollen. Es bleibt uns nicht viel Zeit. Ich bin bereits in diesem Gefängnis gewesen und kann ihn herausholen. Die Kosten dafür mögen hoch sein. Ich bin jedoch Ihre einzige Hoffnung auf Erfolg."

Matthew dachte nach. Der Mann hatte recht. Dies war eine Gelegenheit, die man sich nicht entgehen lassen durfte ... egal wie hoch der Preis war. Viertausend Mark waren eigentlich gar nicht so viel, nur etwa eintausend Dollar. So viel hatte er auf der Bank. Er hätte mit Freuden zehnmal so viel bezahlt, wenn er damit Sabrinas Vater befreien konnte.

„In Ordnung, Schlaukopf", meinte er schließlich mit gespielter Resignation. „Ich werde Ihren Preis bezahlen. Doch Sie bekommen keinen Pfennig, bevor Baron von Dortmann nicht in Sicherheit ist. Viertausend Mark ist mir seine Befreiung wert, aber keinen Pfennig mehr. Also versuchen Sie nicht, mich zu verladen, sonst sind die hundert Mark in Ihrer Jackentasche alles, was Sie bekommen. Verstanden?"

Der Schlaukopf nickte.

„In Ordnung – und was nun?" fragte Matthew.

„Kommen Sie in vier Tagen gegen Mittag wieder hierher", sagte der Fuchs. „Ich werde dafür sorgen, daß Sie sicher ins Gefängnis hinein- und wieder herauskommen. In der Zwischenzeit überlegen Sie sich, wie Sie in die Zelle des Mannes und wieder zu mir zurückkommen. Ich werde Ihnen einen Grundriß des Gebäudes zukommen lassen, den Sie auswendig lernen müssen. Und bringen Sie an diesem Tag das Geld mit. Sollte es Verzögerungen bei der Zahlung geben, werden weder Sie noch der Baron den nächsten Tag erleben."

56

Versteckter Schatten

Für einen jungen Mann von einundzwanzig Jahren, der mehr als fünfzehnhundert Kilometer von seiner Heimat entfernt war, besaß er ungewöhnlichen Mut.

Keiner konnte von Andrassi Galanow behaupten, er sei feige. Und nun, da er seine Stunde gekommen sah, wollte er sie nicht ungenutzt verstreichen lassen.

Er kam aus einer Familie von Aufsteigern und Opportunisten, und sein Onkel war der größte von ihnen. Doch Andrassis Ehrgeiz stand dem seines Onkels in nichts nach. Er wollte sie alle überflügeln.

Galanow teilte die Antipathie seines Onkels gegen jegliche Religionen, vor allem aber gegen Juden und Christen.

Sein Vater und Onkel stammten noch aus der alten Schule. Doch jetzt lebte man in den sechziger Jahren. Eine neue Ära war angebrochen. Es gab keinen Grund, den Feind zu hassen. Die Sowjetunion hatte alle Macht in Händen. Die Menschen des Heimatlandes konnten es sich leisten, ihren Feinden gegenüber tolerant zu sein. Durch eine liberalere Haltung konnte man die Amerikaner und Deutschen geschickt für die eigenen Ziele einsetzen.

Er haßte die Christen und Juden, doch die Amerikaner und Deutschen benutzte er.

Seine gegenwärtige Aufgabe als Assistent des Stasi-Bezirksleiters Schmundt machte ihm dies möglich. Hier in der DDR hatte er die Möglichkeit aufzusteigen und gleichzeitig auch seine Zukunft beim KGB zu sichern.

Wenn der gute Herr von Schmundt gewußt hätte, daß sein Assistent auf eigene Faust ermittelte, hätte er ihm das Leben schwer gemacht. Doch die Informationen, die Andrassi sich auf diese Weise beschaffte, würden ihn sicher besänftigen. Er würde ihm sagen, er hätte nur versucht, ihm konkretere Beweise vorlegen zu können. Herr von Schmundt würde das akzeptieren. Der Deutsche war nicht gerade mit besonders viel Klugheit gesegnet.

Wenn der Bezirksleiter gewußt hätte, daß in dem Wagen, den Andrassi gerade verfolgte, vielleicht die Frau saß, die er all die Jahre über gesucht hatte, hätte er einen Wutausbruch bekommen, weil er von der Überwachung nicht informiert worden war.

Aber, dachte Galanow, er wußte ja nicht genau, ob sie es wirklich war. Er wollte mehr wissen, bevor er seinen Trumpf ausspielte. Sein Onkel würde auch informiert werden wollen. Er würde mehr herausfinden müssen und dann seine Möglichkeiten genau abwägen.

Nachdem er dem Bezirksleiter die Information über den Ball im französischen Konsulat weitergegeben hatte, hatte er selbst über diese Angelegenheit nachgedacht. Wenn der Amerikaner nun schon mit der Frau in Kontakt getreten war? Wenn sie nun trotz aller ihrer Bemühungen, sie ausfindig zu machen, hier irgendwo direkt unter ihrer Nase wohnte? Vielleicht hatte der Amerikaner bei der Suche nach ihr mehr Erfolg gehabt.

Darum hatte er seinen Freund, den Franzosen, um weitere Hilfe gebeten. Das hatte ihn einiges gekostet. Er war dem Pariser nun einige Gefallen schuldig.

Doch es hatte sich gelohnt!

Denn er hatte erfahren, daß der Amerikaner tatsächlich an dem Fest teilgenommen hatte in Begleitung einer Frau, auf die die Beschreibung der Gesuchten paßte.

Schmundt war am folgenden Morgen voller Pläne ganz anderer Natur zurückgekehrt. Er sprach davon, zum Gut der Dortmanns zu fahren, redete irgendwelchen Unsinn von alten Geschichten und Bestechung der Leute, die das Heim dort leiteten, und von Vorbereitungen, den alten Mann aus dem Gefängnis in Neustädt verlegen zu lassen.

Auf jeden Fall hatte er den Amerikaner auf dem Ball *nicht* getroffen.

Wenn ich nur wüßte, wie die Frau aussieht, dachte Galanow.

Der Franzose war der Kutsche nachgegangen und hatte die Adresse der Dame herausgefunden, und somit auch den Namen.

Rosenblatt nannte sie sich.

Der Name bedeutete gar nichts. Die Untersuchung hatte nichts ergeben. Sie hatte eine bedeutungslose Arbeitsstelle, schien keine Freunde oder Bekannte zu haben. Das konnte nicht die Frau sein, die sein Chef suchte.

Es hatte den Anschein, als sei er in eine Sackgasse geraten.

Doch um sicher zu sein, hatte Galanow einen seiner Untergebenen in der Nähe des Hauses postiert. Man wußte ja nie, was sich ergeben würde. Auch wenn es nicht die richtige Frau war, auf jeden Fall hatte sie Verbindung zu dem Amerikaner. Dem Bezirksleiter würde er die Ergebnisse seiner Untersuchung jedoch erst mitteilen, wenn er mehr in Erfahrung gebracht hatte.

Durch einen Glücksfall hatte er beobachtet, wie die Frau mit einem großen, stämmigen Burschen auf dem Bürgersteig gesprochen hatte und dann weggefahren war.

Neugierig war er ihr gefolgt. Sie verließen jetzt die Stadt in südlicher Richtung, und er fragte sich, ob diese seltsame Fahrt etwas mit dem Amerikaner zu tun hatte, oder ob er sich vielleicht in eine aussichtslose Sache verrannt hatte.

Er würde jedoch noch nicht aufgeben.

Er hatte die Stadt schon halb verlassen, als es ihm plötzlich auffiel – er folgte einem Wagen desselben Modells und derselben Farbe, wie er in Warschau gesehen worden war.

Könnte es sein, daß diese Frau *dieselbe Person* war, die sie schon so lange suchten?

Wenn das der Fall wäre! Das könnte alles ändern!

Wenn er nur dicht genug herankäme, um das Nummernschild zu entziffern!

Sein Instinkt sagte ihm, daß etwas in der Luft lag.

57

Unplanmäßiges Eingreifen des Netzwerks

Sabrina hoffte, Matthew würde ihr vergeben.

Wenn sie erst verheiratet waren, würde sie eine gehorsame Ehefrau sein. Doch sie mußte sicherstellen, daß sie ihren Hochzeitstag auch wirklich erlebten. Im Augenblick war ihr nur wichtig, ihren Vater aus dem Gefängnis zu befreien und aus der DDR zu schaffen.

Nicht, daß sie nicht an Matthews Plan glaubte.

Aber aus allem, was Matthew ihr von dem Burschen namens Schlaukopf erzählt hatte, konnte sie sich genau vorstellen, mit was für einem Mann sie es zu tun hatten. Solche Typen hatte sie bei ihrer Arbeit häufig getroffen. Es gab sie zu

Tausenden in den kommunistischen Nachkriegsländern. Gustav gehörte dazu, und der Schlaukopf – und so viele andere, die alle aus eigennützigen Beweggründen für ein korruptes System arbeiteten.

Ihre Eltern hatten sie sehr geradlinig und zur Aufrichtigkeit erzogen. Sie hatte gelernt, Typen wie dem Schlaukopf nicht zu trauen. Ein Blick in seine Augen, und sie wußte es.

Es gab eine Zeit, wo sie sich selbst dafür gehaßt hatte. Sie wollte von niemandem schlecht denken und niemanden richten. Doch im Laufe der Jahre hatte sie einige Erfahrung gesammelt.

Matthew konnte nicht wissen, mit was für einem Mann er es zu tun hatte. Die Jahre im diplomatischen Dienst konnten ihn nicht so darauf vorbereitet haben wie ihre Arbeit für das Netzwerk. Die Menschen im Westen konnten nicht wissen, wie es sich unter der dunklen kommunistischen Wolke lebte. Er würde vorsichtig sein und hatte sich seinen Plan bis in die kleinsten Einzelheiten zurechtgelegt, doch er rechnete nicht mit der ständigen Gefahr des Verrats. Sabrina dagegen wußte darum.

Es war besser, festzustellen, daß man Unrecht gehabt hatte, als Menschenleben in Gefahr zu bringen.

In solche Gedanken versunken erreichte Sabrina das kleine Dorf Großbeeren südlich von Berlin.

Sie war noch nie allein hier gewesen, doch sie hatte keine Schwierigkeiten, das Haus zu finden. Sie parkte Hermanns grünen Trabant, stieg aus und ging zum Hintereingang der Schule. Es war Spätnachmittag. Die Kinder waren schon alle fort.

Sie betrat das Gebäude, ging einen verlassenen Korridor entlang, bog nach links ab in das Klassenzimmer, das sie suchte. Eine Frau mittleren Alters schaute von dem Tisch auf, an dem sie saß.

„Fräulein Rosenblatt“, sagte sie erstaunt. „Ich wußte nicht, daß Sie ... warum ... stimmt irgend etwas nicht?“

„Nein, Clara“, erwiderte Sabrina, die beruhigend lächelnd auf sie zukam. „Sie brauchen sich keine Sorgen zu machen. Ich muß mit Ihrem Mann sprechen.“

„Mit Erich? Aber was –"

„Machen Sie sich keine Gedanken, Clara. Ich muß ihn um einen Gefallen bitten ... Sie beide. Wann kann ich ihn sprechen?"

„Er kommt erst um acht Uhr aus der Fabrik nach Hause."

„Würden Sie beide dann noch einen Spaziergang machen?"

Die Frau nickte zögernd.

„Um acht Uhr dreißig werde ich über die Brücke gehen", fuhr Sabrina fort. „Ich werde so langsam sein, daß Sie mich überholen können. Wir gehen ein Stück gemeinsam weiter, dann werde ich abbiegen. Die Zeit sollte reichen für das, was wir zu besprechen haben."

„Wollen Sie nicht zum Abendbrot zu uns kommen, Fräulein Rosenblatt?" fragte die Frau. „Ich weiß, daß mein Mann es als eine große Ehre ansehen würde –"

„Vielen Dank, Clara", erwiderte Sabrina. „Doch es könnte gefährlich werden. Ich darf bei Ihrem Haus nicht gesehen werden." Sie drehte sich um und verließ den Raum.

„Ich werde es Erich ausrichten", rief Clara hinter ihr her.

Die Lehrerin sah zu, wie die Tür sich hinter der unangemeldeten Besucherin schloß. Sie mußte gegen die Tränen ankämpfen. Sie konnte es nicht ändern. Die Aktivitäten ihres Mannes machten ihr Angst ... und sie konnte nicht einmal verstehen, warum er ein so großes Risiko einging für Leute, die er überhaupt nicht kannte.

Vor allem hatte sie Angst um ihren Sohn Willi. Er war noch zu jung für all das.

Clara war so in Gedanken versunken, daß sie den Wagen, der nur wenige Meter von dem Gebäude entfernt geparkt war, nicht bemerkte. Sie hätte nie gedacht, daß der Mann, der ausstieg und zu Fuß weiterging, ihr folgen könnte.

*

Als Sabrina gegen halb zehn in die Stadt zurückfuhr, war sie tief bewegt. Erich war nicht nur bereit, ihr zu helfen, er konnte es kaum erwarten.

„So lange beten wir schon für diesen Tag", hatte er gesagt. „Die anderen Männer und ich haben gehofft, daß Sie uns eines Tages freie Hand lassen. Wir schulden Ihrem Vater eine Menge. Ich werde alles veranlassen. Herr Meier, der Bäcker, wird mir helfen ... Auf Herrn Jungs Hof stehen viele Gebäude, die wir gelegentlich benutzen. Ich werde auch mit Herrn Bietmann drüben in Kehrigkburg sprechen. Mein Sohn und ich werden Sie zur Grenze begleiten. Ich werde mit Bruder Hermann in der Stadt sprechen, und er wird Ihnen die Einzelheiten mitteilen. Machen Sie sich nur keine Gedanken, Fräulein Rosenblatt."

*

Sabrina war zu sehr in Gedanken versunken, um die Scheinwerfer zu bemerken, die ihr im Abstand von knapp dreihundert Metern auf der sonst so wenig befahrenen Straße zwischen Großbeeren und Heimersdorf folgten.

Sie konnte nichts von der Gefahr wissen, in die sie sich selbst und die anderen ihrer Geheimorganisation gebracht hatte.

58

Der Verdacht

Obwohl der Plan gefaßt war und er nach erfolgreichem Abschluß viel Geld bekommen würde, war dem Schlaukopf nicht wohl bei der Sache. Er hatte das unbestimmte Gefühl, ausgenutzt worden zu sein.

Der Bursche war von Anfang an so nervös gewesen.

Nicht daß er nicht schon hunderte nervöser Leute getroffen hätte. Doch dieser Mann war irgendwie anders.

Irgend etwas stimmte nicht mit ihm. Er hatte die richtigen Bewegungen gemacht, die richtigen Worte gesagt ... doch in seinen Augen war nicht die Härte zu lesen, die der Schlaukopf bei seinen anderen Klienten vorfand, das gegenseitige Mißtrauen, die eine solche Unterredung ehrlich machte.

Hinter seiner Härte schien sich mehr Ängstlichkeit zu verbergen, als der Situation angemessen gewesen wäre. Seine Ungeduld schien gespielt zu sein. Er war irgendwie fehl am Platze.

Ein paar Extra-Mark oder Dollar machen einen Verbündeten zu einem Gegner ... einen Verbündeten zu einem Gegner ... ein paar Extra-Dollar ... Immer wieder gingen ihm diese Worte im Kopf herum.

Ein paar Extra- ... *Dollar!*

Endlich hatte er es. Natürlich. Wieso war es ihm nicht sofort aufgefallen? *Das* war ihm die ganze Zeit komisch vorgekommen!

Es war nicht das Verhalten des Mannes ... es waren seine Worte, gesprochen in einem fast fehlerfreien Deutsch, die ihn verraten hatten!

Die Unterhaltung fiel ihm wieder ein.

Es hatte es registriert, war jedoch nicht darauf eingegangen. Was hatte der Kerl gemeint, als er im Zusammenhang mit dem Hundertmarkschein *der Grüne* gesagt hatte? Der Schein war blau, nicht grün. Dollars wurden „Grüne" genannt. Alle Scheine der amerikanischen Währung hatten dieselbe Farbe.

Er wurde allmählich unachtsam. Wie konnte ihm das entgangen sein?

Auf einmal paßte alles zusammen.

Er war getäuscht worden. Der Mann war *Amerikaner!*

Schlaukopf erhob sich wütend und stieß dabei seinen Stuhl um. Unwillkürlich fuhr seine Hand zu dem Messer in seiner Tasche.

Doch nachdem er einen tödlichen Plan gefaßt hatte, ebbte der Zorn des Mörders ab.

Vielleicht gab es einen Weg, diese Entwicklung zu seinem Vorteil zu nutzen, um vielleicht noch mehr als die viertausend

Mark zu bekommen, die er dem Amerikaner abnehmen würde, bevor er ihn tötete. Seine Informanten hatten erwähnt, daß auch ein Ostdeutscher in diese Angelegenheit verwickelt war. Ein Funktionär, dessen Motive nicht bekannt waren.

Was sollte ihn davon abhalten, von seiner Information zu profitieren und gleichzeitig diesem Mann gefällig zu sein?

Dieser Kontakt könnte sich in der Zukunft als nützlich erweisen – falls er sie nicht beide tötete, wenn das Ganze vorbei war, und außerdem konnte er einen Haufen Geld machen. Von diesem Funktionär würde er wahrscheinlich nur Ostmark bekommen, doch er würde so viel verlangen, daß es sich wieder ausglich.

Selbstverständlich mußte seine eigene Rolle bei der Flucht des Barons unerwähnt bleiben.

Falls der Mann nicht mitspielte, würde er den Baron befreien, das Geld des Amerikaners nehmen – und sie dann beide töten.

Höchste Zeit, über sein neues Opfer Erkundigungen einzuziehen.

Sein Ärger verflog langsam. Er steckte das Messer zurück und verließ den Raum. Es gab noch viel zu tun, und die Zeit wurde knapp.

59

Intrigen

Diese beiden konnten unmöglich Kameradschaft füreinander empfinden, das war offensichtlich.

Jede Bemerkung, jede Geste, jeder Tonfall, jeder Blick gab offenes Zeugnis von dem Mißtrauen, das zwischen ihnen herrschte. Jeder versuchte, die Motive des anderen zu erraten.

„Ja, Herr Schlaukopf, ich habe von Ihnen gehört."

„Sie kennen meine ... äh, Dienste?"

„Ja. Unter anderem gehen Sie hausieren mit Informationen – alles hat seinen Preis, habe ich recht?"

Der Schlaukopf verzog leicht amüsiert die Lippen.

„Sie haben recht, Herr Bezirksleiter."

„Was kann ich also für Sie tun?" fragte Gustav, der mäßiges Interesse vortäuschte, in Wahrheit aber sehr neugierig war, was dieses russische Wiesel bewogen hatte, ihn aufzusuchen.

„Vielleicht kann ich etwas für *Sie* tun, Herr von Schmundt", erwiderte dieser.

„Treiben Sie keine Spielchen mit mir, Schlaukopf", schnappte Gustav. „Ich bin ein bedeutender Mann."

„Deshalb bin ich ja zu Ihnen gekommen. Auch ich kenne Ihren Ruf. Ich weiß, daß Sie Verbindungen zu einem gewissen Mann im Gefängnis haben", sagte der Schlaukopf, der versuchte, beiläufig zu klingen.

„Was geht Sie das an? Seit dem Krieg habe ich viele Männer ins Gefängnis gebracht. Es ist meine Aufgabe, den Staat vor Verrätern zu schützen."

„Wie viele davon kennen Sie denn *persönlich*?" Der Schlaukopf hob dieses Wort seltsam hervor. „Wie viele zum Beispiel in dem alten Gefängnis in Neustädt?"

Gustavs Augen verengten sich unmerklich. Er schaute den Mann einen Augenblick lang an, dann antwortete er.

„In diesem Gefängnis gibt es viele, mit denen ich persönlich bekannt bin", meinte er vage.

„Ich habe gehört, daß es einen Gefangenen gibt, den Sie in eine Einrichtung weiter im Osten verlegen wollen", sagte der Schlaukopf. „In zwei Tagen, wenn ich mich nicht irre."

„Woher wissen Sie das?" brüllte Gustav. Er machte keinen Hehl aus seiner Wut. „Diese Verlegung untersteht der höchsten Geheimhaltung."

„In meinem Geschäft bekomme ich häufig Informationen von, sagen wir, höchster Ebene."

„Ich bestehe darauf, daß Sie mir sagen, woher Sie das wissen."

„Sie können darauf bestehen, Herr Bezirksleiter, doch ich

werde es Ihnen nicht sagen", erwiderte der Schlaukopf, der nun selbst ärgerlich wurde. „Drohen Sie mir nicht. Sie sagten selbst, Sie würden das Ausmaß meiner Aktivitäten kennen. Es könnte ungesund für Sie sein, mir einen Grund zu geben, Sie auf die Liste meiner zukünftigen Operationen zu setzen. Wie ich schon sagte, ich bin hierhergekommen mit einer Information, die vielleicht für Sie von Interesse sein könnte in der Angelegenheit des Gefangenen, von dem wir gesprochen haben."

„Was für eine Information?" fragte Gustav ruhig. Diesmal verbarg er seine Wut. Er würde *diesen* Mann in die Zelle des Barons stecken. Doch nicht bevor er alles aus ihm herausgeholt hatte, was er wußte.

„Ich bin Geschäftsmann, Herr von Schmundt, und ich pflege meine Waren nicht kostenfrei abzugeben. Informationen haben ihren Preis."

„Sagen Sie mir, was Sie haben. Wenn es seinen Preis wert ist, werden Sie bezahlt werden."

Ein schwaches Lächeln umspielte Schlaukopfs Lippen.

„Unglücklicherweise pflege ich meine Geschäfte nicht auf diese Art abzuwickeln", sagte er. „Wenn ich so vertrauensselig wäre, wäre ich schon lange verhungert."

„Sie sind eine Ratte! Wissen Sie nicht, daß ich Sie sofort ins Gefängnis bringen lassen könnte?"

„Das würden Sie nicht tun. Meine Information ist zu wichtig für Sie."

Wieder zwang sich Gustav, den Mund zu halten.

„Weiter", sagte er.

„Ich weiß auch, daß Sie nach einem gewissen Amerikaner suchen, der in Verbindung mit diesem Gefangenen stehen könnte."

„Woher wissen Sie denn das?" brüllte Gustav.

„Wieder muß ich betonen, daß meine Informationsquellen nicht von Interesse sind."

„Mir sind sie schon wichtig."

„Trotzdem werde ich sie für mich behalten. Ich werde Ihnen einiges mitteilen, um Ihnen zu zeigen, daß es mir ernst ist", sagte der Schlaukopf. „Wenn Sie den Rest wollen, müssen Sie zahlen.

Der Amerikaner, den Sie suchen, kennt den Aufenthaltsort des Gefangenen in Neustädt."

„Unmöglich!"

„Verzeihen Sie, Herr von Schmundt, doch hier irren Sie!"

„Er kann es gar nicht wissen, es sei denn ..."

Ein unglaublicher Gedanke kam ihm.

Falls McCallum wirklich von Neustädt weiß, ist es wahrscheinlich, daß es auch Sabrina weiß! Gustavs Gedanken überschlugen sich. *Vielleicht hat mein Plan doch funktioniert! Sabrina hat von dem Aufenthaltsort ihres Vaters erfahren, sie und McCallum sind in Kontakt getreten, und ... aber wie sollte er sie ausfindig machen!*

„Er weiß davon", wiederholte Schlaukopf. „Für die Summe, von der wir gesprochen haben, kann ich ihn Ihnen ausliefern."

„Welche Summe?" fragte Gustav zerstreut.

„Achttausend Mark."

„Was?" Sofort war Gustav wieder hellwach.

„Ich bin mit Ostmark einverstanden", fügte der Schlaukopf hinzu, als ob dieses Zugeständnis die Summe niedriger machen würde.

„Woher soll ich so viel Geld bekommen?"

„Ich weiß mehr über Sie, als Sie denken. Was ich gefordert habe, ist angemessen. Wenn es Ihnen lieber ist, nehme ich natürlich auch viertausend Westmark ... oder vielleicht eintausend Dollar."

„Was hält mich davon ab, Sie zu töten?" drohte Gustav, mit der Pistole fuchtelnd.

„Sie wollen den Amerikaner. Es ist ein Risiko, das ich bereit bin, auf mich zu nehmen. Ohne mich werden Sie ihn nie bekommen."

„Ich könnte die Schule überwachen lassen. Irgendwann werden sie versuchen, Kontakt zu dem Gefangenen aufzunehmen."

„Für diesen Fall habe ich Informationen, von denen Sie nichts wissen."

„Und wenn ich Sie töte?"

„Dann sterbe ich, doch Sie werden den Amerikaner nicht bekommen", bluffte Schlaukopf. Aller Wahrscheinlichkeit nach konnte der Bezirksleiter den Amerikaner tatsächlich auch allein ausfindig machen. Er hoffte nur, daß er den Burschen richtig eingeschätzt hatte, und daß er auf seine Forderung eingehen würde. Von der geplanten Flucht würde er ihm erst erzählen, wenn es zu spät war, sie zu vereiteln. Für den Augenblick wollte er nur so viel verraten, daß der andere sich auf ihn verließ.

„Hat das alles etwas mit der Verlegung des Gefangenen zu tun?" fragte Gustav, der nun langsam seine Pistole sinken ließ.

„Sehr scharfsinnig von Ihnen", erwiderte der Schlaukopf.

„Weiß der Amerikaner davon?"

„Aller Wahrscheinlichkeit nach."

Gustav bemühte sich, seine Wut zu unterdrücken. „Plant er, den Baron zu befreien?"

„Das halte ich für wahrscheinlich."

„Wo?"

„Zwischen Warschau und Minsk", log der Schlaukopf.

„Ein großes Gebiet", bemerkte Gustav. „Wieder denke ich darüber nach, daß ich seinen Plan vereiteln und den Amerikaner auch ohne Ihre Hilfe fangen kann."

„Wie ich schon sagte, ich habe Kenntnis von bestimmten Fakten, von denen Sie nichts wissen. Noch einmal möchte ich betonen, daß es fatal sein könnte, meine Hilfe zu verschmähen oder mich um mein Geld zu betrügen."

Gustav schaute seinen Gegner ausdruckslos an.

„Was soll ich tun?" fragte er schließlich.

„Lassen Sie die Verlegung stattfinden wie geplant. Beschaffen Sie das Geld, von dem wir gesprochen haben. Geben Sie mir eine Telefonnummer, unter der ich Sie jederzeit erreichen kann. Warschau ist 525 Kilometer von hier entfernt. Sie werden sich beeilen müssen. Ich werde Sie benachrichtigen, wo Sie mich treffen können. Es wird nicht so sein, wie Sie denken, Herr Genosse. Versuchen Sie nicht, ohne mich etwas zu unternehmen. Denken Sie an meinen Ruf. Ich habe ein gutes Gedächtnis, und meine Methoden sind unberechenbar."

„Ich werde Ihren Preis zahlen", sagte Gustav, der immer noch nicht ganz entschlossen war, was er tun sollte. Er ging zurück zu seinem Schreibtisch und schrieb etwas auf einen Zettel. „Hier ist die Telefonnummer, unter der ich zu erreichen bin."

„Bleiben Sie in der Nähe", sagte der Schlaukopf zum Schluß. „Ich werde mich mit Ihnen in Verbindung setzen. Sobald der Amerikaner in Ihren Händen ist, will ich das Geld haben."

60

Rendezvous

Dieses Fleckchen Erde am Nordhang des Kleinen Ravensbergs einige Kilometer südlich von Potsdam wäre unter anderen Umständen sehr hübsch und einladend gewesen.

Matthew und Sabrina saßen auf der warmen Erde. Doch im Augenblick waren sie zu nervös, um ihre Umgebung zu genießen.

Sabrina hielt die violette Rose in der Hand, die Matthew ihr an diesem Morgen geschenkt hatte. Sie würde die einzige sein, deren Blätter nicht zu den anderen in das kleine Alabasterkästchen kamen.

Diese Rose hatte Sabrina mitgebracht, um sie ihrem Vater zu schenken.

Matthew hatte die Anweisungen des Schlaukopfs bis ins kleinste Detail ausgeführt, den Wagen vor Tagesanbruch in einer Scheune etwa zwei Kilometer östlich untergestellt. Dann waren sie zu Fuß die zwei Kilometer zu ihrem jetzigen Standort gegangen. Irgendwann innerhalb der nächsten beiden Stunden würde der Schlaukopf sie abholen und das letzte Stück nach Neustädt bringen.

Matthew verstand nicht alle Einzelheiten des Plans. Er wußte, daß er dem Schlaukopf nicht vertrauen konnte, doch er hatte keine Wahl. Daß sie zu Fuß gehen mußten, hielt er für eine große Zeitverschwendung. Doch der Schlaukopf meinte, ein Wagen in der Nähe des Gefängnisses könnte Verdacht erregen. Durch die Wälder, beharrte er, sei der beste Fluchtweg. Falls die Wachen die Flucht bemerkten, würde die Suche nach dem Entflohenen sich auf ein kilometerweit entferntes Gebiet erstrecken, bis sie den Wagen aus der Scheune geholt hatten. Sie würden ungehindert durch die Wälder nach Drewitz fahren können, dann über die Parforzer Heide auf die Straße nach Güterfeld, weiter in nördlicher Richtung nach Stahnsdorf und schließlich in Teltow die Grenze zum amerikanischen Sektor überschreiten. Die Grenzbeamten dort hatte er bestochen, damit sie ungehindert passieren konnten.

Alles würde glatt gehen, hatte der Schlaukopf versichert, so lange sie nach der Flucht nicht in zu großer Eile wären.

Doch so vieles konnte noch schiefgehen. Matthew wollte gar nicht darüber nachdenken. In gewisser Weise waren der Schlaukopf und das Gefängnis das geringste ihrer Probleme. Um die Grenze machte er sich Gedanken. Er selbst besaß gefälschte Papiere, die der CIA ihm beschafft hatte, um nach Ostberlin zu kommen. Doch was war mit Sabrina und dem Baron?

Wenn die Flucht gelänge, wäre immer noch der Grenzübergang in Teltow das Problem. Der Schlaukopf hatte versprochen, er würde Ausweispapiere für den Baron besorgen. Doch drei Ostdeutsche, die nur einen Kilometer von Marienfelde entfernt nach West-Berlin hinüber wollten, würden Aufsehen erregen. Die Vopos überprüften die Grenzen im Augenblick sehr genau. Falls die Vopos tatsächlich bestochen waren, würden die westlichen Grenzbeamten keine Schwierigkeiten machen. Matthew wäre es lieber gewesen, sie wären zuerst nach Ost-Berlin geflüchtet und dann über die innerstädtische Grenze in den Westen gegangen.

Matthew hatte sich mit dem Schlaukopf darauf verständigt, ihm die Hälfte des Geldes zu geben, wenn der Baron sich sicher in ihren Händen befand. Die andere Hälfte sollte er bekommen, wenn sie die Grenze in Teltow überschritten hatten. Der Schlaukopf war scharf auf das Geld, und falls er vorher nur die Hälfte des Geldes bekam, bis sie sicher über die Grenze waren, würde er sie nicht übers Ohr hauen. Alles würde gutgehen.

Schritte näherten sich und rissen Matthew aus seinen Gedanken. Er und Sabrina erhoben sich, als der Schlaukopf in Sicht kam.

Mißtrauisch schaute er Sabrina an.

„Wer ist das?“ fragte er, während er mit dem Kopf auf Sabrina deutete. Wenn nicht so viel Geld auf dem Spiel gestanden hätte, hätte er die beiden auf der Stelle getötet und den Gefangenen in seinem Loch verrotten lassen. Doch er wußte, daß der Bursche nur die Hälfte des Geldes bei sich haben würde. Er haßte Geschäfte mit Amerikanern!

„Sie kommt mit“, erwiderte Matthew.

„Ich mag keine Änderungen im Plan, von denen ich nichts weiß.“

„Sie haben nie gefragt, ob ich allein bin. Ich bin es nicht. Sie kommt mit, und das ist alles.“

„Kann sie Befehlen folgen?“

Matthew nickte.

Er musterte Sabrina.

„Ein Arzt und eine Krankenschwester“, bemerkte er. „Nicht gerade originell, doch es könnte klappen. Wir werden unterwegs darüber sprechen. Haben Sie das Geld?“ fragte der Fuchs.

„Ich habe es – das heißt, die Hälfte, die Sie bekommen, wenn der Baron sich in unseren Händen befindet. Die andere Hälfte bekommen Sie an der Grenze.“

Der Schlaukopf schaute noch einen Augenblick zwischen ihnen hin und her, dann bedeutete er ihnen, ihm zu folgen. Er drehte sich um und begann den Weg zurückzugehen, den er gekommen war. Matthew und Sabrina folgten ihm.

61
Es geht los

Das Auto rumpelte durch das Eingangstor des Gefängnisses.

Der Schlaukopf kurbelte die Scheibe herunter, nickte dem Wachposten kühl zu und reichte ihm einige offiziell aussehende Dokumente.

„Eine letzte Untersuchung des Gefangenen, bevor er morgen verlegt wird", sagte er.

Der Wachposten überflog die Papiere, dann betrachtete er Matthew und Sabrina, die auf dem Rücksitz saßen und versuchten, sich uninteressiert zu geben, innerlich aber zitterten. Er nahm den Hörer auf, sprach kurz hinein, hängte ein und gab den Befehl, die Absperrung zu öffnen. Dann winkte er sie durch.

Der Schlaukopf ließ den Motor aufheulen und fuhr schnell in den Hof. Vor ihnen erhob sich grau und tödlich still das große Gebäude der ehemaligen Schule. Sabrina schaute zurück und sah, wie das Eisentor sich hinter ihnen wieder schloß.

Im dritten Stockwerk ging eine schattenhafte Gestalt vom Schreibtisch, wo sie gerade erst den Hörer aufgelegt hatte, zum Fenster. Die fünfzehnhundert Mark, die ihm gezahlt worden waren, um dem sogenannten KGB-Agenten Zugang zum Gefängnis zu verschaffen, waren wenig. Doch in seiner Position boten sich ihm nicht viele Gelegenheiten, und er mußte nehmen, was er kriegen konnte.

Er hoffte nur, daß nichts schiefgehen würde. Sonst würde er aus eigener Tasche den Wachposten Schweigegeld bezahlen müssen, um seinen Kopf zu retten.

Er schaute hinunter in den Hof. Der Wagen fuhr gerade vor.

Die drei Verschwörer stiegen aus. Selbstbewußt ging der Schlaukopf auf die Wache am Haupteingang zu, Sabrina und Matthew kamen hinter ihm her.

„KGB", sagte er und zeigte seinen Ausweis und dieselben Papiere, die er vorher schon benutzt hatte. „Wir sind hier wegen der letzten Untersuchung des Gefangenen, der morgen verlegt werden soll."

„Ich weiß nichts von einer Untersuchung", erwiderte der Wachposten und schaute sich schnell die Papiere an. „Uns wurde gesagt, man würde ihn morgen früh mit dem Wagen abholen."

„Es muß geklärt werden, ob der Mann die Anstrengungen eines solchen Transports überleben wird."

„Ich werde meinen Vorgesetzten anrufen", erwiderte der Wachposten, ein junger Ostdeutscher, kaum älter als dreiundzwanzig Jahre. „Wenn Sie bitte warten wollen –"

„Diese Papiere sind unsere Autorisation!" brüllte der Schlaukopf, der auf einmal sehr wütend wurde. „Haben Sie mich verstanden, Sie Idiot – ich bin vom KGB! Wenn Sie nicht selbst die Zelle bewohnen wollen, die durch die Verlegung des Gefangenen frei wird, dann lassen Sie uns unverzüglich durch. Weder ich noch der Doktor hier haben Zeit für Ihre Dummheit!"

„Ja ... ja, mein Herr", stotterte der junge Mann und holte seine Schlüssel hervor.

Als sich die Tür öffnete, gingen die drei hinein. Der Schlaukopf blieb stehen und sprach mit leiser, vertraulicher Stimme mit dem Wachposten.

„Es gibt Berichte", sagte er, „daß der Gefangene sich vielleicht einen tödlichen Virus zugezogen hat. Diese Berichte müssen genauestens überprüft werden. Dies ist ein weiterer Grund für die Untersuchung. Vielleicht ist es notwendig, ihn unverzüglich zu exekutieren. Ich schlage vor, Sie sagen den anderen, daß sie sich von diesem Flügel fernhalten sollen, wenn der Doktor und die Schwester die Zelle betreten haben. Schärfen Sie ihnen ein, daß sie unbedingt alle Anweisungen des Arztes strikt befolgen müssen."

Mit aufgerissenen Augen starrte der Wachposten auf die schwarze Arzttasche in Sabrinas Hand, dann nickte er und eilte zum Telefon an der Wand hinter ihm.

„Wir werden eine Bahre brauchen", sagte Matthew, „für den Fall, daß der Mann fortgebracht werden muß."

Der Wachposten schien nicht verstanden zu haben.

„Haben Sie mich gehört?" rief Matthew streng. „Veranlassen Sie, daß eine Bahre gebracht und vor der Zellentür abgestellt wird."

Der Mann nickte und gab die Anweisung weiter.

Der Schlaukopf deutete auf eine Treppe, die zu dem fraglichen Flügel führte, während er selbst durch den Hauptkorridor zum hinteren Teil des Gebäudes ging.

„Kommen Sie, Schwester", sagte Matthew und ging auf die Treppe zu.

Als sie außer Sichtweite waren, drängte Sabrina sich dicht an Matthew.

„Oh, Matthew!" flüsterte sie und schaute sich um. Sie war nicht in der Lage, ihre Angst zu verbergen. „Weißt du denn, wo wir hingehen?"

„Ich hoffe."

„Das alles macht mir so viel Angst. Ist dir klar, wo wir sind?"

„Ich versuche, nicht darüber nachzudenken!" flüsterte Matthew, während er den Blick starr geradeaus gerichtet hielt.

„Aber . . . was ist, wenn –"

Unmittelbar vor ihnen bog ein Gefängniswärter um die Ecke und kam auf sie zu. Schnell verlangsamte sie ihren Schritt und gab Matthew so die Möglichkeit, den Abstand zwischen ihnen zu vergrößern.

„Der Gefangene Dortmann ist doch da hinten rechts, nicht wahr?" fragte Matthew schroff, als der Mann herankam. „In Zelle D–14?"

„Ja, Herr Doktor", antwortete der Mann.

„Sind die Wachen angewiesen worden, sich zurückzuziehen?"

„Ja, sie tun es bereits."

„Sehr gut", sagte Matthew, der schnell weiterging. „Achten Sie darauf, daß sie der Zelle fernbleiben", fügte er hinzu. „Es könnte gefährlich sein."

Sie bogen um die Ecke und betraten den zweiten Stock des

Ostflügels, wo sich die D-Zellen befanden. Ein einsamer Wachposten stand vor einer Tür in der Mitte des Korridors. Als er sie herankommen hörte, schaute er auf.

„Geben Sie uns den Schlüssel, Wache", sagte Matthew forsch. „Es ist zu Ihrer eigenen Sicherheit."

Der Mann holte eine Kette hervor, suchte den Schlüssel zu D–14 heraus und gab ihn Matthew.

„Wann wurde der Mann zum letzten Mal untersucht?"

„Das weiß ich nicht, Herr Doktor."

„Er bekommt zweimal täglich Essen, nehme ich an?"

„Ja."

„Ißt er es?"

„Ja."

„Heute morgen auch?"

„Die Tabletts werden jeden Abend abgeholt, Herr Doktor. Ich weiß nicht, wie es gestern abend war oder heute morgen."

„Aber er ist seit mehreren Tagen nicht gesehen worden?"

„Nein, Herr Doktor."

„Dann ziehen Sie sich besser mit den anderen zurück", sagte Matthew. „Ich befürchte das Schlimmste. Je weiter Sie weg sind, desto besser. Eine Bahre ist angefordert. Wenn sie gebracht wird, legen Sie sie am Ende des Korridors ab, aber kommen Sie nicht näher. Haben Sie das verstanden?"

„Ja, Herr Doktor."

„Die Schwester und ich werden jetzt die Zelle betreten."

Ohne zu zögern eilte der Wachposten den Gang hinunter.

Matthew suchte Sabrinas Blick und hielt ihn einen Augenblick fest. Dann steckte er den Schlüssel ins Schloß und drehte ihn um. Das schwere Eisenschloß sprang auf.

Matthew atmete tief durch, packte den Griff und öffnete die Tür.

62
Das Wiedersehen

Zwei Tage lang hatte Baron Heinrich von Dortmann kaum geschlafen.

Eine Vorahnung, wie er sie noch nie zuvor erlebt hatte, hatte von ihm Besitz ergriffen.

Zuerst war es nur das stille Gefühl der inneren Zufriedenheit gewesen. Er konnte nicht mehr lesen, nicht mehr schreiben, nicht einmal beten. Heiterer Friede erfüllte ihn. In dieser ersten Nacht hatte er fast die ganze Zeit wachgelegen und sie in jener ruhigen Intimität des unhörbaren Gesprächs mit seinem himmlischen Vater verbracht.

Dann und wann war er am folgenden Morgen eingeschlafen. Trotzdem war er bemerkenswert frisch und ausgeruht. Er fühlte sich stark und vital.

Gestern nachmittag hatte sich diese innere Ruhe in Unruhe verwandelt.

Er hatte das Gefühl, daß etwas bevorstand.

Oh, Vater! rief er manchmal während des Nachmittags, *bereitest du mich darauf vor, nach Hause zu kommen?*

Gegen Abend wurde er unruhig, hatte das Gefühl, daß irgend etwas Bestimmtes zu tun sei, eine Arbeit, die noch unvollendet war und vollendet werden mußte.

Was ist es, Vater? betete er. *Was soll ich noch tun, bevor meine Zeit hier zu Ende ist?*

Er wendete sich den Gefängnisbriefen des Neuen Testaments zu, las sie durch und flehte Gott um Führung an.

Auf einmal wurde es ihm klar.

Was hatte Paulus bis zu seinem Ende getan, noch als seine Hinrichtung schon kurz bevorstand?

Er hatte geschrieben!

Hatte seinen Nachfolgern Anweisungen gegeben, über sein Leben und immer wieder auch über den Glauben und das Wesen Gottes nachgedacht. Er mußte den Kindern Gottes

Botschaften übermitteln, und keine Gefängnisgitter konnten ihn davon abhalten.

Seine Gedanken wanderten zu seinem Freund Dietrich Bonhoeffer. Auch er hatte während seiner Zeit im Gefängnis Briefe und Aufzeichnungen verfaßt, und vieles davon hatte nach dem Krieg eine breite Leserschaft gefunden. Sowohl die Briefe des Paulus als auch die Bonhoeffers waren ihm selbst während der vergangenen Jahre eine große Ermutigung gewesen.

Auch er schrieb schon seit Jahren, dachte der Baron. Doch auf einmal bekam er eine neue Blickrichtung.

Ohne zu zögern griff er zu seinem Stift in dem Gefühl, die letzten vierundzwanzig Stunden auf der Erde zu verbringen, und begann niederzuschreiben, was ihm auf einmal so klar geworden war.

Bis in die Nacht hinein schrieb er. Mitternacht kam ... drei Uhr ... dann der Morgen.

Der Baron hatte jegliches Zeitgefühl verloren. Nie war er so wach gewesen.

Das Frühstück wurde durch die Tür geschoben.

Eine weitere Ablenkung. Er ignorierte sie. Was brauchte sein Körper noch Nahrung!

Er ging zu einem anderen Land, einer neuen Wohnung, wo sein *neuer* Körper ausruhen und sich erfrischen konnte. Warum sollte er sich noch Gedanken machen über die Bedürfnisse dessen, was er *Fleisch* nannte?

Immer weiter schrieb er, betete darum, daß der Vater, von dem die Seiten auf dem Tisch sprachen, seine Aufzeichnungen bewahren und erhalten würde und sie in die Hände derer kommen ließ, die sie unter seinem Volk verkündigen würden.

Eine weitere Stunde verging ... zwei ... dann drei ...

Er hörte, wie die Tür aufgeschlossen wurde.

Licht drang in die düstere Zelle. Er blinzelte verwirrt.

Eine Stimme erklang. Was taten die Wachposten hier? Gerade jetzt konnte er keine Ablenkung brauchen – es sei denn, daß dies der Augenblick war, den er erwartet hatte. Sein Herr war mitten in der Nacht gefangengenommen worden.

Er schaute auf, versuchte zu erkennen, was los war. Das Licht blendete ihn.

Auf einmal war er hellwach. Seine Augen weiteten sich, er begann zu zittern ... das konnte doch nicht sein ...

„Sabrina!“ murmelte er.

„Oh, Papa ... ja, ich bin es ... deine Sabrina!“ rief sie leise, brach in unkontrolliertes Schluchzen aus und küßte ihn.

Matthew schloß schnell die Tür, damit kein Laut nach draußen drang, dann beobachtete er schweigend das Wiedersehen von Vater und Tochter.

„Ja, Papa“, sagte Sabrina gerade, „es ist Matthew ... wir sind gekommen, um dich fortzubringen!“

Der Baron wurde von seinen Gefühlen überwältigt. Er ließ sich auf seinen Stuhl fallen und begann hemmungslos zu weinen. Sabrina küßte wieder seine tränennassen Wangen. Langsam legte er seine dünnen Arme um sie und zog sie an sich.

„Meine Tochter ... meine kleine Sabrina!“ flüsterte er. „Unser himmlischer Vater ist so gut, daß er mich dich wiedersehen läßt. Oh, meine Tochter, meine Tochter ... wie hübsch und gesund du aussiehst!“

„Mir geht es gut, Papa, und ich habe dir das mitgebracht“, fügte sie hinzu und reichte ihm die Rose, die von den vielen Umarmungen fast zerquetscht war.

„Eine wunderschöne Rose“, murmelte er, und wieder strömten Tränen aus seinen Augen, als er die Rose sanft an seine Nase hielt.

„Denen die lieben ... du weißt doch, Papa –,“ sagte Sabrina zögernd.

„Ich erinnere mich, mein Kind ... Die Blütenblätter, die Blätter –“

„Wir müssen uns beeilen, Papa“, sagte Sabrina, die sich aus der Umarmung des Barons löste. „Wir sind immer noch in Gefahr.“

„Aber ... aber ich verstehe nicht ... Bin ich nicht entlassen worden?“

„Nein, Papa. Keiner weiß, daß ich hier bin.“

„Aber ...“

„Es ist eine *Flucht*, Papa", erklärte Sabrina. „Matthew und ich sind gekommen, um dich fortzuholen. Wenn sie uns schnappen, töten sie uns vielleicht alle. Du wirst mir vertrauen müssen, Papa, und genau das tun, was ich sage."

„Ich vertraue dir, mein Kind", erwiderte er.

Während sie noch sprachen, öffnete Matthew die Tür und spähte hinaus.

„Die Bahre ist da", sagte er. „Ich bin sofort zurück."

Er verließ die Zelle und war in weniger als einer Minute mit einer Bahre wieder da. Er ließ nun die Tür offen und legte die Bahre auf den Boden.

„Baron", flüsterte er. „Es ist keine Zeit für lange Erklärungen. Ich möchte, daß Sie sich auf die Bahre legen. Sie müssen absolut still liegen und dürfen nicht das geringste Geräusch machen, bis wir das Gefängnisgebäude verlassen haben. Sind Sie in der Lage dazu?"

Der Baron nickte.

„Sie dürfen nicht einmal einen Finger krümmen."

„Ich verstehe, mein Sohn", sagte der Baron liebevoll und legte sich auf die Tragbahre.

„Du mußt alle meine Aufzeichnungen mitnehmen", sagte er und schaute Sabrina an. „Sie sind weit wichtiger als mein Leben."

„Nicht ein Blatt Papier soll hier zurückbleiben, Papa", sagte Sabrina.

Sie stellte die schwarze Tasche, die sie mitgebracht hatte, auf den wackeligen Tisch, öffnete sie und holte ein weißes Leinentuch heraus. Sie reichte es Matthew, der den Baron von Kopf bis Fuß damit bedeckte.

Daraufhin sammelte Sabrina alles, was sie in dem kleinen Raum fand und das für ihren Vater von Bedeutung sein konnte, und legte es in die Tasche.

Matthew und Sabrina schauten sich an. Sie waren bereit.

Sabrina bückte sich und beruhigte ihren Vater, während Matthew die beiden Tabletts aufnahm und die Zelle damit verließ.

63
Die Flucht

Matthew bog um die Ecke und ging unerschrocken zum hintersten Ende des Ganges, wo zwei Wachen mit dem Gewehr im Anschlag bereitstanden.

„Es ist genau, wie ich vermutet habe“, sagte er, als er sich ihnen näherte. Er deutete auf die beiden Tabletts, auf denen das Essen noch unberührt stand. „Der Virus hat schneller gearbeitet, als wir dachten. Der Gefangene ist tot.“

Die Wachposten wirkten besorgt.

„Dann ist die Gefahr vorüber, Herr Doktor?“

„Nein“, erwiderte Matthew ernst. „Ich fürchte, die Gefahr ist jetzt noch viel größer.“

Er machte eine Pause, und fuhr dann mit fester Stimme fort. „Wie Sie an dem unberührten Essen sehen können, muß der Gefangene irgendwann gestern gestorben sein. Der Virus ist also immer noch sehr gefährlich, und wir müssen die Leiche unverzüglich beseitigen.“

Matthew stellte die Tabletts ab.

„Wenn Sie bitte mitkommen wollen“, sagte er zu dem Wachposten, „ich werde Ihre Hilfe brauchen.“

Er drehte sich um und wollte zu der Zelle zurückgehen. Der Mann zögerte.

„Kommen Sie“, befahl er. „Es ist äußerst wichtig, daß wir die Leiche unverzüglich aus dem Gefängnis bringen. Die Schwester und ich werden die Bahre tragen. Wir sind geimpft. Sie müssen uns auf dem schnellsten Weg zum Hintereingang bringen, wo ein Wagen bereitsteht.“

„Ja, Herr Doktor“, sagte der junge Mann nervös. Er folgte Matthew den Gang entlang.

Als sie bei der Zelle ankamen, bedeutete Matthew dem Wärter, sie zu führen.

„Sie können in sicherer Entfernung bleiben“, sagte er. „Zu Ihrer eigenen Sicherheit und der Sicherheit des Gefängnisses ersuche ich Sie, alle anderen fernzuhalten. Sehen Sie zu, daß in den Gängen keine Wachposten stehen, wenn wir vorbeikommen, vor allem nicht beim Ausgang. Die Leiche ist höchst infektiös."

Der Wärter war bereits weit vorausgeeilt und tat genau das, was Matthew ihm aufgetragen hatte.

Matthew betrat die Zelle, nahm Sabrina die Tasche ab, dann nahmen beide die Bahre auf und verließen die Zelle.

Es dauerte einige Zeit, bis sie zum Hintereingang der alten Schule kamen. Der Schlaukopf hatte den Wagen neben einer hohen Mauer geparkt. Matthew schaute zurück. Drei Wärter beobachteten sie.

„Ich schlage vor, Sie gehen wieder hinein", sagte er, „und benachrichtigen Ihre Kollegen am Tor, daß wir kommen. Es ist äußerst wichtig, daß wir die Leiche sofort einäschern lassen."

Matthew drehte sich um und ging zum Wagen.

Der Wärter des zweiten Stockwerks beobachtete ihn und fragte sich, ob dieser kleine Wagen, auf den sie zugingen, wirklich die Ambulanz war, von der der Doktor gesprochen hatte. Er behielt seine Gedanken jedoch für sich und folgte seinen beiden Kollegen ins Innere des Gefängnisses.

Matthew und Sabrina brachten die Bahre zu der Seite des Wagens, die nicht eingesehen werden konnte. Matthew öffnete die hintere Tür. Vorsichtig schoben sie die Bahre hinein und stellten sie auf den Rücksitz. Sabrina nahm neben ihrem Vater Platz, Matthew auf dem Beifahrersitz.

„Bringen Sie uns schnell hier weg, Schlaukopf!" befahl Matthew.

„Sie haben, was Sie wollten?" fragte der Schlaukopf.

„Ja! Nun los."

„Dann ist zuerst die Frage der Bezahlung zu klären."

„Kann das denn nicht warten, bis wir draußen sind?"

„Ich fürchte, das geht nicht. Sonst müßte ich anhalten und denen erzählen, ich hätte gerade eine Flucht vereitelt."

Wütend suchte Matthew in seinem Mantel nach einem der beiden Umschläge, die jeweils zweitausend Mark enthielten.

Er hatte Glück, daß der Schlaukopf ihn nicht durchsucht und festgestellt hatte, daß er das ganze Geld bereits bei sich trug.

„Hier!" rief er und warf den Umschlag auf den Vordersitz. „Und nun raus hier!"

Der mißtrauische Fuchs nahm den Umschlag und überprüfte zuerst seinen Inhalt. Dann ließ er den Motor an, legte den Gang ein und fuhr los.

Sabrina schaute zu Matthew hinüber und fragte sich, wie sie jemals Zweifel an ihm hatte haben können. Ihm vertrauen? Nach all dem, wie konnte sie ihm nicht vertrauen! Er hatte jede kleinste Einzelheit dieses schwierigen Planes ausgearbeitet und sein Leben und seine Zukunft aufs Spiel gesetzt ... für sie. Er war nicht nur vertrauenswürdig – er war ein sehr tapferer und mutiger Mann!

Sie war froh, daß sie ihm die Fotos erst jetzt übergeben würde. Sie hatte von Anfang an recht gehabt – er konnte am besten entscheiden, was damit geschehen sollte. Sobald ihr Vater in Sicherheit war, würde sie mit ihm darüber sprechen.

Der Wagen näherte sich dem Wachhäuschen. Das Tor stand bereits offen. Der Schlaukopf fuhr etwas langsamer und zeigte schnell seinen KGB-Ausweis.

Innerhalb weniger Sekunden hatten sie das Gefängnis-Gelände hinter sich gelassen. Matthew und Sabrina atmeten auf.

Der Schlaukopf fuhr etwa zwei Kilometer, dann drosselte er die Geschwindigkeit und bog nach rechts in einen Feldweg ab, in denselben Weg, den sie auch gekommen waren. Er hielt an derselben Stelle an, wo er den Wagen auch an diesem Morgen abgestellt hatte.

„Wissen Sie den Weg von hier?" fragte er und drehte sich zu Matthew um. „Folgen Sie diesem Feldweg, den wir vor einer Stunde gekommen sind. Holen Sie Ihren Wagen und fahren Sie auf dem Weg, den wir besprochen haben, zur Grenze."

Matthew nickte.

„Es gibt nur eine kleine Änderung der Pläne", fügte der Schlaukopf hinzu.

„Welche?“ fragte Matthew.

„Wenn Sie in Sichtweite des Grenzübergangs Teltow kommen, halten Sie an. Ich werde Sie dort treffen. Etwa fünfzig Meter von der Grenze entfernt werden Sie mir den Rest des Geldes übergeben.“

„Warum?“

„Wenn die Grenzbeamten sehen, wieviel Geld ich bekomme, könnten sie gierig werden. Vielleicht genügt ihnen dann nicht mehr, was ich mit ihnen vereinbart habe.“

„Das ist Ihr Problem“, sagte Matthew. „Ich werde nicht bezahlen, bevor wir nicht über die Grenze sind.“

„Sie werden tun, was ich Ihnen sage!“ Der Schlaukopf war nahe dran, die Fassung zu verlieren. „Denken Sie daran, ich kann die Behörden immer noch informieren. Sie werden mir schon glauben müssen, daß Ihnen nichts geschieht, nachdem Sie mir das Geld übergeben haben. Wenn Sie wollen, kann ich Sie ja die fünfzig Meter nach West-Berlin hineinbegleiten.“

Widerwillig stimmte Matthew zu.

„Und noch eines, mein lieber Freund“, sagte der Fuchs mit zynischem Sarkasmus. Seine Augen verengten sich. „Es könnte sehr gefährlich für Sie sein zu versuchen, anderswo über die Grenze zu gehen.“ Er holte sein Messer heraus und ließ die Klinge in der Sonne blitzen. „Der Versuch, zweitausend Mark zu sparen, würde Sie alle drei das Leben kosten ... Habe ich mich verständlich ausgedrückt?“

Während er sprach, schaute er Sabrina an.

Sie hielt seinem Blick stand.

„Ja ... deutlich genug“, erwiderte Matthew.

„Dann los.“

Kurze Zeit später standen Matthew, Sabrina und Baron von Dortmann allein in dem Tannenwald. Sabrina hielt ein weißes Laken in der Hand, und Matthew eine schwarze Arzttasche. Sie schauten dem Wagen nach, der in einer Staubwolke auf dem Feldweg verschwand.

64
Verrat

Dreißig Minuten später hielt der Schlaukopf ein großes Bierglas in einer Hand, in der anderen den Telefonhörer.

„. . . Sie müssen rasch handeln“, sagte er gerade.

„Ich dachte, die Flucht sei für morgen geplant!“ brüllte Gustav am anderen Ende.

„Wie ich schon sagte, es gab Faktoren, von denen Sie nichts wußten.“

„Sie sind ein Verräter, Schlaukopf!“

„Nur ruhig, Herr Schmundt. Alles ist in Ordnung. Ich werde Ihnen den Amerikaner bringen – falls Sie das Geld haben. Wenn nicht, werden Sie keinen von uns jemals zu Gesicht bekommen.“

„Ich habe es, Sie Mistkerl.“

„Gut. Ich bin sicher, Sie werden letztendlich meinen Plan doch noch zu schätzen wissen.“

„Meine Männer stehen bereit. Wenn der Baron schon befreit worden ist, dann ist meine Reise nach Warschau vermutlich überflüssig.“

„Wie recht Sie haben, Herr Schmundt. Treffen Sie mich am Grenzübergang Teltow.“

„Das sind knapp zwei Stunden von hier.“

„Seien Sie in neunzig Minuten dort.“

„Wird der Amerikaner auch dort sein?“

„Sobald ich die achttausend Mark sicher in Händen habe, werde ich Ihnen sagen, wo Sie sie finden können.“

„*Sie*? Den Amerikaner und den Gefangenen?“

„Den Amerikaner, den Gefangenen . . .“, sagte Schlaukopf, „*und die Frau.*“

„Die *Frau*?“ wiederholte Gustav. Sein Mund war auf einmal trocken und seine Stimme zittrig. „Beschreiben Sie sie“, krächzte er.

„Meiner Schätzung nach zwischen fünfunddreißig und

vierzig, mit heller Haut, hellblondes Haar, Augen ... hmm ... blau, glaube ich, mit einem Stich ins Braune, schlanker Hals, gutgebauter Körper, etwa einsfünfundsiebzig groß ... und außerordentlich hübsch. Ist Ihre Frage damit beantwortet, Herr von Schmundt?"

Der Mann am anderen Ende der Leitung schwieg einen Augenblick.

„Ich ... ich werde in fünfundsiebzig Minuten in Teltow sein", erwiderte Gustav. „Sie werden Ihr Geld bekommen."

Schlaukopf hängte den Hörer ein, dann ging er zurück zu seinem Tisch. Er befand sich bereits im Osten von Potsdam, auf halben Weg nach Stahnsdorf. Er hatte keine Eile und konnte in aller Ruhe noch ein oder zwei Bier genießen und überlegen, was er mit den viertausend Westmark und achttausend Ostmark anstellen würde.

*

Gustav von Schmundt legte in seinem Ost-Berliner Büro den Hörer auf. Am ganzen Körper zitternd ließ er sich auf seinen Stuhl sinken.

„*Sabrina* ...!" keuchte er. Sein Gesicht war totenblaß.

Die Erkenntnis, daß in zwei Stunden Sabrina von Dortmann und ihr Vater in seinen Händen und McCallum tot sein würde ... das war fast mehr, als er ertragen konnte. Er würde die Urkunden und das Gold bekommen, die rechtmäßig den Schmundts gehörten.

Er wartete nur einen kurzen Augenblick, dann nahm er den Hörer auf. „Fräulein Reinhardt, holen Sie Galanow!"

Es dauerte nicht lange, dann rief er seinem Assistenten den Befehl zu, mit den Männern nach Teltow zu fahren. Er warf den Hörer auf die Gabel und rannte los zu seinem Wagen.

Vor der Tür blieb er auf einmal stehen.

Was dachte er sich?

Es war Mittag. Um nach Teltow zu gelangen, mußte er entweder mitten durch West-Berlin hindurch oder die Stadt umfahren. Überall würde dichter Verkehr herrschen.

Doch dies war eine Verabredung, zu der er nicht zu spät kommen durfte!

Er rannte in sein Büro zurück, nahm den Telefonhörer wieder auf.

„Besorgen Sie mir einen Hubschrauber. In fünfzehn Minuten hat er auf dem Dach bereitzustehen!"

Nachdem er den Hörer wieder aufgelegt hatte, atmete er tief durch und versuchte, sich zu beruhigen. Unbewußt fuhr seine Hand an seine Hüfte. Er öffnete das Lederhalfter, holte die Pistole heraus, dann öffnete er die oberste Schublade seines Schreibtischs und lud den Revolver.

Es konnte nicht schaden, auf alles vorbereitet zu sein. Diesmal durfte nichts schiefgehen.

65

Fröhliche Wanderung

Die Wanderung der drei Pilger durch den Staatsforst verlief sehr fröhlich, war aber für den Baron auch sehr anstrengend.

Daß Sabrinas Vater zwei Tage lang weder gegessen noch geschlafen hatte, machte nicht so viel aus. Sein Körper war von den langen Jahren im Gefängnis geschwächt, und mehr als einmal stolperte er vor Erschöpfung. Alle paar Minuten machten sie eine Pause, um sich auszuruhen. Seit siebzehn Jahren hatte er sich nicht mehr körperlich betätigt.

„Ich könnte Sie auf dem Rücken tragen, Baron", schlug Matthew vor. „Ich wünschte, Sie würden das gestatten."

„Vielleicht kommt es noch so weit, Matthew, mein Junge. Zwar bin ich wirklich sehr müde, doch du mußt wissen, wie wundervoll es ist, daß ich diesen alten Körper wieder einmal selbst müde machen kann. Ich möchte diese Freude, diesen Schmerz und die Erschöpfung voll auskosten, und wenn ich zusammenbreche, kannst du mich auf deinen Rücken nehmen!“

Der Baron atmete tief durch, und ein zufriedener Ausdruck legte sich auf sein Gesicht. Doch noch bevor er Zeit hatte auszuatmen, stolperte er und wäre beinahe gestürzt.

„Oh, Papa!“ rief Sabrina und stützte ihn.

Matthew ergriff schnell seinen anderen Arm.

„Vielleicht täte mir eine kleine Pause jetzt ganz gut“, sagte der Baron. Sie halfen ihm vorsichtig beim Hinsetzen und ließen sich neben ihm nieder.

„Im Auto haben wir etwas zu essen, Papa.“

„Ja ... das ist gut“, murmelte der Baron still. Er atmete flach.

Der Wald war totenstill.

„Es ist so friedlich hier“, seufzte der Baron. „Ich könnte mich hinlegen und Tag und Nacht schlafen, im Schutz der Bäume und mit dem Himmel als Decke.“

„Du wirst heute nacht in meinem Bett schlafen, Papa“, sagte Sabrina. „Doch ich fürchte, im Augenblick haben wir keine Zeit dazu.“

„Es gibt so vieles zu sagen, so vieles zu fragen. Ich möchte alles wissen, doch irgendwie glaube ich nicht, daß ich das jetzt verkraften könnte.“

„Wir werden noch viele Jahre haben, Papa. Ich werde dir alles erzählen. Wir haben keine Eile.“

„Es gibt Zeiten, wo ich mich so jung und stark fühle wie zu der Zeit, als Marion und ich heirateten. Dann schaue ich meine Arme und Beine an und sehe, wie dünn und schwach sie geworden sind, und ich frage mich, ob dasselbe auch mit meinem Verstand passiert.“

„Niemals mit *deinem* Verstand, Papa.“

„Wie wünschte ich, Marion könnte jetzt hier bei uns sein.“ Sabrina zögerte einen Moment. Wußte er vom Tod seiner Frau?

„Sie ist bei uns, Papa“, erwiderte sie dann leise.

„Ja ... natürlich. Ich vergesse die elementarsten Dinge, die Jesus uns gelehrt hat. Der Glaubende wird *niemals* sterben.“ Er hatte es also erfahren. Sabrina atmete auf.

Der Baron seufzte. Sein Herz war voller Gedanken an seine liebe Frau, doch seine Augen blieben trocken.

„Ich habe sie geliebt, Sabrina, mein Kind – ich habe deine Mutter so sehr geliebt, wie ein Mann eine Frau nur lieben kann." Nachdenklich schwieg er eine Weile. „Doch zweifellos glaubt jeder Mann, *seine* Liebe sei die größte auf der Welt. Ach, was sind wir doch für egoistische Geschöpfe! Der Vater füllt jeden von uns mit der tiefen Liebe seines Wesen – Männer, Frauen ... er füllt die ganze Schöpfung mit seiner Liebe, und wir nehmen diese Liebe, betrachten sie als unsere eigene und halten uns für berechtigt, sie für uns beanspruchen zu können, wo sie in Wirklichkeit doch verschwenderisch auf die ganze Schöpfung ausgegossen worden ist."

„Du brauchst dir um deinen Verstand keine Gedanken zu machen, Papa", sagte Sabrina lächelnd. „Ich glaube, während dein äußerer Körper vielleicht geschrumpft ist, ist der innere noch gewachsen!"

Der Baron gab ihr Lächeln zurück.

„Auf einmal fühle ich mich so furchtbar schläfrig."

„Es dauert nicht mehr lange, Papa", sagte Sabrina und schaute Matthew lächelnd an. Er nickte ihr zu.

„Ich wußte, daß heute jemand für mich kommen würde", sagte der Baron kaum hörbar.

„Sie meinen wegen der Verlegung?" fragte Matthew.

„Welche Verlegung?"

„Sie sollten verlegt werden."

„Davon wußte ich nichts."

„Wir denken, daß Gustav dahintersteckt", erklärte Sabrina.

„Gustav ... der arme Junge. Macht er dir immer noch Ärger, mein Kind?"

„Nein, Papa. Ich bin sicher vor ihm. Wer sollte deiner Meinung nach kommen, Papa?"

„Unser Vater, mein Kind. Ich war sicher, daß endlich der Tag gekommen war, wo ich ihm begegnen würde! Ich war so überglücklich. Ich konnte nicht schlafen, war so voller Vorfreude. Und da gab es noch so vieles zu schreiben ... für dich, und für andere. Ich war die ganze Nacht wach, in Gedanken, im Gebet, versuchte niederzuschreiben, was der Vater mir zeigte, und die ganze Zeit freute ich mich darauf, nach Hause zu kommen. Doch dann hat der Vater *dich* zu mir geschickt!"

Die Augen des Barons strahlten vor Freude.

„Du hast keine Vorstellung, welche glückliche Zeit ich dort verlebt habe", sagte er leise. „Der Vater war mir so nah und hat so gut für mich gesorgt. Ich glaube, gestern, als ich auf den Tod meines irdischen Leibes wartete, war wohl der glücklichste Tag in meinem Leben."

„Und doch", fuhr er nach einer Weile fort, „dich wiederzusehen, mein Kind, hat dieses Glück zehnfach vermehrt. Wenn ich in diesem Augenblick sterben müßte, würde ich dem Vater danken, daß er mir alles gegeben hat, was mein Herz wünscht!"

Sabrina schaute weg. Sie spürte Tränen aufsteigen, doch sie konnte es sich nicht leisten, ihnen jetzt freien Lauf zu lassen.

Ihre Zeit würde noch kommen ... doch jetzt noch nicht.

66

Die Tochter

Die drei Wanderer erreichten den Wagen.

Nachdem sie gegessen und getrunken hatten, wurde der Baron immer schläfriger.

Sie stiegen ein. Sabrina und ihr Vater saßen auf dem Rücksitz, Matthew am Steuer. Der Baron hatte seinen Kopf in Sabrinas Schoß gelegt, und innerhalb weniger Minuten war er fest eingeschlafen.

Matthew fuhr auf dem Feldweg langsam den Hügel hinunter, durch Wälder und Felder, durch Drewitz und über die offene Heide, wieder über einen Feldweg auf die Landstraße und nach Güterfelde. Sowohl Matthew als auch Sabrina hingen ihren eigenen Gedanken nach.

Der Anblick ihres so erschreckend abgemagerten und gealterten Vaters machte ihr sehr zu schaffen, doch gleichzeitig freute sie sich, ihn wieder bei sich zu haben. Allmählich wurde ihr auch die Gefahr bewußt, in der sie sich immer noch befanden.

Die Augen des Mannes, den Matthew Schlaukopf nannte, kamen ihr wieder in den Sinn. In jenen wenigen Sekunden hatte sie tief in ihn hineingeschaut, und was sie gesehen hatte, hatte ihr überhaupt nicht gefallen.

Dieser kurze Augenblick hatte alles bestätigt, was sie schon vorher aufgrund von Matthews Beschreibung vermutet hatte.

Dieser Blick und die Änderung der Pläne im letzten Augenblick hatten ihr klargemacht, daß sie ihm nicht trauen durften. Sie mußte sich auf ihren Instinkt verlassen, auch wenn Matthew Einwände erheben sollte. Sie konnte es nicht zulassen, daß ihr Vater der Gnade oder Ungnade dieses Mannes ausgeliefert wurde.

Sie würde ihren eigenen Plan ausführen.

67

Grenzübergang Teltow

Was früher ein verschlafenes Dorf knapp achtzehn Kilometer von der Stadt entfernt gewesen war, gehörte jetzt zu den Außenbezirken der Hauptstadt Berlin.

An Teltow war eigentlich nichts Besonderes, außer dem einen: Das Schicksal hatte es dazu bestimmt, wie einige andere Städte genau auf der Demarkationslinie zu liegen, die die Alliierten gezogen hatten. Dort hörte Berlin auf, und die Deutsche Demokratische Republik begann.

Diese Grenze, die den amerikanische Sektor West-Berlins von der DDR trennte, ging direkt durch Teltow hindurch.

Mehr als ein Jahrzehnt war vergangen. Niemand würde je vergessen, doch die meisten hatten es gelernt, das grausame Schicksal anzunehmen, das eine Trennungslinie gezogen hatte durch ihr Dorf, durch ihre Familien, ihre Nachbarschaft. Die eine Hälfte war nun wohlhabend und frei, die andere führte ein vollkommen anderes Leben.

Doch die Menschen gingen ihrer täglichen Arbeit nach und versuchten soweit es möglich war, diese Trennungslinie zu ignorieren.

An diesem Tag jedoch wurde ihre Ruhe gestört durch einen Hubschrauber, der mitten auf der Straße landete und nun schon seit anderthalb Stunden dort stand.

Die Einwohner von Teltow versuchten, ihn nicht zu beachten, doch irgend etwas lag in der Luft. In diesem Teil der Welt verhießen Hubschrauber niemals etwas Gutes. Sie bedeuteten Gefahr ... für irgend jemanden.

Etwa eine Stunde danach kamen mehrere andere Autos an. Ein junger Mann war aus dem ersten Wagen gesprungen und zu dem Hubschrauber gegangen. Nachdem er seine Befehle erhalten hatte, kehrte er zu den mit Gewehren bewaffneten Männern zurück, die nun aus den drei Wagen ausstiegen. Innerhalb weniger Minuten war das ganze Gebiet abgesichert.

Gustav stand ruhig da, die Hände auf dem Rücken gefaltet, seinen Blick fest auf die Straße gerichtet. Das Warten schien kein Ende zu nehmen. Immer und immer wieder sagte er sich, daß er nun schon mehr als zwanzig Jahre gewartet hatte – er konnte auch noch eine weitere Stunde auf Sabrina warten.

„Wo sind sie, Schlaukopf?“ fragte er ungeduldig.

„Entspannen Sie sich, Herr von Schmundt“, erwiderte der Fuchs. „Sie werden kommen.“

Gustav fluchte leise und schaute zu dem Mann an seiner Rechten hinüber.

„Sie dürfen auf keinen Fall zu voreilig sein“, meinte der Schlaukopf nach einer Weile des Schweigens. „Ich werde sie zuerst allein am Ende der Straße treffen. Wenn sie in Sicht kommen, werden sie anhalten. Dann müssen Sie mir das Geld geben. Ich werde dann hinübergehen und ihnen versichern, daß alles in Ordnung ist."

„Und wenn ich mich weigere, Sie zu bezahlen?"

„Dann werde ich sie warnen."

„Und falls ich Sie bezahle, und Sie in ihren Wagen steigen und losfahren?"

„Dann werden Sie uns mit Ihrem Hubschrauber jagen, einen Sprengkörper auf uns fallen lassen und mich zusammen mit den anderen töten."

Gustav schwieg. Dieser gerissene kleine Mann hatte alles genau durchdacht. Die achttausend Mark steckten in seiner Tasche. Das war ein geringer Preis für Sabrina. Außerdem konnte er diesen Schurken ja immer noch töten und sich das Geld zurückholen.

Während sie wieder schwiegen, gingen die Gedanken des Schlaukopfs in eine ähnliche Richtung. Er vertraute dem Bezirksleiter nicht mehr, als dieser ihm vertraute. Zwölftausend Mark war eine ansehnliche Summe, auch wenn achttausend davon im Westen wertlos waren. Aber er war nicht im Westen, und hier war das ein kleines Vermögen.

Dies war seine große Chance, auf die er gewartet hatte!

Nur leider kannten mittlerweile zu viele Leute sein Gesicht. Er würde sie alle töten müssen, nachdem er das Geld in der Hand hatte, um seine eigene Sicherheit zu gewährleisten – den Amerikaner, der ihn angelogen hatte, die Frau, die zugegebenermaßen bildhübsch war, den Alten, der praktisch sowieso schon tot war. Mit ihnen würde er leicht fertigwerden. Dieser Stasi-Agent, der da neben ihm stand, würde eine größere Herausforderung sein. Vielleicht sollte er eine Woche warten, oder auch zwei. Doch auch er würde getötet werden müssen, genau wie die anderen.

Der einzige, der gar nichts sagte, war der junge Assistent des Sektionschefs, der Russe Andrassi Galanow.

Er dachte an die Fahrt aufs Land, nur wenige Kilometer östlich von hier, die vor wenigen Tagen stattgefunden hatte.

Sein Vorgesetzter hatte sich ihm nicht anvertraut. Doch

auch er hatte seinem Vorgesetzten nichts erzählt von dem Wagen, der in Warschau gesehen worden war. Aus dem, was die beiden Männer sprachen, hatte er entnommen, daß sie auf genau diesen Wagen warteten. Es gab keinen Zweifel, daß die beiden Frauen ein- und dieselbe Person waren. Ob die Aktivität des heutigen Tages irgend etwas mit dieser rätselhaften Fahrt der Frau zu tun hatte, wußte er nicht.

Er würde weiter beobachten und zuhören. Vermutlich steckte mehr dahinter, als auf den ersten Blick zu sehen war, und er wollte nicht derjenige sein, der in die falsche Richtung schaute. Falls er recht hatte, würde er heute den Schlüssel zu den Fotos bekommen, die sein Onkel so verzweifelt zurückhaben wollte. Doch diese Information würde er noch für sich behalten. Er wollte sehen, wie alles verlief.

Schlaukopf versuchte, seine steigende Unruhe zu verbergen. Verstohlen warf er einen Blick auf die Uhr.

Sie müßten doch längst hier sein!

Seine Finger verkrampften sich bei dem Gedanken, daß er vielleicht doch die zehntausend Mark verlieren würde, die ihm noch zustanden.

68

Eine Änderung der Pläne

Mehr als eine Stunde war vergangen.

Matthew saß immer noch am Steuer. Die Straßen waren sehr holprig. Sabrina und er sprachen nur wenig miteinander.

Der Baron schlief friedlich auf dem Rücksitz.

Der Traum von der Befreiung ihres Vaters, der noch einige Tage zuvor unerfüllbar schien, war Wirklichkeit geworden. Und doch wußten sie beide, welche Gefahren noch auf sie warteten.

Sie fuhren nun über einen steinigen Weg auf Güterfelde zu.

Matthew drosselte die Geschwindigkeit, als sie in das Dorf einfuhren. Rechts lag ein See, und kurz darauf kamen sie zu der Straße, die Stahnsdorf mit Saarmund verband.

Matthew hielt an, dann bog er nach links zur Dorfmitte ab. Durch enge Straßen führte der Weg, und nach fünf Minuten ließen sie die letzten Häuser hinter sich. Stahnsdorf war die nächste Station, danach kam Teltow, die Grenze, West-Berlin ... und die Freiheit.

Es wird nun nicht mehr lange dauern, dachte Matthew. *Sie waren auf dem Weg nach Hause!*

Sabrinas Gedanken gingen in eine ganz andere Richtung. Gerade waren sie an der Abzweigung nach Großbeeren vorbeigefahren. Das wäre die beste Route gewesen, um ihren Plan auszuführen.

Doch, dachte sie, *falls der Schlaukopf so gerissen ist, wie ich vermute, und falls er Grund hat, Matthew zu mißtrauen, würde dies genau die Richtung sein, die er vorausahnen könnte.*

Sie konnte nicht wissen, ob er sie nicht vielleicht beobachtete.

Sie würde warten, bis sie ganz sicher war, daß sie nicht verfolgt wurden. Es gab Dutzende von Feldwegen, über die sie zum Ziel gelangen konnten, entweder zurück auf die Landstraße oder durch die Wälder südlich von Mühlenberg nach Ruhlsdorf, dann in südlicher Richtung nach Großbeeren.

Nachdem sie etwa ein Drittel des Weges nach Stahnsdorf zurückgelegt hatten und nach einem weiteren Blick durch die Heckscheibe auf die verlassene Straße hinter ihnen ergriff Sabrina das Wort.

„Matthew, halt bitte an."

Er trat auf die Bremse. „Stimmt etwas nicht?" fragte er.

So vorsichtig sie konnte, legte sie den Kopf ihres schlafenden Vaters auf den Rücksitz und machte sich bereit auszusteigen.

Dann sprang sie heraus, schloß die Tür hinter sich und öffnete fast gleichzeitig die Fahrertür.

„Von hier ab muß ich fahren", sagte Sabrina. „Mein Vater schläft noch, du kannst also hier vorne sitzen."

„Aber . . . ich –“

„Matthew, bitte“, unterbrach ihn Sabrina, „wir dürfen keine Zeit verlieren. Steig einfach aus.“

Verwirrt und halb lachend stieg Matthew aus und ging zur Beifahrerseite. Sabrina setzte sich hinters Steuer. Sie legte den Gang ein und bog in einen Feldweg nach rechts ab.

„Was tust du da?“ rief Matthew, der jetzt nicht mehr lachte.

„Nun ist es an mir, wie dein Schlaukopf sagt, eine Änderung der Pläne vorzunehmen.“

„Sabrina, Teltow ist der einzig sichere Weg für uns nach Berlin, und die Straße nach Teltow geht geradeaus . . . da hinten.“

„Vielleicht ist er nicht so sicher, wie du denkst.“

„Du mußt zurückfahren. Wir müssen die andere Straße fahren.“

„Viele Straßen führen nach Berlin“, erwiderte Sabrina, die unbeirrt durch die Felder auf die bewaldeten Hügel vor ihnen fuhr. „Wenn ich Herrn Schlaukopf richtig einschätze – und glaub mir, ich habe viele Menschen seiner Sorte getroffen –, dann erwartet uns in Teltow eine Falle.“

„Das ist unmöglich. Er muß uns hinüberbringen, wenn er die andere Hälfte seines Geldes bekommen will.“

„Irgend etwas stimmt nicht, das weiß ich genau.“

„Bitte, Sabrina, du muß umkehren. Alles ist doch arrangiert.“

„Matthew, du muß mir noch einmal vertrauen. Nun, da mein Vater bei uns ist, dürfen wir uns nicht auf diesen Mann verlassen.“

„Man muß nur wissen, wie man mit ihm umzugehen hat.“

„Er ist ein geborener Verräter. Wir fahren nicht nach Teltow, es tut mir leid.“

„Und wie kommen wir dann zurück nach Berlin? An allen übrigen Grenzübergängen könnten Straßenblockaden auf uns warten.“

„Ich habe andere Vorkehrungen getroffen.“

„Was? Welche Vorkehrungen?“

„Du mußt einfach abwarten. Bestimmt sind wir so sicherer als bei dem, was uns dort erwartet.“

„Wenn wir nicht mit dem Rest des Geldes in Teltow erscheinen, wird er hinter uns her sein. Er ist ein skrupelloser Mann."

„Ganz meine Meinung."

Matthew öffnete den Mund und schloß ihn wieder.

„Sagen wir einfach, für den Rest des Weges, den wir noch in *meinem* Land zurücklegen, bin ich verantwortlich", sagte Sabrina. „Sobald wir in den amerikanischen Sektor kommen, werde ich die Verantwortung gern wieder an dich abgeben."

Verwirrt lehnte sich Matthew zurück. Er wußte nicht, was er von der ganzen Sache halten sollte.

Fünfundvierzig Minuten später fuhren sie durch die hügelige Landschaft östlich von Ruhlsdorf auf Großbeeren zu.

69

Verrat in Teltow

Das dauerte entschieden zu lange.

Der Schlaukopf vermutete schon seit einiger Zeit einen Betrug von Seiten des Amerikaners. Dem ostdeutschen Bezirksleiter gegenüber gab er sich jedoch zuversichtlich. Doch mittlerweile war der Zeitpunkt gekommen, wo sich keiner mehr zum Narren halten ließ.

„Wenn es hier einen Verräter gibt, war ich es jedenfalls nicht...", sagte der Schlaukopf. „Vielleicht nicht, doch Sie waren der Idiot!" brüllte Gustav.

Er versuchte gar nicht mehr, sich zu beherrschen. Ganz offensichtlich war der Plan fehlgeschlagen. Der Gedanke, daß Sabrina sich irgendwo da draußen befand – ganz in seiner Nähe – und er konnte sie nicht fassen ...

„Und Sie werden für Ihren Fehler bezahlen!" rief er.

„Galanow!" Er und wendete sich seinem Assistenten zu, der

einige Meter entfernt bei dem Hubschrauber stand. „Lassen Sie diesen Halunken von zweien Ihrer Männer in einem der Wagen nach Berlin bringen. Halten Sie ihn unter Bewachung, bis wir zurückkehren und ich entscheide, was mit ihm geschehen soll. Falls er versucht zu entkommen, töten sie ihn."

„Sie können mich nicht verhaften", krächzte der Schlaukopf aufgeregt. „Ich bin immer noch derjenige, der Ihnen den Amerikaner ausliefern kann."

„Sie haben versagt, Sie elender Mistkerl!" brüllte Gustav. „Sie selbst haben sich in meine Hände begeben, und ich will Sie im Gefängnis verrotten sehen. Was den Amerikaner betrifft, werde ich meine Suche ohne Sie fortsetzen!"

„Sie können mich nicht um das Geld betrügen, das Sie mir versprochen haben!" schrie der Schlaukopf. „Sie werden bezahlen, auf die eine oder andere Weise."

„Sie werden gar nichts bekommen, Schlaukopf!"

Der Schlaukopf hielt auf einmal ein großes Messer in der Hand, dessen Schneide in der Sonne blitzte.

Das Messer drohend vor sich haltend, zog er sich zu seinem Wagen zurück. Er würde den Amerikaner unterwegs abfangen und ihm das Geld abnehmen, dachte er bei sich ... *nachdem* er ihm das Messer in sein verräterisches Herz gestoßen hatte! Dann würde er zurückkommen und sich um diesen Ostdeutschen kümmern!

„Ihm nach, Galanow!" rief Gustav.

Der junge Russe lief zu ihm hin.

Der Schlaukopf rannte jetzt los.

„Bleiben Sie stehen!" brüllte Gustav, doch sein Befehl wurde nicht befolgt.

„Halten Sie ihn auf!" schrie er seinem Assistenten zu. „Galanow, ich befehle Ihnen, diesen Mann zu töten!"

Der Schlaukopf erreichte seinen Wagen und riß die Tür auf. In diesem Augenblick hatte Galanow ihn erreicht. Der Schlaukopf drehte sich um und warf sich auf ihn. Hinter ihnen näherte sich Gustav.

„Galanow, töten Sie diesen Narren!" schrie er.

Im nächsten Augenblick taumelte der Russe mit einem Aufschrei zurück. Aus einer tiefen Wunde in seinem Arm strömte Blut.

Gustav zog nun seine Pistole aus dem Halfter, machte einige Schritte nach vorn und schob seinen jungen Assistenten beiseite.

Gegen diesen Feind konnte das Messer des Schlaukopfs nichts ausrichten. Die Luft erzitterte vom Lärm der zwei aus nächster Nähe abgegebenen Pistolenschüsse. Schlaukopfs Körper wurde gegen den Wagen geschleudert, den er so verzweifelt zu erreichen versucht hatte.

Gustav stand reglos, wie gelähmt, die Pistole in der Hand.

Totenstille breitete sich aus. Langsam wich Gustav zurück von dem Mord, den er gerade begangen hatte. Er konnte die Augen nicht von dem grausamen Anblick des blutigen Körpers abwenden, obwohl ihm übel wurde.

Galanow umwickelte seinen Arm mit einem Stoffetzen, um die Blutung zu stillen.

Auf einmal sah er klar.

Der Wagen, auf den sie alle gewartet hatten, würde nicht nach Teltow kommen! Mittlerweile war er vermutlich schon viele Kilometer entfernt! Und wahrscheinlich wußte er als einziger, wo er zu finden war.

Er drehte sich um und rannte zu seinem Vorgesetzten, der immer noch wie betäubt dastand.

„Kommen Sie ... kommen Sie, Herr von Schmundt!" drängte er ihn. „Sie werden uns entkommen, wenn wir sie nicht aufhalten."

„Entkommen ... wer ...?" murmelte Gustav.

„Der Amerikaner und der entflohene Gefangene. Sie werden nicht hierher kommen. Wir müssen uns beeilen!"

„Ich weiß nicht ... was –"

„Ich weiß, wo wir sie finden können – falls es nicht bereits zu spät ist! Kommen Sie – wir müssen den Hubschrauber nehmen!"

Er zog Gustav mit sich fort und brüllte seinen Männern Befehle zu, wohin sie ihm mit den Wagen folgen sollten.

Innerhalb kürzester Zeit erhob sich der Hubschrauber mit schwirrenden Rotoren und flog in südöstlicher Richtung davon.

70
Heimliche Flucht

Drei Kilometer außerhalb von Großbeeren rasten zwei Autos über einen breiten Feldweg zwischen den Weizenfeldern. Ihr Ziel war eine alte Scheune in etwa einem halben Kilometer Entfernung.

Wenn der Hubschrauber seine Verfolgungsjagd zehn Minuten früher begonnen hätte, hätte er den aufgewirbelten Staub sehen können, der ihre Position sofort verraten hätte. So jedoch hatten sie einen Vorsprung von sechshundert kostbaren Sekunden.

Wie an dem Abend auf der Brücke besprochen, sah Sabrina den kleinen grauen Trabi am Straßenrand parken. Wie lange Erich und sein Sohn schon auf sie hatten warten müssen, konnte sie nicht sagen, doch ein Treffen hier war besser, als wenn sie zu ihrem Haus gefahren wären. Dieses Risiko hatte sie nicht eingehen wollen.

Hupend fuhr sie an Erich vorbei, der nicht wußte, auf was für ein Auto er wartete. In einiger Entfernung folgte er ihr.

Langsam fuhr Sabrina durch das Dorf und ließ sich von dem Trabi überholen. Dann fuhr sie hinter ihm her zu der Scheune, wo sie Matthews Mietwagen unterstellen wollte, bis das Netzwerk ihn wieder nach West-Berlin bringen würde.

An ihrem Ziel angekommen, bremste Erich den Wagen ab. Wilhelm öffnete das Scheunentor und winkte Sabrina hinein. Einen Augenblick später folgte Erichs kleiner Wagen, und in weniger als zwei Minuten waren alle sicher im Innern der Scheune versteckt, während Wilhelm die Tore wieder schloß.

„Das ist ja bis ins Detail geplant", meinte Matthew, der sich über die Organisation der Flucht nur wundern konnte.

„Es tut mir leid, Matthew", meinte Sabrina. „Ich hielt es für sicherer, wenn du nichts davon erfährst. Ich mußte andere Maßnahmen ergreifen, um Papa zurück nach Berlin zu bringen. Ich habe dem Schlaukopf nicht vertraut."

„Und das, nehme ich an", erwiderte Matthew, „sind diese Maßnahmen."

„Einige der Freunde, von denen ich dir erzählt habe. Papa", meinte sie zu dem noch immer auf dem Rücksitz schlafenden Baron, „Papa, du mußt aufwachen. Wir müssen den Wagen wechseln."

Sie sprang aus dem Wagen, öffnete die hintere Tür und versuchte, ihren Vater wachzubekommen, als Erich und sein Sohn herankamen.

„Fräulein Rosenblatt, das ist mein Sohn Willi", stellte Erich vor.

„Ah, Wilhelm, dein Vater sagt, daß du einer meiner größten Verbündeten bist", Sabrina lächelte den Jungen an. „Ich kann dir nicht sagen, wie sehr wir alles zu schätzen wissen, was ihr tut – vor allem ich ... *heute*! Das ist mein Vater. Ich habe ihn siebzehn Jahre nicht mehr gesehen."

Sie beugte sich über den Baron.

„Komm, Papa", sagte sie, „du brauchst nur wenige Meter zu gehen, dann fahren wir weiter."

Verschlafen ließ sich der Baron aus dem Wagen helfen. Von Sabrina auf der einen Seite und Matthew auf der anderen gestützt, ging der Baron zu dem weißen Lieferwagen, der auf der anderen Seite der Scheune wartete. Der Geruch von Stroh und Tieren schien ihn zu beleben; er erinnerte ihn an die glückliche Zeit im *Lebenshaus.*

Eine weitere Gestalt, die hinter dem Lieferwagen gewartet hatte, öffnete nun die Hecktüren. Matthew sprang auf und half dem Baron und Sabrina beim Einsteigen. Der Geruch von frisch gebackenem Roggenbrot drang ihnen in die Nase.

Sabrina und Matthew breiteten auf dem Boden das weiße Leinentuch aus, das ihnen bei ihrer Flucht so hilfreich gewesen war, und betteten den Baron darauf. Schon wurde die Tür zugeworfen. Erich setzte sich auf den Beifahrersitz.

Der Motor sprang an.

Wieder wurde das Scheunentor geöffnet. Der Lieferwagen raste durch das Weizenfeld in Richtung Norden. Willi holte den grauen Trabi seines Vaters aus der Scheune, verschloß die Tore wieder und fuhr langsam ins Dorf zurück. Die Hälfte der sechshundert Sekunden war bereits vergangen.

71

Grausame Suche

Ein seltsames Geräusch näherte sich von draußen, doch die gute Clara Brumfeldt, Erichs Frau, war zu sehr gefangengenommen von ihrer Angst, als daß sie das Geräusch hätte identifizieren können.

„Lieber Gott", betete sie, „dein Wille erfülle sich heute an diesem Tag. Halte deine Diener in deiner allmächtigen Hand. Laß den Vater von Fräulein Rosenblatt Sicherheit finden, und laß meinen Lieben kein Übel geschehen –"

Auf einmal wurde die Stille des kleines Raumes durch das Splittern von Holz unterbrochen. Die Tür sprang krachend auf.

Stiefel donnerten über den Fußboden.

Verängstigt schaute Clara auf. Ihr Blick fiel auf einen Gewehrlauf.

„Wo sind sie?" fragte eine Stimme.

„Ich weiß nicht . . . wer –" stotterte sie.

„Du weißt genau, wen wir meinen – den Gefangenen, den Amerikaner!"

„Ich weiß nicht, wen Sie –"

Clara konnte den Satz nicht zu Ende sprechen. Der Kolben von Galanows Gewehr traf sie in der Seite und schleuderte sie zu Boden. Schmerzerfüllt schrie sie auf. Zwei Rippen waren gebrochen. Schritte näherten sich, und im nächsten Augenblick wurde sie mit festem Griff gepackt und aufgerichtet.

„Wir wissen, daß sie hier sind, Weib!" brüllte Gustav. „Sag uns, wo sie hingegangen sind, oder wir werden dich töten!"

Der junge Russe mit der Stichwunde am Arm begann, das Zimmer zu durchsuchen.

Vor Furcht und Schmerz wie gelähmt saß die arme Clara reglos auf dem Boden. Gustavs Hand traf sie ins Gesicht. Blut floß von ihren Lippen und ihrer Nase.

„Sag es uns, du alte Schlampe, oder du hast deinen letzten Atemzug getan!" brüllte Gustav, der erneut zuschlug.

„Herr von Schmundt", rief Galanow.

Gustav hörte nichts. Schon hatte er sich wieder gebückt und die Frau mit seiner linken Hand gepackt. Seine rechte war zur Faust geballt und zum Schlag erhoben.

„Herr von Schmundt!" wiederholte sein Assistent laut. „Lassen Sie sie in Ruhe."

Diesmal hörte Gustav ihn und schaute über die Schulter.

„Lassen Sie sie – es ist nicht nötig. Ich kenne den Wagen. Er stand nicht draußen. Wir können ihn aus der Luft ausmachen. Und hier ist ein Name", sagte er und hielt ihm einen Zettel hin.

Gustav stand auf und nahm ihm den Zettel aus der Hand.

„Meier!" las er.

„Sehen Sie", rief Galanow, der sich immer noch in dem Zimmer umschaute. „Eine Brötchentüte – Bäckerei Meier ... Heinersdorf!"

Wenige Sekunden später waren die Rotoren des Hubschraubers zu vernehmen.

Das kleine Haus war wieder leer. Nur eine zusammengekrümmte Gestalt lag schluchzend auf dem Boden.

So fand Willi sie, als er nur Minuten später zurückkehrte.

Er verarztete sie notdürftig, half ihr ins Bett und machte es ihr so bequem wie möglich. Dann verließ er das Haus, und in dem grünen Trabi seines Vaters raste er aus dem Dorf in Richtung Norden, hin zu der Straße nach Heinersdorf.

Wahrscheinlich ist es schon zu spät, dachte er. Aber er mußte sehen, ob er irgendwie helfen konnte.

72
Bäckerei Meier

Großbeeren und Heinersdorf lagen nur etwa sechs oder sieben Kilometer voneinander entfernt.

Wäre der Hubschrauber einige Minuten früher dort gewesen, hätte er den Lieferwagen unterwegs überholt. So jedoch konnten die beiden Passagiere nicht einmal mit einem Fernglas etwas entdecken.

„Dort ist das Dorf – fliegen Sie so tief wie möglich", wies Gustav den Pilot an, während er seine Augen über die Häuser schweifen ließ.

„Da ist es!" rief er. „Landen Sie!"

Der Pilot kam dem Befehl nach.

„Nun werden wir herausfinden, wo die Ratte steckt", rief Gustav, als die beiden aus dem Hubschrauber sprangen und zu dem Geschäft liefen.

Die Ladentür der Bäckerei flog so heftig auf, daß einige Scheiben dabei zu Bruch gingen.

Beim Anblick des Gewehrs tat die junge Frau hinter der Ladentheke ihr Möglichstes, den Schrei zu unterdrücken, der ihr über die Lippen kommen wollte.

Zwei oder drei Kunden waren im Laden; eine Dame mit zwei kleinen Kindern drückte sich verängstigt in eine Ecke.

„Wo ist der Besitzer?" rief Gustav.

„Herr ... Herr ...", stotterte die junge Frau.

„Ja, Schätzchen – Herr Meier! Wo ist er!"

„Er ... er liefert gerade Ware aus."

„In was für einem Fahrzeug?" fragte Galanow.

„Er ... da gibt es einen Lieferwagen ..."

„Wohin fährt er?" fragte Galanow.

„Ich, äh ... ich weiß es nicht ... Großbeeren, glaube ich."

„Du lügst!" wütete Gustav, der sich ihr nun drohend näherte.

Die Frau war nicht mehr in der Lage, ihre Angst zu unterdrücken und stieß einen Schrei aus.

Gustav kam noch näher; sie wich zurück, und er konnte sie über die Theke hinweg nicht erreichen.

„Zurück zum Hubschrauber!" rief Galanow. „Es kann jetzt keinen Zweifel mehr geben – sie sind zur Grenze unterwegs ... Die ist nur zwei oder drei Kilometer von hier entfernt!"

Die beiden Männer rannten aus dem Laden.

„Nach Norden zur Grenze!" rief Schmundt dem Piloten zu, während er und Galanow auf den Hubschrauber zuliefen. „Falls Sie einen Bäckerwagen sehen, stoppen Sie ihn unter allen Umständen! Wenn sie Widerstand leisten, Galanow", fügte er an seinen Assistenten gewandt hinzu, „schießen Sie!"

Zwanzig Sekunden später waren sie wieder in der Luft und flogen in einer Höhe von nur zwanzig oder dreißig Metern die nach Norden führende Straße entlang.

73
Gutes und Böses

Wie weit ist es noch?" fragte Matthew von der Ladefläche des Lieferwagens aus durch die kleine Luke den Fahrer.

„Knapp einen Kilometer", erwiderte Brumfeldt.

„Wie werden wir über die Grenze kommen?"

„Zweimal in der Woche beliefere ich Kunden auf der anderen Seite", erwiderte Herr Meier. „Ich fahre diese Strecke schon seit Jahren. Wir werden bestimmt nicht einmal angehalten."

Matthew setzte sich wieder neben Sabrina auf den Boden. Sie schlang ihren Arm durch seinen und schmiegte sich an ihn. Ihr Vater schlief wieder, und endlich konnte auch sie sich ein wenig entspannen. Diesen Menschen konnte sie vertrauen.

Der Motor des Lieferwagens dröhnte laut in ihren Ohren, doch Matthew nahm noch ein anderes Geräusch wahr, das rasch immer lauter wurde. Zuerst konnte er es nicht einordnen.

Er schaute auf.

Auf einmal wußte er, was es war. Panik ergriff ihn. Ein Irrtum war ausgeschlossen!

Er kroch vorsichtig zur Tür des Lieferwagens und öffnete sie einen Spalt, um hinaussehen zu können.

Nur wenige Meter über ihnen näherte sich ein Hubschrauber mit großer Geschwindigkeit.

*

„Da ist er – da ist der Lieferwagen!" rief Galanow. „Auf der Seite steht ‚Bäckerei Meier'. Sie wollen zum Grenzübergang!"

„Landen Sie vor ihnen und schneiden Sie ihnen den Weg ab!" rief Gustav dem Piloten zu.

Der Pilot flog über das Dach des Lieferwagens hinweg und setzte direkt vor dem herannahenden Wagen auf der Straße auf.

Herr Meier riß das Steuerrad herum, fuhr von der Straße ab und durchs offene Feld weiter.

Im Laderaum stieß Sabrina einen Schrei aus. Matthew, der gerade die Tür wieder geschlossen hatte, fiel der Länge nach hin. Brötchen und Brotlaibe prasselten auf sie. Der Baron wurde gegen die Seitenwand geschleudert und erwachte vollkommen verwirrt.

Der geschickte Bäcker trat das Gaspedal ganz durch, umfuhr den Hubschrauber und rumpelte zurück auf die Straße.

„Ihnen nach!" brüllte Gustav.

Sofort hob der Hubschrauber wieder ab und hielt sich direkt über dem davonrasenden weißen Lieferwagen.

Das Fahrzeug näherte sich schnell der Grenze; sie war nur noch etwa achthundert Meter enfernt.

„Diesmal werden sie uns nicht umfahren!" rief Gustav und griff nach einer Granate. „Fliegen Sie vor sie, aber bleiben Sie in der Luft!" sagte er und zog mit seiner linken Hand den Stift aus der Granate, die er fest in der rechten hielt.

Gustav beugte sich aus dem Cockpit, zielte und warf den Sprengkörper in Richtung auf den Lieferwagen. Ihm kam im Augenblick gar nicht in den Sinn, daß er im Begriff war, die Frau zu töten, die er all die Jahre zu lieben glaubte.

Der Lieferwagen war zu schnell. Die Granate landete auf der Straße hinter ihm und explodierte mit ohrenbetäubender Harmlosigkeit.

Ein Fluch kam über Gustavs Lippen.

Innerhalb weniger Sekunden hatte der Lieferwagen sie wieder überholt und fuhr auf die Grenze zu, die nun nur noch zweihundert Meter entfernt war.

Der Pilot schwenkte nach links und überholte das Fahrzeug schnell wieder. Gustav hatte sich eine zweite Granate genommen. Er entsicherte sie, und dieses Mal wartete er nicht, bis sie vor dem Lieferwagen waren, sondern ließ sie nur wenige Meter über ihm fallen.

Der Pilot, der erkannte, daß durch diese Aktion auch der Hubschrauber explodieren konnte, drehte ab und stieg hoch. Seine schnelle Reaktion verhinderte, daß sie die Explosion voll mitbekamen, jedoch konnte er den Hubschrauber nicht ganz in Sicherheit bringen.

*

Die Granate schlug etwa vier Meter vor Herrn Meiers Lieferwagen ein.

Der Bäcker war nicht mehr in der Lage, den Wagen abzustoppen. Der linke Vorderreifen platzte, und der Wagen geriet außer Kontrolle.

Aus den Augenwinkeln sah er, daß auch der Hubschrauber von der Explosion etwas abbekommen hatte und ins Trudeln geriet.

Der Lieferwagen holperte von der Straße herunter und kippte schließlich auf die Seite, schlitterte noch ein wenig weiter, bis er endlich zum Stillstand kam.

Die drei Passagiere wurden wie die Brote durcheinandergeschleudert. Erich Brumfeld hörte Sabrinas Schreie, doch er sah vor allem den Fahrer, Herrn Meier, dessen Gesicht und Brust blutüberströmt waren.

Brumfeld gelang es, die Fahrertür zu öffnen und den halb bewußtlosen Bäcker hinauszuschieben. Danach kletterte er selbst hinaus. Sofort erkannte er, welche Gefahr von dem rauchenden Motor ausging und zog den Bäcker in sichere Entfernung von dem Wagen.

Dann rannte er zurück, um die drei Passagiere zu befreien. Unter großen Mühen gelang es ihm, die verklemmten Türen zu öffnen.

„Raus hier ... schnell!“ rief er.

Sabrinas Vater bewegte sich nicht. Matthew, dessen Bein gebrochen war, ohne daß er es bemerkt hatte, zog den Baron zur Tür.

Matthew sprang heraus und landete auf dem gebrochenen Bein. Mit einem Schmerzensschrei sank er zu Boden. Hinter ihm hatte Erich die vollkommen verängstigte Sabrina aus dem Wagen gezogen. Er trug die leblose Gestalt des Barons auf seinen Armen. Ob er noch lebte, wußte er nicht zu sagen.

„Rennt … schnell weg hier!" rief Erich Sabrina zu. „Der Lieferwagen explodiert gleich!"

Matthew erhob sich und machte einen Schritt auf Sabrina zu. Sie lief so schnell sie konnte, gefolgt von Brumfeld mit dem Baron in seinen Armen.

„Matthew … Matthew, komm!" rief Sabrina, die zurückschaute und seine Schwierigkeiten bemerkte.

Er versuchte zu laufen, doch sein gebrochenes Bein machte es unmöglich.

Sabrina blieb stehen, drehte sich um und kam wieder auf ihn zu.

„Nein – Sabrina – lauf!" schrie Matthew. „Warte nicht auf mich. Ich werde euch schon einholen!"

Wieder stand er auf und schleppte sich weiter.

Sabrina kam weiter auf ihn zu.

Matthew hüpfte nun, die Schmerzen waren kaum auszuhalten, doch irgendwie gelang es ihm, auf den Beinen zu bleiben.

„Matthew …!" hörte er Sabrina rufen. Doch er konnte ihr nicht mehr antworten.

Krachend schlug der Hubschrauber hinter ihm auf dem Boden auf und explodierte.

Die Druckwelle schleuderte Matthew zu Boden.

Sabrina wurde ebenfalls zu Boden gerissen und blieb reglos liegen.

„Sabrina …!" rief Matthew. Sie war nur wenige Meter von ihm entfernt. Sie lag auf dem Boden wie tot. Er erhob sich, um zu ihr hinüberzuhumpeln.

Da gab es eine zweite Explosion. Eine sengende Hitzewelle an seinem Rücken ließ Matthew wieder zu Boden gehen.

Er spürte einen dumpfen Schmerz und zwang sich, den Kopf zu heben.

Da lag Sabrina, immer noch dort, wo er sie zuletzt gesehen hatte. Unter großer Anstrengung versuchte Matthew, zu ihr hinzukriechen. Doch er kam nicht weit, seine Arme gaben nach, und er brach erneut zusammen.

„Sabrina …!" Mehr brachte er nicht mehr heraus, bevor die Dunkelheit ihn umfing.

Teil IV

Eine Rose als Erinnerung

August – Dezember 1961

74
Der Duft der Rosen

Eine weißgekleidete Schwester ging den Gang entlang und öffnete eine der Türen.

„Guten Morgen", sagte sie.

Aus dem Bett kam keine Antwort.

Eigentlich erwartete sie auch keine. Sein Kopf war bandagiert bis hinunter zu den Schultern, und das linke Bein war eingegipst. Seit er fünf Tage zuvor bewußtlos und dem Tode nahe ins Krankenhaus gebracht worden war, hatte der Patient kaum gesprochen.

„Es ist Zeit, den Blutdruck und die Temperatur zu messen", meinte die Schwester fröhlich.

Eine leichte Bewegung vom Bett zeigte, daß die unbewegliche Gestalt in dem Krankenbett noch am Leben war.

Als die Hand der Schwester mit dem Thermometer näherkam öffnete sich der Mund einen Spalt.

„Gut so ... nun muß ich das nur noch um ihren Arm legen", sagte sie, „dann können wir Ihren Blutdruck messen."

Sie hielt das Stethoskop an seine Armbeuge und lauschte aufmerksam, während sie mit Daumen und Zeigefinger Luft entweichen ließ.

„Sehr gut. Das macht sich. Haben Sie gut geschlafen?"

Ein leichtes Nicken war die Antwort des Patienten.

„Erinnern Sie sich wieder an etwas?"

Die langsame Bewegung des Kopfes ging diesmal in die andere Richtung.

„Ach, das wird schon werden. Lassen Sie uns mal sehen, wie die Temperatur ist."

Sie griff nach dem Thermometer, las es ab, nahm das Krankenblatt vom Fuß des Bettes und trug die beiden Ziffern ein. Dann wendete sie sich zum Gehen.

„Der Arzt wird gleich kommen“, sagte sie und verließ den Raum.

Der Arzt kam ihr auf dem Gang schon entgegen.

„Wie geht es unserem Neuzugang?“ fragte er.

„Die Körperfunktionen sind gut“, erwiderte die Schwester. „Ansonsten keine Veränderungen. Haben Sie schon herausgefunden, wer er ist?“

„Nein, aber vielleicht bekommen wir bis morgen etwas. Wir lassen die Fingerabdrücke durch Bonn, Washington und Interpol überprüfen, und ich habe alles, was bei ihm gefunden worden ist, den Behörden übergeben.“

„Werden Sie wieder mit ihm sprechen?“

„Ich werde es versuchen. Einige Verbände können heute auch abgenommen werden. Das wird es einfacher machen.“

„Werden Sie ihm die Zeitung zeigen?“

„Ich weiß es nicht“, erwiderte der Arzt zögernd. „Das ist schwer zu sagen. Ich muß den richtigen Augenblick abpassen, sonst könnte er in noch tiefere Depressionen fallen. Ich muß ihn zuerst zum Reden bringen und dann sehen, ob der Artikel und das Bild seine Erinnerung zurückbringen.“

Am Spätnachmittag kam der Arzt zum zweiten Mal, diesmal begleitet von einem Spezialisten für Verbrennungen. Eine Stunde hielten sie sich bei dem Patienten auf, entfernten einige Verbände und wechselten andere.

Schließlich waren der Arzt und sein Patient wieder allein.

Der Doktor fragte: „Ist Ihnen heute danach zu erzählen, was passiert ist?“

„Kann nicht ...“, sagte der Mann.

„Sie können nicht?“ wiederholte der Doktor.

„Erinnere mich nicht.“

„Es würde der Behandlung dienlich sein, wenn ich wüßte, was die Explosion ausgelöst hat.“

Der Kopf des Patienten legte sich leicht zur Seite. „Kann mich nicht erinnern, Doktor“, sagte der Mann. „Rennen ... Rufe ... Schreie ... dann hier ...“

Der Arzt hörte aufmerksam zu, dachte über seine Worte nach und überlegte, wie er Zugang finden konnte zu dem geheimnisvollsten Ort im ganzen Universum – dem Unterbewußtsein des Menschen.

„Sie hatten Geld in Ihrer Jacke ...", meinte er schließlich.

Dem Patienten schien diese Information nichts zu sagen.

„Viel Geld, um ehrlich zu sein", fuhr der Doktor fort. „Etwas mehr als zweitausend Mark. Können Sie sich erinnern, warum Sie so viel Geld bei sich trugen?"

„Tut mir leid, Doktor."

„Einen Ausweis hatten Sie nicht dabei, ich fürchte also, ich kann Ihnen in bezug auf Ihre Identität auch nicht weiterhelfen."

Wieder machte der Doktor eine Pause. Er wollte ihn nicht zu sehr drängen. Auf diesem Gebiet war er absolut kein Experte. Falls es nicht innerhalb von einem oder zwei Tagen einen Durchbruch geben sollte, würde er einen Psychiater hinzuziehen.

„Allerdings fanden wir bei Ihnen die Quittung für einen Mietwagen", sagte er nach einer Weile. „Erinnern Sie sich daran, einen Wagen gemietet zu haben?"

Der Patient schüttelte langsam seinen bandagierten Kopf.

„Unglücklicherweise war in der ganzen Gegend kein solcher Wagen zu finden. Wir haben uns an die Agentur gewendet, die Quittung vorgezeigt und bekamen einen Namen. Eine weitere Überprüfung ergab jedoch, daß er falsch war. Ich fürchte also, ohne weitere Informationen über diesen geheimnisvollen Herrn Rosen, dessen Name im Mietvertrag erscheint, haben wir nichts, womit wir etwas anfangen können ... und der Wagen ist immer noch nicht gefunden worden."

„*Rosen* ...", wiederholte der Patient, „... klingt wie Rose."

„Ja, das ist seine Bedeutung – Sagt Ihnen dieser Name etwas?"

„Ich ... ich weiß es nicht ... vielleicht."

„Denken Sie, daß Sie vielleicht dieser Herr Rosen sein könnten?"

„Ich ... ich weiß es nicht. Es ... es klingt so vertraut ... aber ...“

„Aber was?“

„Der Name ... das Wort ...“

„Rosen?“

Der Mann nickte langsam.

„Sie mögen Rosen, nehme ich an?“ fragte der Doktor.

Ein langes Schweigen folgte.

„Ja ... ja, ich glaube Doktor. ... Ich weiß nicht genau, warum.“

„Nun, ich will Sie heute nachmittag nicht zu sehr anstrengen“, sagte der Arzt und erhob sich. Plötzlich war ihm ein Gedanke gekommen. Er war zwar ein Arzt des Körpers, nicht der Seele, doch er wußte um die Macht der Kleinigkeiten, die ins Unterbewußtsein eindrangen, wo der direkte Weg manchmal versagte.

Nachdem er das Zimmer verlassen hatte, ging er schnell den Flur entlang. Beim Schwesternzimmer angekommen, teilte er der Schwester seinen Plan mit.

„Lassen Sie eine Vase mit Rosen in sein Zimmer stellen“, sagte er. „Pflücken Sie die Rosen hier auf dem Gelände oder holen Sie sie aus einem anderen Zimmer, wenn es sein muß. Aber es müssen duftende Rosen sein.“

„Welche Farbe, Herr Doktor?“

„Das ist egal ... vielleicht bunt gemischt. Achten Sie nur darauf, daß sie stark duften. Ich möchte, daß sein Zimmer nach Rosen duftet.“

75

Eine Rose mit Namen Frieden

Die Sonne schien in den Garten des Krankenhauses und brachte den Duft des erst gestern gemähten Grases zur vollen Entfaltung. Der verantwortliche Arzt hatte den Patienten eine halbe Stunde zuvor in einem Rollstuhl nach draußen gebracht und nach einer kurzen Unterredung allein gelassen. Er hoffte, daß es an diesem Tag einen Durchbruch geben würde.

Nach etwa vierzig Minuten kehrte der Doktor zurück und fuhr ihn vorsichtig herum.

„Wie geht es Ihnen jetzt, da Sie den Sonnenschein wieder genießen können?" fragte der Doktor.

„Mir geht es heute sehr viel besser", antwortete der Mann mit leiser Stimme. „Nun, da ich meine Augen richtig aufmachen und meine Lippen bewegen kann, fühle ich mich wieder lebendig. Man sagte mir, ich hätte Glück gehabt, noch am Leben zu sein."

„Das stimmt. Sie hatten ziemlich üble Verbrennungen – Verbrennungen, die von einer Explosion herrühren – und eine sehr schwere Gehirnerschütterung. Das ist auch der Grund für Ihre zeitweilige Amnesie."

„Sie sagen zeitweilig, Doktor", erwiderte der Patient mit einem Anflug von Humor. „Benutzen Sie dieses Wort, um mich zu beruhigen, oder glauben Sie wirklich, daß mein Gedächtnis wieder zurückkehren wird?"

„In neunundneunzig von hundert Fällen dauert es einige Tage, vielleicht eine oder zwei Wochen, bis die Erinnerung zurückkehrt. Die Wunde an Ihrem Hinterkopf wird Ihnen allerdings vermutlich noch etwa ein halbes Jahr lang Kopfschmerzen bescheren."

Der Doktor rollte seinen Patienten zum Rand des Rasens.

„Wir züchten mehrere Rosenarten", bemerkte er beiläufig

und zeigte auf die Rosenstöcke. „Haben Sie eine Lieblingssorte?"

„Nicht daß ich wüßte", erwiderte der Patient. „Das ist eine sehr schöne gelbe ... Ich glaube, ich mag gelbe gern."

„Dann werde ich Ihnen eine pflücken", sagte der Doktor und schnitt ihm eine Rosenknospe mit einem zehn Zentimeter langen Stiel ab. Er gab sie dem Patienten, der kaum seine Hand heben konnte, um sie entgegenzunehmen.

„Sie heißt *Frieden*, eine der wenigen gelben Arten, die sehr stark duften – falls sie genügend Sonne bekommen. Sie wurde im Jahre 1945 gezüchtet und wegen des Kriegsendes so genannt. Sie gehört zu meinen Lieblingsrosen."

Der Patient erwiderte nichts, sondern starrte nur auf die Rose in seiner Hand, als versuche er, sich an etwas Bestimmtes zu erinnern, was ihm aber nicht gelang.

Während er schweigend dasaß, kam ein Pfleger aus dem Krankenhaus und brachte dem Arzt einen zweiseitigen Bericht, der gerade mit einem Sonderkurier gekommen war.

Er überflog ihn, dann steckte er ihn in die Tasche und begann zu sprechen.

„Sagen Sie mir", sagte er, „verbinden Sie etwas mit dem Namen *McCallum*?"

Der Patient dachte angestrengt nach.

„Dieser Name spricht irgend etwas in mir an", sagte er nach einer Weile, „aber ich kann nicht sagen, was. Haben Sie Informationen darüber, wer er sein könnte? Sollte ich ihn kennen?"

„Ich weiß es nicht", antwortete der Doktor. „Ich hoffte, Sie könnten mir das sagen."

„Könnten Sie ... vielleicht könnten die Leute herkommen ... wir könnten fragen, ob sie wissen, wer ich bin ... wie ich hierherkam."

„Wie Sie hierhergekommen sind, wissen wir", sagte der Doktor. „Unklar ist nur noch, was Sie an der Grenze getan haben, oder wer der Bursche war, der Sie gebracht hat. Man rief uns hier in Marienfelde an, und wir haben sofort eine Ambulanz geschickt."

„Wer hat mich zum Grenzübergang gebracht?"

„Das wissen wir nicht. Ein junger Mann kam angerannt. Er schleppte Sie heran, schrie den Wachposten zu – unseren, auf der amerikanischen Seite – daß sie Sie in ein Krankenhaus bringen sollten. Er legte Sie ab, dann rannte er davon, zurück in die DDR, bevor noch jemand in der Lage war, ihm auch nur eine einzige Frage zu stellen ... Keine Erinnerung daran, wie Sie in seine Hände geraten sind?"

Der Patient schüttelte den Kopf.

„Man beobachtete einige Explosionen etwa zwei- oder dreihundert Meter vom Grenzübergang entfernt. Zweifellos hatte das damit zu tun."

„Explosionen?"

„Wissen Sie was, heute nachmittag erzähle ich Ihnen alles, was ich weiß. Man sollte Ihren schmerzenden Kopf nicht zu sehr beanspruchen."

Der Doktor fuhr den Patienten zum Krankenhaus zurück. Mit der gelben Rose auf dem Schoß und dem Namen McCallum, der ihm durch den Sinn ging, reichte es für den Augenblick.

Die Zeitung würde er ihm später zeigen.

*

Es war halb vier, als der Doktor wieder das Krankenzimmer des Patienten betrat. Er hatte Gelegenheit gehabt, sich ausführlich mit dem Bericht zu beschäftigen, der an diesem Morgen gekommen war, und er war sicher, die Unterhaltung in Bahnen lenken zu können, die den Patienten weiterbringen würden.

„Ist Ihnen zu dem Namen McCallum noch etwas eingefallen?" fragte er, als er hereinkam.

„Nein, ich habe nur das Gefühl, daß ich den Namen kenne ... oder zumindest kennen sollte."

„Ich habe Ihnen etwas mitgebracht, das Sie sich anschauen sollten", sagte der Doktor, öffnete den Aktendeckel und holte einen Zeitungsartikel heraus, der einige Tag zuvor veröffentlicht worden war. Er gab ihn dem Patienten, der wieder im Bett lag, setzte sich und wartete.

Dieser begann zuerst mit oberflächlichem Interesse zu lesen, das sich jedoch immer mehr steigerte. Es dauerte nicht lange, da las er jedes Wort, schaute sich immer wieder die Bilder und die Überschriften an.

Während er dies tat, überschlugen sich seine Gedanken, und die Worte des Doktors klangen in seinen Ohren:

... Explosionen ... Gehirnerschütterung ... McCallum ... zweihundert Meter vom Grenzübergang entfernt ... bewußtlos ... gelbe Rose ... McCallum ... Mietwagen ...

Immer wieder kamen ihm die Worte – *Flucht ... McCallum ... Rosen ... Explosionen ... Flucht ... McCallum ... McCallum ...*

Auf einmal wußte er es. Seine Augen öffneten sich weit, und er sah auf einmal die Szene wieder vor sich, die in der Schlagzeile beschrieben wurde: FÜNF MENSCHEN BEI FLUCHTVERSUCH AN DER GRENZE GETÖTET. Darunter zeigte ein Bild die Wracks eines DDR-Hubschraubers, der zum Staatssicherheitsdienst gehörte, und eines auf der Seite liegenden weißen Lieferwagens, dessen Aufschrift *Bäckerei Meier* kaum noch zu erkennen war.

Totenblaß wandte Matthew seinen Blick von der Zeitung ab und dem Doktor zu.

„Es ist, wie Sie vermutet haben“, sagte er langsam und schüttelte langsam den Kopf, als wolle er alle Bruchstücke wieder an seinen Platz rücken. „Ich bin *McCallum* ... Ich erinnere mich nun wieder. Ich bin Matthew McCallum. Ich bin Amerikaner, und ... ja, ich war dort“, fügte er auf das Bild zeigend hinzu.

Er wendete sich wieder der Zeitung zu und begann zu lesen. Jede Einzelheit nahm er begierig in sich auf. Der Bericht war vom 11. August 1961.

Bei einer, wie es scheint, dramatischen, doch nicht erfolgreichen Flucht zur amerikanischen Sektorengrenze West-Berlins nördlich von Heinersdorf wurde ein ostdeutscher Lieferwagen von Angehörigen des Staatssicherheitsdienstes in einem Hubschrauber verfolgt. Amerikanische Grenzbeamte beobachteten, wie der Hubschrauber Sprengkörper abwarf und so den Wagen zwang, die Straße zu ver-

lassen, wo er auf die Seite kippte. Sekunden später ging der Hubschrauber aus noch ungeklärten Gründen in Flammen auf. Dadurch entzündete sich auch der Tank des Lieferwagens, so daß dieser ebenfalls explodierte.

Der Zwischenfall verstärkt die wachsenden Spannungen zwischen Ost und West und zeigt, wie verzweifelt die Ostdeutschen auch angesichts großer Gefahren versuchen, in den Westen zu kommen. Innerhalb der ersten zehn Tage dieses Monats flohen fast 20 000 *Ostberliner in die Westsektoren der Stadt. Es hat den Anschein, als hätte die DDR aufgrund von Befehlen aus Moskau vor, strengere Maßnahmen zu ergreifen, um diese Flut einzudämmen.*

Die Verantwortlichen der DDR machten keine näheren Angaben zu dem Unglück und riegelten den Ort des Geschehens ab. Für diesen Bericht wurden Luftaufnahmen gemacht. Die Untersuchungen lassen darauf schließen, daß der Hubschrauberpilot und sein Passagier, ein ungenannter Angehöriger der Stasi, ums Leben gekommen sind. Die Anzahl der Insassen des Lieferwagens konnte nicht ermittelt werden. Nach dem offiziellen Bericht der DDR hat es keine Überlebenden gegeben. Die Schätzungen reichen von drei bis zu sechs Toten unter den Flüchtlingen.

Ob dieser Zwischenfall im Zusammenhang zu den Ereignissen steht, die sich eine Stunde zuvor in Teltow zugetragen hatten, konnte nicht ermittelt werden. Es gibt Gerüchte in bezug auf die noch nicht identifizierte Leiche eines Mannes, nach denen besagter Mann an dem Fluchtversuch eines Gefangenen im DDR-Sicherheitsgefängnis in Neustädt bei Potsdam beteiligt gewesen sein soll. Offiziellen Berichten zufolge wurde der Fluchtversuch vereitelt und alle Verschwörer gefangengenommen. Mehrere Leichen seien noch am selben Tag ins Leichenschauhaus in Potsdam gebracht worden, doch ihre Identität wurde nicht bekanntgegeben.

Eine Verbindung zwischen den drei Zwischenfällen südlich von Berlin wurde jedoch bis jetzt noch nicht bestätigt.

Als Matthew die Zeitung sinken ließ, war sein Gesicht totenblaß, und er zitterte am ganzen Leibe.

So, dachte er, *Teltow war tatsächlich eine Falle – Sabrina hat also recht gehabt. Doch was macht das jetzt noch aus?*

Es wäre besser gewesen, er hätte sich nicht an alles erinnert. Er war aufgewacht, um zu entdecken, daß seine ganze Welt vor seinen Augen zusammengebrochen war!

Er wendete den Blick ab und schloß die Augen, die sich bereits mit Tränen füllten.

Der Doktor spürte seinen inneren Aufruhr und erkannte, daß jetzt nicht die rechte Zeit für eine weitere Unterhaltung war. Still erhob er sich und verließ den Raum.

*

Den Rest des Nachmittags verbrachte Matthew allein mit seiner Erinnerung. Wieviel Zeit vergangen war, wußte er nicht. Er lag in seinem Bett wie tot, nur seine Erinnerung war da, und er erlebte den tiefsten Schmerz, den ein Mensch nur erleben kann – den Verlust des geliebten Menschen.

Glücklicherweise schlief er gut in dieser Nacht. Er hätte die stillen, einsamen Stunden der Dunkelheit nicht ertragen können.

Die Morgensonne, die durch das Fenster in sein Zimmer fiel, erinnerte Matthew daran, daß Gott immer noch da war und seine Liebe über die Erde ausgoß, und daß ihre Strahlen auch auf ihn fielen.

Die Sonnenstrahlen schienen vom Leben zu sprechen, nicht vom Tod. Vielleicht war sie ja gar nicht getötet worden! Vielleicht wollte Gott ihm einen Hoffnungsstrahl zukommen lassen, eine Botschaft von oben, daß er nicht aufgeben sollte. Wie konnte er wissen, daß die Berichte der Wahrheit entsprachen? Die Kommunisten waren dafür bekannt, daß sie die Nachrichten zu ihren Gunsten veränderten.

Sobald er dazu in der Lage war, würde er weitere Nachforschungen anstellen! Er hatte Kontakte. Er würde sich mit Leuten im State Department in Verbindung setzen. Sie würden es herausfinden. Er war sicher, daß Sabrina noch lebte!

Eine Welle des Zweifelns und der Finsternis wischte jedoch allen Optimismus wieder fort.

Wen wollte er denn täuschen? Er hatte die Explosion

gehört. Sie hatte ihm den halben Rücken aufgerissen. Beinahe wäre er selbst getötet worden!

Tränen stiegen ihm in die Augen. In dem Elend seiner Verwirrung zwischen dem, was die Sonnenstrahlen ihm zu sagen schienen, und der Wirklichkeit seiner Erinnerung an diesen schrecklichen Tag ließ er seinen Tränen freien Lauf.

Es hatte keinen Zweck, sich etwas vorzumachen. Sie war tot. Ihr Vater mußte auch tot sein. Was zählte also noch? Was würde jemals wieder zählen?

Minuten vergingen. Der Sturm in seinem Innern ebbte langsam ab.

Auf einmal kamen ihm Worte in den Sinn, die Baron von Dortmann ihm einmal gesagt hatte: „*Er möchte, daß wir ihn Vater nennen. Er möchte, daß wir zu ihm hingehen, damit er uns mit seinen Armen umfangen und uns trösten kann ... Gott ist ein guter Vater, er will seine Güte allen seinen Geschöpfen erweisen.*"

Sabrina selbst hatte während der langen Jahre seiner Inhaftierung immer wieder Kraft aus dem Glauben geschöpft. Ganz sicher konnte er ihrem Beispiel folgen.

Die Worte des Barons riefen ihm seine eigene Erfahrung wieder ins Gedächtnis, die er neun Jahre zuvor gemacht hatte. Er kannte diese Liebe Gottes. Er hatte sie selbst gespürt.

„*Oh, Herr*", flüsterte er, „*es tut mir leid, daß ich es vergessen habe. Du bist gut, du bist Liebe – ich weiß das. Hilf mir, Vater! Ich bin so schwach, und der Schmerz ist so groß. Halte meine Augen auf dich gerichtet, denn sonst kann ich das alles nicht ertragen. Umfasse mich mit deinen Armen. Ich brauche dich so sehr ...*"

Noch während er betete, kam ihm der Bibelvers in den Sinn: „Es ist gut für euch, daß ich weggehe ... Wenn aber jener, der Geist der Wahrheit kommen wird, wird er euch in alle Wahrheit leiten."

Danach fielen ihm wieder Worte ein, die Sabrinas Vater ihm gesagt hatte:

„*Gott ist wirklich das, was die Bibel von ihm sagt – er ist Liebe ... Die Menschen können sich nicht überwinden zu glauben, daß der Vater wirklich gut ist.*"

„*Gott, oh Gott*", brach es aus Matthew hervor. „*Hilf mir, an deine Güte zu glauben ... gerade jetzt! Hilf mir, Herr ... bitte hilf mir. Laß mich nicht sein wie deine treulosen Kinder, die nur an deine Güte glauben, wenn sie über ihnen ausgegossen wird. Hilf mir daran festzuhalten, daß du ein guter und liebender Vater bist, auch wenn ..."*

Er brachte es nicht über sich, die Worte auszusprechen.

Wieder sah er Sabrinas reglose Gestalt vor sich.

Er konnte nicht mehr weiterbeten, sondern brach erneut in Tränen aus.

76

Teilung!

Eine Stunde später wurde Matthews leichter Schlummer gestört.

Zwei Männer betraten das Zimmer.

„Wie geht es Ihnen, Mr. McCallum?" fragte der Doktor.

„Eigentlich ganz gut", antwortete Matthew und versuchte, sich halb im Bett aufzurichten.

„Haben Sie gut geschlafen?"

„Ja, danke."

„Nach unserer gestrigen Unterhaltung", fuhr der Doktor fort, „habe ich sofort Ihre Leute verständigt. Ich dachte, sie würden sich Sorgen machen. Mr. Clatchen ist heute morgen gekommen, um Sie zu besuchen."

„Wie geht es Ihnen, McCallum?" fragte der andere Mann, während er vortrat und Matthew seine Hand entgegenstreckte. „Bob Clatchen, CIA – wir haben uns vor einigen Wochen kennengelernt."

„Richtig", antwortete Matthew. „Es tut mir leid, aber in meinem Kopf ist alles noch ein wenig neblig. Aber warum der CIA – wieso seid ihr daran beteiligt?"

Der Doktor unterbrach ihn, bot dem Besucher einen Stuhl an und entschuldigte sich.

Clatchen setzte sich, dann beantwortete er Matthews Frage.

„Wir hörten von der Anfrage des Doktors“, sagte er. „Nach der Unterhaltung, die wir beide vor einiger Zeit geführt hatten, hatte ich das Gefühl, daß mehr an der Geschichte dran sein könnte und daß Sie das vielleicht niemandem außer mir erzählen möchten. Gehe ich recht in der Annahme, daß Sie in die Hubschrauber-Affäre an der Grenze verwickelt sind?“

„Ich dachte, Sie wollten nicht in die Angelegenheit verwikkelt werden?“

„Das war damals. Doch die Dinge spitzen sich zu. Mit jedem Tag wird offener von einem Krieg gesprochen. In Massen fliehen die Menschen aus Ost-Berlin. Chruschtschow rasselt mit den Säbeln, und Kennedy beruft die Reservisten ein und verstärkt unsere Truppen in Berlin. Die Spannungen sind größer als je zuvor. Das State Department wartet ungeduldig auf Ihre Rückkehr. Vor einigen Tagen wurde der Präsident benachrichtigt, daß Sie vermißt werden, und natürlich war er sehr besorgt. Ich war bereits durch Langley beauftragt worden, Ihre Spur aufzunehmen. Im Augenblick sind Sie eine heiße Ware, vor allem in dieser Situation. Verstehen Sie nun, daß ich wissen muß, was vorgefallen ist?“

„Der, äh ... der Präsident hat nicht meinen Rücktritt bekanntgegeben?“ fragte Matthew.

„Nein, warum? Sind Sie denn zurückgetreten?“

„Ja . . . nein . . . Sagen wir, ich habe der Regierung die Möglichkeit gegeben, falls es notwendig sein sollte.“

Clatchen nickte interessiert. „Nein, soweit ich weiß, gehören Sie immer noch dem Team an. Und jetzt erzählen Sie mir bitte, was vorgefallen ist.“

„Gut, ich sage Ihnen, daß ich an der Grenze war – wann war es? – vor fünf oder sechs Tagen.“

„Warum?“

„Zu Ihrer eigenen Sicherheit und um des Präsidenten willen ist es besser, wenn Sie nichts weiter erfahren“, erwiderte Matthew. „Es stimmt, die Spannungen sind wirklich sehr groß, und ich möchte Chruschtschow nicht noch mehr Gründe liefern, einen Krieg zu beginnen."

Der Agent lächelte.

„Ich bin lange genug dabei, um zu wissen, wann der Versuch zwecklos ist, jemandem eine Information zu entlocken. Ich werde also nicht weiter in Sie dringen", meinte er. „Vielleicht haben Sie recht. Die Zeiten sind wirklich sehr schwierig. In Anbetracht Ihrer Beziehung zum Präsidenten und der Tatsache, daß Sie mit dem Zwischenfall an der Grenze zu tun haben, sollten wir Sie von hier fortbringen."

„Aus dem Krankenhaus heraus – das höre ich gern!"

„Fort von Berlin. Überall sind Spione, und falls der KGB weiß, daß Sie in diese Angelegenheit verwickelt sind, könnte Chruschtschow Kennedy damit schaden. Weiß jemand hier im Krankenhaus davon?"

Auf einmal erkannte Matthew seinen Fehler.

„Ja", antwortete er nickend. „Ich fürchte, ich habe es dem Doktor erzählt. Als ich das Bewußtsein wiedererlangte, war ich nicht sehr klar im Kopf."

„Ein Grund mehr, Sie aus Berlin fortzubringen. Selbst hier im Krankenhaus könnte es Spitzel geben. Die Stasi hat ihre Leute überall, auch im Westen."

„Aber ich kann Berlin nicht verlassen", meinte Matthew, dem auf einmal klarwurde, was das bedeuten würde.

„Warum nicht?"

„Ich habe ... es gibt noch etwas, das ich zuerst herausfinden muß", antwortete Matthew zögernd.

„Sie sind nicht in der Lage, irgend etwas herauszufinden, glauben Sie mir."

„Dann können Sie das vielleicht für mich tun."

„Ich werde sehen, was ich tun kann. Wir müssen Sie auf jeden Fall von hier fortbringen."

„Wohin ... zurück in die Staaten?"

„Nein, der Präsident möchte, daß Sie in Deutschland bleiben. Wir haben ein kleines Erholungszentrum in der Nähe unseres Stützpunktes in Garmisch."

„In Bayern?"

„Genau. Mehrere Häuser in den Bergen. Sie werden sich dort erholen können. Fort von den spionierenden Augen in Berlin. Soweit ich gehört habe, möchte der Präsident Sie an einem Ort haben, wo er ungehindert mit Ihnen in Kontakt treten kann."

„Wie lange wird es dauern, bis ich wieder ganz gesund bin? Hat der Arzt darüber etwas gesagt?" fragte Matthew.

„Das könnte einige Monate dauern. Sie haben schlimme Verbrennungen an Rücken und Schultern, dazu Ihr Bein und Ihre Kopfwunde."

„Monate! Ich kann nicht Monate einfach nur herumsitzen!"

„Wahrscheinlich werden Sie Weihnachten in den bayerischen Alpen feiern."

„Ich kann nicht fort von hier, bis ich herausgefunden habe, ob der Zeitungsbericht über die Explosionen der Wahrheit entspricht."

„Warum sollte das nicht der Fall sein?"

„Trauen *Sie* der kommunistischen Berichterstattung?"

„Ich verstehe, McCallum. Was genau wollen Sie wissen?"

„Ob ... ob die Toten, von denen berichtet wurde –"

Matthew brach ab und schaute beiseite. Wieder einmal war er überwältigt von der Erinnerung.

„Ich muß wissen", fuhr Matthew nach einer Weile leise fort, „ob es wirklich so viele Tote gegeben hat, wie berichtet wurde. Vor allem ... ob eine Frau erwähnt wurde."

„Ich verstehe", erwiderte Clatchen. „Ich werde noch heute nachmittag einige Leute darauf ansetzen. Paddy Red sollte in der Lage sein, der Sache auf den Grund zu gehen. In jedem Fall werden wir Sie in zwei oder drei Tagen von hier fortbringen."

„Falls ich wirklich so lange fort sein werde, wie Sie sagen, dann möchte ich gern einige Sachen aus dem Hotel haben."

„Keine Sorge, McCallum. Wir haben Ihr Zimmer schon vor einigen Tagen versiegelt, sofort nachdem bekannt wurde, daß Sie vermißt werden. Das wird immer so gemacht, Sie verstehen? Alles wird zusammengepackt und nach Garmisch gebracht werden."

„Alles? Da ist ein kleines Kästchen voller Rosenblätter. Das ist besonders wichtig."

„Wo steht es?"

„Auf dem Nachttisch."

„Kein Problem."

„Und ein versiegelter Umschlag in der Schublade direkt darunter."

„Jede Kleinigkeit wird eingepackt werden."

„Meine Bücher . . ."

„Alles, McCallum. Sie werden sich ganz wie zu Hause fühlen."

*

Am nächsten Tag, dem 13. August, kurz nach elf Uhr vormittags betrat der CIA-Agent zum zweiten Mal Matthews Zimmer im Krankenhaus, diesmal allein. Er sah aus, als hätte er die ganze Nacht nicht geschlafen, was der Wahrheit sehr nahe kam. Fast alle Regierungsangehörigen der drei Westmächte und der Bundesrepublik Deutschland waren seit zwei Uhr morgens auf den Beinen, um die weltbewegenden Ereignisse dieser Nacht zu verfolgen.

Noch bevor er Gelegenheit hatte, einen Gruß zu äußern oder irgend etwas anderes zu sagen, ertönte Matthews Stimme vom Bett.

„Haben Sie etwas herausgefunden?"

Clatchens Gesicht verdüsterte sich, während er sich auf den leeren Stuhl neben dem Bett setzte.

„Es tut mir leid, McCallum", sagte er. „Ich wünschte, ich könnte Ihnen eine gute Nachricht überbringen. Doch leider hat Paddy Red die Berichte bestätigt."

„Alles?" fragte Matthew ungläubig.

Clatchen nickte. „Keine Überlebenden. Es tut mir leid."

Stille senkte sich auf den kleinen Raum.

„Ich glaube es nicht", meinte Matthew schließlich. „Ich *werde* es nicht glauben . . . es *kann* nicht wahr sein!"

Der Agent schwieg. Psychologie war nicht seine starke

Seite. Wenn er geahnt hätte, daß der Freund des Präsidenten so reagierte, hätte er jemand anderen die schlechte Nachricht überbringen lassen.

„Es tut mir leid, McCallum", wiederholte er hilflos.

„Ich werde das selbst überprüfen!" sagte Matthew. „Sobald ich wieder auf den Beinen bin. Ich werde die Angelegenheit genaustens untersuchen und herausfinden, was sich wirklich zugetragen hat. Ich werde –"

„Sie werden nirgendwo hingehen, McCallum", unterbrach ihn Clatchen. Seine Stimme klang resigniert.

„Das werde ich doch!" erwiderte Matthew aufgebracht. „Ich bin früher schon einmal auf Krücken gegangen. Kein gebrochenes Bein wird mich lange im Bett festhalten!"

„McCallum!" sagte Clatchen rauh. „Sie werden nirgendwo hingehen. Haben Sie mich verstanden? Weder Ihr gebrochenes Bein noch John F. Kennedy noch ich werden Sie daran hindern, sondern Sie können einfach nicht mehr die Grenze überqueren – zumindest nicht im Augenblick. Die ganze Situation hat sich dramatisch verändert. Das wollte ich Ihnen gerade erzählen. Sehen Sie sich das an."

Er erhob sich und warf die Titelseite des Berliner Extrablattes auf das Bett.

„Chruschtschow hat seinen Trumpf ausgespielt", fügte er noch hinzu.

In großen roten Buchstaben war die Schlagzeile zu lesen: „DDR SCHLIESST DIE GRENZE, BERLIN IST DURCH STACHELDRAHT GETEILT."

„Ich ... ich verstehe nicht", stotterte Matthew. „Wollen Sie etwa sagen, daß sie den Osten vom Westen abgeschnitten haben?"

„Genau, mitten durch die Stadt", antwortete Clatchen. „Vor zwei Tagen – wir haben es erst heute morgen erfahren – hat die DDR eine Erklärung abgegeben, in der eine, wie sie es nennen, wirksame Kontrolle um das ganze Gebiet West-Berlins gefordert wird. Gestern wurde eine Verordnung erlassen, nach der alle ostdeutschen Bürger von nun an eine besondere Genehmigung brauchen, um nach West-Berlin einzureisen. Die Sicherheitskontrollen entlang aller Grenzen zwischen der BRD und der DDR sollen verstärkt werden, und keinem Agenten westlicher Regierungen werde ohne genaue Überprüfung die Einreise in die DDR oder Ost-Berlin gestattet. Gestern nacht um zwei Uhr haben sie schließlich Truppen aufmarschieren lassen, die Grenze dichtgemacht und begonnen, Stacheldraht zu ziehen."

„Ich verstehe immer noch nicht, was das Ganze mit mir zu tun hat", meinte Matthew.

„Verstehen Sie wirklich nicht, McCallum? An allen Grenzübergängen sind Truppen aufmarschiert, und sie haben bereits begonnen, eine Mauer zu errichten, die die Leute daran hindern soll, in den Wesen zu gehen. Verstehen Sie, mitten durch die Stadt hindurch. West-Berlin ist zu einer Insel geworden."

„Ich will gar nicht nach Ost-Berlin", sagte Matthew, dann machte er eine kleine Pause. „Im Augenblick jedenfalls noch nicht – nicht bis ich weiß, ob sie –"

„Sie würden auch gar nicht in die DDR hineinkommen, selbst wenn Sie es versuchten. Wir sind abgeschnitten. An jedem Grenzübergang gibt es verstärkte Sicherheitskontrollen. Überall sind Truppen stationiert. Es ist eine gefährliche Situation."

„Ich werde hineinkommen", sagte Matthew, der immer noch nicht die Tragweite dessen erfaßte, was sich in der Nacht ereignet hatte.

„Wenn Sie das im Augenblick versuchen würden, könnten Sie einen Krieg auslösen."

„Ich werde vorsichtig sein. Keinesfalls werde ich jemanden töten, falls Sie das meinen."

„Sie könnten die Grenzübergänge nur mit einem Panzer durchbrechen, glauben Sie mir, McCallum. Sie würden ein Dutzend kommunistischer Soldaten töten müssen, um das zu schaffen. Es hat bereits einige Zwischenfälle gegeben."

„Ich werde einen anderen Weg finden."

„Machen Sie sich doch nicht lächerlich. Sie können nicht einmal laufen. Und ganz abgesehen von der Mauer stehen wir viel dichter vor einem Krieg als je zuvor. Alle Truppen in Europa sind in Alarmbereitschaft."

Allmählich dämmerte Matthew, wovon Clatchen sprach. Er wandte sich erneut der Zeitung zu und las sich nun den Artikel genauer durch.

Er konnte an nichts anderes denken als an Sabrinas lachendes Gesicht, daran, wie sorglos und glücklich sie noch vor kurzer Zeit gewesen waren, wie sie ganz frei zwischen ihrer Wohnung in Ost-Berlin und ihrer Arbeitsstelle in West-Berlin hin- und hergependelt war.

Warum hatte er nicht darauf bestanden, daß sie den Osten verließ? Damals wäre es noch so einfach gewesen. Sie hätten in West-Berlin leben können ... Wenn nur ... wenn er nur nicht ...

Warum hatte er so impulsiv gehandelt?

Was für ein Narr war er gewesen, daß er versucht hatte, den Baron aus dem Gefängnis zu befreien!

Er war kein Spion und auch kein Betrüger. Er war von Anfang an betrogen worden. Vermutlich hatte der Schlaukopf ihn verraten. Wie hatte er nur so naiv sein können zu glauben, daß er eine so große Sache planen konnte?

Wieder hörte er Sabrinas Stimme – diese süße, so lebendige Stimme: *„Es ist einfach noch nicht der richtige Zeitpunkt für mich, in den Westen zu kommen."*

Warum hatte er nur auf sie gehört? Es hätte bestimmt auch noch andere Möglichkeiten gegeben – für ihn, für Sabrina, für ihren Vater.

Nun war es zu spät!

Für alles zu spät.

Wie lange er dagelegen und die Zeitung angestarrt hatte, wußte Matthew nicht zu sagen.

Als er wieder zu sich kam, war Clatchen fort. Er hatte nicht bemerkt, wie er das Zimmer verlassen hatte.

77
Die bayerische Zuflucht

Matthew wohnte nun schon fünf Wochen im Chalet Sudersdorf in der Nähe von Garmisch-Partenkirchen.

Er hatte noch immer nicht den Mut gefunden, die letzte Kiste mit den Sachen aus seinem Hotelzimmer zu öffnen. Sie trug die Aufschrift *Bücher, andere persönliche Gegenstände.* Er wußte: In dem Augenblick, wo er sie öffnete, würde ihn die Erinnerung wieder überwältigen.

In dem malerischen Örtchen inmitten der Alpen herrschte reges Treiben, bedingt durch die Patienten, die hier Ruhe und Erholung suchten. Ein Hubschrauber beförderte täglich Patienten, Ärzte, Berater und Psychologen zwischen dem amerikanischen Militärstützpunkt in Garmisch-Partenkirchen und den Chalets in den Bergen hin und her.

Einige kamen nur für wenige Tage, andere blieben länger, manche, wie Matthew, sehr lange.

Matthew hatte viele Besucher, sowohl vom State Department als auch vom CIA. Nachdem die akute Kriegsgefahr gebannt war, erfuhren die Männer vom CIA die ganze Geschichte des Fluchtversuchs, in den Matthew verwickelt war. Eine weitere Untersuchung, die auf Matthews Beharrlichkeit hin eingeleitet wurde, hatte Paddy Reds Bericht bestätigt – es konnte kein Beweis gefunden werden, der die offizielle Darstellung des Zwischenfalls von Seiten der DDR widerlegte. Vom Präsidenten waren zwei Briefe gekommen, in denen er ihm eine baldige Genesung wünschte und ihm mitteilte, daß er sein Rücktrittsgesuch vernichtet habe.

Die Berliner Mauer war zur unübersehbaren Realität geworden. Sie bildetete nun die Grenze zwischen dem russischen Sektor und den amerikanischen, britischen und französischen Sektoren. Drei Divisionen der Roten Armee waren dort stationiert und riegelten West-Berlin vollkommen ab. John

F. Kennedy hatte daraufhin gefordert, die Garnisonen in West-Berlin zu verstärken. Mehrere Truppeneinheiten wurden von anderen Teilen Westdeutschlands nach Berlin beordert. Auch die britischen und französischen Garnisonen wurden verstärkt.

Am 22. August schloß die DDR die Grenzübergänge für Ausländer zwischen Ost- und West-Berlin bis auf einen, den bekannten „Checkpoint Charlie"; Deutsche konnten nur noch an sechs Stellen die Grenze überschreiten. Am folgenden Tag machte der Kreml den Westmächten den Vorwurf, die Luftkorridore zwischen West-Berlin und der BRD würden unrechtmäßig genutzt. Am 24. August reagierten die Vereinigten Staaten mit einer „ernsten Warnung, ... daß jegliche Störung des freien Zugangs zu West-Berlin als aggressiver Akt gewertet wird, für dessen Konsequenzen die sowjetische Regierung voll verantwortlich ist". Am folgenden Tag verkündete Kennedy die Ernennung von General Lucius Clay, den Helden der Luftbrücke von 1948–49, zu seinem persönlichen Stellvertreter in Berlin.

Ende August, als Chruschtschow einige Atomversuche ankündigte, trieb der Kreml das gefährlich Spiel um die Weltmacht seinem Höhepunkt zu. Seine Worte konnten nur schwerlich mißverstanden werden: „Um den Aggressor davon abzuhalten, mit dem Feuer zu spielen, ist es notwendig, ihm klarzumachen, daß es eine Macht in der Welt gibt, die in der Lage und bereit ist, ihm zu widerstehen."

Daraufhin berief Kennedy am 1. Oktober mehr als fünfundsiebzigtausend Reservisten zum aktiven Dienst ein. Ein Krieg schien unausweichlicher als je zuvor.

Im Laufe der Zeit war Matthews Verzweiflung einer freudlosen Resignation gewichen. Inmitten seiner Gebete und seiner verzweifelten Versuche, sich mit der Realität seiner persönlichen Tragödie abzufinden, klangen ihm immer noch die Worte Bob Clatchens im Ohr: *„Sie arbeiten für den Präsidenten der Vereinigten Staaten und brauchen einen klaren Kopf. Sie müssen das alles hinter sich lassen. Sie wußten um die Risiken ... Sie müssen das akzeptieren. Wer immer diese Men-*

schen auch waren – sie sind tot. Verstehen Sie – tot. Sie können jetzt nichts mehr für sie tun, McCallum. Sie müssen sich der Realität stellen. Das Leben geht weiter. Sie müssen nach vorne schauen."

Wie oft hatte er im stillen Clatchens gefühllose Worte verflucht?

Doch während die Wochen vergingen und die Luft allmählich kühler wurde und den Winter ankündigte, begann er Gott zu danken für Clatchens Pragmatismus. Wie sonst hätte er seine Verzweiflung überwinden können?

Clatchen hatte recht. Welche Wahl hatte er, als weiterzumachen ... alles hinter sich zu lassen ... nach vorne zu schauen?

Matthew blickte zu den Bergen empor und atmete tief die frische Herbstluft ein. In der vergangenen Woche hatte es zum ersten Mal geschneit, und die Gipfel der Berge waren weiß gepudert.

Der Winter steht vor der Tür, dachte er.

Er stellte fest, daß er sich darauf freute. Eine Veränderung würde ihm guttun. Kälte, Regen und Schnee würden es ihm leichter machen, die glücklichen Stunden zu vergessen, die er und Sabrina im Sommer verbracht hatten.

Wieder atmete er tief durch.

Vielleicht war der richtige Zeitpunkt gekommen. Er war bereit, sich den Erinnerungen zu stellen.

Er gab einem Pfleger ein Zeichen, daß er in sein Zimmer zurückgebracht werden wollte. Jetzt würde er die letzte Kiste öffnen. Unter anderem befanden sich einige Bücher darin, die er sowieso brauchte.

Drei Tage zuvor war ihm der Gips abgenommen worden, doch ohne Rollstuhl konnte er sich immer noch nicht fortbewegen. Man wollte ihn noch einige Tage beobachten, bevor entschieden wurde, ob sein Bein unterhalb des Knies wieder eingegipst werden mußte oder ob er schon ohne Gips auf Krücken laufen konnte. Auch waren die meisten Verbände inzwischen abgenommen worden, nur noch wenige kleine Stellen auf seinem Rücken und die Kopfwunde mußten alle paar Tage versorgt werden.

In seinem Zimmer angekommen, bat Matthew den Pfleger zu warten. Er rollte zu seinem Schrank, wo ein Karton stand. Das Klebeband war bereits aufgeschnitten, doch er war noch nicht geöffnet worden. Matthew bat den Pfleger, den Karton für ihn auf den Tisch zu stellen. Nun begann er, ihn auszupakken und den Inhalt auf den Tisch zu legen. Das Gesuchte lag zuunterst. Er nahm es und bat den Pfleger, ihn auf die Terrasse auf der Rückseite des Hauses zu bringen, von wo aus er über die Berge im Südwesten blicken konnte.

Sie verließen den Raum und machten sich auf den Weg zu der großen Sonnenterrasse.

„Wäre es möglich, mich dort in den Schaukelstuhl zu setzen?" fragte Matthew.

„Sie dürfen Ihr Bein noch nicht belasten, Mr. McCallum."

„Heben Sie mich nur einfach aus diesem Rollstuhl. Ich werde sehr bequem sitzen."

Der Pfleger holte Hilfe, und kurze Zeit später saß Matthew bequem in dem Schaukelstuhl und blickte über die friedliche bayerische Landschaft.

Tief atmete er die frische Luft ein. Nun war der Augenblick gekommen.

Er schaute hinunter auf das Kästchen in seiner Hand. Unter seinem Deckel waren die Erinnerungen verborgen, denen er sich nur ungern stellte.

Sein Blick fiel auf die vielen Dutzend getrockneter Rosenblätter, die er und Sabrina zusammen hineingelegt hatten. Jedes einzelne war eine Erinnerung für sich.

Er hob das Kästchen an die Nase. Der Duft schien ihn zu lähmen. *Alles* erinnerte ihn nun auf seine Weise an ihr Gesicht, an ihre Stimme, an Briefe, die sie sich geschrieben und Gespräche, die sie geführt hatten, an Rosen, die er der Frau, die er liebte, geschenkt oder von ihr erhalten hatte.

Oh, Sabrina . . . Sabrina . . . dachte er. *Es war eine so glückliche Zeit . . . Nie hätte ich gehofft, so viel Glück erleben zu können.*

Wieder öffnete er das kleine Kästchen. Zwei kleine Knospen waren erhalten geblieben. Ihre Farbe war verblichen, doch er kannte die beiden Rosen sehr gut – die gelbe hatte er Sabrina an jenem Abend vor so vielen Jahren im *Lebenshaus* geschenkt und die andere erst vor drei Monaten.

Der Gedanke an diese letzte Rose war für ihn fast unerträglich. Die Worte, die sie miteinander gewechselt hatten, fielen ihm wieder ein, als wäre es erst gestern gewesen.

„Ich möchte, daß diese rosa Rose dich immer an den heutigen Tag erinnert. Ich verspreche dir, daß nichts jemals zwischen uns kommen wird . . . Ich werde es nicht zulassen, daß so etwas noch einmal passiert . . . Das verspreche ich, Sabrina. Diese rosa Rose wird zu der gelben kommen als die erste von vielen anderen – nicht als Erinnerung an vergangene Zeiten, sondern sie wird uns an die glücklichen Augenblicke der Gegenwart erinnern."

„Ich glaube dir", konnte er sie sagen hören.

Doch er hatte zugelassen, daß es passierte. Er hatte sie im Stich gelassen. Er hatte das Versprechen der rosa Rose gebrochen.

Gott . . . oh, Gott . . . warum?

Im Augenblick fiel es ihm unglaublich schwer, an Gottes Güte festzuhalten. Er hatte nie gedacht, daß er in so tiefe Zweifel gestürzt werden könnte. In diesen vergangenen fünf Wochen hatte er jeden Glaubensaspekt wieder neu überdenken und durchkämpfen müssen. Es hatte Zeiten gegeben, wo er nahe daran war zu sagen: „Ich kann einfach nicht mehr glauben . . . es ist zu schmerzlich für mich!"

Er hatte versucht durchzuhalten, manchmal sehr verzweifelt, mehr um *ihretwillen* als um seinetwillen. Was bedeutete ihm sein Leben jetzt noch?

Er wußte, was sie sagen würde. Wann immer er an sie dachte oder ihre Stimme hörte, sah er sie lächeln und hörte sie sagen: *„Matthew, alles wird sich zum Guten wenden. Wir können unserem Herrn vertrauen! Erinnerst du dich nicht daran, was mein Vater uns beide gelehrt hat – daß Gott gut ist . . . ein Vater, der es wert ist, Vater genannt zu werden!"*

Und so hatte er sich an seinen Glauben geklammert. Aufzugeben hätte bedeutet, alles hinter sich zu lassen, was sie miteinander geteilt hatten.

Die Erinnerung an sie war alles, was ihm noch geblieben war.

Und diese beiden Knospen und die getrockneten Blütenblätter in dem Kästchen, das er ihr in dem Geschäft in Berlin gekauft hatte ... das sie ihm zur Aufbewahrung gegeben hatte ... fast als hätte sie gewußt, was ihr zustoßen würde.

Matthew schaute auf das Kästchen hinunter.

Er konnte immer noch die Musik des Gartenfestes hören, das er zusammen mit seinem Vater in Berlin besucht hatte. Die Klänge waren frisch, so, als wäre es erst gestern gewesen, vor allem die Melodien, die in dem Augenblick gespielt wurden, als Baron von Dortmann mit Sabrina am Arm auf sie zukam, um ihnen seine wunderschöne, glückliche, lebensfrohe Tochter vorzustellen ...

*

Wie lange er sich in seinen Erinnerungen verloren hatte, wußte Matthew nicht zu sagen. Es mußten wohl zwei oder drei Stunden gewesen sein.

Sich an ihre Worte zu erinnern war sein einziges Vergnügen und zugleich seine schlimmste Qual. Die Erinnerung an ihr Gesicht war alles, wofür er lebte, und er würde es nie vergessen können.

Er schloß die Augen und lehnte sich im Stuhl zurück.

Ich werde ein anderes Mal ins Reich der Erinnerung zurückkehren, dachte Matthew.

Wenige Minuten später war er eingeschlafen.

78
Ein überraschender Besuch

In der dritten Oktoberwoche waren die meisten der Brandwunden verheilt. Allerdings würden noch einige chirurgische Eingriffe notwendig sein, um stark vernarbtes Gewebe zu entfernen. Matthew konnte wieder einigermaßen laufen, obwohl er noch eine Zeitlang einen Stock zu Hilfe würde nehmen müssen. Die Wunde an seinem Hinterkopf, die den Ärzten mehr Sorge bereitet hatte als alles andere, war soweit verheilt, daß er entlassen werden konnte.

Matthew hatte bereits wieder die Angelegenheiten übernommen, die durch Kurier oder per Telefon geregelt werden konnten.

Er zögerte jedoch, nach Berlin zurückzukehren. Es würde noch einige Zeit dauern, bis sein emotionales Gleichgewicht wiederhergestellt war. Die Stadt barg noch zu viele Erinnerungen. Die Wunden waren noch zu frisch. Er konnte nicht zurückgehen ... noch nicht.

Matthew saß in seinem Zimmer und las in einem Buch seines Lieblingsautors MacDonald. Die Worte, mit denen er sich gerade beschäftigte, waren folgende:

Gottes Wege können nicht so groß sein wie sein Ziel. Gott ist unser Vater, doch wir sind noch nicht seine Kinder. Deswegen müssen wir seine Kinder werden. Nichts anderes wird ihn zufriedenstellen, oder uns, bis wir eins werden mit unserem Vater. Es gibt gute Dinge, die Gott uns noch vorenthalten muß. Gott muß sein Kind erst bereit machen, diese Gaben zu empfangen.

Unbewußt hielt Matthew innere Zwiesprache mit Gott. *„Welches, Vater, ist das ‚Ziel', das du für mich hast? Der Weg dorthin ist mehr als schmerzlich. Versuchst du, mich zu einem Menschen zu machen, der es wert ist, dein Sohn genannt zu werden? Versuchst du, mich bereit zu machen, Gutes zu empfangen? Vater ... hilf mir –"*

Das Geräusch einer sich schließenden Tür drang ihm ins Bewußtsein.

Noch tief in Gedanken versunken blickte er auf.

Ungläubig starrte er seinen Besucher an. Es konnte nicht sein ... es mußte eine Sinnestäuschung sein.

„Dad!“ rief Matthew fassungslos.

Er sprang auf, das Buch auf seinem Schoß flog zu Boden. Im nächsten Augenblick lagen sich die beiden Männer vor Freude weinend in den Armen.

Nach einer langen Umarmung lösten sie sich voneinander. Matthew lachte.

„Du bist es wirklich! Aber was machst du hier?“ rief er.

„Ich bin gekommen, um dich von hier fortzuholen“, erwiderte Thaddeus.

„Was?“

„Das ist kein Scherz – deswegen bin ich gekommen.“

„Aber ... wann bist du angekommen? Oh, aber ... hier, setz dich“, fügte er hinzu.

„Gestern abend bin ich in München angekommen, habe die Nacht dort verbracht, und heute morgen bin ich nach Garmisch-Partenkirchen weitergefahren ... und da bin ich – mit einer Empfehlung vom Weißen Haus.“

„Vom Weißen Haus!“ rief Matthew. „Jetzt verstehe ich wirklich nichts mehr! Vor drei Tagen habe ich mit Jack gesprochen, aber er hat mir nichts davon gesagt. Ist irgend etwas los in Island, daß sie dich hierherschicken?“

„Nein“, lachte Thaddeus. „Nichts Dramatisches. *Du* bist der Grund meines Hierseins.“

„Du sagtest, das Weiße Haus ...“

Thaddeus wurde ernst.

„Nachdem der Präsident vor drei Tagen mit dir telefoniert hatte, rief er mich an“, erzählte er.

„Warum?“

„Er macht sich Sorgen um dich, Matt.“

„Mir geht es gut – sieh nur, kein Gips, keine Krücken, nur ein Stock! Mein Schädel ist auch schon fast wieder zusammengewachsen. Sie sind gerade dabei, meine Entlassungspapiere fertig zu machen.“

„Das wissen wir. Der Präsident und ich haben nicht über

deinen körperlichen Zustand gesprochen, Sohn. Er möchte dich wieder in seinem Team haben, wie er sagte, doch er hat gemerkt, daß du noch nicht wieder ganz der Alte bist."

Endlich hatte Matthew verstanden.

„Darum hat er dich zu mir geschickt, um mit mir zu sprechen, mir zu helfen, die Vergangenheit hinter mir zu lassen, zu vergessen?" seufzte Matthew. Dann fügte er grinsend hinzu: „Mein Vater, der Psychologe."

„So ungefähr. Ich sollte dich besuchen, bei dir sein, dir helfen, wieder zu einem normalen Leben zurückzufinden. Vielleicht auch ein wenig intensiver mit dir zu reden, als das in einem Brief möglich ist."

„Ich nehme an, ich sollte dankbar sein", sagte Matthew. „Er hätte mich auch aller meiner Pflichten entheben können."

„Das wollte er nicht. Er hat dich seinen besten Mann in Berlin genannt, und er möchte dich, wie ich schon sagte, in seinem Berater-Team haben. Die Situation ist immer noch sehr schwierig und ändert sich von Woche zu Woche. Er möchte, daß du die Augen offenhältst, nicht abgelenkt bist."

„Ich weiß . . . und er hat recht", seufzte Matthew. „Ich kann ihm nicht von Nutzen sein, wenn ich mich hängenlasse. Es ist hart . . . Ich habe so etwas noch nie erlebt."

„Ich verstehe das, Matt", erwiderte Thaddeus. „Ich habe auch meine Frau verloren."

„Ja, Dad. Ich schätze, du hast dasselbe durchgemacht."

Beide schwiegen eine Weile. Thaddeus schaute seinen Sohn mitfühlend an.

„Ich möchte dich wissen lassen, wie leid mir das Ganze tut, Matt", begann er schließlich. „Sabrina war etwas ganz Besonderes. Ich weiß, was sie dir bedeutet hat. Jemand wie sie begegnet einem nur einmal im Leben. Ich bin sehr, sehr traurig."

„Danke, Dad. Ich bin noch nicht an den Punkt gekommen, wo ich zurückschauen kann und mich über die Erinnerung freuen kann. Ich lebe in ihr und hoffe, daß diese Zeit irgendwann kommen wird."

„Sie wird kommen. Ich habe jetzt nur noch schöne Erinnerungen an deine Mutter, nachdem der Schmerz über den Verlust im Laufe der Jahre immer kleiner geworden ist. Natürlich vermisse ich sie immer noch. Doch da ist das Gefühl des geistigen ‚Einsseins', wenn man es so nennen will, das an die Stelle des Schmerzes tritt. Ich bin sicher, daß das auch bei dir eines Tages so sein wird."

Matthew nickte.

„Der Gedanke an Sabrinas Gesicht wird dich noch ein Jahr, vielleicht auch zwei Jahre zum Weinen bringen. Doch es wird der Augenblick kommen, eines Tages, wo ihr Lachen durchbrechen wird, und du wirst feststellen, daß auch du *mit* ihr lächeln wirst. Dieser Augenblick wird wehmütig sein, nicht mehr nur schmerzlich. Sie wird dir wieder lebendig sein, lebendig in deiner Erinnerung. Das ist ein Übergang, der kommen wird, glaub mir, doch das kann nicht erzwungen werden. Der Schmerz, der vorher erduldet werden muß, ist Teil des Trauerprozesses."

Schweigend nahm Matthew die Worte seines Vaters in sich auf.

„Vielen Dank, Dad", meinte er schließlich. „Ich warte schon auf diesen Tag. In der Zwischenzeit betest du für mich, ja? Ich brauche es."

„Das tue ich immer, mein Sohn – mehrmals am Tag."

Wieder schwiegen sie eine Weile.

„Aber – warte!" sagte Thaddeus auf einmal. „Das Beste habe ich dir ja noch gar nicht erzählt. Der Präsident hat mich von meinen Pflichten in Island entbunden."

„Wie bitte?"

„Du hast richtig gehört."

„Aber ... warum? Willst du dich zurückziehen ...? Hat er dich entlassen?"

Thaddeus lachte. „Nichts von alledem. Er hat mir einen neuen Posten angeboten, den ich auf der Stelle angenommen habe."

„Wo?"

„Hier!"

„Du hast eine Überraschung nach der anderen für mich parat“, lachte Matthew. „Erwartest du vielleicht, daß ich verstehe, wovon du überhaupt sprichst?“

„Er hat mich zu deinem Assistenten ernannt!“

„Was ... *wirklich*?“ rief Matthew.

„Noch am selben Tag habe ich meine Sachen gepackt. Natürlich mußte ich eine Gehaltskürzung in Kauf nehmen. Ich bin nun kein Botschafter mehr, sondern nur der Assistent des Sonderbeauftragten des Präsidenten. Doch ich bin sofort darauf eingegangen.“

„Das ist phantastisch!“

„Um ehrlich zu sein, ich habe um die Gehaltskürzung gebeten. Der Präsident wollte mich auf derselben Ebene halten.“

„Warum hast du darum gebeten?“

„Weil ich nicht das Gefühl haben wollte, ich müßte jede Minute arbeiten. Ich schreibe immer noch an meinen Memoiren, wie du weißt, und je älter ich werde, desto mehr habe ich das Gefühl, ich müßte mich ihnen stärker widmen.“

„Welche Aufgaben wirst du denn nun hier haben?“ fragte Matthew, der immer noch nicht ganz begriff.

„Was immer du mir zu tun aufträgst“, antwortete Thaddeus lachend. „Wie gefällt dir das? Als du klein warst, mußtest du mir gehorchen. Nun ist es umgekehrt, und ich muß dir gehorchen!“

„Werden, äh ... werden wir nach Berlin gehen?“ fragte Matthew.

„Oh, das habe ich dir ja auch noch nicht erzählt“, erwiderte Thaddeus. „Das ist noch das Allerbeste.“

„Was denn?“

„Wir werden hierbleiben können!“

„Hier ... doch nicht im Chalet?“

„Nein, hier in Bayern.“

„Für wie lange – ich bin nicht sicher, daß ich verstanden habe, was du meinst.“

„So lange wir wollen. Wir werden unsere Arbeit von hier aus erledigen, nicht von Berlin aus. Da die Mauer nun steht, ist die Krise für den Augenblick vorüber. Überall haben die Russen ihre Panzer und Wachtürme und ihre Soldaten aufgestellt, doch der Präsident meint, die Lage sei entspannter als noch im letzten Sommer. Wir können alles Notwendige genausogut von hier aus erledigen wie von Berlin aus, und ab und zu reisen wir halt in die Stadt. Tatsächlich ist er der Meinung, wir hätten mehr in Bonn, Paris und London zu tun als in Berlin."

„Das ist eine große Erleichterung", meinte Matthew. „Ich habe mich nicht gerade auf das Leben in der Stadt gefreut."

„Keine Angst. Das State Department hat uns bereits ein Haus gemietet."

„Wo?"

„Nicht weit von hier – in der Nähe von Oberammergau."

„Das ist großartig. Ich kann es kaum glauben!"

„Wir werden auf dem Land leben, an einem klaren Tag die Alpen vor Augen haben und sind doch nur ein paar Kilometer von Oberau und der Autobahn nach München entfernt. Und bis zum Flughafen sind es nur fünfundachtzig Kilometer – eine Stunde oder sogar weniger."

„Hört sich gut an. Wann fahren wir?"

„Ich habe das Haus noch nicht gesehen, doch meine Sachen werden wahrscheinlich heute ankommen. Von mir aus können wir jederzeit aufbrechen."

„Dann los!" sagte Matthew und erhob sich. „Wenigstens können wir es uns einmal anschauen. Es ist kaum mehr als zwanzig oder dreißig Minuten von Garmisch entfernt. Hast du einen Wagen?"

„Mit Empfehlung der US-Regierung."

„Man hat aber auch an alles gedacht, nicht wahr?"

79
Ein denkwürdiges Weihnachtsgeschenk

In den Alpen begann der Winter sehr früh.

Schon Anfang November fiel in den höheren Lagen Neuschnee, und die Skilifte in der ganzen Schweiz und den südlichen Alpenregionen wurden in Betrieb genommen.

Von ihrem Haus aus blickten Thaddeus und Matthew auf eine sanft ansteigende Wiese, auf der etwa ein Dutzend Kühe grasten und die in einen dichten Tannenwald überging. Im Westen, Süden und Osten waren sie umgeben von Bergen, alle zwischen zwei- und dreitausend Metern hoch.

Das winzige Dorf, zu dem ihr Chalet gehörte, bestand aus etwa zehn bis zwölf Häusern, einer kleinen Pension, die höchstens fünfzehn oder zwanzig Leute beherbergen konnte, und einer Bäckerei, die auf einem vierhundert Meter großen Plateau südlich von Oberammergau errichtet waren. Auf den umliegenden Wiesen und Abhängen bauten die Bauern ein wenig Getreide an und ließen ihr Vieh grasen. Einige Dorfbewohner arbeiteten unten im Tal, falls der Schnee es zuließ. Die anderen waren schon älter und hatten sich zur Ruhe gesetzt. Matthew und Thaddeus waren die einzigen Ausländer, doch sie waren von der kleinen bayerischen Gemeinde herzlich willkommen geheißen worden.

Tatsächlich hätte die Umgebung für die beiden McCallums nicht geeigneter sein können. Hier war es friedlicher als an den meisten anderen Orten der Bundesrepublik, und obwohl sie buchstäblich auf allen Seiten von Skigebieten und Touristenorten umgeben waren, blieben sie in Oberammersfeld davon verschont.

Ihr Chalet war sehr geräumig und von einem großen Stück Land umgeben. Das nächste Haus lag einige hundert Meter entfernt. Das Haus war für eine fünfköpfige Familie gebaut worden, so daß Matthew und Thaddeus jeder ein Schlafzimmer, ein Büro und ein Bad für sich hatten.

Da aufgrund ihrer Arbeit für das State Department ständig viele Besucher bei ihnen ein- und ausgingen, hatten sie das noch freie Zimmer in ein Gästezimmer umgewandelt. Nach und nach wurden die McCallums bekannt für ihre Gastfreundschaft, und immer mehr ihrer Kollegen nahmen die Gelegenheit wahr, ihnen in Oberammersfeld einen Besuch abzustatten, um dem geschäftigen Treiben in Berlin, Frankfurt, München oder Bonn zu entkommen.

Es tat Vater und Sohn gut zu sehen, wie ihre müden, abgehärmten Kollegen mit einem Wanderstock in der Hand in die Berge wanderten oder sich mit einer Tasse heißer Schokolade oder Kaffee in der Hand auf dem Sofa vor dem Kamin zurücklehnten. Seinen Arbeitskollegen und Freunden auf diese Art weiterzuhelfen trug genauso wie die friedliche Umgebung dazu bei, daß Matthew wieder zu sich selbst fand.

Wie bedauernswert waren doch jene, die viel kleineres persönliches Leid trugen, doch den Vater im Himmel nicht kannten, bei dem aller Kummer, großer und kleiner, Heilung und Trost fand.

Allmählich wurde Matthew und Thaddeus klar, daß sie dasselbe taten, wenn auch auf einer viel kleineren Ebene, wie der Baron und seine Familie damals im *Lebenshaus.*

Sie begannen, ihr einfaches Chalet mit dem einen Gästezimmer *Kleines Lebenshaus Süd* zu nennen, in Erinnerung an ihren Freund und Bruder, Baron von Dortmann, und seine Familie.

Als der Winter Anfang Dezember mit aller Macht einsetzte, wanderte Matthew immer öfter die verschneiten Wege entlang. Er spürte Sabrinas Gegenwart wieder, doch eine Art stiller Melancholie legte sich auf ihn, wie sein Vater vorausgesagt hatte. Er stellte fest, daß er in Gedanken mit ihr auf traurige, doch angenehme Art sprach, sich vorstellte, was sie sagen oder wie sie auf bestimmte Dinge reagieren würde.

Als er eines Tages, vier Tage vor Weihnachten, von einem solchen ausgedehnten Spaziergang zurückkehrte, erwartete ihn sein Vater an der Haustür.

„Ein Päckchen ist angekommen, während du fort warst“, begrüßte ihn Thaddeus.

„Mit der Post?“

„Nein, durch einen Kurier. Brandeis hat es von Garmisch heraufgebracht.“

„Etwas Wichtiges?“ fragte Matthew, während er seinen Mantel und Hut auszog und einige Schneeflocken abschüttelte. Dann ging er ins Haus und zu dem flackernden Feuer im Kamin.

„Es scheint nichts Besonderes zu sein“, antwortete Thaddeus. „Schneit es wieder?“

„Fängt gerade an. Es würde mich nicht wundern, wenn wir morgen früh eingeschneit wären.“

„Eine weiße Weihnacht, nicht wahr, Matt?“

„Ja . . . genau wie früher in Montana. He, hast du Kaffee gemacht?“

„Nein, aber das ist keine schlechte Idee“, sagte Thaddeus und ging in die Küche.

Zehn Minuten später ließen sich die beiden Männer mit dampfenden Kaffeetassen in ihren Lieblingssesseln vor dem Feuer nieder. Eine ganze Zeitlang sprach keiner von ihnen ein Wort, sie nippten an ihrem Kaffee und starrten in die Flammen. Der Gedanke an Weihnachten hatte sie beide nachdenklich gemacht.

„Nun . . .“, meinte Matthew, der sich zwang, in die Gegenwart zurückzukehren, „gab es etwas Dringendes, dessen wir uns annehmen sollen?“

„Nein, nichts, was nicht bis nach Weihnachten warten könnte.“

„Dann ist es ruhig in Berlin?“

„Die Friedrichstraße und Checkpoint Charlie sind ruhig. Doch da sind einige Berichte, die du durchschauen mußt“, fügte Thaddeus hinzu. „Ich hole das Päckchen. Vielleicht wartet Berlin auf einen Anruf von dir. Die Entscheidung in bezug auf die Pässe für Kommunisten steht an. Und die Verhandlungen über die Atomversuche in Genf sind wieder festgefahren.“

„Gütiger Himmel. Warum können die Russen nicht einsehen, daß Bomben Menschen töten!"

„Dasselbe sagen sie von uns."

„Wahrscheinlich werden wir gleich nach Weihnachten nach Genf fahren müssen, um zu sehen, ob wir etwas tun können. Ich weiß, daß ein Stillstand in den Verhandlungen Kennedy zum Wahnsinn treibt. Vermutlich wird er mich in den nächsten Tagen deswegen noch anrufen."

Thaddeus verschwand und kam nach kurzer Zeit mit dem Päckchen zurück, das während Matthews Spaziergang angekommen war.

„Was ist das?" fragte Matthew. In der Hand hielt er einen dicken Umschlag mit einem seltsam geformten Päckchen darin. Er war adressiert an das „Konsulat der Vereinigten Staaten, Berlin". Matthews Name stand handgeschrieben darauf.

„Ich weiß es nicht", erwiderte Thaddeus. „Brandeis konnte auch nichts damit anfangen. Offensichtlich hat das Konsulat es zum State Department herübergeschickt, damit sie es an dich weitergeben."

„Hmm ... das ist seltsam – ich habe seit Monaten nichts mehr mit dem Konsulat zu tun gehabt", meinte Matthew und betastete das Päckchen. Dann löste er mit dem Finger das Siegel. „Es ist sehr leicht", lachte er. „Dürfte also keine Bombe sein!"

Nachdem er das Päckchen geöffnet und hineingeschaut hatte, legte sich ein verwirrter Ausdruck auf sein Gesicht.

„Was ist los, Matthew?" fragte sein Vater.

„Ich weiß nicht", erwiderte Matthew und griff hinein. „Es sieht aus wie ... wie ein Weihnachtsgeschenk."

Er zog ein kleines Päckchen heraus, das etwa zwölf Zentimeter lang und drei Zentimeter breit und in rosa Geschenkpapier eingepackt war.

„Vielleicht hast du eine heimliche Verehrerin bei den Angestellten des Konsulats", meinte Thaddeus. „Sogar das Papier duftet", fügte er schnüffelnd hinzu. „Immerhin gehörst du zu den begehrtesten Junggesellen Berlins."

„Ein Junggeselle vielleicht, aber nicht mehr zu haben", erwiderte Matthew mit zynischem Lächeln.

„Willst du es nicht öffnen?“ fragte Thaddeus, als er ihm das Päckchen zurückgab.

Wieder hielt Matthew es einen Augenblick in der Hand, dann stand er auf, ging durch den Raum und legte es unter den Weihnachtsbaum.

„Nein“, sagte er, als er zu seinem Sessel zurückkehrte. „Es wird zusammen mit den anderen warten müssen. Der Baum sieht so spärlich aus. Wir müssen alle Geschenke für Weihnachten aufheben.“

Thaddeus lachte.

„Apropos Weihnachten, ich möchte noch ein paar Dinge einkaufen. Was hältst du davon, morgen mit mir nach Oberammergau zu fahren?“

„Falls wir dann nicht eingeschneit sind, gerne“, erwiderte Matthew.

*

Am Heiligen Abend war das Wetter außergewöhnlich schön. Die Sonne schien strahlend auf den weißen Schnee und verwandelte jede einzelne Schneeflocke in ein glänzendes Prisma. Die ganze Landschaft funkelte, als ob Diamanten vom Himmel gefallen wären.

Vater und Sohn waren den ganzen Tag über in der Küche beschäftigt. Sie allein konnten gar nicht alles essen, was sie zubereiteten, doch sie genossen die Vorbereitung. Das meiste würden sie wahrscheinlich sowieso verschenken.

Gegen Abend türmten sich schmutzige Töpfe und Geschirr in der Küche. Der Duft, der aus der Küche strömte, zeugte davon, daß ihre Bemühungen im großen und ganzen erfolgreich gewesen waren.

Der Truthahn war vorbereitet und brauchte am Weihnachtsmorgen nur noch in den Ofen geschoben werden. Und sie hatten sich sogar daran gewagt, eine Füllung zuzubereiten.

Bis sie die Küche halbwegs gesäubert, alles Geschirr abgewaschen und den Teig für die traditionellen Weihnachtspfannkuchen gerührt hatten, war es schon nach sechs Uhr und dunkel draußen. Eine Weihnachtsplatte erklang, und das Wohnzimmer war in Kerzenlicht getaucht.

„Puh, ich bin völlig am Ende, Dad", stöhnte Matthew. „Wie wär's mit einer Pause?"

„Ich könnte jetzt ein Glas vertragen. Wie steht's mit dir? Außerdem bin ich noch überhaupt nicht hungrig."

Sie gossen sich ein Glas Wein ein und setzten sich in ihre Lieblingssessel vor dem Kamin.

Beide starrten in die gelben Flammen.

Thaddeus brach schließlich das Schweigen.

„Nun, Matt", sagte er und sprang auf, „wenn du im unklaren darüber bleiben willst, gut. Ich jedenfalls kann jetzt nicht mehr länger warten."

Er ging zum Baum, hob das längliche Päckchen auf und brachte es Matthew. „Ich möchte wissen, was es damit auf sich hat", sagte er. „Es ist Heiligabend. Es gibt keinen Grund mehr, noch länger zu warten ... Mach es auf."

Matthew hielt das Päckchen bewegungslos in der Hand.

„Los, mein Sohn. Worauf wartest du noch?" drängte ihn Thaddeus.

„Ich weiß es nicht, Dad. Ich habe irgendwie ein seltsames Gefühl. Es ist fast so, als hätte ich Angst, es zu öffnen."

„Angst ... Angst wovor?"

„Das ist es ja – ich weiß es nicht. Da ist nur ... irgend etwas ist seltsam."

„Soll ich es für dich öffnen?" lachte Thaddeus.

„Nein, nein, das ist schon in Ordnung", sagte Matthew und atmete tief durch, dann begann er vorsichtig, das Papier aufzureißen. „Vermutlich kann ich es nicht ewig hinausschieben."

Mit klopfendem Herzen öffnete er das lange Kästchen an einer Seite. Auf seinen Schoß fiel eine einzige, verwelkte Rose mit einem etwa zwölf Zentimeter langen Stiel.

Seine Gedanken überschlugen sich, und in seine Augen traten Tränen der Verwirrung und des wiedererwachten Kummers. Sein Mund öffnete sich zum Sprechen, doch er brachte kein Wort heraus.

„Matt", wiederholte sein Vater nun zum dritten Mal. „Ist

das alles ... ist sonst nichts mehr in dem Päckchen – kein Zettel, keine Karte oder sonst etwas?"

„Äh ... äh, nein. Ich ... äh, glaube, das ist alles", antwortete Matthew endlich.

Er hob das Päckchen hoch und schaute hinein. „Das ist alles, Dad ... sonst nichts."

Er schaute hinunter auf seinen Schoß und nahm die Rose auf. Die wohlgeformte, welke Rose verströmte ihren Duft.

„Ein seltsames Geschenk", sagte Thaddeus.

„Eigentlich gar nicht so seltsam", murmelte Matthew, während er die Blume anstarrte, als würde er sie anflehen, ihren Urspung zu verraten, das Geheimnis, das nur sie kannte. Ihm fiel es immer noch schwer, die Vergangenheit von der Gegenwart zu trennen. Er saß da wie im Traum, in jenem nebulösen Land zwischen Wachen und Träumen, wo nichts wirklich ist, sondern nur wirklich scheint.

„Es ist eine Meilland ... eine der klassischen rosa Züchtungen", flüsterte Matthew abwesend. Die Anwesenheit seines Vaters hatte er vollkommen vergessen. „Ich habe mich danach erkundigt, nachdem ich sie ihr an jenem Morgen geschenkt hatte ..."

„Was bedeutet das, Matt?" fragte sein Vater.

Matthew saß noch einen Augenblick wie betäubt da.

Auf einmal riß er die Augen auf. Sein Körper spannte sich, und im nächsten Moment sprang er auf. Die zarte Rose fiel zu Boden.

Aufgeregt ging er durchs Zimmer wie ein Tiger, der in einem Käfig gefangen war. Seine Gedanken überschlugen sich.

„Matt, was ist los?" fragte sein Vater mit wachsender Besorgnis.

„Sie war die einzige, die es wußte", erwiderte Matthew halb zu sich selbst, halb als Antwort auf die Frage seines Vaters.

„Was wußte?"

„Sie kannte die Meilland ... sie kannte die Sorte der rosa Rose. Niemand sonst wußte es ... niemand sonst *konnte* es wissen."

Matthew kam wieder zu sich und rannte plötzlich zu seinem Sessel zurück und hob die zarte Blume vorsichtig auf. Tränen standen in seinen Augen.

„Es ist eine Meilland – ich weiß es! Es kann keinen Zweifel geben – die Farbe, das längliche Blatt, der dünne Stiel, der schwache Duft“, sagte er und schaute seinen Vater aufgeregt an. „Verstehst du denn nicht – niemand außer Sabrina wußte, was die Meilland für uns bedeutete. Dies ist die rosa Rose unseres Versprechens!“

„Ich fürchte, ich tappe immer noch im Dunkeln, Sohn“, meinte Thaddeus verwirrt.

„Dad, schau sie dir nur an! Diese Rose ist welk, aber noch nicht getrocknet! Was kann es anderes bedeuten, als –“

Matthew brach ab, verschluckte sich an seinen eigenen Worten. Tränen liefen ihm nun die Wangen hinunter.

„Was kann es anderes bedeuten ... als ... als daß – so unmöglich das auch zu sein scheint ... Sabrina noch am Leben ist!“

80

Der Rose auf der Spur

Nichts hätte Matthew McCallum jetzt weniger interessieren können als das Weihnachtsessen. Tatsächlich hatte er sogar ganz vergessen, daß Heiligabend war.

In fieberhafter Aufregung ging er mit dem Telefon in der Hand hin und her.

„Es ist kaum einer da“, erklärte er seinem Vater, die Hand über den Hörer gelegt, „ein Pförtner, eine Sekretärin, zwei Wachmänner und die Assistentin eines Botschafters.“

„Was sagen sie?“ fragte Thaddeus.

„Sie schaut nach“, erwiederte Matthew. Enttäuschung,

Ungeduld und Hoffnung waren ihm im Gesicht geschrieben. Er konnte seinen Tatendrang kaum zurückhalten.

„Ja, der Name ist McCallum", sagte Matthew ins Telefon. „Ich gehöre zum State Department. Das Päckchen müßte vor fünf oder sechs Tagen abgegeben worden sein ... Ja, vielleicht am Montag, vielleicht auch letztes Wochenende schon. Es ist am Donnerstag hier angekommen, hat Berlin vielleicht am Mittwoch verlassen ..."

Wieder war Schweigen im Telefon, und Matthew schaute zu seinem Vater hinüber. „Heiligabend und Sonntag noch dazu", meinte er.

„Du wirst bis Dienstag warten müssen", warf Thaddeus ein.

„Ich *kann* nicht warten Dad – ich muß es herausfinden! Und wenn ich persönlich am Weihnachtstag nach Berlin fahren müßte!"

Matthew ging weiter auf und ab.

Thaddeus sagte nichts mehr. Ihm gefiel es nicht, daß sein Sohn seine Hoffnungen so hochschraubte, wo er doch nichts Greifbares in der Hand hatte. Um Matthews willen, und sei es nur, um ihn wieder in die Wirklichkeit zurückzubringen, würde er schon früh genug den Advokaten des Teufels spielen müssen. Zuerst wollte er aber noch abwarten, was der Anruf beim Konsulat ergab.

„Was?" fragte Matthew. „Richtig – das Buch für die Eingänge. Ich verstehe, gut ... letzten Montag, vor sechs Tagen also ... am frühen Nachmittag ... und sonst kein Vermerk – nur die Unterschrift?" Matthew wartete. „Und der Name?" fügte er mit klopfendem Herzen hinzu.

Thaddeus beobachtete ihn, während Matthew der Stimme im Berliner Büro des amerikanischen Konsulates lauschte.

„Sind Sie sicher?" fragte er nach einer Weile. „Aber wer war es ...? Wie sah sie aus ... ja, natürlich ... ich bleibe dran."

Diesmal dauerte es etwas länger. Das Feuer im Kamin war niedergebrannt. Thaddeus erhob sich und legte einige Holzscheite nach. Matthew sprach wieder.

„Ja, ich verstehe ... Vielen Dank – beschreiben Sie sie, so gut Sie können."

Mit großer Aufmerksamkeit hörte Matthew der Beschreibung zu.

„Und Sie haben nicht gefragt, worum es sich handelte?" Die Enttäuschung zeigte sich in seiner Stimme.

Ein Pause.

„Ja, natürlich. Es tut mir leid. Wie hätten Sie auch daran denken können."

Wieder eine kurze Pause.

„Richtig ... vielen Dank. Sie haben mir sehr geholfen. Falls sie noch einmal wiederkommen sollte ... falls Sie sie wiedersehen sollten, nehmen Sie bitte sofort Kontakt mit mir auf. Versuchen Sie sie festzuhalten, lassen Sie sich eine Adresse oder eine Nummer geben, wo ich in Verbindung mit ihr treten kann. Das ist äußerst wichtig ... ja, in Ordnung ... gut. Noch einmal vielen Dank."

Matthew legte seufzend den Hörer auf.

„Nicht gerade sehr viel", meinte er. „Die Unterschrift im Eingangsverzeichnis lautet *Ursula.* Die Dame konnte den Nachnamen nicht entziffern – sie meinte, er begänne vielleicht mit einem W, war sich aber nicht sicher."

„Sagt dir der Name etwas?"

„Überhaupt nichts."

„Vielleicht doch eine heimliche Verehrerin?" schlug Thaddeus vor.

„Ach komm, Dad! Warum ist dann kein Gruß dabei?"

„Wenn es tatsächlich Sabrina ist, warum hat sie keine Nachricht beigelegt?"

Matthew seufzte. „Ich weiß es nicht ... Ich weiß es einfach nicht."

Wieder seufzte er. „Es war übrigens auch nicht Sabrina", fügte er hinzu. „Die Sekretärin, die heute abend Dienst hat, war an dem betreffenden Tag auch beim Empfang. Sie erinnert sich daran, daß die Dame hereingekommen ist und sagte, sie hätte ein Geschenk für mich. Sie meinte, das sei ihr damals schon komisch vorgekommen."

„Komisch ... warum?"

„Aus demselben Grund, warum es uns seltsam erscheint –

keine Grußkarte, keine Erklärungen, nichts. Sie sagt, die Frau schien nervös und wollte nur widerwillig unterschreiben. Sie sagte einfach nur, man sollte mir das Geschenk übergeben."

„Bist du sicher, daß es nicht Sabrina gewesen ist?"

Matthew nickte. „Sie sagte, die Dame sei klein gewesen, habe schwarze Haare gehabt und eine lange, dünne Nase."

„Kennst du niemanden, auf den die Beschreibung paßt?"

„Dad, ich sage dir, ich habe keine stillen Verehrerinnen."

„Welche andere Erklärung kann es geben?"

„Es *muß* etwas mit Sabrina zu tun haben."

„Warum ist Sabrina dann nicht selbst gekommen?"

„Weil, ich weiß es nicht ... vielleicht sitzt sie auf der anderen Seite der Mauer fest."

„Wie hat sie dann die Rose zu der geheimnisvollen Dame gebracht, die auf dem Konsulat gewesen ist?"

„Dad, ich weiß es nicht, aber da *muß* es eine Verbindung geben."

„Ich möchte nur nicht, daß du dir falsche Hoffnungen machst, Sohn. Hoffnung ist etwas Wunderbares, ein Geschenk Gottes. Aber unrealistische Hoffnungen können sehr schmerzlich sein, wenn sie sich zerschlagen."

„Ich weiß ... ich weiß ... aber ich habe das ganz bestimmte Gefühl, daß dies Sabrinas Werk ist. Ich sage dir, *niemand sonst* hat von dieser besonderen rosa Rose wissen können."

„Vielleicht ist es ein Zufall."

„Vielleicht ..."

Matthews Stimme erstarb.

„Du hast vorhin in Verbindung mit dieser Rose von einem Versprechen gesprochen. Was hat es damit auf sich?" fragte Thaddeus.

Bei dem Gedanken daran lächelte Matthew. „Ich habe ihr versprochen, daß nichts uns jemals wieder trennen würde, daß ich nicht zulassen würde, daß uns irgend etwas, nicht einmal ein neuer Krieg, auseinanderbringen würde."

Er machte eine kurze Pause, dann brach es aus ihm heraus. „Verstehst du denn nicht, Dad – auf diese Weise erinnert mich Sabrina an dieses Versprechen! Sie sagt mir damit, daß sie noch am Leben ist und daß das, was wie eine Katastrophe aussieht, nicht zwischen uns gekommen ist!"

„Aber warum hat sie dir das dann nicht einfach gesagt? Warum liegt keine Nachricht dabei, Matt?"

„Vielleicht ist sie in Gefahr ... oder sie glaubt, ich sei in Gefahr. Sie möchte mich wissen lassen, daß sie noch am Leben ist, doch sie will nicht, daß ich versuche, sie zu finden ... um meinetwillen! Das ist es, Dad!"

„Was ist was, Matt?" lachte Thaddeus. „Ich fürchte, ich verstehe überhaupt nichts mehr."

„Sabrina ist vor allem die Tochter von Heinrich von Dortmann. Verstehst du denn nicht? Sie folgt genau seinen Fußstapfen! Sie sagt mir damit, daß sie in Sicherheit ist, daß sie am Leben ist – und daß ich mich mit diesem Wissen zufrieden geben soll. Der Versuch, zu ihr zu kommen, würde mich nur in Gefahr bringen – und vielleicht auch sie. Das ist es – darum liegt keine Nachricht dabei! Sie hätte zurückverfolgt werden können! Sie wußte, daß ich ihr Geschenk auch so verstehen würde!"

„Es könnte auch hundert andere Erklärungen geben, Matt", meinte sein Vater.

„Es könnte ... aber diese Rose ist von Sabrina, das weiß ich! Und ich werde sie finden!"

„Auch wenn sie gar nicht gefunden werden möchte?"

„Ich muß, Dad! Du hast selbst gesagt – sie ist eine Frau, der man im Leben nur einmal begegnet."

„Angenommen, Sabrina hätte tatsächlich etwas mit dieser Rose zu tun ... angenommen, sie ist am Leben ... was kannst du tun? Du hast keinerlei Anhaltspunkte. Allem Anschein nach befindet sie sich hinter dem Eisernen Vorhang. Es gibt keinen Weg, wie du zu ihr gelangen kannst, keinen Weg, sie in den Westen zu holen. Sie ist vollkommen abgeschnitten. Du weißt das besser als jeder andere. Außerdem – du hast keine Spur, die dich zu ihr führen könnte."

„Ich habe zwei Anhaltspunkte, Dad – diese rosa Rose und die geheimnisvolle Dame mit Namen Ursula!"

„Und doch ist da immer noch die Mauer. Chruschtschow hat euch beide getrennt. Ich sehe keinen Weg, wie du –"

„Ich werde nach Ost-Berlin gehen. Irgendwie werde ich ihre Spur aufnehmen."

„So hochrangige Diplomaten wie du werden nicht hereingelassen."

„Ich werde es schaffen!"

„Die Menschen versuchen in Massen, aus Ost-Berlin zu fliehen. Und du willst hinein?"

„Ich muß sie finden, und wenn ich den Rest meines Lebens damit verbringen muß."

„Was ist mit deiner Arbeit für Präsident Kennedy? Du mußt vorsichtig sein, wenn du nicht einen Krieg auslösen willst."

Matthew schwieg einen Augenblick. Vieles ging ihm durch den Sinn.

„Du hast recht, Dad. Ich muß an die Konsequenzen für Kennedy denken ... und für die ganze Situation. Aber", fügte er hinzu, und seine Stimme klang sehr entschlossen, „ich habe die feste Absicht, sie zu finden ... wie groß das Risiko auch sein mag ... wohin es mich auch bringt ... was immer ich auch tun muß."

Teil V

Hinter den feindlichen Linien

Januar 1962

81

Wieder im Weißen Haus

Matthews Besuch im Weißen Haus hatte diesmal einen ganz anderen Grund als letztes Mal.

Die beiden Männer schüttelten sich die Hand.

„Hatten Sie und Ihr Vater ein schönes Weihnachtsfest?" fragte der Präsident.

„Sehr schön, vielen Dank. Obwohl mich am Weihnachtstag ganz andere Dinge beschäftigten. Aber wir haben für eine ganze Armee gekocht und uns wie immer mit Essen vollgestopft."

„Dann hat sich Ihr Zusammenleben bewährt?"

„Ja, und ich bin Ihnen dankbar für alles, was Sie für uns getan haben. Ich habe Dad noch nie so zufrieden erlebt."

„Das freut mich", erwiderte der Präsident. „Wie ich sehe, haben Sie die Feiertage zum Anlaß genommen, Ihren Rasierer zu pensionieren", fügte er lächelnd hinzu.

„Nur zeitweilig."

„Ich hoffe, Sie haben Verständnis für die Ernennung von General Clay."

„Unter den gegebenen Umständen haben Sie den besten Mann für diese Aufgabe ausgewählt. Und damit sind wir schon beim Grund meines Besuches."

Matthew verschwendete keine Zeit, sondern kam direkt auf sein Anliegen zu sprechen.

„Es tut mir leid, dies zu einer solchen Zeit tun zu müssen, Mr. President", fuhr er fort, „vor allem, da ich der Meinung bin, daß ich Ihnen in den vergangenen Monaten keine große Hilfe gewesen bin. Doch ich bin persönlich gekommen, um Ihnen mein Rücktrittsgesuch zu überreichen. Diesmal möchte ich offiziell aus Ihrem Stab ausscheiden."

Er beugte sich vor und übergab dem Präsidenten ein Blatt Papier, auf dem er kurz und knapp seinen Rücktritt erklärte.

„Es tut mir leid, dies zu hören, Matthew“, sagte Kennedy und schaute ihn an. „Kann ich Ihnen das irgendwie ausreden?“

„Nein, Mr. President.“

„Hat es etwas zu tun mit der Aufgabenstellung ... oder der Bezahlung ...?“

„Nein, nichts dergleichen. Es sind, sagen wir – persönliche Gründe.“

„Der Deckmantel für jeden Rücktritt in dieser Stadt!“ lachte Kennedy. „Gehe ich recht in der Annahme, daß Ihre Entscheidung etwas zu tun hat mit unserer Unterhaltung vom letzten Sommer und dem Zwischenfall an der Grenze, in den Sie verwickelt waren?“

„Je weniger Sie wissen, desto besser für Sie, Mr. President“, erwiderte Matthew. „Um Ihretwillen möchte ich Sie in Verbindung mit meinem Rücktritt um einen Gefallen bitten.“

„Sprechen Sie.“

„Es wäre mir lieb, wenn Sie meinen Rücktritt öffentlich bekanntgeben.“

„Kein Problem. Ich würde das sowieso tun, mit dem notwendigen Ausdruck des Bedauerns von meiner Seite.“

„Ich meine, wirklich publik machen, so daß die Russen und Ostdeutschen es mitbekommen.“

„In Ordnung.“

„Ich bin nach Washington geflogen, um Ihnen persönlich mein Rücktrittsgesuch zu überreichen. Lassen Sie bekanntwerden, daß ich in meinen Heimatstaat Montana zurückgekehrt sei, um einen längst überfälligen Urlaub zu machen, was im Augenblick auch tatsächlich meine offiziellen Pläne sind.“

Der Präsident nickte, dann schaute er Matthew vorsichtig an.

„Was haben Sie wirklich vor, Matthew?“

„Dies sind meine offiziellen Pläne. Falls ich auf dem Weg nach Montana verloren gehen sollte – nun, so etwas kann man nicht voraussagen.“

„Kommen Sie, alter Freund, seien Sie offen zu mir."
„Ganz inoffiziell, Mr. President?"
Kennedy nickte. „In diesem Raum gibt es keine Mikrophone, Matthew", sagte er, dann fügte er mit einem spitzbübischen Grinsen hinzu, „und falls es welche gäbe, würde ich sie bei dieser Unterhaltung nicht einschalten."
„In Ordnung", sagte Matthew, „von mir wissen Sie nichts."
„Einverstanden."
„Auf meinem Weg nach Montana werde ich mich hinter den Eisernen Vorhang begeben."
Kennedy setzte sich in seinem Sessel auf.
„Alle versuchen, aus der DDR herauszukommen, und Sie wollen hinein? Wie?"
„Das weiß ich noch nicht, doch ich werde einen Weg finden. Ich habe Verbindungen."
„Das hört sich verrückt an ... Wissen Sie auch, was Sie tun?"
„Nein. Ich habe nur keine Wahl."
„Wenn Sie nun in Schwierigkeiten geraten? Sie haben alle Brücken zur Regierung abgebrochen."
„Dieses Risiko muß ich eingehen. Ich darf Sie nicht in die Angelegenheit verwickeln. Darum möchte ich, daß mein Rücktritt öffentlich bekanntgegeben wird."
„Ich verstehe Ihren Standpunkt."
„Zwei Dinge noch", fügte Matthew hinzu. „Es wäre sehr schön, wenn Dad das Haus behalten könnte, bis ich zurückkomme."
„Natürlich. Ich würde ihn gern in meinem Stab behalten, falls ihm das recht ist."
„Ich bin sicher, er wird sehr dankbar sein."
„Sie sprachen von zwei Dingen."
Matthew antwortete nicht sofort. Als er wieder das Wort ergriff, schwang Resignation und Vorahnung in seinem Tonfall mit. „Falls durchsickert, daß der KGB einen Amerikaner in seinen Folterkammern gefangenhält", sagte er, „könnten Sie mir den CIA hinterherschicken. Ich werde einen anderen Namen benutzen ... doch es könnte sehr gut sein, daß ich es bin."

82

Hinter dem Vorhang

In drei Wochen konnte kein dichter Bart wachsen.

Wer wußte schon, wie lange so etwas dauerte?

Der Bart sollte ihn auf jeden Fall so gut tarnen, daß niemand ihn auf den ersten Blick erkennen konnte. Er wollte verhindern, daß man eine Verbindung herstellen konnte zwischen seinen Aktivitäten hier und der Regierung der Vereinigten Staaten oder dem Weißen Haus.

Daß Leute wie Paddy Red das Herumschnüffeln zu einer Lebensaufgabe machten, konnte er nicht verstehen. Sie waren von einem anderen Schlag, suchten die Gefahr und das Risiko.

Er fragte sich, ob sie wohl jemals Angst empfanden, oder ob sie es gar genossen, ständig in Gefahr zu schweben.

Er hatte auf jeden Fall Angst, das war klar!

Ein Narr, wer keine Angst empfand, wenn er sich hinter den Eisernen Vorhang begab, wo ein Fünftel der Bevölkerung Informationen an die Stasi lieferte, die Gewehre mit echten Kugeln geladen waren und diejenigen, die sie trugen, keine Scheu hatten, sie auch zu benutzen, wo der Kreml das Sagen hatte, Amerika der größte Feind war und wo die Spannungen im letzten Jahr so groß geworden waren, daß die Welt Angst hatte vor einem Atomkrieg.

Berlin war ein Pulverfaß, und er befand sich mittendrin.

Doch nun gab es kein Zurück mehr. Drei Wochen zuvor, an jenem denkwürdigen Weihnachtsabend, hatte er seinen Kurs festgelegt, als er kaum Schlaf gefunden und immer wieder über den Plan nachgedacht hatte, der in seinem Kopf Formen annahm. Zwischen dem Austausch ihrer Geschenke, dem Truthahn und dem Apfelstrudel waren Vater und Sohn den Plan immer wieder durchgegangen. Sein Vater hatte natürlich versucht, ihm das Ganze auszureden und ihn dann immer wieder mit Fragen gelöchert, um ihm zu helfen, seinen Plan zu vervollkommnen.

Am folgenden Tag, dem sechsundzwanzigsten, war er nach Berlin gefahren. Er mußte persönlich mit den Leuten im Konsulat sprechen und schaute sich selbst die Unterschrift der geheimnisvollen Dame an, die das Geschenk gebracht hatte. Dann hatte er eine Unterredung mit Bob Clatchen gehabt, der ihm mehrere ostdeutsche Ausweispapiere beschafft und gesagt hatte, wie er mit Paddy Red in Kontakt treten konnte, wenn er drüben war.

Danach war er nach Washington geflogen – ohne Rückflugticket – und zurück nach München unter einem anderen Namen.

Die vergangene Woche hatte er mit seinem Vater verbracht und seinen Bart wachsen lassen. Dann die Rückkehr nach Berlin, mit neuen Ausweispapieren, ostdeutschem Geld, Kleidung und so weiter – und nun war er hier.

Schwer auf seinen Stock gestützt, näherte er sich dem uniformierten Grenzbeamten. Immer wieder war er die Sache von vorn bis hinten in Gedanken durchgegangen. Obwohl dies noch die einfachste Phase des ganzen Planes war, zitterte er innerlich. Falls irgend etwas schiefging, war alles vorbei.

Es war dämmrig, zwischen vier und fünf Uhr nachmittags. Ganz bewußt hatte er diesen Zeitpunkt gewählt, falls einer der Grenzbeamten zu genau hinschauen sollte.

Er näherte sich dem Grenzübergang Invalidenstraße. Zwei Grenzbeamte standen bereit und schauten ihn gelangweilt an. Langsam humpelte er heran, holte seinen Ausweis aus der Tasche. Der Grenzbeamte schaute ihn kurz an, dann nickte er und ließ ihn zu dem kleinen Gebäude gehen, wo die Papiere überprüft wurden.

Matthew stellte sich hinter drei oder vier andere ... und wartete. Endlich kam er an die Reihe.

Er legte seinen Ausweis und die von Clatchen gefälschten Papiere auf den kleinen Tisch.

„Nun, alter Mann, Sie kommen aus dem Urlaub zurück, ja?“

„Ja.“, antwortete er mit rauher Stimme.

„Haben Ihren Bruder im Westen, was?"

„Ja."

„Wieso ist er im Westen, Herr ... äh, Herr Liebermann?" fragte der Beamte, während er die Papiere durchsah.

„Die Mauer hat uns getrennt."

„Ich verstehe. Und Sie ... standen Sie nicht in der Gefahr, bei Ihrem Bruder zu bleiben, Herr Liebermann?"

„Oh nein, Berlin ist meine Heimat."

„Sie meinen Ost-Berlin?"

„Ja."

„Dann ist der Westen also nicht so ganz nach Ihrem Geschmack, äh ... wie die ganze Propaganda uns glauben machen will, nicht wahr, Herr Liebermann?"

„Nein."

„Dann gehen Sie nur zurück in Ihre kalte Wohnung, Liebermann. Der Nächste, bitte!" rief er und schob ihm die Papiere wieder hin.

Matthew nahm sie und steckte sie in die Tasche, während er sich beeilte, die Grenze nach Ost-Berlin zu überschreiten.

Erleichtert atmete er auf, dann ging er schnell die Invalidenstraße entlang, fort vom Grenzübergang.

Das war noch der leichteste Teil, dachte er.

Wieder herauszukommen – das würde gefährlich werden!

Selbst wenn er seine Meinung jetzt ändern, sich umdrehen und zurückgehen würde, wenn er den Grenzbeamten erzählte, es wäre alles ein Irrtum, und er wolle zurück in den Westen, sie würden ihn niemals durchlassen. Die fünfzig Meter, die er gerade zurückgelegt hatte, hätten auch gut fünfzig Kilometer sein können.

Er verlor sich jedoch nicht mehr als eine Sekunde lang in solchen unnützen Überlegungen, sondern ging entschlossen weiter die Straße entlang und bog nach einigen hundert Metern nach rechts ab.

Er hoffte, daß seine Nachricht Paddy Red erreicht hatte und der Agent zum vereinbarten Treffpunkt kommen würde.

83

Straßen der Erinnerung

Eigentlich habe ich gar keinen richtigen Plan, dachte Matthew, während er durch die Straßen Ost-Berlins ging.

Er hatte nur zwei Anhaltspunkte – eine mittlerweile vollkommen verwelkte rosa Rose und den Namen der Dame, die sie gebracht hatte. Ursula. Keine dieser Spuren hatten etwas ergeben. Er wußte gar nichts.

In ihm war jedoch das starke Gefühl gewachsen, daß ihn, wenn er nur einfach hier war, schon irgend etwas weiterbringen würde; das Gefühl, daß er geführt werden würde ... daß Gott seine Schritte leiten würde.

Am Weihnachtstag war er auf eine Bibelstelle aus den Sprüchen gestoßen, und sie hatte ihn seither nicht mehr verlassen. *Verlaß dich auf den Herrn von ganzem Herzen, und verlaß dich nicht auf deinen Verstand, sondern gedenke an ihn in allen deinen Wegen, so wird er dich recht führen.*

Immer und immer wieder hatte er darüber nachgedacht. Und während er das tat, schien der Herr ihm Mut zu machen, an dieses Versprechen zu glauben. Nicht nur einfach zu „glauben", sondern nach diesem Glauben zu *handeln.* Wenn er sich selbst Gottes Führung überließ, sie akzeptierte, würde ihm sein Weg klarwerden, würde er einen Schritt nach dem anderen tun können.

Er hörte Gott zu sich sagen: *Bekenne dich zu mir, tue, was du für richtig hältst, nimm die Gelegenheiten wahr, die sich dir bieten. Dann vertrau mir, höre auf meine Stimme, bete ohne Unterlaß ... und der Weg wird dir gezeigt werden.*

Auf seine eigenen Erkenntnisse konnte er sich nicht verlassen. Er *mußte* sich auf den Herrn verlassen, daß er ihn führen würde – es gab keine Alternative. Am Weihnachtstag hatte er gebetet und seinen Kurs festgelegt, den Weg, dem er meinte folgen zu müssen, hinein in die Hände Gottes. Seither hatte er sich darum bemüht, aufmerksam auf Gottes

Stimme zu hören, während er gleichzeitig tat, was er für richtig hielt.

In den Wochen der Vorbereitung war ihm klargeworden, daß er gehen mußte. Er wurde erinnert an Abraham, zu dem Gott gesagt hatte: „Geh aus deinem Vaterland und von deiner Verwandtschaft und aus deines Vaters Hause in ein Land, das ich dir zeigen will." Die erste Phase der Reise war, einfach „aufzubrechen" zu dem Ort, wo Sabrina sich aufhalten würde, falls sie am Leben war – nach Ost-Berlin ... Ostdeutschland. Wenn dies der erste Schritt war, den Gott ihm gezeigt hatte, würde er diesen ersten Schritt tun und dann warten, daß ihm seine weiteren „Wege" klarwürden.

Er konnte nicht hoffen, Sabrina wohlbehalten in ihrer Wohnung anzutreffen. Doch schlug sein Herz schneller, als er sich dem vertrauten Haus näherte.

Auch die Erinnerungen überfielen ihn wieder – die Zeit, die er und Sabrina im vergangenen Sommer zusammen verbracht hatten ... die Kutschfahrt zu dem Ball ... der Morgen, an dem er ihr die rosa Rose gebracht hatte ... die vielen Gespräche, die sie geführt hatten, während er sie zu ihrer Wohnung begleitet hatte.

Die Straßen schienen jetzt noch verlassener zu sein. Damals hatte er wenigstens Sabrina an seiner Seite gehabt. Sie machte jeden Ort lebendig. Doch jetzt hatte er das Gefühl, als durchschritte er ein riesiges Grab.

Da vorne war das Haus!

Sein Herz klopfte zum Zerspringen. *Oh, Gott ... wenn nur ... Gott, bitte ...*

Er konnte das Gebet nicht einmal zu Ende sprechen. Der Gedanke war zu unglaublich, daß er trotz aller Gründe, die dagegen sprachen, ihr Gesicht wiedersehen sollte.

Auf einmal durchzuckte ihn ein schrecklicher Gedanke.

Wenn sie nun am Leben und zu Hause war, doch keinen Kontakt zu ihm aufgenommen hatte ... weil sie durch die Explosion unheilbare Verletzungen erlitten hatte, ihr Gesicht bis zur Unkenntlichkeit entstellt war? Wenn sie verkrüppelt war ... oder schlimmeres?

Er mußte sie wissen lassen, daß keine äußeren Verletzungen oder Narben seine Gefühle für sie ändern würden!

Er rannte jetzt. Schon war er bei dem Haus angekommen.

Ein Licht brannte!

Oh, Gott . . . laß sie da sein . . . laß sie wissen, Vater . . . laß sie wissen, daß ich . . .

Jetzt stand er vor dem Eingang. Wie oft hatten sie hier gestanden und geredet . . .

Matthew blieb stehen, atmete tief durch. Er konnte seine Aufregung kaum noch im Zaum halten. Dann klingelte er.

Schritte waren zu hören.

Die Tür öffnete sich einen Spalt.

Ein fremdes Gesicht erschien.

Eine etwa fünfzigjährige Frau schaute ihn ärgerlich an.

„Ist . . . äh, Fräulein Rosenblatt zu Hause?“ stotterte Matthew.

„Rosenblatt? Hier wohnt niemand dieses Namens.“

„Sie hat früher hier gewohnt, und ich muß sie ausfindig machen.“

„Sie ist nicht hier“, sagte die Frau grob und versuchte, die Tür zu schließen.

„Bitte“, unterbrach sie Matthew. „Haben Sie den Namen schon einmal gehört?“

„Nein.“

„Wie lange wohnen Sie schon hier?“

„Das geht Sie nichts an“, schnappte sie und versuchte wieder, die Tür zuzumachen.

„Bitte“, flehte Matthew, „gab es keine . . . Sachen, keine Möbel?“

„Die Wohnung war leer“, erwiderte sie mit wachsender Ungeduld. „Mein Bruder, der für die Regierung arbeitet, bekam dieses Haus im August zugeteilt. Es war nichts drin.“

„Hat er Ihnen nichts darüber gesagt, warum dieses Haus leersteht?“

„Nur, daß der frühere Bewohner tot sei. Ich habe den Namen Rosenblatt noch nie gehört. Und nun gehen Sie, oder ich sage meinem Mann, daß er die Behörden verständigen soll.“

Mit gnadenloser Endgültigkeit wurde ihm die Tür vor der Nase zugeschlagen. Maßlos enttäuscht taumelte er die wenigen Stufen hinunter, dann ging er die Straße entlang. Unaufhörlich klangen ihm die Worte der Frau im Ohr – *tot . . . das Haus war leer . . . ich kenne den Namen Rosenblatt nicht . . . der frühere Bewohner ist tot . . . der frühere Bewohner ist tot.*

Gott, was soll ich jetzt tun? fragte er. *Ich bin die beiden Schritte gegangen, die mir klar waren – ich bin nach Ostberlin gekommen und zu ihrem Haus gegangen. Was jetzt, Herr? Führe mich. Ich weiß nicht, was ich tun soll, Herr . . . ich weiß nicht, wohin ich mich wenden soll. Ich habe das Gefühl gehabt, daß du mich hierhergeführt hast . . . nun führe mich auch weiter . . . Ich weiß, daß du mein Vater bist . . . Hilf mir, oh Herr, sie zu finden. Führe mich zu ihr, Vater!*

Er mußte unbedingt mit Paddy Red sprechen. Vielleicht würde ihm dann klarwerden, wie er weiter vorgehen sollte.

84

Liebermann und Red

Noch bevor er das Hotel, wo er die Nacht verbringen sollte und wo Paddy Red Kontakt zu ihm aufnehmen würde, erreicht hatte, begann sich das Blatt zu wenden.

Während er durch die Straßen ging, wurde das Gefühl des Geführtwerdens immer stärker.

Geh in das Land, das ich dir zeigen werde . . . dein Volk und deines Vaters Haus . . . deines Vaters Haus – Vaters Haus!

Natürlich!

Matthews Herz machte einen Sprung. Gott hatte ihm den nächsten Schritt gezeigt, dessen war er sicher.

Nur ein Schritt, das stimmte, doch ein ganz wichtiger. Er würde zum Haus des Vaters gehen! Dann würde er einfach darum beten, daß ihm der nächste Schritt gezeigt würde!

Danke ... danke, Vater! flüsterte er aufgeregt, während er das Hotel betrat. *Erkenne ihn auf allen deinen Wegen, und er wird dich führen ... Danke, Herr!*

★

„Nun, Charlie, man sagte mir, daß Sie meine Hilfe vielleicht noch einmal brauchten", begann der Mann, der bekannt war als Paddy Red, nachdem sie in Matthews kleinem, schmuddeligen Hotelzimmer Platz genommen hatten. „Ich weiß nicht, ob ich Sie erkannt hätte", fügte er hinzu. „Eine erstklassige Verkleidung. Ich hätte Sie für einen alten Kauz von siebzig gehalten."

„Ich bin überrascht, daß Sie sich so offen mit mir sehen lassen", bemerkte Matthew.

„Ich besuche doch nur einen alten Burschen mit Namen Liebermann, der gerade von einem Besuch bei seinem Bruder zurückgekommen ist. Wen interessiert das schon? Alles hat sich verändert, Kamerad. Trotz ihres ganzen Spionierens, Sie können sich nicht vorstellen, wie dämlich diese Kommunisten manchmal sein können."

„Aber warum sind Sie immer noch hier – im Osten, meine ich? Sind nicht die meisten Agenten zurück in die Sicherheit West-Berlins gegangen?"

„Viele."

„Sie sind doch jetzt in noch größerer Gefahr."

„Das stimmt. Doch warum ist ein Mensch ein Agent, wenn er die Gefahr fürchtet? Ja, man hat mir angeboten, zurückzukommen. Doch ich dachte, daß wir noch einige Leute hier brauchten, und ich bin gut getarnt. Ich wollte nicht, daß all die Jahre, die ich hier verbracht habe, umsonst gewesen sind. Außerdem habe ich ja noch meine Zyankalikapsel."

„Klingt nicht, als sei das ein großer Trost."

„Aber Sie sind kein Spion, nicht wahr, Kamerad? Man sagte mir, Sie brauchten meine Hilfe."

„Wie hat man Ihnen das gesagt?"

„Wir haben Mittel und Wege", antwortete Red. „Auch

diese Mauer kann den Informationsaustausch nicht verhindern. Je weniger Sie wissen, desto besser für Sie. Sagen Sie mir nur, was Sie brauchen, und ich werde sehen, was ich tun kann. Haben Sie gehört, was mit dem Burschen, mit dem ich Sie das letzte Mal in Kontakt gebracht habe, passiert ist?“

„Mit wem? Mit dem Schlaukopf?“

„Genau. Wir können seine Hilfe nicht mehr in Anspruch nehmen.“

„Warum nicht?“

„Er fand sein vorzeitiges Ende.“

„Nein, davon habe ich nichts gehört.“

„Wurde erschossen.“

„Wann war das?“

„Im letzten August, kurz nachdem wir miteinander gesprochen haben. Darum dachte ich auch, daß Sie vielleicht etwas damit zu tun hätten.“

„An welchem Tag?“

„Ich weiß es nicht, ich glaube, es war irgendwann in der ersten Augustwoche.“

Matthew nahm die Information nachdenklich in sich auf. *Das war genau der Zeitpunkt der Flucht,* dachte er. Was konnte passiert sein, nachdem sie sich im Wald von Schlaukopf getrennt hatten?

„Und wie kann ich Ihnen nun helfen, Kamerad?“ fragte Red. „Sie haben zwei Pässe, wie ich hörte?“

Matthew nickte. „Auf die Namen Liebermann und Albrecht“, sagte er. „Ich brauche die Papiere auf den Namen Albrecht, um als Bevollmächtigter der Behörden auftreten zu können. Als Doktor, Psychiater – vielleicht sogar als Regierungsbeamter, dem man vernünftigerweise Zutritt gewährt. Ein Untersuchungsbeamter, Ingenieur oder vielleicht sogar als Restaurator mit der Erlaubnis, ein Gebäude auf Reparaturen zu inspizieren.“

Der Agent überlegte. „Hmm ... das ist ein gefährliches Unternehmen“, meinte er schließlich. „Aber es könnte klappen. Sie werden auch einen Wagen brauchen. Auf welchen Namen soll er zugelassen werden?“

„Hmm … darüber habe ich noch nicht nachgedacht."

„Ich werde Ihnen zwei Zulassungen besorgen, für den Fall, daß Sie wieder Liebermann werden müssen. Aber ich kann ihnen nur einen klapprigen Trabi zur Verfügung stellen."

„Das ist in Ordnung."

„Ich habe zwei. Einen davon werde ich auf Sie zulassen. Sind Sie sicher, daß Sie nichts gegen einen Trabi einzuwenden haben?"

„Mir ist jeder Wagen recht."

„Möchten Sie, daß ich mitkomme?"

Matthew schüttelte den Kopf.

„Mein Gefühl sagt mir, daß ich das allein tun muß. Wie kann ich später mit Ihnen in Kontakt treten?"

„In drei oder vier Tagen werde ich wieder herkommen. Ich werde Ihnen alles bringen, was Sie brauchen. Dann sage ich Ihnen auch, wie Sie mit mir Verbindung aufnehmen können."

85

Wieder auf der Jagd

Der Absturz des Hubschraubers hatte ihm sehr zugesetzt.

Der lange Krankenhausaufenthalt war schon schlimm genug gewesen. Doch als er langsam wieder klar denken konnte und erkannte, was er getan hatte, begann sein Gewissen sich zu regen. Das kommunistische Regime, dem Gustav von Schmundts Loyalität galt, konnte Mauern bauen, die die Menschen voneinander trennten, doch nicht einmal die mächtige Regierung in Moskau konnte Barrieren errichten gegen das Gewissen.

Unablässig hatte die Stimme vom Himmel versucht, die dicke Mauer, die Gustavs Herz umgab, zu durchdringen. Und diesmal war sie durchgekommen. Sein Gewissen war erwacht und stand bereit, die Mauer einzureißen, damit *Leben* in die innersten Kammern seines Wesens fließen konnte.

In seinem Leben war Gustav schon an viele Kreuzungen gekommen, die er bisher nicht als solche erkannt hatte.

Und nun hatte er sogar einen Mord begangen. Er hatte einem anderen Mann in die Augen geschaut und ihn in leidenschaftlicher Wut getötet.

Dann, während er sich noch nicht von dem Schock des ersten Mordes erholt hatte, hatte er – wie viele? – andere getötet – drei, vielleicht sogar fünf oder sechs, und fast auch noch sich selbst.

Die Reue drohte ihn zu überwältigen, wenn er an Sabrina dachte. Wie hatte er das tun können! Er liebte sie doch ... und nun –

Den Anblick des Spektakels am Grenzübergang wurde er nicht mehr los ... auch nicht Sabrinas Gesicht ... oder das liebevolle Lächeln des Barons, damals, als er noch ein Junge war.

Er hatte sie alle verraten. Er hatte das Leben verraten. Was für ein Mensch war er geworden!

Gustav schüttelte den Kopf, stand auf und ging in dem kleinen Zimmer umher.

Jetzt ist nicht die Zeit, sentimental zu werden, dachte er.

Gut, er hatte etwas zu impulsiv gehandelt. Er hatte einen Menschen getötet. Und Sabrina und ihr Vater waren auch tot. Aber das war kein Weltuntergang, auch bedeutete es nicht, daß er irgendwie versagt hätte. Er würde immer noch ihr Gut – und damit das legendäre Vermögen – in die Hände bekommen. Er würde seines Vaters lebenslangen Traum erfüllen und die beiden Güter zusammenlegen!

Er würde nicht so ein Dummkopf werden wie der Baron, den er getötet hatte. Was hatte er sich nur dabei gedacht, als er solcher Gefühlsduselei nachgegeben hatte? Es gab nur einen Weg heraus aus dieser Sentimentalität. Er mußte seine Energien, die er darauf verwandt hatte, Sabrina zu finden, nun in eine andere Richtung lenken. Er mußte die Papiere und das Gold finden. Nur so konnte er das von Dortmannsche Gut in die Hände bekommen.

Außerdem, dachte er weiter, *wenn Korsch erfährt, daß die beiden Menschen, die ihn zu dem Rabbi führen konnten, tot sind, wird er mehr als nur ein wenig ärgerlich werden. Ich muß zusehen, daß ich ihm etwas vielleicht noch Wertvolleres anbieten kann.*

Vielleicht hatte er ja auch immer am falschen Ort nach dem Rabbi gesucht. Der Bursche hatte einige Zeit im *Lebenshaus* verbracht. Vielleicht konnte man dort seine Spur aufnehmen, und nicht durch Sabrina oder den Baron.

86

Zurück zu den Anfängen

Matthew wußte immer noch nicht, was er tun würde, wenn er tatsächlich hineinkäme. Zuerst einmal wollte er hingehen, das andere würde ihm dann schon klarwerden.

Und nun war er hier. Er würde einfach nur darauf zu warten haben, was als nächstes käme.

Allein die Tatsache, daß er hier war, ließ ihn sich Sabrina so nahe fühlen, daß die Reise sich schon gelohnt hatte, selbst wenn nichts dabei herauskommen sollte.

Er fuhr in Paddy Reds kleinem Trabi, der nun auf seinen Namen zugelassen war, in den Wald hinein, folgte den verschiedenen Feldwegen, so gut er sich noch entsinnen konnte, parkte etwa einen halben Kilometer entfernt und ging den Rest des Weges zu Fuß. Mehr als zwanzig Jahre war er nicht mehr hiergewesen. Er hoffte, daß dies der richtige Teil des Waldes war, und daß ihm keine Spaziergänger oder Jäger begegneten.

Da stand der Hochsitz, genau vor ihm.

Er fing an zu laufen, erreichte die Leiter und stieg hinauf. Dann setzte er sich auf den Hochsitz.

Vor ihm breitete sich die Ebene aus, die einst der von Dortmannsche Besitz gewesen war. Die Bäume waren gewachsen, und einige versperrten ihm die Sicht, doch er konnte immer noch das *Lebenshaus* ausmachen.

Da war der Frühlingsgarten, an der linken Seite des Grundstückes gelegen, auf dem das Haus stand. Es war noch immer von hohen Hecken umgeben, doch sie waren verwildert und ungepflegt. Auf halbem Weg nach unten durchschnitt ein Traktorpfad den gesamten Garten – wie eine häßliche Narbe in einem einst lieblichen Gesicht – und verband die Vorderfront des Hauses mit dem Weg in der Nähe der Eiche, der auch verbreitert worden war. Im Garten entdeckte Matthew erleichtert noch viel Grünes, obwohl die meisten Bäume und Büsche ihr Laub verloren hatten. Der Garten war wie die Hecken sehr verwildert. Die beiden Brücken über den Fluß waren zusammengebrochen. Wege waren kaum noch zu erkennen; überall wuchsen Gras und Unkraut.

Aber, dachte Matthew, *wenigstens ist der Garten nicht zerstört oder untergepflügt worden.* Das ganze Grundstück wirkte sehr ungepflegt. In dem Bogengang, durch den man den Garten betrat, fehlten Steine. Im unteren Teil des Geländes waren mehrere neue Scheunen und Außengebäude errichtet worden, und ein hoher Zaun trennte das Grundstück vom Weideland im Norden und Osten.

So viele Erinnerungen an die Vergangenheit, so vieles, das weh tat ...

Da war der Balkon, wo er mit Sabrina so glücklich gewesen war ... das Gewitter ... die Freude, die sie beide empfunden hatten ... und dieser wundervolle Augenblick an ihrer Seite, als sie ihre Hand still in seine legte ... dann später der Austausch der gelben Rose und das Kästchen, mit dem sie ihre Freundschaft besiegelt hatten.

In der Nähe dieses Hochsitzes wand sich der Fluß vorbei. Damals, als Teenager, hatte er sich das Bein gebrochen bei dem Versuch, ihn mit dem Pferd zu überspringen.

Sofort kamen ihm wieder all die Erinnerungen an die Tage, die er im *Lebenshaus* verbracht hatte, wie er mit seinem gebrochenen Bein auf Krücken gestützt umherhumpelte und mit Sabrina den unteren Teil des Hauses erkundete ... die Legende von dem Geheimverlies ... die Geschichten der alten Eppie ... der noch unentdeckte Weg vom Garten in den Keller.

Und natürlich ... der Rosengarten.

Während er dies alles überblickte, blieben seine Augen in der Mitte des nun verwilderten Gartens hängen, direkt unter dem Traktorweg.

Wenn er einen Zeitpunkt, einen Ort, einen Augenblick nennen sollte, an dem sein Leben mit Gott begonnen hatte, würde er sagen, es war genau dort unten, an jenem schicksalhaften, denkwürdigen Tag im Sommer 1937, als er siebzehn Jahre alt gewesen war.

Als sei es gestern gewesen, konnte er die Stimme des Barons hören, der zu ihm sagte: „*Wie denkst du denn von Gott, wenn dir unsere Sichtweise von ihm so neu ist?*"

Diese Frage hat mir die Tür zu einer ganz neuen Welt geöffnet, dachte Matthew, *wie alles, was Sabrinas Vater zu mir gesagt hat.* Dieser Tag hatte ihn auf den Weg der Entdeckung gebracht, wie der Baron es genannt hatte, seines eigenen persönlichen Glaubens und Lebens mit Gott.

Er seufzte.

Es wird Zeit, dachte Matthew. Er war ganz ruhig. Der Herr würde ihn führen. Das hatte er versprochen. Der Augenblick war gekommen, auf dieses Versprechen zu vertrauen ... und voranzuschreiten.

Er kletterte vom Hochsitz herunter und machte sich auf den Weg zu Paddy Reds geparktem Trabi.

87
Inspektor Albrecht

Sehr selbstbewußt marschierte Matthew zum Vordereingang des *Lebenshauses. Wenn diese Leute kein Deutsch sprechen,* dachte er, *bin ich verloren.* Mit seinem Polnisch würde er sie nicht dazu bewegen können, ihn hereinzulassen.

In seiner Jackentasche steckten die Papiere, die Paddy Red ihm verschafft hatte und von denen er hoffte, daß sie ihm die Türen öffnen würden. Außerdem hatte er noch eine Taschenlampe dabei, die hoffentlich kein Aufsehen erregen würde. In seiner Hand hielt er einen Notizblock, der bereits voller Notizen und Zeichnungen war.

Er schaute hinauf und sah, daß die Inschrift „Ein Landhaus für Leben und Zurückgezogenheit" immer noch da war, wenn auch die Farbe von den Buchstaben abgeblättert war. Er verlangsamte seine Schritte und las die Worte über der Tür, dann ging er entschlossen weiter und läutete.

Als sich die große Tür nach etwa einer halben Minute öffnete, wurde Matthew von Traurigkeit überwältigt, weil er ansehen mußte, was aus dem ehemaligen „Haus des Lebens" geworden war. Mit äußerster Willensanstrengungen unterdrückte er seine Gefühle und holte seine Papiere aus der Tasche.

„Guten Morgen, mein Fräulein", sagte er forsch. „Bitte sagen Sie dem Verantwortlichen für diese Einrichtung, daß ich ihn sofort zu sprechen wünsche. Sagen Sie, Herr Albrecht vom Inspektionsdienst aus Berlin sei hier, um mit seinen Untersuchungen zu beginnen."

Die junge Frau verschwand. Matthew blieb allein in der Eingangshalle stehen und konnte die Veränderungen in sich aufnehmen, die seit seinem letzten Besuch hier vonstatten gegangen waren.

Einige Minuten später erschien ein Mann, dessen Gesichtsausdruck nicht allzu freundlich war. Er war klein und schlank, trug eine Brille und einen weißen Mantel, der darauf schließen ließ, daß er Arzt war. Er schien weder Humor zu besitzen noch Mitgefühl – genau das Gegenteil der Menschen, die früher in diesem Haus gelebt hatten. Unterschwellig schien er aber auch große Furcht zu haben, die wohl von der Erinnerung an die Zeit herrührte, die er in den Händen der Gestapo verbracht hatte – eine Furcht, die Paddy Red, obwohl er diesen Mann nie kennengelernt hatte, als Matthews stärksten Verbündeten bezeichnet hatte.

„Ich bin Hans Lengyl und verantwortlich für diese Einrichtung", sagte er leise, wobei er sich bemühte, Autorität in seine Stimme zu legen. „Was kann ich für Sie tun?"

„Ich bin hier, um mit meiner Inspektion zu beginnen", erwiderte Matthew formell. „Ich nehme an, Sie sind informiert worden?"

„Nein. Ich weiß von nichts."

„Dann sind Sie nicht auf meine Ankunft vorbereitet?"

„Ich habe von einer Inspektion nichts gehört."

„Diese Dummköpfe!" explodierte Matthew in offensichtlichem Zorn. „Dasselbe ist bei meiner letzten Inspektion auch schon passiert. Ich werde dafür sorgen, daß diese Idioten im Büro ihre fürchterliche Dummheit noch bereuen werden."

Dann, als würde er sich auf einmal wieder zusammennehmen, wendete er sich dem Mann zu, der immer noch nicht wußte, was er von dem Ganzen zu halten hatte.

„Ach, es tut mir sehr leid, Herr ... Herr, äh ... Lengyl. Natürlich ist es nicht Ihr Fehler. Meine Papiere werden alles erklären."

Er gab ihm die beiden Blätter, die er in der Hand hielt.

Ein Arzt oder Psychiater wäre vielleicht doch die bessere Tarnung gewesen, dachte Matthew. *Sich als kommunistischer Beamter auszugeben ist zu gefährlich.* Wenn der Bursche nun das Büro in Berlin anrief, um ihn zu überprüfen! „Selbst wenn er Sie für einen Lügner hält, wird er nichts sagen", hatte Paddy ihm gesagt. „Keiner traut sich, irgend etwas zu sagen aus Angst, er könnte seine Position verlieren, was immer diese auch sein mag. Glauben Sie mir, Charlie, es wird alles gutgehen. Ich habe diese verfluchten Kommunisten schon ein dutzendmal hinters Licht geführt."

Die Stimme des anderen unterbrach Matthews Gedankengänge.

„Die Papiere scheinen in Ordnung zu sein", sagte der Mann. „Aber heute geht es wirklich –"

„*Scheinen* in Ordnung zu sein!" schnappte Matthew. „Natürlich sind sie in Ordnung. Haben Sie die Unterschrift auf den Papieren nicht gesehen? Und heute *wird* es gehen. Ich kann nicht noch einmal den ganzen Weg von Berlin herkommen."

„Ja, aber ich verstehe immer noch nicht, warum –"

„Herr Lengyl, bitte", unterbrach ihn Matthew ungeduldig. „Sicher wollen Sie doch nicht, daß ich über diese Ungehörigkeiten Bericht erstatte?"

„Nein, natürlich nicht."

„Vor allem, da meine Inspektion dazu beitragen soll, Ihre Situation hier zu verbessern. Ihr Bericht hat die Aufmerksamkeit meiner Vorgesetzten in Moskau erregt. Sie sind sehr angetan. Darum wurde ich hergeschickt – um zu sehen, was man zur Verbesserung tun kann. Modernisierung ist Trumpf, Herr Lengyl. Meine Vorgesetzten hoffen, daß Ihre Einrichtung als Modell für andere solcher Einheiten in der Sowjetunion dienen kann. Darauf wird Geld verwendet werden, Herr Lengyl, Geld, über dessen Verwendung mein Bericht entscheiden wird. Es stehen auch Beförderungen auf dem Spiel, das sage ich Ihnen ganz im Vertrauen."

„Ich verstehe", erwiderte Lengyl mit plötzlich erwachtem Interesse.

„Im Augenblick steht auch noch eine andere Einrichtung in der Nähe von Leipzig zur Diskussion, glaube ich. Ich werde sie nächste Woche inspizieren."

„Pah, die in Leipzig haben doch keine Ahnung", erwiderte Lengyl. „Ihre Untersuchungen sind zu eng gefaßt, um universelle Bedeutung haben zu können. Wir beschäftigen uns hier nicht nur mit Kriminellen, sondern mit Männern und Frauen aus allen Lebensschichten. Wir haben Juden und Christen, ehemalige Nazis, einen KGB-Agenten, einen Amerikaner, der gefaßt worden ist und daraufhin den Verstand verloren hat, und viele Intellektuelle, die unter einer Vielzahl von geistigen Störungen leiden. Ich sage Ihnen, Herr Inspektor, unsere Einrichtung hier in Niedersdorf ist den Experimenten, die die in Leipzig durchführen, weit voraus."

„Ich verstehe ... es ist verständlich, daß Sie dieser Meinung sind", erwiderte Matthew. „Mein Bericht wird Aufschluß darüber geben."

„Selbstverständlich können Sie Ihre Inspektion heute durchführen. Wie kann ich Ihnen behilflich sein, Herr Inspektor?"

„Für den Augenblick möchte ich mir nur das Haus selbst und das Gelände ansehen. Ich muß einen ausführlichen Bericht über die Verwendung dieses Hauses und Verbesserungsvorschläge machen, außerdem Vorschläge, wo zusätzliche Gebäude errichtet werden können."

„Sehr gut. Ich werde dafür sorgen, daß meine Leute Ihnen so gut wie möglich weiterhelfen."

„Ihr Büro mit allen Aufzeichnungen wird mir zur Verfügung stehen?"

„Ja ... ja, natürlich."

„Wo ist es?"

„Kommen Sie, ich werde Sie persönlich hinführen", schlug Lengyl vor, der nun sehr darum bemüht war, ihm zu gefallen.

Er drehte sich um und ging die Treppe hinauf zum ehemaligen Studier- und Arbeitszimmer des Barons. Es hatte sich überhaupt nicht verändert. Der größte Teil der Einrichtung und die Bücherregale standen noch; sein persönlicher Besitz war allerdings bereits vor langer Zeit vernichtet oder in Kisten verpackt worden.

„Sie können mich jetzt allein lassen, Herr Lengyl", sagte Matthew.

„Äh ... ja, natürlich ... äh, Herr –"

„Albrecht", sagte Matthew verärgert. „Jetzt bitte, Herr Lengyl, gehen Sie, damit ich mit meiner Arbeit beginnen kann."

Der nervöse Mann drehte sich um und verließ den Raum. Ihm gefiel es überhaupt nicht, daß er sein Büro einem Fremden überlassen mußte, doch er wagte nicht, noch weitere Einwände zu erheben. Matthew dagegen war so überwältigt von seinen Gefühlen – vor allem hier in diesem Arbeitszimmer, in dem die Gegenwart des Barons förmlich spürbar war – daß er unbedingt allein sein mußte, um seine Fassung wiederzugewinnen.

Er ließ sich auf den Schreibtischstuhl fallen und barg das Gesicht in den Händen.

88

Neue Gefahr

Zwei Stunden später, nachdem er den größten Teil des Hauses besichtigt hatte, verließ Matthew das Gebäude und ging nach draußen, durch den Bogengang hinein in das, was von Baron von Dortmanns wunderschönem Frühlingsgarten noch übrig war.

Es war ihm sehr schwergefallen, das Auftreten eines kommunistischen Inspektors beizubehalten. So viele Erinnerungen und Gefühle stürmten auf ihn ein. Jeden Augenblick seines Aufenthaltes in diesem Haus durchlebte er wieder neu. Jeder Zentimeter erinnerte ihn an Sabrina.

Während der Hausbesichtigung war das Gefühl in ihm gewachsen, daß er sich auf den unteren Teil des Hauses konzentrieren sollte, den er und Sabrina zusammen erforscht hatten. Daraufhin hatte er sich das Erdgeschoß besonders gründlich angeschaut, auch das Zimmer, in dem er damals mit seinem gebrochenen Bein gelegen hatte, und alle Treppen, um zu sehen, ob dieser Teil des Hauses genutzt wurde. In seinem alten Zimmer lagen zur Zeit Patienten, drei sehr alte und senile Frauen.

Nach seinen Beobachtungen wurde der untere Flur nicht nur nicht genutzt, auch der Zugang zum Keller schien unentdeckt zu sein. War es möglich, fragte er sich, daß die Treppe verborgen geblieben war? Sogar der Keller im Südwestteil des Hauses schien von innen verbarrikadiert und seit Jahren nicht benutzt worden zu sein. Er würde versuchen, von außen durch den Tunnel hineinzugelangen, den Sabrina beschrieben hatte.

Darum war er in den Garten gegangen, stets darauf bedacht, nicht gesehen zu werden. Er trug immer noch den Notizblock bei sich und machte sich eifrig Notizen und Zeichnungen.

Kurz nachdem er das Haus verlassen hatte und über den Hof in den Garten gegangen war, kam ein zweiter Wagen über die Allee zur Vorderfront des Hauses gefahren. Dies war kein Trabi, sondern der Wagen eines bedeutenden Angehörigen der ostdeutschen Geheimpolizei, gefahren von einem Mann, der hoffte, dieses Anwesen innerhalb kürzester Zeit sein eigen nennen zu können.

Matthew bemerkte den Neuankömmling nicht, sondern streifte unbeirrt durch den Garten. Zielstrebig ging er zum Nordwestteil des Gartens, wo er hoffte, die von Sabrina beschriebene Geheimtür zu finden.

Der Abhang dort war sehr steil, und die Bäume, Büsche und die Hecke wuchsen so üppig, daß es schwer war, sich einen Weg zu bahnen. *Kein Wunder,* dachte Matthew, *daß niemand den Eingang zu dem Tunnel gefunden hat, der in den Keller führt.*

Matthew tastete und suchte überall herum und fragte sich, was Lengyl wohl denken würde, wenn er ihn so über und über mit Schmutz bedeckt sehen würde. Immer tiefer arbeitete sich Matthew durch die Hecke. Er war sicher, daß die Tür hier irgendwo sein mußte.

Vierzig Minuten später war er seinem Ziel jedoch immer noch nicht nähergekommen. Die geheimnisvolle Tür war entweder verschwunden, oder er hatte Sabrinas Beschreibung mißverstanden.

Auf einmal hörte er wenige Meter von sich entfernt Stimmen.

Die eine gehörte Lengyl. Die andere kam ihm ebenfalls bekannt vor, sogar nach dieser langen Zeit! Sie schickte einen Schauer über seinen Rücken!

Es konnte niemand anderes sein – obwohl ein solcher Zufall unglaublich zu sein schien! – als Gustav von Schmundt!

Lautlos ließ Matthew sich auf die Knie fallen. Vor Schreck erstarrt hörte er, wie die Männer näherkamen, an ihm vorbei und weiter in den Garten hineingingen. Teile der Unterhaltung konnte er mitanhören.

„Das verstehe ich nicht, Herr Bezirksleiter", sagte Lengyl gerade. „Der Mann hatte alle notwendigen Papiere."

„Sie Dummkopf", schnaubte Gustav. „Er ist ein Betrüger, das sage ich Ihnen. Ich habe Befehl gegeben, über alles informiert zu werden, was diese Einrichtung betrifft. Ich habe von keinem Bericht gehört."

„Er versicherte mir, daß wir in Betracht gezogen würden für –"

„Sie sind genauso naiv wie unfähig! Wie konnten Sie auf ein solches Komplott hereinfallen – das war eine Lüge, um Ihr Vertrauen zu gewinnen. Warum haben Sie mir nicht sofort bei meiner Ankunft davon erzählt?"

„Es tut mir leid, Herr Bezirksleiter", stotterte Lengyl, der sich bemühte, mit dem anderen Schritt zu halten, „ich wußte nicht, daß diese Inspektion von Interesse für Sie ist."

„Idiot! Ich bin an allem interessiert, was hier vorgeht."

Sie waren bereits an der Stelle vorbeigegangen, wo Matthew sich verbarg, und die Stimmen verschwanden im unteren Teil des Gartens.

„Wo ist er?" fragte Gustav ungeduldig. „Sagten Sie nicht, er sei hier?"

„Eine meiner Schwestern hat gesehen, wie er in diese Richtung ging."

„Wenn ich ihn in die Hände bekomme, werde ich . . ."

Matthew konnte nichts mehr verstehen. Wenn man ihn jetzt fand, würde alles auffliegen. Er konnte natürlich zu seinem Wagen rennen und hoffen, daß er nicht gesehen würde. Doch in seinem Trabi würde er eine leichte Beute sein!

Auf einmal kam ihm eine verrückte Idee.

Im nächsten Augenblick war er schon auf den Beinen und eilte zum Haus zurück. Hoffentlich hatte ihn niemand gesehen.

Schwitzend und schmutzbedeckt eilte Matthew über den Hof zum Hintereingang.

Er verlangsamte seine Schritte, atmete tief durch und nickte den beiden weißgekleideten Frauen, die ihm begegneten, ernst zu, während er schnell nach links in den Flur abbog. Im Gefängnis von Neustädt hatte er erfolgreich geblufft ... er hoffte nur, daß es auch hier klappen würde!

Er blieb stehen. Hier war das Zimmer, in dem er mit seinem gebrochenen Bein gelegen hatte, und das sich nun drei alte senile Frauen teilten.

Forsch betrat er den Raum.

Die diensthabende Schwester blickte auf. Sie nickte ihm zu und fuhr mit ihrer Arbeit fort.

„Schwester", sagte Matthew, „Herr Lengyl bat mich, Sie zu ihm zu schicken. Er ist in seinem Büro."

„Ich darf die Patientinnen nicht allein lassen –"

„Bitte, Schwester", unterbrach Matthew sie, „die Angelegenheit ist äußerst dringend. Er bat mich, auf die Patientinnen zu achten, bis eine der anderen Schwestern kommt. Es ist wohl auch schon eine Kollegin unterwegs."

Mit fragendem Blick zögerte die Frau noch einen Moment, dann verließ sie das Zimmer.

Das war dumm, dachte Matthew. *Nun wird sie den beiden erzählen, daß ich hier war!*

Es war zu spät, um sich darum noch Gedanken zu machen. Er beeilte sich besser zu verschwinden.

Schnell schaute er sich um. Den drei verwirrten Augenpaaren in den Betten, die jede seiner Bewegungen verfolgten, schenkte er keine Beachtung.

Da war der alte Schrank!

Er rannte hin. Seine Türen waren verschlossen. Er schien jahrelang nicht benutzt worden zu sein.

Er versuchte ihn fortzuschieben, doch das gelang ihm nicht.

Matthew rammte seine Schulter dagegen, doch er rührte sich nicht.

Hatte Sabrina ihm nicht gesagt, daß jede Geheimtür und jeder Durchgang verschlossen worden sei, damit sie von der Gestapo nicht entdeckt würden? Wenn diese Tür nun auch zuzementiert worden war? Innerhalb weniger Minuten würde er ein Gefangener des KGB sein!

Fieberhaft blickte er im Zimmer umher, ließ die stummen Gesten, die aus einem der Betten kamen, unbeachtet.

Ein Krächzen ertönte.

Er schaute auf. Eine der Frauen starrte ihn an, versuchte seine Aufmerksamkeit zu erringen. Schließlich war es ihr gelungen, einen Laut herauszubringen.

Er ging zu ihrem Bett. Ihre Augen waren weit aufgerissen und starrten ihn an. Sie schien genau zu wissen, was er vorhatte.

Er schaute ihr aufmerksam ins Gesicht. Wenn er es nicht besser gewußt hätte, hätte er gedacht, es sei die alte Eppie! Die Frau versuchte zu sprechen.

Matthew beugte sich über sie.

„Andere Seite ...", flüsterte sie so leise, daß er sie kaum verstehen konnte.

„Was?" fragte Matthew. „Die andere Seite von was?"

„Falsche Seite ... in der Ecke ...", murmelte die Frau und deutete mit ihrem zerbrechlichen Finger auf den Schrank, „... habe geträumt, daß Sie kommen ... wußte, Sie würden kommen ... Gefahr ... sah, wie er bewegt wurde ..."

Matthew versuchte, in diesen Wortfetzen einen Sinn zu sehen und ging langsam zurück zum Schrank, wobei er die Frau aus den Augenwinkeln beobachtete.

Der Schrank war genau, wie er ihn in Erinnerung hatte, und doch ... irgend etwas stimmte nicht.

Ja, genau! Die Frau hatte recht ... Er hatte versucht, ihn von der falschen Seite aus aufzumachen. Die verborgenen Scharniere befanden sich auf der anderen Seite. Er mußte es von der Ecke aus probieren.

Er grub seine Finger zwischen das Holz und die Wand.

Es hatte keinen Sinn. Dazwischen war nicht ein Millimeter Platz.

Während er sich umschaute, fiel sein Blick auf die Holzunterlage seines Notizblocks, den er auf einen Stuhl gelegt hatte. Schnell nahm er sie auf und schob das dünne Ende zwischen Schrank und Wand. Es ließ sich einen oder zwei Zentimeter hineinschieben. Mit der anderen Hand klopfte er es noch weiter hinein.

Wieder schaute er sich im Zimmer um.

Draußen auf dem Flur hörte er Stimmen – zwei Männer und die Schwester, die er einige Minuten zuvor aus dem Zimmer geschickt hatte. Sie kamen hierher! Er mußte weg!

Seine Verbündete deutete wild auf ein Paar Krücken, die an der Wand lehnten.

Mit einem Satz war er bei ihnen, riß die Gummispitze der einen ab, und mit ihrer Hilfe gelang es ihm, den schweren Schrank aufzuschieben. Krachend fiel die Holzunterlage zu Boden.

Jetzt war Gustavs ärgerliche Stimme schon ganz deutlich zu vernehmen.

Schnell warf Matthew die Krücke zurück in die Ecke, wo auch die andere stand, nahm seinen Notizblock und verschwand in der schwarzen Öffnung. Als er seine Hand ausstreckte, um den Schrank wieder in seine frühere Position zu rücken, sah er, wie die gebrechliche alte Frau aus dem Bett stieg und auf ihn zukam.

Zuerst dachte er, sie wollte mit ihm kommen. Doch dann blieb sie stehen und machte ihm Zeichen. Er packte die Rückseite des Schrankes und zog sie zu sich hin. Wieder ertönte das kratzende Geräusch. Die Alte versuchte, ihm zu helfen. Ob sie nun tatsächlich viel bewirkte, war zweifelhaft. Auf jeden Fall aber erklärte die Tatsache, daß sie nicht im Bett lag, die Geräusche im Zimmer und die umgefallene Krücke.

Noch während sich die Tür auf der anderen Seite des Zimmers öffnete und drei Personen das Zimmer betraten, das er gerade verlassen hatte, zog Matthew den Schrank in seine frühere Position.

Der schmale Lichtspalt aus dem Zimmer verschwand. Feuchte, kalte, stille Dunkelheit umgab ihn.

Matthew schloß die Augen und atmete tief durch.

89

Erinnerungen an Rosen

Wieviel Zeit vergangen war, wußte Matthew nicht zu sagen. Er stand vollkommen reglos, um nicht durch irgendein Geräusch die Männer auf sich aufmerksam zu machen.

Nachdem er einigermaßen sicher war, daß sie wieder fort waren, entspannte er sich und holte die Taschenlampe aus seiner Tasche.

Ihr Schein erleuchtete den schmalen Treppenabsatz, auf dem er stand. Kaum einen Meter entfernt war die Treppe, an die er sich noch so gut erinnerte und die hinunterführte in den Keller des Hauses. Vorsichtig begann er hinabzusteigen.

Kurz drauf stand er in dem unterirdischen Gang, der sich über die ganze Länge des Westflügels erstreckte.

Ohne zu zögern wandte er sich nach links und ging den Gang entlang zu der Kammer, in der Sabrina und er so oft gewesen waren. Der Boden war viel nasser, als er es in Erinnerung hatte – vielleicht weil es Winter war. Aber sonst hatte sich nichts verändert.

Als er in die Kammer kam, die sich unter der ehemaligen kleinen Bibliothek befand, war es ihm, als hätte er erst gestern mit Sabrina hier gesessen!

Matthew leuchtete den Raum mit seiner Taschenlampe aus, dann ging er geradewegs zu der rechten Wand.

Er schaute hoch. Alle Regale und Steine und zerbrochenen Töpfe waren unverändert. Es sah aus, als sei kein Tag vergangen ... nicht eine Stunde!

Er zog einen wackeligen Stuhl heran und stieg hinauf.

Da war der Stein, den er präpariert hatte. Er schob ihn beiseite und griff in die Höhle hinein.

Es war noch da!

Vorsichtig nahm er das Kästchen in die Hand und stieg vom Stuhl.

Während er sich auf den kalten Fußboden setzte, seine Taschenlampe aufnahm und sich das kleine Kästchen mit den aufgemalten rosa Rosen darauf ansah, kamen ihm wieder ihre Abschiedsworte in den Sinn.

„Das ist mein Versprechen, bald zurückzukommen", hatte er gesagt.

Nun, Sabrina, dachte Matthew, *es ist nicht ganz so gekommen, wie ich es mir gedacht hatte, doch ich bin tatsächlich zurückgekommen ... obwohl ich wünschte, du wärst jetzt hier bei mir!*

Einen Augenblick hielt er das Kästchen nachdenklich in der Hand.

„... du mußt mir versprechen, daß du es nicht öffnest, bis ich wieder hier bei dir bin, hatte er ihr gesagt. Sie hatte ihm ihr Versprechen gegeben.

Er überlegte. Sollte *er* es jetzt öffnen?

Ich habe das Versprechen ja nicht gegeben! dachte Matthew. *Wenigstens habe ich es nicht ausdrücklich gesagt – ich habe nur versprochen, zurückzukommen! Ich hoffe, du wirst mir vergeben, Sabrina, aber ich habe nicht gesagt, daß ich es nicht öffnen würde, falls ich zuerst zurückkommen würde! Ich muß es öffnen!*

Vorsichtig hob er den Deckel an und leuchtete hinein.

Da lagen die beiden Rosenknospen, die sie mit geschlossenen Augen hineingelegt hatten. Sie waren nun verwelkt und trocken.

Er hätte es wissen müssen! dachte er lächelnd.

Sie waren beide weiß. Beide hatten dieselbe Farbe gewählt!

Er schaute noch eine Weile auf das Kästchen, bis ihm auf einmal ein Zettel auffiel. Er griff hinein und faltete ihn auf. Da standen in seiner Handschrift die Worte, die er zu der gelben Rose geschrieben hatte: *Freunde für immer.*

Sabrina, lachte Matthew, *du hast das Kästchen doch geöffnet!*

Während Matthew in Erinnerungen an glückliche Zeiten schwelgte, schickte zwei Stockwerke über ihm der Stasi-Bezirksleiter Gustav von Schmundt den Direktor der Einrichtung auf eine hastige, jedoch erfolglose Suche nach dem sogenannten Herrn Albrecht von der Aufsichtsbehörde. Niemand hatte ihn in der vergangenen Stunde gesehen, obwohl sein Wagen immer noch vor dem Gebäude stand.

90

Eine unglaubliche Entdeckung

Endlich erhob sich Matthew, um den kleinen Raum zu verlassen. Das wertvolle Kästchen und seine noch wertvolleren Erinnerungen an seinen Inhalt nahm er mit.

Während er den Gang entlang zurückging, stand ihm auf einmal wieder sein seltsamer Traum vor Augen: die alte Eppie, wie sie mit offenen Haaren, einer Kerze in der Hand den Gang entlangschritt.

Das Verlies!

Er hatte es fast vergessen!

Vielleicht konnte er es jetzt finden. Sabrina hatte erzählt, ihr Vater hätte es entdeckt. Doch er hatte nichts gesehen auf seinem Weg hierher. Wo konnte es nur sein?

Matthew beschleunigte seinen Schritt und leuchtete sorgfältig den Fußboden und die Wände ab, doch es fiel ihm nichts Ungewöhnliches auf. Schnell fand er sich am anderen Ende des Ganges wieder, wo die verschlossene Tür in den Keller führte.

In der Mitte des Ganges war der Boden besonders feucht. Matthew blieb stehen, um sich das genauer anzuschauen. Das Wasser floß seitlich über den Boden und schien eine leichte Strömung zu haben.

Die Wände waren trocken. Wo kam das Wasser nur her?

Er folgte dem Rinnsal über den Boden. Im Schein seiner Taschenlampe entdeckte er einen winzigen Spalt am unteren Ende der Wand. Ganz undeutlich konnte er den Umriß einen quadratischen Steines im Boden des Ganges erkennen. Er versuchte, seine Finger in den Boden zu drücken und den Stein zu entfernen, doch erfolglos.

Auf einmal erinnerte er sich an die Schaufel, die im anderen Raum an der Wand gelehnt hatte.

Vorsichtig stellte er das Kästchen auf den Boden. Im nächsten Augenblick rannte er schon zurück, um das Gartengerät zu holen. Dann versuchte er, die Spitze der Schaufel unter die Ecke des Steines zu schieben, um ihn hochzuheben. Unter Aufbietung aller Kräfte gelang es ihm, den großen Stein aus dem Boden zu heben und ihn beiseite zu legen.

Darunter lag ein großer, verzierter Messingschlüssel.

Mit wachsender Aufregung tastete Matthew weiter herum. Der Schlüssel schien in einer Mulde zu liegen.

Er nahm ihn auf und schob die Ecke der Schaufel unter den darunterliegenden Stein, hob ihn hoch und legte ihn zu dem ersten.

Der Anblick, der sich Matthew diesmal bot, war noch erstaunlicher als der erste. Unter diesen beiden Bodensteinen verdeckt lag ein flaches Schloß, in das ganz offensichtlich der Schlüssel paßte, den er gefunden hatte.

Mit zitternden Fingern steckte Matthew den Schlüssel hinein ... und drehte ihn um.

Irgendwo, er konnte nicht sehen, wo, gab es ein metallisches Klicken. Rechts von ihm in der Wand bewegte sich ein weiterer Stein.

Es war kein großer Stein, er hatte etwa die Größe von zwei Händen. Auch diesen Stein zog Matthew heraus und legte ihn zu den beiden anderen.

Dahinter wurde ein an zwei Bolzen befestigter Messinghebel sichtbar.

Vor Aufregung zitternd legte Matthew den Hebel um. Die ganze Wand schien sich zu bewegen.

Verwirrt trat er einen Schritt zurück. Eine große Tür kam zum Vorschein, die sich leicht aufdrücken ließ.

Ehrfürchtig leuchtete Matthew mit der Taschenlampe in den verborgenen Gang. Der Lichtstrahl verlor sich in der Dunkelheit vor ihm.

Vorsichtig ging er hinein. Er wagte kaum zu atmen, aus Furcht, das Geräusch seines eigenen Atems könnte ihn so erschrecken, daß er sich umdrehen und fortlaufen könnte.

Doch er konnte jetzt nicht mehr zurück.

Über sich hörte er die schweren Schritte der Männer, die ihn suchten.

Matthew blieb stehen. Auf einmal wurde ihm wieder klar, wie groß die Gefahr war, in der er sich befand. Dieser Gang führte ihn direkt unter den Hauptteil des Hauses. Vermutlich stand er gerade unter dem Wohn- oder Eßzimmer der Familie. Sollte er zurückgehen und die Türe schließen? Nein, von dieser Seite aus konnte er die Steine nicht verbergen. Falls Gustav den unteren Teil des Hauses fand, würde er diesen Gang ganz sicher auch finden. Er hatte keine Wahl, er mußte weiter.

Allmählich verengte sich der Gang, die Decke wölbte sich über ihm. Er blieb stehen, wendete sich nach rechts. Die Tür befand sich jetzt genau vor ihm. Er schaute sie sich genau an. Wie sollte er hineinkommen? Er drückte dagegen.

Nichts rührte sich.

Da war ein Schlüsselloch, etwa in Höhe seiner Knie!

Er bückte sich, um es zu untersuchen.

Schnell rannte er den Gang zurück, um den Schlüssel zu holen, den er unter dem Stein gefunden hatte. Er paßte!

Matthew drehte ihn um.

Lautlos schwang die Tür nach innen auf. Matthew stand nun im Geheimverlies des *Lebenshauses.*

91

Fieberhafte Suche

Zwei Stockwerke über ihm gingen die Gedanken des Mannes, der Matthews Rivale um Sabrinas Gunst gewesen war, ganz andere Wege.

Sie hatten jedes Zimmer des Hauses durchsucht. Der Mann, der sich Albrecht nannte, war nirgendwo zu finden.

Gustav stand in Direktor Lengyls Büro und schaute über die kahle Landschaft im Westen hinweg. Dieses Büro hatte früher Baron von Dortmann gehört, und eines Tages würde er es sein eigen nennen.

Irgend etwas lag in der Luft. Er konnte es spüren – etwas, das seinen Plänen entgegenstand.

Er hatte das Gefühl gehabt, er sollte an diesem Tag herkommen. Dieser „Inspektor", wer immer er sein mochte, hatte irgendeine Verbindung zu dem früheren Eigentümer dieses Guts. Er wußte es. Vielleicht war er Anwalt oder ein Agent, der für Otto von Dortmann arbeitete. Wer sonst könnte eine Verbindung zu diesem Ort haben?

Der Baron selbst konnte es nicht sein. Dortmann war tot. Er selbst hatte die Granate auf den Lieferwagen geworfen, die den alten Narren getötet hatte. Spätere Berichte bestätigten dies.

Es stimmte, seine übereilte Handlungsweise hatte auch Sabrina getötet und ihn beinahe das Leben gekostet.

Doch er hatte diesem naiven Weibsbild schließlich jede Gelegenheit gegeben. Sie hätte auf ihn hören sollen. Dann hätte sie eingesehen, daß dies ihre einzige Chance war. Nicht daß er jetzt anders handeln würde, wenn er es noch einmal zu tun hätte, doch er würde wegen ihres Todes keine schlaflosen Nächte mehr verbringen. Sie hatten bekommen, was sie verdient hatten. Warum waren sie auch so eigensinnig gewesen? Ganz bestimmt würde er sich nicht mehr in Sentimentalitäten ergehen.

Er würde seine Rache bekommen, indem er sich ihr Gut

aneignete. Er mußte nur die Dokumente finden, von denen ihm sein Vater erzählt hatte. Sie würden bestätigen, daß dieser Besitz rechtmäßig ihm zustand.

Auf einmal kam ihm ein Gedanke. Wenn sie sich nun noch in diesem Arbeitszimmer befanden!

Seine Gedanken gingen zurück zu jener Nacht, als die Gestapo das *Lebenshaus* durchsucht hatte. Er hatte an Sabrina denken müssen, das stimmt. Doch er erinnerte sich auch noch an dieses Arbeitszimmer. Alle persönlichen Dinge des Barons waren hier gewesen. Er hatte nicht die Zeit gehabt, sie zu entfernen. Was konnte damit passiert sein?

Gustav schaute sich um.

Viele der Schränke standen noch an derselben Stelle. Eine sorgfältige Durchsuchung könnte seinen Anspruch auf dieses wie auf das Gut seines Vaters vielleicht untermauern. Es mußte doch Aufzeichnungen geben über die Menschen, die sie hier beherbergt hatten, vor allem über einen so bedeutenden Mann wie Rabbi Wissen – woher er gekommen war, seine Kontakte, wohin er gegangen war. Ganz sicher konnte er die Spur hier aufnehmen, wenn er nur wußte, wo.

Hastig und planlos begann er die Akten, Schubladen und Schränke zu durchsuchen.

Innerhalb von fünf Minuten war der Fußboden des Arbeitszimmers übersät mit Papieren und Akten. Es würde eine Woche dauern, bis alles wieder an seinen Platz geräumt war. Doch Gustav fand nichts aus der Zeit vor 1946. Nicht ein einziger Zettel, der mit dem Besitz dieses Anwesens zu tun hatte, bevor es von den Kommunisten konfisziert worden war.

Was konnte mit den Papieren des Barons nur geschehen sein?

Ihre Hausdurchsuchung in jener schicksalhaften Nacht war so unerwartet gekommen, daß der Baron nicht genügend Zeit gehabt haben konnte, seine Dokumente zu verstecken. Wo konnten sie nur sein? Sein Bruder in der Stadt war zu jener Zeit ein Informant der Nazis gewesen, und sein Freund, der Pastor, hatte bereits im Gefängnis gesessen.

Was konnte er damit gemacht haben? Nichts deutete darauf

hin, daß alte Aufzeichnungen vernichtet worden wären. Als sie den Baron an jenem Morgen verhafteten, hatte er nichts Persönliches bei sich gehabt.

Und doch hatte er seither jedes Zimmer durchsucht und im ganzen Haus keine Spur der Papiere finden können. Was konnte nur damit geschehen sein?

92

Im Geheimverlies

Die Luft war stickig hier unten.

Ehrfürchtig betrat Matthew die große unterirdische Kammer und leuchtete mit seiner Taschenlampe umher. Drei Meter rechts von ihm stand ein Tisch. Er ging darauf zu, doch bevor er die darauf liegenden Dinge untersuchen konnte, zog eine Glühbirne seine Aufmerksamkeit auf sich.

Das kann doch nicht sein, dachte er. *Elektrizität hier unten in dem Verlies!*

Er ging zurück zur Tür und betastete die Wand. Da war der Schalter. Er knipste ihn an. Die Glühbirne tauchte den Raum in gelbliches Licht.

Er knipste seine Taschenlampe aus und kehrte zum Tisch zurück.

Der Raum war lang und schmal, mehrere Stühle standen darin, und Papiere, Bücher, Stifte und alle möglichen andere Utensilien lagen herum.

Der Raum war größer, als er gedacht hatte, etwa acht mal zwölf Meter, und die Decke schien zweieinhalb oder drei Meter hoch zu sein. An einer der Wände standen einige Bücherregale und Schränke mit Papieren, Büchern, Aufzeichnungen und so weiter. Daneben befand sich seltsamerweise ein Ständer mit allen möglichen Kleidungsstücken, vor allem

Mäntel und Jacken, für Frauen und Männer. Matthew fragte sich, warum der Baron in diesem Verlies wohl solche Kleidungsstücke aufbewahrt hatte.

Er schaute sich den Inhalt der Schubladen und die Aktenordner genauer an. Es hatte den Anschein, daß der Baron hier einen großen Teil seiner Geschäftsunterlagen und andere wichtige Dokumente aufbewahrte, zweifellos aus Sicherheitsgründen.

Er zog einen Kasten mit der Aufschrift ‚Lebenshaus-Dokumente' hervor und begann sie durchzusehen. Auf einem dikken, versiegelten Umschlag stand ‚Urkunden, Kaufverträge und Aufzeichnungen'. Matthew öffnete den Umschlag und zog den Inhalt heraus.

Es waren überwiegend Papiere, deren Inhalt er nicht verstehen konnte, geschäftliche Transaktionen, die Hunderte von Jahren zurücklagen, Bankanleihen, private Aufzeichnungen, mehrere Dokumente, die offensichtlich von Otto von Dortmanns Bank stammten, Quittungen, von denen seltsamerweise einige das Nachbargut der von Schmundts betrafen, und eine Vielzahl anderer Papiere. Die größte Aufmerksamkeit widmete Matthew vier Dokumenten mit der Aufschrift ‚Eigentumsurkunde'. Sie waren teilweise in Sütterlin-Schrift abgefaßt, und er konnte die Worte kaum entziffern. Zwei waren sehr alten Datums, die anderen stammten aus neuerer Zeit.

Hier unten waren sie nicht von Nutzen, vor allem nun, da die Kommunisten alles übernommen hatten. Falls es gefunden wurde, würde alles vermutlich vernichtet werden.

Matthew faltete die vier Urkunden und steckte sie in seine Jackentasche. Die anderen Papiere legte er wieder zurück in den Kasten, dann setzte er seinen Rundgang in dem Geheimverlies fort.

93
Böse Absichten

Während Gustav langsam durch das Arbeitszimmer schritt, das er durchsucht hatte, quälte ihn die Frage: *Wer war der Mann, der hier herumschnüffelte?*

Es konnte kein Zweifel daran bestehen, daß seine Nachforschungen mit dem Gut zu tun hatten. Wer anders konnte er sein als ein Agent Ottos, der ebenfalls nach den Papieren suchte, um zu verhindern, daß das Gut in Schmundts Hände fiel? Welche andere Erklärung konnte es geben?

Auf einmal kam ihm ein Gedanke.

Diese Vorstellung war zu unglaublich!

Es konnte nicht sein! Ganz sicher hätte er etwas davon gehört! Wie konnten die Berichte seiner eigenen Leute so falsch sein?

Aber ... wenn es nun doch stimmte!

Wenn Sabrina lebte, würde sie bestimmt jemanden herschicken, der sich umschaute.

Er lehnte sich gegen das Fenstersims, weil seine Knie auf einmal weich wurden.

Was konnten sie suchen, Sabrina und ihr Verbündeter?

Aber das war eigentlich auch egal.

Wichtig war nur, daß er, wer immer er auch sein mochte, ihn zu Sabrina führen konnte!

Wie betäubt ließ er sich auf Lengyls Stuhl fallen. Doch es hielt ihn nicht lange dort. Er sprang auf und rannte zum Fenster. Der Trabi stand noch immer dort. Der Betrüger – sei es nun ein Freund von Otto oder von Sabrina – hielt sich immer noch auf dem Gelände auf.

Er beruhigte sich allmählich, und die Unmöglichkeit seines Gedankens ging ihm auf.

Sie *konnte* nicht mehr am Leben sein. Die Berichte ... er hatte die Explosion doch selbst mitangesehen. Was konnte es denn sein ... wer war –

Wieder gingen seine Gedanken in eine ganz andere Richtung.

Er erinnerte sich daran, was Galanow ihm über den Diplomatenball erzählt hatte. Wer anders als das US State Department oder der CIA konnte ihr Sicherheitssystem durchbrechen?

Die Verbindung zu dieser Verräterfamilie war mehr als offensichtlich! Welchen Grund konnten die aber haben, da der alte von Dortmann und seine Tochter tot waren? Nur noch ein Name stand ihm vor Augen.

McCallum!

Der Gedanke, daß er sich vielleicht ganz in seiner Nähe aufhielt, erfüllte ihn mit bösartiger Vorfreude.

Dieser Schuft sollte dafür bezahlen, daß er ihm Sabrinas Herz gestohlen hatte!

Er *mußte* immer noch im Haus sein.

Das Zimmer, in dem die drei verrückten Weiber lagen, war nur einen Augenblick unbeaufsichtigt gewesen. Er konnte nicht weit gekommen sein. Gustav würde jeden Ausgang bewachen lassen. Er selbst würde den Wagen im Auge behalten.

Wenn McCallum auftauchte, würde er ihn sofort töten!

Nein, dachte er. Es gab einen besseren Weg. Der Bursche wußte irgend etwas, und das war wertvoller als das Vergnügen, ihn sterben zu sehen.

Wenn er ihn in die Finger bekam, würde er, was immer er an Informationen besaß, auf die eine oder andere Weise aus ihm herausprügeln. Sollte er sich weigern, sich ihm mitzuteilen, gab es immer noch das Gefängnis. Die Geheimpolizei besaß Mittel und Wege, Menschen zum Sprechen zu bringen! Später könnte er ihn immer noch töten . . . und das würde ihm ein persönliches Vergnügen sein!

Während sie auf den Burschen warteten, würde er das Nummernschild überprüfen. Ganz sicher ließ sich feststellen, mit wem er es zu tun hatte!

Brüsk wandte er sich um und verließ das Arbeitszimmer, stieg die Treppen hinunter und ging hinaus. Er schrieb sich die

Autonummer auf, kehrte ins Haus zurück und machte sich auf die Suche nach Lengyl.

„Wieviele Männer haben Sie unter Ihrem Personal?" fragte er ihn barsch.

„Elf", antwortete der Mann eingeschüchtert.

„Gut. Postieren Sie einen Mann an jedem Ausgang des Hauses", befahl Gustav. „Falls der Kerl versucht zu fliehen, halten Sie ihn auf und lassen es mich umgehend wissen. Ich werde draußen den Vordereingang bewachen oder aber in Ihrem Büro sein."

„Jawohl, Herr Bezirksleiter!"

Gustav drehte sich um, stieg die Treppen hinauf, und wenige Minuten später war er mit seinem Büro in Berlin verbunden.

94

Schatten der Vergangenheit

Nachdem Matthew sich von seinem Erstaunen einigermaßen erholt hatte, erinnerte er sich wieder an den Grund seines Hierseins.

Er kehrte zum Tisch zurück.

Eine Bibel und mehrere Tagebücher lagen darauf. Matthew öffnete eines der Hefte und erkannte sofort Baron von Dortmanns Handschrift. Schon nach den ersten Zeilen war er gefesselt von dem, was er da las. Unbewußt ließ er sich auf dem Stuhl nieder und vertiefte sich in die Gedanken des Barons.

Diese Tagebücher sprachen von seinem Leben, seinem geistlichen Wachstum, seinen ersten Ehejahren, seinen Glaubenskämpfen, seiner Vision für das *Lebenshaus,* seinem Leben mit Gott, und ein ganzes Heft war der Geschichte seines Volkes gewidmet.

Diese Notizen mußten erhalten werden. Er durfte nicht riskieren, daß sie in die falschen Hände kamen und vernichtet wurden.

Als er die Tagebücher fortlegte, fiel Matthew die Ecke eines losen Blattes im Innern der Bibel des Barons auf. Er zog es heraus. Es war eine Liste von Bibelstellen, die ganz offensichtlich in großer Eile aufgeschrieben worden waren.

Matthew las die sieben Stellen.

Offenbarung 3,9 – Sie sollen erkennen, daß ich dich geliebt habe.

1. Samuel 13,6 – Als aber die Männer Israels sahen, daß das Volk in Gefahr und Bedrängnis war, verkrochen sie sich in die Höhlen und Klüften und Felsen und Gewölben und Gruben.

1. Könige 22,25 – Wahrlich, an dem Tage wirst du's sehen, wenn du von einer Kammer in die andere gehst, um dich zu verkriechen.

Psalm 27,3.5 – Wenn sich auch ein Heer wider mich lagert, so fürchtet sich dennoch mein Herz nicht; wenn sich Krieg wider mich erhebt, so verlasse ich mich auf ihn ... Denn er deckt mich in seiner Hütte zur bösen Zeit, er birgt mich im Schutz seines Zeltes und erhöht mich auf einen Felsen.

Sprüche 28,28 – Wenn die Gottlosen hochkommen, verbergen sich die Leute.

Jesaja 16,3 – Verbirg die Verjagten und verrate die Flüchtigen nicht!

Jesaja 58, 6–7 – Laß los, die du mit Unrecht gebunden hast, laß ledig, auf die du das Joch gelegt hast! Gib frei, die du bedrückst, reiß jedes Joch weg! Brich dem Hungrigen dein Brot, und die im Elend ohne Obdach sind, führe ins Haus! Wenn du einen nackt siehst, so kleide ihn, und entzieh dich nicht deinem Fleisch und Blut.

Matthew erhob sich wieder und setzte seine Suche fort.

Pässe ... Ausweispapiere ... Stifte, Druckerausrüstung. Alles, was man zum Fälschen brauchte.

Er versuchte, eine Verbindung zu schaffen zu dem Wenigen, was Sabrina ihm über ihre Aktivitäten während des Krieges erzählt hatte. Auf einmal war ihm alles klar.

Im *Lebenshaus* waren Juden versteckt und heimlich aus Deutschland fortgebracht worden!

Alles paßte zusammen.

Noch einmal nahm er das Blatt mit den Bibelstellen auf.

Ganz eindeutig war dies die biblische Rechtfertigung des Barons für die Arbeit, in die Gott ihn offensichtlich während des Krieges gestellt hatte. Hatte Gott dem Baron vielleicht durch diese Bibelstellen klargemacht, was er von ihm wollte?

Aber daran war doch nichts Geheimnisvolles. Tausende andere in Deutschland hatten dasselbe getan.

Warum war Sabrina seinen Fragen nur immer ausgewichen? Warum hatte sie nicht davon erzählt? So oft hatte sie angesetzt zu reden, dann aber wieder abgebrochen und fortgeschaut. Er hatte sie nicht drängen wollen. Dieser Krieg war lange vorbei. Ihr Vater saß im Gefängnis, sie hatte ihren Namen geändert ... was hätte sie davon abhalten können, ihm zu erzählen, was sie während des Krieges getan hatten?

Da er Sabrina kannte, gab es nur eine mögliche Erklärung für ihr manchmal so seltsames Verhalten – sie hatte nicht um sich selbst Angst, sondern um andere.

Wen konnte sie zu schützen versucht haben? Vielleicht ihn selbst. Wenn nicht ihn, wen sonst?

Und warum jetzt ... so lange, nachdem die Bedrohung durch die Nazis gebannt war?

Matthew wollte mehr erfahren und untersuchte alles, was auf dem Schreibtisch lag.

Wieder richtete sich seine Aufmerksamkeit auf die Bibel des Barons. Zwischen den dünnen Seiten lagen einige Blätter. Flüchtig schaute er darüber. Da war ein Brief, offensichtlich aus Rußland. Er nahm sich nicht die Zeit, ihn durchzulesen, sondern sah sich nur die Unterschrift an. Rostowtschew. Er sah auch noch einige andere Papiere durch. Was bedeutete nur dieser Dialog? –

Haben Sie Rosen?

Die Zeile darunter – „Rosen wachsen nicht im Winter" – war durchgestrichen worden. Statt dessen standen die Worte: *Nein, dies ist nicht die Zeit für Blüten.*

Der nächste Satz lautete: „Aber denen aus dem Haus des Vaters geben selbst die Blätter, die Stengel, die Blütenblätter und sogar die Dornen den Duft der Liebe ab." Doch wieder war diese Zeile durchgestrichen worden und durch eine andere ersetzt worden: *Doch denen, die lieben, duften selbst die Blätter.*

Ich sehe, sie verstehen die Wege des Vaters, lautete die nächste Zeile, und dann: *Wie viele Blüten brauchen Sie?*

Matthew las sich den seltsamen Dialog ein zweites Mal durch. Komisch, dachte er. Und doch hätte dies eine Unterhaltung sein können, die der Baron und Sabrina miteinander geführt hätten.

Unten auf dem Blatt waren Diagramme aufgezeichnet und einige Worte hingekritzelt.

Rosenpflanze ... die Rosenfamilie ... Lebenslinien ... die im Untergrund wachsenden Rosen ... der Duft des Lebens ...

Doch wieder waren alle diese Begriffe durchgestrichen und durch *Netzwerk der Rose* ersetzt worden. Dahinter stand ein Ausrufungszeichen.

Was soll das alles? dachte Matthew verwirrt, als er das Blatt beiseite legte und langsam durch den Raum schritt ... *Netzwerk der Rose?*

Vielleicht der Name, den der Baron für seine heimlichen Aktivitäten gewählt hatte? Das ergab Sinn.

Doch es war immer noch keine Erklärung für Sabrinas Heimlichtuerei, so lange nachdem sie ihre Aktivitäten eingestellt –

Auf einmal kam Matthew ein Gedanke.

Wenn die Untergrundaktivitäten, die hier im *Lebenshaus* begonnen worden waren, nun nicht mit dem Krieg zu Ende gegangen waren!

Wenn Sabrina –

Ja, natürlich – auf einmal paßte alles zusammen! *Das Netzwerk der Rose gab es immer noch!* Und Sabrina gehörte dazu.

Das Netzwerk ...

Ein oder zweimal war ihr dieses Wort entschlüpft, doch

jedesmal hatte sie versucht, die Unterhaltung schnell in eine andere Richtung zu lenken.

Ihm fielen jetzt auch andere Worte ein, die sie zufällig hatte fallen lassen. Mehr als einmal erwähnte sie Kontakte, durch die sie die Verbindung zu ihrem Vater aufrechterhalten hatte. Und dann ihre gemeinsamen Überlegungen, was sie in bezug auf ihren Vater tun sollten.

„Ich könnte ihm durch das Netzwerk eine Nachricht zukommen lassen", hatte sie gesagt, *„... durch Freunde ... Kontakte, die ich geschlossen habe ... Man muß Menschen in allen möglichen Lebensbereichen kennen. Bitte ... frag mich nicht weiter. Ich verspreche dir, ich werde dir alles erzählen ... bald."*

Und dieses höchst abrupte Ende des Balles im Konsulat! Das hatte ihm sehr zu schaffen gemacht. Welch ein seltsames Ende für den Abend, an dem er ihr einen Heiratsantrag gemacht hatte!

Konnte es sein, daß ihre plötzliche und unerklärliche Eile etwas zu tun hatte mit ihren heimlichen Aktivitäten? Worum anders konnte es sich handeln als um ein mitternächtliches Rendezvouz? Wenn ja, dann hatte Sabrina die Tradition des *Lebenshauses* im nach dem Krieg geteilten Berlin fortgeführt ... bis hin zum Verstecken von Flüchtlingen in ihrer kleinen Wohnung!

Der Gedanke war einfach unglaublich. Und doch ... falls Menschen in Gefahr waren, würde sie genauso handeln!

Darum hatte sie wahrscheinlich auch ihren Namen geändert.

Ihm war nur noch nicht klar, welches die Aufgabe des Netzwerks während der fünfziger Jahre gewesen war. Nun, da die Mauer die Stadt teilte, konnte er verstehen, daß Menschen, die fliehen wollten, irgendwie aus der Stadt geschmuggelt wurden. Aber vor dem 13. August hatte doch jeder die Freiheit gehabt zu gehen. In Scharen hatten die Menschen Ostdeutschland verlassen. Bis zu zweitausendvierhundert pro Tag in den Wochen vor der Errichtung der Mauer.

Welchem Zweck also diente Sabrinas Netzwerk?

In Polen und den anderen Ländern Europas waren nur noch wenige Juden übrig, und diejenigen, die emigrieren wollten, waren vorwiegend in den neu gegründeten Staat Israel ausgewandert. Soweit er wußte, hatte es seit dem Aufstand im Jahre 1953 in Ostdeutschland keine Untergrundaktivitäten mehr gegeben.

Auch in Rußland hatte die Verfolgung nachgelassen, nun, da die Stalin-Ära beendet war. Sogar öffentliche Gesten des guten Willens von Seiten des Kremls bekannten jüdischen Persönlichkeiten gegenüber hatte es gegeben als Demonstration für die Welt, daß der Kommunismus Minderheiten – vor allem Juden – gegenüber wohlgesonnen war.

Wo lag der Sinn? Waren die russischen Juden in größerer Gefahr, als allgemein bekannt war? Hatte Sabrina Verbindungen nach Israel? Welches war die Aufgabe des *Netzwerks der Rose?* Vielleicht gaben sie nur Informationen weiter?

Immer mehr Fragen in bezug auf die *Gegenwart* beschäftigten ihn, die dieses Geheimverlies mit seinen Geschichten aus der *Vergangenheit* nicht beantworten konnte.

Er erinnerte sich wieder an die letzte Stunde, die er mit Sabrina verbracht hatte. Sie war wieder so vage gewesen ... wollte nichts erklären. Und ihre Weigerung, sich seiner Führung anzuvertrauen ... die für sie so uncharakteristische Art, das Kommando zu übernehmen.

Und dann auf einmal die ihm unbekannten Leute ... der andere Wagen ... die Scheune ... der Bäckerwagen. Er sah sich plötzlich von einem Plan überrascht, der sehr viel besser ausgearbeitet war als sein eigener. Und Sabrina war für das alles verantwortlich!

Es war jetzt alles so klar!

Ohne ihm etwas zu erzählen – zu seiner eigenen Sicherheit, wie sie ihm gesagt hatte –, hatte sie sich das Netzwerk bei der Flucht zunutze gemacht.

Und nun, dachte er, würde auch er sich das Netzwerk zunutze machen, um Sabrina zu finden!

Das war der Schlüssel, den er gesucht hatte. Wie er nach Deutschland und Polen gekommen war, so mußte er nun einen Weg finden, Verbindung aufzunehmen mit dem Netzwerk der Rose!

Er drehte sich um, ergriff die Tagebücher und die Bibel des Barons, knipste das Licht aus, schloß die große Tür und ging durch den langen, engen Gang zurück.

Darauf verschloß er auch die Geheimtür, verbarg den Schlüssel und legte die Steine wieder an ihren Ort. Um sicherzugehen, daß niemand den Schlüssel finden würde, strich er Erde über die Ritze, nahm die Tagebücher und das Rosenkästchen auf und ging den langen Gang entlang.

Diesmal konnte er es jedoch nicht riskieren, durch das Haus zu gehen. Nein, er hoffte, die Kellertür öffnen zu können, die er vom Garten aus nicht entdeckt hatte. Von dort aus würde er sich bestimmt ungesehen um das Haus herum und zu seinem Wagen schleichen können.

95

Gustavs Strategie

Ja, das ist die Zulassungsnummer", sagte Gustav in den Hörer. „Beschaffen Sie mir sofort alle Informationen darüber. Wenn Sie es innerhalb von dreißig Minuten schaffen, rufen Sie mich unter dieser Nummer an."

Er gab seinem Gesprächspartner die Nummer von Lengyls Apparat.

„Ich brauche den Namen des Besitzers und seine Adresse. Irgend etwas darüber, wann Galanow zurückkommt?"

Eine kurze Pause folgte.

„Ich verstehe ... eine weitere Verzögerung ... aha, eine dringende Familienangelegenheit ... Ich hatte gehofft, ihn auf diese Sache ansetzen zu können. Es gibt neue Entwicklungen."

Seine Sekretärin stellte eine Frage.

„Ich glaube nicht, daß Sie irgend etwas tun können ... Ja, ich danke Ihnen für Ihre Bereitschaft. Ich werde daran denken."

Nach einigen weiteren Fragen und Antworten hängte Gustav den Hörer ein.

Es hatte ihm gar nicht gefallen, daß sein Assistent nach Moskau gerufen worden war, und er hatte überhaupt nichts dafür übrig, daß sich seine Rückkehr nun immer weiter hinauszögerte. Nicht, daß nicht ein halbes Dutzend eifriger Stasi-Leute Galanows Arbeit hätten tun können. Die Geheimpolizei der DDR hatte keinen Mangel an Arbeitskräften. Doch Galanow war findiger als die meisten von ihnen.

Warum war er nach Moskau gerufen worden? Und warum wurde sein Aufenthalt immer wieder verlängert? Jetzt war er schon mehr als drei Monate fort. Vielleicht hatte er eine neue Aufgabe im KGB übernommen ... vielleicht hatte es auch zu tun mit seinen Verletzungen? Ging es ihm vielleicht schlechter?

Was immer auch der Grund war, Gustav gefiel die Geschichte überhaupt nicht. Außerdem brauchte er Galanow, um diesen McCallum zu verfolgen.

Gustav ging zum Fenster zurück.

Der kleine Wagen stand immer noch neben seinem eigenen. Einer von Lengyls Männern hielt Wache. Auch alle Ausgänge des Gebäudes wurden bewacht.

Wenn sie ihn nun fingen und er sich weigerte zu reden? Oder wenn es ihm trotz der Wachposten gelungen war, aus dem Haus zu kommen und er auf die Dunkelheit wartete, um sich in die Wälder zu schlagen? Und es bestand durchaus die Möglichkeit, daß die Informationen über den Halter des Wagens ihn nicht sehr viel weiterbrachten.

Schnell durchdachte Gustav die Möglichkeiten, die sich ihm boten.

Nein, schloß er nach einer Weile, *das Beste würde sein, den Burschen zu verfolgen.*

Wenn es nun gar nicht McCallum war? Der einzige Weg,

dieser Sache auf den Grund zu gehen, war, den Betrüger in dem Glauben zu lassen, daß seine kleine Scharade erfolgreich gewesen ist.

Die Folterkammer, Drogen, Schockbehandlung ... das würde alles später kommen.

Er würde die Wachen zurückrufen und dem Mann freien Zugang zu seinem Wagen bieten. Er selbst würde im Innern des Hauses seinen Beobachtungsposten einnehmen und sich an seine Fersen heften, falls er versuchen sollte zu verschwinden.

Schnell drehte er sich um, verließ das Büro und hastete die breite Treppe hinunter.

*

Kurz nachdem er den Keller verlassen hatte, trat Matthew blinzelnd aus der mit Hecken überwucherten Tür, die für so viele Menschen während des Krieges Überleben bedeutet hatte.

Er fragte sich nun, wie er die Tür hatte übersehen können. Vorsichtig verschloß er sie wieder und achtete darauf, daß die Büsche und Hecken sie wieder vollkommen verbargen. Dann schlich er zur nordwestlichen Ecke des Gartens und schaute vorsichtig um die Ecke.

Die Luft schien rein zu sein.

Selbst wenn er gesehen werden sollte, würde dieser Lengyl ihm nicht folgen.

Schnell ging er auf seinen Wagen zu.

Es war niemand zu sehen. Eine Minute später saß er hinter dem Steuer.

Er ließ den Motor an, legte den ersten Gang ein und fuhr so schnell er konnte davon.

*

Als er außer Sichtweite war, trat ein Mann in der hellbraunen Uniform des Staatssicherheitsdienstes aus der Eingangstür des

Hauses, von dessen Fenster aus er die ganze Flucht beobachtet hatte.

Still vor sich hinfluchend, weil er den Mann nicht erkannt hatte, ging Gustav zu seinem Auto.

Wenn es wirklich McCallum gewesen wäre, hätte er sich vielleicht nicht zurückhalten können, ihn auf der Stelle festzunehmen.

Doch diesen schlampigen, bärtigen Betrüger kannte er nicht – und er wollte zuerst mehr über seine Mission erfahren . . . wer ihn geschickt und wonach er gesucht hatte.

Er würde diesem sogenannten Albrecht folgen, was ihm nicht schwerfallen würde. Sobald er wieder in Berlin war, würde er anhand der Zulassungsnummer alles über den Mann in Erfahrung bringen.

Gustav stieg in seinen Wagen, ließ den Motor an und fuhr die Zufahrt entlang. Um der alten Zeiten willen sollte er vielleicht bei dem Gut vorbeifahren, auf dem er aufgewachsen war. Er schaute nach rechts, als er die Hauptstraße erreichte.

Das würde noch warten müssen. Später konnte er sich Zeit dafür nehmen. Im Augenblick durfte er dem Trabi nicht zu viel Vorsprung geben.

Er bog nach links auf die Hauptstraße ein, trat das Gaspedal durch und fuhr seiner Beute nach.

Teil VI

Das Geheimnis der Rose

Februar/März 1962

96

Wieder in Berlin

Matthew war nicht in mindesten erpicht darauf, die Frau oder ihren stämmigen Ehemann nochmals zu verärgern.

Doch irgendwo mußte er ja beginnen, und ihm boten sich nur zwei Möglichkeiten. Er hatte beschlossen, es zuerst bei ihrer Wohnung zu versuchen.

Natürlich ist die Wahrscheinlichkeit, daß nach all den Jahren immer noch derselbe Code verwendet wird, eins zu einer Million, doch man muß es versuchen, dachte Matthew, als er die altvertraute Straße zu Sabrinas ehemaliger Wohnung entlangging.

Es war früher Nachmittag. Vielleicht war ihr Mann nicht zu Hause.

Er klopfte an die Tür.

Die Frau öffnete. Ein verwirrter Ausdruck trat in ihre Augen. Irgendwie kam ihr der bärtige Fremde, der vor ihrer Tür stand, bekannt vor. Falls es sich um denselben Mann handelte, der schon einmal bei ihr geklopft hatte, so hatte er sich auf wundersame Weise um fünfundzwanzig Jahre verjüngt.

„Bitte, ich möchte Ihnen nichts tun", sagte Matthew schnell. „Ich habe nur eine Frage."

Die Frau erkannte seine Stimme. Zwar konnte sie sich seine Veränderung nicht erklären, aber zweifellos war dies der Bettler von neulich. Sie wurde ärgerlich.

Schnell fuhr Matthew fort. „*Haben ... haben Sie Rosen?*" fragte er.

„Wofür halten Sie dieses Haus, für einen Blumenladen? Nein, ich habe keine Rosen!" antwortete sie und begann, die Türe zu schließen.

„Nicht einmal für einen, der Rosen liebt?" fügte Matthew hinzu. „Sind ... sind Sie ganz sicher, daß dies nicht die richtige ... die Zeit für Blüten ist?"

„Ganz sicher. Gehen Sie weg."

„Bitte, ich muß –"

Die Tür wurde ihm vor der Nase zugeworfen.

„Gütiger Himmel!" murmelte Matthew vor sich hin, als er die Treppen hinunterstieg. „Ich habe alles durcheinandergebracht! Obwohl sie sich ganz sicher nicht um Rosen oder Blüten oder Losungswörter schert!"

Matthew drehte sich um und ging zurück zur Straße. Es war den Versuch wert gewesen, doch ganz sicher war Nummer eins eine Sackgasse.

„Psst!" ertönte es hinter ihm.

Er blieb stehen und drehte sich um.

Hinter der halbgeöffneten Tür der Nachbarwohnung erschien ein Gesicht.

„Sind Sie ... haben Sie –", begann Matthew, doch er wurde schnell unterbrochen.

„Schhh!" Die Stimme der Frau brachte ihn zum Schweigen. „Man darf nicht wissen, daß ich mit Ihnen spreche."

„Aber sind Sie –"

„Ich habe gehört, daß Sie Rosen suchen", flüsterte die Frau.

„Ja!" rief Matthew, der vor Aufregung vollkommen vergaß, seine Stimme zu dämpfen.

„Schhh! Sie müssen leise sprechen."

„Haben Sie Rosen?" fragte Matthew nun flüsternd.

„Nein, nein, ich habe keine Rosen. Aber ich erinnere mich nur an Sie. Sie haben Fräulein Rosenblatt häufiger besucht."

„Sie und ich, wir waren bekannt. Ich wußte, daß sie Sie mochte."

„Wissen Sie, wo Sa- das heißt – wissen Sie, wo Fräulein Rosenblatt hingezogen ist?" flüsterte Matthew aufgeregt.

Die Hand der Frau legte sich auf ihren Mund, und Matthew hörte, wie sie nach Luft schnappte.

„Oh, es tut mir leid, mein Herr ... ich dachte, Sie wüßten es!"

„Was?“

„Fräulein Rosenblatt ist . . . sie ist tot, mein Herr!“

„Oh . . . oh ja . . . ich hatte so etwas gehört“, erwiderte Matthew.

„Und trotzdem kommen Sie her und fragen nach Rosen?“

„Ja . . . äh, nach *anderen* Rosen . . .“ stotterte Matthew. „Äh . . . wissen Sie etwas von den Rosen?“

„Nur daß sie sie sehr geliebt hat.“

„Sie sind . . . *Sie* sind nicht . . .“ fragte Matthew bedeutungsvoll.

„Nein, ich war nur ihre Freundin. Ich habe sehr viel gelernt über Rosen und diejenigen, die sie lieben.“

„Aber Sie . . . Sie gehören nicht zu ihnen?“ fragte Matthew.

„Nein.“

„Können Sie mir sagen, wo ich zu dieser Jahreszeit Rosen finden könnte?“

„Ich weiß nur, daß ein Mann mit Namen Hermann Fräulein Rosenblatt die meisten Rosen gebracht hat.“

„Hermann?“

„Mehr weiß ich nicht.“

„Aber –“

„Schhh! Er kommt! Sie müssen gehen – sofort!“

Geräuschvoll wurde die Tür zugeworfen.

Matthew drehte sich um. In der Ferne sah er den Mann kommen, der jetzt in Sabrinas Wohnung wohnte.

Schnell verließ er das Haus und ging in die entgegengesetzte Richtung davon. Falls von den neuen Bewohnern Gefahr ausging, wollte er weder sich noch seine hilfsbereite Informantin in Schwierigkeiten bringen.

97
Die Scheune

Alles war so schnell gegangen, und er war an jenem Tag im August zu verwirrt gewesen, um sich den Weg genau merken zu können, den sie gefahren waren. Doch er war ziemlich sicher, daß dies der richtige Ort war.

Auf dem Weg von Berlin hierher hatte er immer wieder versucht, sich an die Namen zu erinnern, die er gehört hatte – auf der Fahrt, während des Fahrzeugwechsels in der Scheune und in dem Lieferwagen. Großbeeren war kein großes Dorf, doch selbst hier mußte er wissen, nach wem er suchte.

Er erinnerte sich an die Namen *Wilhelm* und *Willi*, aber er wußte nicht, ob sie zu ein und derselben Person gehörten ... und *Erich* ... und es war die Rede gewesen von einem Bäcker, obwohl er sich an nichts Genaues erinnern konnte.

Und wie konnte er den geheimnisvollen *Hermann* vergessen, den die Frau in Berlin erwähnt hatte!

Was für eine Äußerung ... *Hermann brachte Fräulein Rosenblatt die meisten ihrer Rosen!*

Matthew war nun in die Gegend südlich von Berlin gefahren, um seine andere Spur zu verfolgen – seine eigene bruchstückhafte Erinnerung an den Tag der vereitelten Flucht.

Das Dorf war leicht zu finden, und während er hineinfuhr, erinnerte er sich an jenen Tag, an dem Sabrina die Führung übernommen hatte. Sie waren aus östlicher Richtung in das Dorf hineingefahren.

Irgendwo hatte sie gehupt. *Wo war das nur gewesen ...? War das vielleicht ein bestimmtes Signal?*

Matthew schaute sich um. Der Ort bestand vorwiegend aus Bauernhäusern. Es gab nur ein oder zwei kleine Geschäfte und ein Gasthaus. Nichts kam ihm bekannt vor.

Nachdem Sabrina gehupt hatte, war zunächst nichts passiert ... sie waren einfach weitergefahren. Doch als sie das Dorf verlassen hatten und auf dem Feldweg zu der Scheune fuhren, war auf einmal ein Wagen vor ihnen.

Wo war der hergekommen?

Jetzt erinnerte er sich ... im Dorf hatten sie den kleinen Wagen überholt.

Er versuchte sich alles wieder in Erinnerung zu rufen. Sie folgten dem Wagen, einem seltsam aussehenden Modell. Welche Farbe hatte er noch geholt? Nicht daß ihn das weiterbringen würde. Fast jeder in der DDR fuhr einen Trabi, und sie sahen alle genau gleich aus. *Hmm ... grau war er* ... obwohl vermutlich selbst in einem so kleinen Dorf ein halbes Dutzend grauer Trabis herumfuhren.

Mittlerweile hatte er das Dorf hinter sich gelassen. Er bog von der holprigen Straße ab.

Der könnte es sein – allerdings gab es so viele Feld- und Waldwege in Deutschland, daß man das ganze Land von den Alpen bis zur Ostsee durchfahren konnte, ohne die Hauptstraßen benutzen zu müssen.

Da war sie, direkt vor ihm – *die Scheune!*

Genau, wie er sie in Erinnerung hatte!

Matthew hielt an, sprang aus dem Wagen und lief zu den breiten, verschlossenen Toren. Kein Lebenszeichen war zu entdecken. Es waren keine Tiere in der Nähe, keine einzige Landmaschine.

Langsam ging er um die Scheune herum und entdeckte endlich eine kleine, unverschlossene Hintertür.

Er öffnete sie. Der Geruch erinnerte ihn sofort an einen Bauernhof. Er blieb stehen und wartete, bis seine Augen sich an das trübe Licht gewöhnt hatten. Es lagen noch einige Geräte und Heuballen herum. Also war sie nicht vollkommen verlassen. *Ja, das ist die richtige Scheune. Hier hat der weiße Lieferwagen auf uns gewartet.*

Langsam ging er weiter.

Nichts sonst war hier. Kein weißer Lieferwagen ... keine Spur.

Teile der Unterhaltung kamen ihm wieder in den Sinn. *„Wilhelm ... dein Vater sagt, daß du einer meiner größten Verbün-*

deten bist", hörte er Sabrinas Stimme sagen. Sie sprach zu einem Jungen ... nein, einem jungen Mann von sechzehn, vielleicht achtzehn Jahren. Er hatte sie nicht in dem Lieferwagen begleitet, sondern war anscheinend woanders hingegangen.

Wilhelm ... konnte es sich um denselben *Willi* handeln, von dem ein Mann kurz vor Sabrinas Äußerung gesprochen hatte?

Matthew verließ die Scheune und stieg in seinen geborgten Trabi. Er lehnte sich im Sitz zurück und schloß die Augen.

Was soll ich jetzt tun, Herr? Ich weiß nicht mehr weiter. Du hast mich hierher gebracht ... aber was nun?

Er stieß einen tiefen Seufzer aus, saß einige Minuten ganz still und versuchte, sich voll und ganz auf diese Angelegenheit zu konzentrieren.

Als Matthew den Motor anließ und den Gang einlegte, wußte er nicht, wo er als nächstes hinfahren sollte. Am besten würde es sein, ins Dorf Großbeeren zurückzukehren.

98

Vater und Sohn

Als Matthew von dem Feldweg auf die holprige Straße einbog, die zurück ins Dorf führte, durchströmte ihn eine seltsame Ruhe. Er hatte keine Ahnung, was er tun sollte. Und doch konnte er sich des Gefühls nicht erwehren, daß er irgendwie *geführt* wurde zu einem Ziel, das er nicht kannte.

Er durchfuhr das ganze Dorf und sprach stumme Gebete.

Er wendete den Wagen, um noch einmal durch Großbeeren zurückzufahren.

Da kam ihm eine Idee. Er bog in die Seitenstraßen ein, die von der Hauptstraße abgingen. Einige waren nur kurz, andere länger. Manche waren auch nur Zufahrten zu etwas abseits liegenden Häusern. Sabrina war an jenem Tag auf keiner jener Straßen gefahren, doch er würde nun jeden Winkel dieses Dorfes erforschen.

Die vierte dieser engen Straßen machte eine Linkskurve und führte dann über eine schmale Brücke, die sogar für einen Trabi fast zu schmal war, vom Dorf weg. Langsam überquerte er sie. Da vorne stand ein großes Gebäude – eine Schule, wie es schien.

Matthew trat heftig auf die Bremse und blieb stehen.

Ein grauer Trabi parkte genau davor!

Matthew sprang aus dem Wagen und lief darauf zu. *Ja, und da war auch die riesige Stoßstange, die so seltsam befestigt war! Es ist derselbe Wagen, der uns durch die Felder zu der Scheune geführt hat!* Da konnte es keinen Irrtum geben.

Er rannte zur nächstgelegenen Tür des Schulgebäudes. Es mußte doch möglich sein herauszufinden –

Als er die Treppen hinauflief, sah Matthew, wie sich vor ihm eine Tür öffnete. Zwei Personen kamen heraus, eine Frau seines Alters und –

Ja, er erkannte ihn ... *Es ist derselbe Mann, den ich mit Sabrina sprechen sah!*

Keuchend blieb er stehen.

Die Frau hielt inne, starrte ihn an. Ein sorgenvoller Ausdruck trat in ihre Augen, als ihr klarwurde, daß er zu ihnen hinsah.

Sie drehte sich um und wollte wieder zurückgehen.

„Mama?" fragte der junge Mann.

„Willi, bitte – komm!" bat sie ihn.

„Nein, bitte – bitte, warten Sie ... Wilhelm!" rief Matthew.

Der Junge blieb ungeachtet der Ermahnung seiner Mutter stehen. Ihm dämmerte auf einmal, daß er diesen Mann kannte.

„Er ist ein Freund, Mama", sagte er. „Er war mit Fräulein Rosenblatt, Papa und mir zusammen." Während er sprach machte der Junge mit Namen Willi einige zögernde Schritte auf Matthew zu.

„Ich möchte nichts mehr hören von Fräulein Rosenblatt oder Rosen! Das liegt jetzt hinter uns, Willi! Wir sind jetzt in Sicherheit. Willi ... Willi, bitte – komm mit!"

Doch Willi und der bärtige Fremde schüttelten sich bereits die Hand.

„Ich habe dich gesucht, Willi", sagte Matthew. „Ich möchte herausfinden, wo sich Fräulein Rosenblatt aufhält. Hast du sie gesehen ... seit jenem Tag?"

Wilhelm zögerte, schien eine Weile nachzudenken. Dann sagte er: „Laut den offiziellen Berichten ist sie bei dem Zwischenfall ums Leben gekommen."

„Ich habe Grund zu der Annahme, daß sie noch am Leben ist", erwiderte Matthew.

„Was für Gründe?"

„Ich habe eine Nachricht erhalten, von der ich glaube, daß sie von ihr ist ... eine Nachricht über Rosen."

Die Art, wie sich Willis Gesicht veränderte, zeigte, daß er die Bedeutung der Worte verstanden hatte.

„Vielleicht sollten Sie mit meinem Vater sprechen", sagte er.

„Nein, Willi!" ertönte die Stimme der Mutter hinter ihnen. „Ich will nichts mehr zu tun haben mit diesen Rosengeschäften!"

Willi dachte einen Augenblick nach, dann drehte er sich um. „Es tut mir leid, Mama", sagte er. „Dieser Mann ist kein Feind. Papa wird mit ihm sprechen wollen."

Er wendete sich wieder Matthew zu.

„Warten Sie hier", meinte er. „Ich werde Mama nach Hause bringen und Papa Bescheid geben, daß Sie da sind."

„Heißt dein Vater ... Erich?" fragte Matthew.

Willi nickte. „Er oder ich werden herkommen."

Willi und seine Mutter verließen die Schule und fuhren in dem grauen Trabi davon. Matthew setzte sich und wartete. Endlich hatte er jemanden ausfindig gemacht, der Sabrina kannte.

*

Eineinviertel Stunden später war Matthew ins Gespräch mit Willi und Erich Brumfeldt vertieft.

„Ich fürchte, wir können Sie nicht zu uns nach Hause einladen", meinte Erich. „Meine Frau hat sehr unter dieser Geschichte gelitten, und sie hat sich noch nicht ganz erholt."

„Ich bin froh, Sie lebendig vorzufinden", sagte Matthew. „Nach den Berichten sind fast alle Beteiligten getötet worden."

„Es hat tatsächlich Tote gegeben", erwiderte Erich. „Auch einer von uns war darunter . . . und von den anderen."

„Es tut mir sehr leid, das zu hören. Aber was ist aus Fräulein Rosenblatt und ihrem Vater geworden?"

„Ich habe sie nach dem Hubschrauberabsturz nicht mehr gesehen", erwiderte Erich. „Allerdings war ich selbst bewußtlos. Sie wurden nach Potsdam gebracht, aber darüber hinaus wissen wir wirklich sehr wenig. Es gibt keinen Grund, den Berichten keinen Glauben zu schenken. Wir haben auf jeden Fall nichts Gegenteiliges gehört."

„Ist hier niemand, der etwas mehr darüber wissen könnte?"

„Das Netzwerk arbeitet so, daß jedes Glied in der Kette nur denjenigen kennt, mit dem er unmittelbar in Berührung kommt. Dies dient zu unserer Sicherheit und unserem Schutz. Fräulein Rosenblatt wußte natürlich viel mehr als die anderen. Doch wir waren nicht mit ihren Freunden bekannt, wir haben auch keine Möglichkeit, mit ihnen Kontakt aufzunehmen."

„Denken Sie, daß sie noch am Leben sein *könnte*?"

Brumfeldt dachte eine Weile nach.

„Ich weiß nicht, was ich dazu sagen soll. Wollte Gott, daß ich Ihre Frage mit einem Ja beantworten könnte. Wie sehr würde ich mich freuen, wenn sie noch am Leben wäre. Doch um ehrlich zu sein, ich habe nichts gehört, was darauf schließen ließe. Falls sie wirklich noch am Leben ist, würde sie natürlich nicht wollen, daß wir davon erfahren – zu unserer eigenen Sicherheit. Unsere Beteiligung an dem Fluchtversuch hat uns sehr stark in diese Angelegenheit verwickelt, und sie würde nichts tun, was uns noch weiter in Gefahr bringen würde."

„Ich verstehe", erwiderte Matthew.

„Sie hat uns nur anvertraut, daß sie verfolgt würde", fuhr Brumfeldt fort. „Wenn Sie wirklich am Leben wäre, hätte sie alle Verbindungen zum Netzwerk abgebrochen, ihre Identität geändert und ein ganz neues Leben begonnen."

„Könnte sie das?"

Brumfeld zuckte die Achseln.

„Wir leben in einer sehr gefährlichen Zeit", meinte er.

„Jemand in Ihrer Organisation muß doch etwas wissen. Ich habe den Namen Hermann gehört. Sagt er Ihnen etwas?"

„Er ist mein Cousin – ein Berliner."

„Wissen Sie, ob er sie gesehen hat?"

Erich schüttelte den Kopf. „Das hat er nicht", antwortete er.

„Ohne Hilfe kann sie kein neues Leben beginnen ... nicht ohne eine Spur zu hinterlassen."

„Da könnten Sie recht haben. Doch sie würde bestimmt niemanden in Gefahr bringen wollen. Andere aus dem Netzwerk würden nichts verraten, vor allem nicht, wenn jemand wie Sie anfinge, Fragen zu stellen – selbst wenn Sie wüßten, wo Sie anfangen sollten. Mein Sohn und ich kannten Sie. Wir wissen, daß Sie vertrauenswürdig sind, weil Sie mit ihr zusammen waren. Andere werden das nicht wissen."

„Wenn Sie für mich bürgen würden ...", schlug Matthew vor.

„Außer den wenigen, mit denen wir zu tun haben, kennt niemand den Namen Brumfeldt. Man würde mir genauso mißtrauen wie Ihnen. Aus der Tatsache, daß ich für Sie bürge, könnte geschlossen werden, daß wir beide der Stasi angehören und gemeinsam nach ihr suchen."

„Ich kann mir nicht vorstellen, daß jemand so etwas denken könnte."

„Mißtrauen und Verdächtigungen gehören zum Leben hier dazu. Informanten, Spione und Kollaborateure gibt es überall."

„Was Sie sagen, klingt nicht gerade ermutigend", seufzte Matthew.

„Sie könnte sich nun unter einem anderen Namen beispielsweise in Polen aufhalten – das heißt, *falls* sie überhaupt noch am Leben ist."

„Sie haben wenig Hoffnung, daß ich sie finde?"

„Keine, mein Freund, es sei denn, sie *will*, daß Sie sie finden. Das Netzwerk ist aufgebaut auf Verschwiegenheit. Sie und die anderen haben es so gewollt. Selbst wenn sie noch lebt, sehe ich keinen Weg, sie ausfindig zu machen."

„Was ist mit Bietmann, Papa?" fragte Willi, der die ganze Zeit aufmerksam zugehört hatte.

„Hmm ... das ist eine Möglichkeit", überlegte sein Vater.

„Wer ist dieser Bietmann?" fragte Matthew.

„Ein junger Landwirt. Er lebt östlich von hier, in einem Dorf mit Namen Kehrigkburg."

„Gehört er zu Ihnen?"

Brumfeldt nickte.

„Jetzt, da Willi ihn erwähnt, erinnere ich mich, daß er mehr über die Aktivitäten des Netzwerks weiß als andere. Ich habe ihn nie kennengelernt, doch Willi hat ihm einmal bei einer Ernte vor mehreren Jahren ausgeholfen ... Was meinst du, Willi?"

„Während ich da war, hatte Herr Bietmann viele Besucher, Papa. Ich glaube, er kennt viele Leute."

„Kann ich mich bei einem Gespräch mit ihm auf Sie berufen?" fragte Matthew.

„Sicher", erwiderte Erich, „obwohl er selbst entscheiden wird, ob er Ihnen trauen kann."

„Werden Sie mir sagen, wie ich ihn finden kann?"

Brumfeldt nickte. „Natürlich."

99

Kehrigkburg

Auf der Fahrt nach Kehrigkburg begann Matthew schon zu verzagen. Wahrscheinlich würde er sie nie finden.

Zum Haus der Bietmanns gelangte er ohne Schwierigkeiten, doch als er sich als Freund von Erich und Willi Brumfeldt vorstellte, zeigte Bietmann keinerlei Reaktion.

Matthew machte eine unbeholfene Pause.

„Ich, äh ... hoffe, eine Freundin von mir zu finden", sagte er, „eine Rosensammlerin mit Namen Rosenblatt."

Immer noch zeigte der Mann keinerlei Reaktion.

„Es ist Winter", sagte er. „Es ist kalt. Ich glaube kaum, daß es zu einer solchen Zeit viele Rosensammler gibt."

Er schaute auf und betrachtete Matthew aufmerksam.

Auf einmal fiel Matthew wieder ein, was er im Verlies des Barons gelesen hatte.

„Ja, das stimmt", sagte er schnell und ganz offensichtlich sehr nervös. „Denken Sie ... äh, daß jetzt die falsche Zeit für Blumen ist ... ich meine, die falsche ... das heißt, daß jetzt nicht die beste Jahreszeit für Blüten ist?"

Der Anflug eines Lächelns zeigte sich auf Bietmanns Gesicht.

„Wenn ich antworten würde, daß dies nicht die Zeit für Blüten ist, was würden Sie darauf sagen?"

„Ja ... äh ... lassen Sie mich überlegen", stotterte Matthew aufgeregt. „Ich würde sagen, daß Menschen, die lieben ... ich meine, daß denen, die lieben, selbst die Blätter duften."

„Gut gesagt", lachte Bietmann. „Kommen Sie herein. Vielleicht sollten wir uns einmal unterhalten."

Er führte Matthew ins Haus hinein.

Nachdem sie Platz genommen hatten, erklärte Matthew seine Situation und trug seine Bitte vor. Der Landwirt hörte aufmerksam zu, jedoch wieder ohne irgendeine Reaktion zu zeigen.

„Vielleicht kann ich Ihnen helfen", sagte er schließlich. „Ich kann nichts versprechen. Was Herr Brumfeldt gesagt hat, stimmt. Das Netz ist zwar eng gewebt, die Fäden sind jedoch nur kurz. Keiner sieht weit in das Gewebe hinein oder weiß, wie es woanders gewebt ist. Jeder kümmert sich nur darum, sein eigenes Feld unversehrt zu halten. Verstehen Sie, was ich meine?"

„Ich denke schon", antwortete Matthew.

„Ich habe Gerüchte gehört", fuhr Bietmann fort. „Zwar ist der Name Rosenblatt niemals gefallen, doch ich mache mir so meine eigenen Gedanken."

„Was können Sie mir erzählen?" fragte Matthew, der sich nun interessiert vorbeugte.

„Nichts Genaues, fürchte ich. Ich kann Ihnen nur zwei Namen geben, zwei Stränge in dem Gewebe wie ich selbst. Ich habe gehört, daß Reisende unter unseren Leuten herumgereicht worden sind, das ist alles. Es ist nur eine vage Spur, jedoch alles, was ich Ihnen anbieten kann."

„Ich werde jede noch so kleinste Spur verfolgen."

„Der eine wohnt weit oben im Norden, in Polen, in der Nähe der Ostsee, der andere in der Nähe der tschechoslowakischen Grenze. Keinen der beiden kenne ich persönlich, auch weiß ich nicht, wie sie sich verständigen. Es könnte Gefahren geben, von denen ich nichts weiß. Leider habe ich keine genaueren Informationen."

Bietmann nannte Matthew die beiden Namen und die Städte, wo die Kontaktpersonen zu finden waren.

Die beiden Männer verabschiedeten sich mit einem langen und herzlichen Handschlag.

100

Ein langer Weg

Nach dem Besuch in Kehrigkburg und ausgerüstet mit den beiden Namen, die Bietmann ihm gegeben hatte, machte sich Matthew auf die lange und ermüdende Suche nach den geheimnisvollen „Reisenden“, die unter den Angehörigen des Netzwerks herumgereicht worden sein sollten. Doch weder Bietmanns noch Brumfeldts Warnungen konnten ihn vorbereiten auf die Enttäuschungen, die Matthew erwarteten.

Wochen vergingen, dann ein Monat.

Matthew folgte einer Spur nach der anderen, doch alle endeten im Nichts.

Wen immer er auch aufzuspüren suchte, er schien seine Bemühungen im voraus zu ahnen. Wann und wo immer er auftauchte, waren sie bereits verschwunden, ohne Spur, ohne Anhaltspunkte, und er mußte wieder ganz von vorne beginnen.

Wenn das Netzwerk wirklich so gut organisiert war, wie er glaubte, ahnten die Verfolgten im voraus, was er unternehmen würde, und da sie ihn für einen Stasi- oder KGB-Agenten hielten, waren sie ihm immer einige Schritte voraus. Gerade wenn er glaubte, Sabrinas Verbündete von seinen ehrlichen Absichten überzeugt zu haben, mußte er erkennen, daß andere Warnungen gegen ihn ausgesandt hatten, die alle seine vorherigen Bemühungen zunichte machten.

Er hielt es sogar für wahrscheinlich, daß es Bietmann oder Brumfeldt sein könnten, die die anderen vor ihm warnten.

Doch daraus konnte er ihnen keinen Vorwurf machen. Ihr Leben und das ihrer Familien stand auf dem Spiel. Aus welchem Grund sollten sie ihm trauen? Sie mußten ihn für einen Spion übelster Sorte halten – einen Spion, der sich als Freund ausgab. Welchen Beweis konnte er liefern, daß er wirklich der war, der er zu sein behauptete?

Warum sollten ihnen seine Fragen nicht verdächtig vorkommen? Je näher er ihr kam, desto verschwiegener wurden sie. Wenn Sabrina gehört hatte, daß jemand auf ihrer Spur war und ihr immer näher kam, dann mußte sie weiter in den Untergrund gehen. Wahrscheinlich dachte sie, es sei Gustav.

Die ganze Suche wurde erschwert durch die Tatsache, daß auch die Stasi herumschnüffelte. Er hatte von Anfang an das Gefühl gehabt, verfolgt zu werden. Darum mußte er vorsichtig vorgehen.

Auf keinen Fall wollte er das Netzwerk auffliegen lassen. Schon die kleinste Nachlässigkeit von seiner Seite konnte großen Schaden anrichten.

Einmal konnte er einen Blick auf den Burschen werfen, der ihn verfolgte.

Er war nicht sicher, vor allem nicht, wenn er daran dachte, wie die Zeit einen Menschen verändern konnte … doch er glaubte Sabrinas früheren Nachbarn von Schmundt erkannt zu haben.

Vielleicht war es aber auch jemand vom Netzwerk, der herausfinden sollte, ob er nicht ein Wolf im Schafspelz war. Das machte mehr Sinn.

Wer immer ihm folgte, Matthew hatte besondere Sicherheitsvorkehrungen getroffen, seitdem er seinen Verfolger zum ersten Mal entdeckt hatte, und dann war er ihm einige Wochen lang auch tatsächlich nicht mehr begegnet, obwohl das Gefühl, verfolgt zu werden, geblieben war.

Nachdem er Kehrigkburg verlassen hatte, war er durch ganz Ostdeutschland und Polen gefahren, sogar nach Niedersdorf, nach Warschau, nach Süden in die Tschechoslowakei und wieder nach Norden über Prag und schließlich nach Leipzig, wo er wieder einen Verfolger entdeckt hatte, wenn er dieses Mal auch deutlich jünger und ganz sicher nicht Gustav von Schmundt war.

Das Netzwerk der Rose war vielleicht nicht groß, jedoch weit verzweigt und achtete sehr auf die Sicherheit derer, die dazugehörten. Er hatte es mit Bestechungsgeldern versucht, hatte sie angefleht und jeden diplomatischen Schachzug angewandt, den er sich im Laufe der Jahre angeeignet hatte. Doch es hatte ihn nicht weitergebracht.

Am Ende des Winters 1962 verließ ihn allmählich der Mut.

101

Vertrauen zwischen Brüdern

Gegen Ende März führte Matthews Weg noch einmal in das kleine Dorf südöstlich von Berlin, nach Kehrigkburg.

Nach einer kurzen Unterhaltung mit Bietmann machte er sich am folgenden Nachmittag auf den Weg nach Magdeburg.

Seine Geldmittel waren beinahe erschöpft, er hatte fünfzehn Pfund abgenommen, und Paddy Reds kleiner Trabi stand kurz vor dem Zusammenbruch. Und obwohl er entschlossen war, jede auch noch so kleine Spur zu verfolgen, wuchs seine Mutlosigkeit mit jedem Tag.

Während seines zweiten Besuchs bei Bietmann war das Gefühl echter Kameradschaft zwischen ihnen aufgekommen. Bietmann hatte ihn sogar eingeladen, an einem Gebetstreffen mit einer kleinen Schar von Gläubigen teilzunehmen und die Nacht in seinem Haus zu verbringen, trotz der Tatsache, daß er von Leipzig aus verfolgt worden war.

„In der DDR gibt es keine religiösen Beschränkungen. Wir brauchen unsere Gottesdienste und Gebetsabende nicht im Verborgenen abzuhalten. Falls ein Stasi-Agent in der Tür erschiene, würden wir ihn einladen, mit uns zu beten. Noch ist es nicht so schlimm wie in Rußland."

Als sie sich an diesem Tag verabschiedeten, hatte Bietmann ihm in die Augen geschaut und gesagt: „Ich bin davon überzeugt, daß Sie diejenigen, die Sie suchen, in Magdeburg finden werden. Diese neue Information bekam ich erst letzte Woche, und ich habe darum gebetet, daß Sie noch einmal hier vorbeikommen. Ich kann nicht sagen, was der Kontaktmann tun wird, wenn Sie ihm Ihre Bitte vortragen. Denken Sie daran, was ich Ihnen gesagt habe. Ich bin nur für ein bestimmtes Gebiet zuständig. Wenn man Grund hat, Ihnen zu mißtrauen, oder falls eine

Gefahr besteht, von der ich keine Ahnung haben, werden Sie den Umschlag vielleicht nicht bekommen. Und Sie müssen die Worte genau so wiederholen, wie ich Sie Ihnen gegeben habe. Sonst haben Sie keine Chance."

„Ich verstehe", hatte Matthew geantwortet. „Doch falls ich verfolgt werde, kann ich nicht riskieren, andere in Gefahr zu bringen.

„Ich denke, wir werden sie ablenken können. Sie müssen nur durch das Dorf in Richtung Norden fahren, als seien Sie nach Berlin unterwegs. Ich werde Ihnen in meinem eigenen Wagen folgen und aufpassen, daß sich niemand zwischen uns setzt. Falls Sie verfolgt werden, wird der Wagen hinter mir fahren müssen. Ich habe einen Freund, der seine Kühe genau zwischen unseren beiden Wagen hindurch auf die andere Weide führen wird. Ich werde ihn anrufen und alles mit ihm vereinbaren. Etwa einen Kilometer hinter der Stelle, wo die Kühe die Straße überqueren, führt links ein Weg durch die Felder. Innerhalb von dreißig Sekunden werden Sie außer Sicht sein. Dieser Weg mündet in die Straße ein, die Sie zur Autobahn bringt."

„Ich danke Ihnen mehr, als ich jemals sagen kann", meinte Matthew ernst.

„Ich vertraue Ihnen, wer immer Sie sein mögen. Gott beschütze Sie, mein Freund."

Und nun war er auf dem Weg, um Kontakt aufzunehmen mit einem Christen, der ihm vielleicht endlich seine Fragen beantworten konnte.

102

Der Preis der Loyalität

Diese Nacht in der Fliegenfalle war der Tropfen, der das Faß beinahe zum Überlaufen brachte.

Er begann zu bedauern, daß er die Verfolgung persönlich aufgenommen hatte. Doch als der Mann, der in Galanows Abwesenheit für die Observierung zuständig gewesen war, ihn von Leipzig aus davon unterrichtet hatte, daß die Spur anscheinend direkt nach Berlin führe, hatte er kein Risiko eingehen wollen. Dieser neue Assistent besaß nicht Galanows Gerissenheit, und er wollte die Spur nicht wieder verlieren.

Darum hatte Bezirksleiter von Schmundt beschlossen, die Sache persönlich in die Hand zu nehmen, um herauszufinden, was dieser Kerl vorhatte.

Er war schon vor dem Morgengrauen aufgestanden und in die dunkle Kälte hinausgetreten, um sich davon zu überzeugen, daß der Trabi immer noch an derselben Stelle stand. In diesem Land gab es so viele Trabis wie Ratten, und dieses Exemplar war besonders alt und klapprig. Er bezweifelte, daß es schneller als siebzig Stundenkilometer fahren konnte, obwohl es bemerkenswert war, wie viele Kilometer dieser Bursche damit zurückgelegt hatte.

Den ganzen Morgen hatte er nun schon hier gesessen. Er war hungrig. Am liebsten hätte er jetzt ein paar Stunden geschlafen und danach ein üppiges Frühstück eingenommen ... und jetzt war es sogar schon Mittag!

Endlich – zehn Minuten, nachdem sie das Haus verlassen hatten – setzten sich Gast und Gastgeber in ihre Wagen und fuhren in Richtung Dorf.

Als die beiden Wagen an ihm vorbeifuhren, duckte er sich, dann ließ er den Motor an und fuhr ihnen langsam nach.

Er war immer noch nicht sicher, ob es McCallum war, der da vor ihm in dem stinkenden Trabi saß. Der Bart verfehlte seine Wirkung nicht, das mußte er zugeben, und er hatte diesen elenden Burschen ja nur einmal gesehen, mehr als zwanzig Jahre zuvor. Noch dazu war er damals angetrunken gewesen.

Alle, mit denen der Mann in Kontakt getreten war – von Hotelangestellten über Geschäftsbesitzer bis hin zu Arbeitern und Bauern –, sagten übereinstimmend aus, der Mann sei Deutscher gewesen, vielleicht Österreicher oder Schweizer, da er einen leichten Akzent gehabt habe. Alle hatten geleugnet, den Namen McCallum jemals gehört zu haben.

Also waren sie ihm weiter gefolgt und hatten ihn noch nicht festgenommen, obwohl Gustavs Geduld nun beinahe am Ende war.

Er folgte den beiden Wagen durch das lächerlich kleine Dorf, das nichts weiter zu bieten hatte als das schäbige Gasthaus, wo er die Nacht verbracht hatte. Seine Information schien korrekt zu sein. Sie verließen das Dorf in nördlicher Richtung und schienen auf dem Weg nach Berlin zu sein.

Warum fuhr dieser idiotische Bauer nur so dicht auf?

Was soll denn das bedeuten?

Er trat auf die Bremse und wäre fast in den vorausfahrenden Wagen hineingefahren.

Eine Viehherde stand plötzlich mitten auf der Straße!

Gustav sprang aus seinem Wagen und rannte nach vorne. Er brüllte dem Mann, der die Viehherde anführte, Befehle zu. In der Ferne sah er den rostigen alten Trabi in einer Staubwolke verschwinden.

„Ich muß diesem Wagen folgen!“ brüllte er und ging auf den Mann zu, der genauso langsam und unbeteiligt die Straße überquerte wie seine Kühe.

„Es tut mir leid“, erwiderte der Mann lächelnd, „doch meine Kühe verstehen nicht, daß manche Menschen in Eile sind.“

„Wie können Sie es wagen, so mit mir zu reden!“

„Wenn meine Mädchen erst einmal begonnen haben, die Straße zu überqueren, kann man sie weder aufhalten noch zur Eile antreiben.“

„Wissen Sie denn nicht, mit wem Sie es zu tun haben?“ rief Gustav außer sich vor Wut.

„Es tut mir leid, aber ich kenne Sie nicht."

„Ich bin von der Staatssicherheit, Sie Dummkopf! Ich bestehe darauf, daß Sie mich vorbeilassen!"

„Es tut mir leid", erwiderte der Mann jetzt sichtlich nervös. Sein Lächeln war verschwunden. Sofort begann er, sich einen Weg durch die Herde zu bahnen, allerdings mit nicht allzu großem Erfolg.

Gustav hatte sich mittlerweile dem Fahrer des Wagens vor ihm zugewendet, der mit seinem Auto die Straße blockierte.

„Machen Sie sofort den Weg frei, Sie Dummkopf!"

Bietmann nickte bereitwillig. Er drehte den Zündschlüssel. Der Motor sprang nicht an. Unschuldig schaute er Gustav aus seinem offenen Fenster an.

„Anscheinend stimmt etwas nicht mit der Zündung", sagte er seelenruhig.

„Unfähiger Idiot!" brüllte Gustav und riß die Tür auf. Er packte den Bauern und zerrte ihn aus seinem Wagen.

„Der Mann, der letzte Nacht bei Ihnen übernachtet hat – ich befehle Ihnen, mir zu sagen, wo er hinwill!"

„Welcher Mann?" fragte Bietmann.

Im nächsten Augenblick lag er schon mit blutender Nase auf dem Asphalt. Schnell riß Gustav ihn wieder hoch.

„Wenn Sie nicht den Rest Ihres Lebens im Gefängnis verbringen wollen, erzählen Sie mir jetzt besser alles! Heißt dieser Mann McCallum?"

„Es tut mir leid, diesen Namen kenne ich nicht."

Wieder versetzte ihm Gustav einen Schlag ins Gesicht, allerdings hielt er ihn diesmal fest, damit er nicht wieder hinfiel.

„Warum hat er Sie besucht?"

„Er ist ein Freund."

„Sie lügen! Sie haben sich erst gestern kennengelernt."

„Nein, –"

„Begreifen Sie denn nicht? Ich werde Sie töten, gleich jetzt und hier, wenn Sie weiterlügen."

Während er sprach, hatte Gustav ihn losgelassen. Innerhalb kürzester Zeit stand er, die Waffe in der Hand, über den Mann gebeugt, der wieder hingefallen war.

„Ich habe schon früher getötet, und ich werde nicht zögern, es zu tun, falls Sie mich dazu zwingen."

„Udo, Udo!" rief der andere Bauer, der jetzt seine Herde verließ und sich neben dem Freund hinkniete. „Erzähl diesem Mann doch, was er wissen will!"

„Ruhig, Micha", flüsterte Bietmann. „Sag nichts."

„Hören Sie auf Ihren Freund", rief Gustav mit wachsendem Zorn, „oder ich werde Sie beide töten!"

Die Lippen des auf dem Boden liegenden Mannes begannen sich zu bewegen. Doch er sprach weder zu seinem Freund noch zu dem Feind über ihm, sondern zu seinem himmlischen Vater, bekannte ihm seine Furcht und bat ihn um Hilfe.

„Udo ... Udo, bitte!" bat der junge Mann mit Namen Micha. „Denk doch an deine Frau ... dieser Preis für Loyalität ist zu hoch."

Im nächsten Augenblick fühlte er sich gepackt und starrte mit aufgerissenen Augen in die Pistolenmündung.

„Sie haben recht", sagte Gustav mit leiser, drohender Stimme. „Und ich habe auch recht, wenn ich sage, daß Sie Ihrem Freund Gesellschaft leisten werden, falls Sie mir nicht sagen, was Sie wissen!"

„Mag ... Magdeburg ...", stotterte der Mann in Panik, „... Er ... er ist auf dem Weg nach Magdeburg."

„Wofür halten Sie mich denn!" brüllte Gustav und schlug ihm die Faust gegen den Kopf. „Diese Straße führt doch geradewegs nach Berlin!"

„Bitte ... Herr Hauptmann ... ich ... es stimmt ... er ist –"

„Micha, wir dürfen einen Bruder nicht verraten", flüsterte Bietmann.

Ein Fußtritt brachte ihn zum Schweigen.

„Weiter!" forderte Gustav.

„Er ... er dreht dort vorne um ... und fährt zurück zur Autobahn."

„Nach Magdeburg!"

„Ja, Herr Hauptmann."

„Wohin in Magdeburg?"

„Ich ... ich weiß es nicht ..."

Eine weitere Ohrfeige löste seine Zunge gänzlich.

„Ich weiß es nicht genau, Herr Hauptmann, aber ... aber einmal ... ich weiß, daß er einen Freund im ... im Postamt hat.“

Sofort rannte Gustav los zu seinem Wagen. Diese Idioten sollten die Straße blockieren, so lange sie wollten, er würde direkt zur Autobahn fahren!

103

Eine ganz besondere Briefmarke

Bietmann hatte Matthew gesagt, er solle entweder um 11.15 Uhr morgens oder um 16.35 Uhr nachmittags ins Magdeburger Postamt gehen und nach Herrn Fritsch fragen.

Er schaute auf seine Uhr. Es war kurz nach halb vier.

In ihm war das Gefühl gewachsen, daß an diesem Tag der Durchbruch kommen würde. Gleichzeitig spürte er aber auch die Gefahr.

Weniger als eine Stunde später parkte er auf dem Bürgersteig, stieg aus und betrat das Postamt. Am Schalter fragte er einen der beiden Angestellten nach Herrn Fritsch. Kurz darauf erschien ein Mann, der ihn argwöhnisch betrachtete.

„Ich bin Fritsch“, sagte er. „Was kann ich für Sie tun?“

„Ich habe gehört, daß Sie seltene Briefmarken für Sammler anbieten“, erwiderte Matthew.

Zögernd betrachtete Fritsch Matthew.

„Gelegentlich“, meinte er schließlich. „Was für eine Briefmarke suchen Sie denn?“

„Die Rose für vierzig Pfennig.“

„Die kleinste Sorte ist die Luftpostmarke für fünfundsiebzig Pfennig.“

„Sind auf ihr auch Blätter abgebildet?“

„Alle Rosen haben Blätter. Welche Farbe möchten Sie?"

„So lange die Blütenblätter duften, ist jede Farbe recht, obwohl ich rot am liebsten mag."

„Ich verstehe", sagte Fritsch. „In diesem Fall sind Sie vielleicht an einer bestimmten interessiert, die mir kürzlich zugesandt wurde. Allerdings ist sie bereits benutzt worden."

„Um so besser", gab Matthew zurück, „denn eine Rose sollte ihren Duft an mehr als eine Person verschenken."

Der Mann namens Fritsch verschwand und kehrte gleich darauf mit einem Umschlag zurück, den er Matthew überreichte.

„Wie Sie sehen", sagte er, „ist die Briefmarke entfernt worden. Aber der Absender ist ebenfalls ein Rosenliebhaber. Er kann Sie zu der Rose mit dem intensivsten Duft von allen führen."

„Woher wird er wissen, daß ich ein Rosenliebhaber bin wie er?" wollte Matthew wissen.

„Der Umschlag", antwortete Fritsch. „Zeigen Sie ihm den, und Sie werden willkommen sein. Aber Sie sollten nicht vor halb sieben dort auftauchen."

Matthew wandte sich der Straßenkarte an der Wand zu und suchte die auf dem Umschlag angegebene Straße. Dann grüßte er und verließ das Postamt.

Er fand die Straße ohne Schwierigkeiten und klingelte um fünf nach halb sieben an der Tür.

Inzwischen war es stockdunkel.

Die neue Adresse, die er von dem Mann erhielt, der ihn offensichtlich erwartet hatte, ließ ihn vor ungeduldiger Aufregung erschauern. Er rannte zu seinem Wagen, um sofort zu diesem neuen Ziel aufzubrechen, als er den Mann rufen hörte:

„Vor morgen früh werden Sie dort niemanden antreffen! Soll ich Ihnen ein Nachtquartier besorgen?"

„Nein, danke", sagte Matthew, zu aufgeregt, um klar denken zu können. „Ich werde mir dort in der Nähe ein Hotel suchen."

Vergeblich bemühte er sich, ruhiger zu werden. Mehrere Stunden lang ging er in der Stadt umher und immer wieder an dem Haus mit der Adresse vorbei, die man ihm gegeben hatte.

Er hoffte nur, daß Bietmanns Plan mit den Kühen gelungen war und niemand ihn verfolgt hatte.

104

Immer näher ans Ziel

Verflucht sei der Dummkopf, der seinen Lastwagen hier auf der Autobahn auf den Kopf gestellt hat! Kilometerweit staute sich der Verkehr zurück, und er konnte froh sein, wenn er Magdeburg vor Anbruch der Dunkelheit erreichte.

Das Postamt würde schon geschlossen sein. Aber er würde veranlassen, daß es geöffnet würde, und sich eine Angestelltenliste geben lassen, falls das notwendig sein sollte. Er würde allen einen Besuch abstatten und sie, wenn nötig, die ganze Nacht vernehmen.

Er schaute auf die Uhr. Bis halb sechs oder sechs müßte er es eigentlich schaffen, aber es würde knapp werden. Eine weitere Verzögerung auf der Autobahn konnte er sich nicht leisten.

Fünfundfünzig Minuten später stürmte Gustav durch die Eingangstür des Postamts. Es war zwanzig Minuten vor sechs. Rücksichtslos drängte er sich an den Kunden vorbei zum Schalter, wo er den erstaunten Angestellten anblaffte: „Ich bin Stasi-Bezirksleiter von Schmundt! Ich muß sofort Ihren Direktor sprechen!"

„Jawohl, mein Herr", erwiderte der Mann, drehte sich um und hastete zu einem der Büros hinter ihm.

Die zuerst verärgerten Kunden zogen sich zurück. Sie hätten lieber den Rest des Tages gewartet, als einen Angehörigen des Staatssicherheitsdienstes zu verärgern.

Der Postdirektor erschien, gefolgt von dem nervösen kleinen Postangestellten.

„Ich muß jeden Ihrer Angestellten befragen, der Gelegenheit hatte, mit einem Mann zu sprechen, der in den letzten zwei Stunden hier gewesen sein könnte", sagte Gustav. „Wie viele außer diesem Mann sind noch hier beschäftigt?" fragte er.

„Noch ein anderer Mann und eine Frau", erwiderte der Direktor.

„Bringen Sie sie her!"

Der Direktor sprach mit dem kleinen Mann, der daraufhin einen Gang entlangeilte. Eine Minute später kehrte er zurück, begleitet von einer älteren Frau.

„Hat einer von Ihnen mit einem Mann gesprochen, einem Amerikaner, wie ich glaube, der sich als Deutscher ausgibt?" fragte Gustav. „Er ist ein Feind der Deutschen Demokratischen Republik, und ich bin ihm bis hierher gefolgt. Zwar weiß ich nicht, was er wollte, ich nehme aber an, daß er mit jemandem gesprochen hat, der hier arbeitet. Er trug einen Bart."

„Ich erinnere mich an einen solchen Mann", sagte die Dame. „Er kam doch an deinen Schalter, Max ... Es muß vor einer guten Stunde gewesen sein."

„Ja ... ja, jetzt erinnere mich an ihn", sagte der verschüchterte Max. „Er ... er wartete vor meinem Schalter und fragte dann nach Herrn Fritsch. Ja ... mit einem Bart!"

„Ja, Max", fügte die junge Frau hinzu, „und hat er nicht nach irgendwelchen Briefmarken gefragt?"

„Ja, es war eine längere Unterhaltung, aber ... aber natürlich habe ich ... nichts von dem verstanden, was sie gesagt haben."

„Ich auch nicht", fügte die Frau hinzu, der auf einmal klarwurde, daß sie schon mehr gesagt hatte, als gut für sie war.

„Wer ist dieser Fritsch?" fragte Gustav.

„Er ist mein Stellvertreter", antwortete der Direktor.

„Bringen Sie ihn sofort her!"

„Das tut mir leid, Herr Hauptmann, aber er ist schon gegangen."

„Warum das?"

„Er bat mich, etwas früher gehen zu dürfen, und ich habe ihm seine Bitte gewährt."

„Aus welchem Grund?"

„Das hat er mir nicht gesagt."

„Dann geben Sie mir seine Adresse . . . aber schnell!"

„Es tut mir leid, Herr Hauptmann, aber Sie sollten wissen, daß es uns nicht gestattet ist –"

Der arme Direktor hatte keine Zeit, seinen Satz zu Ende zu sprechen. Gustavs Hand schloß sich um seinen Kragen, und er mußte nach Luft schnappen.

„Hören Sie gut zu, Sie Dummkopf!" brüllte Gustav ihn an. „Ich rate Ihnen zu tun, was ich gesagt habe, sonst wird es Ihnen schlecht ergehen. Ich will diesen Verräter Fritsch finden. Falls Sie mir nicht helfen, könnte Sie dasselbe Schicksal erwarten wie ihn!"

Er ließ den zitternden Mann los. Nachdem der Direktor einige Male schwer geschluckt hatte, hastete er zurück in sein Büro. Keiner der Angestellten oder der Kunden im Postamt wagte sich zu rühren.

Eine Minute später kehrte der Direktor mit der Personalakte seines Angestellten zurück.

Er wußte nur zu gut, welchen Vertrauensbruch er beging, doch er sah keine Alternative.

Gustav nahm ihm die Akte ab, überflog sie, dann drehte er sich auf dem Absatz um und stürmte aus dem Gebäude.

105
Vorbereitungen

Er war schon in so viele Sackgassen geraten, daß Matthew nicht wagte, seine Hoffnungen zu hoch zu schrauben. Und doch war er diesmal sicher, daß er endlich am Ziel angekommen war.

Es mußte so sein!

Ein Hotel zu finden war nicht schwierig gewesen, und es war ihm tatsächlich an jenem Abend gelungen, sich so weit zu beruhigen, daß er nachdenken und beten konnte. Er mußte damit rechnen, morgen wieder mit leeren Händen dazustehen. Und doch klopfte sein Herz wie rasend, und ein breites Lächeln legte sich auf sein Gesicht.

Schwieriger war es gewesen, eine Rose aufzutreiben.

Nach vielen vergeblichen Versuchen war er schließlich in sein Hotel zurückgekehrt, hatte seinen besten Anzug angezogen und sich auf einen Streifzug durch die besseren Restaurants der Stadt begeben.

Es war schon fast zehn Uhr, als er endlich fündig wurde. Als der Kellner ging, um die Speisekarte zu holen, schnappte er sich die langstielige Rose vom Tisch, versteckte sie unter seinem Mantel und verschwand. Er hoffte, dieser Diebstahl würde ihm vergeben werden.

Sein Geld war jetzt fast aufgebraucht. Zehn Mark und ein wenig Kleingeld – mehr besaß er nicht, kaum genug, um das Benzin zurück nach Berlin zahlen zu können.

Im Hotel angekommen, ging er zunächst ins Badezimmer und stellte die kleine Tüte mit den Utensilien ab, die er in einer Apotheke gekauft hatte.

„Nun, mein bärtiger Freund“, sagte er zu seinem Spiegelbild, „Albrecht oder Liebermann oder wer immer du bist … es war schön, dich kennengelernt zu haben.“

Er beugte sich vor, seifte sich ein und begann seinen Bart abzunehmen.

Zehn Minuten später trat er zurück, trocknete sich ab und betrachtete sein Werk.

„Was sagst du dazu, Bleichgesicht!" meinte er zu sich und untersuchte einige Schnittwunden am Kinn und in der Nähe seines Adamsapfels.

Es war schon spät geworden. Matthew legte sich zu Bett und versuchte zu schlafen, doch ohne großen Erfolg.

106

Das zweite Mal ist es leichter

Während Matthew schlief, war der Mann, der ihn verfolgte, in einer ganz anderen Mission unterwegs.

Gustav hatte den Postangestellten Fritsch um etwa zwanzig nach sechs allein in seiner Wohnung vorgefunden. Glücklicherweise hatte Fritsch schon mit dem Kollegen telefoniert, der sein Interesse an besonderen Briefmarken mit ihm teilte.

Fritsch begann gerade mit den Vorbereitungen für sein einfaches Abendbrot, als der Stasi-Bezirksleiter mit vorgehaltener Pistole in seine Wohnung eindrang.

„Ich habe keine Zeit, mir Lügen anzuhören, Fritsch!" rief er. „Ich weiß, wer Sie sind, und ich weiß Bescheid über das Treffen, das Sie heute nachmittag mit einem Feind der Republik hatten. Erzählen Sie mir alles, was Sie wissen."

„Es ... es tut mir leid ... ich weiß nicht, wovon Sie sprechen", erwiderte der arme Mann.

„Wollen Sie etwa leugnen, daß Sie heute nachmittag mit einem Mann auf dem Postamt gesprochen haben?"

„Ich spreche mit vielen Leuten, mein Herr."

„Dieser Mann hatte einen Bart!"

„Ah ... ja, jetzt wo Sie es erwähnen, da war tatsächlich ein Mann mit einem Bart."

„Was wollte er?“

„Er fragte mich nach einer seltenen Blumenbriefmarke, mein Herr.“

„Was haben Sie ihm geantwortet?“

„Ich erklärte ihm, daß das Postamt keine Briefmarken für Sammler verkauft.“

„Was weiter?“

„Ich verwies ihn an einen Spezialisten für seltene Briefmarken.“

„Warum hat er ausgerechnet mit Ihnen sprechen wollen?“

„Das weiß ich nicht. Vielleicht hatte er gehört, daß auch ich Philatelist bin.“

„Sie lügen. Er wollte eine Information von Ihnen ... keine Briefmarken!“

„Ich sage Ihnen, daß wir über nichts anderes gesprochen haben. Er war bald darauf wieder fort.“

„Warum sind Sie so kurz nach seinem Besuch nach Hause gegangen?“

„Mir ging es nicht gut.“

„Haben Sie, seit Sie das Postamt verlassen haben, noch jemand anderen getroffen?“

„Niemanden.“

Gustav zögerte kurz. Die Ernsthaftigkeit des Mannes hatte ihn etwas aus dem Gleichgewicht gebracht.

Er drehte sich um und begann das Zimmer zu durchsuchen. Darauf begab er sich ins angrenzende Schlafzimmer.

Fritsch erhob sich, um ihm zu folgen.

„Bitte, mein Herr!“ flehte er.

Doch Gustav hatte bereits seinen kleinen Arbeitsbereich mit dem Sekretär entdeckt und begonnen, die Schubladen und Fächer zu durchwühlen.

Fritsch versuchte vergebens, ihn aufzuhalten. Im nächsten Augenblick landete er auf dem Boden. Der Griff von Gustavs Pistole hatte ihn an der Schläfe getroffen.

Papiere und Schubladen, Stifte und Büroklammern flogen auf den Boden.

„Was ist das?“ fragte er, eine Mappe in der Hand haltend.

„Äh ... meine Briefmarken ..." stöhnte der Mann kaum hörbar.

Gustav blätterte sie durch.

„Es sind aber gar keine Blumenbriefmarken dabei, Sie Dummkopf!"

Fritsch stöhnte wieder, gab aber keine Antwort.

„Was bedeuten diese Namen auf dem Albumdeckel?"

Fritsch antwortete nicht.

„Die Namen! Ist Ihnen Ihr Leben so wenig wert?" Darauf trat Gustav ihm fest mit dem Stiefel in die Seite.

„Das ... das sind meine Händler ..."

„Was für Händler!"

„Briefmarkenhändler", stöhnte der Mann unter Qualen.

Gustav ging die Liste durch.

„Es sind aber gar keine Geschäfte aufgeführt. Bei einigen Namen handelt es sich um nichts weiter als kleine Bauerndörfer! Für wie dumm halten Sie mich eigentlich?"

„Das sind private ... private Sammler ...", murmelte Fritsch, „bitte ... es ist nicht nötig, sie zu belästigen ..."

Während Gustav die Liste durchging, legte sich ein bösartiges Lächeln auf seine Lippen. Dieser Dummkopf hatte ihm alles gesagt, was er wissen wollte!

„So ... ich brauche also diese Leute nicht zu belästigen, ja?" fragte er ironisch. „Ich habe das bestimmte Gefühl, daß einer der Leute auf dieser Liste in der Lage sein wird, mir alles über unseren bärtigen Freund zu erzählen. Wenn Sie also die Nacht überleben wollen, dann sagen Sie mir besser, zu welchem dieser *Händler* Sie ihn geschickt haben."

Es kam keine Antwort. Fritsch wurde klar, was er getan hatte.

„Reden Sie!" schrie Gustav außer sich vor Wut, während er immer wieder auf den Mann eintrat.

Doch der Mann antwortete nicht, weil er mittlerweile bewußtlos geworden war.

„Macht nichts", murmelte Gustav vor sich hin. Noch heute abend würde er jeden auf der Liste verhören. Es waren nur acht oder neun.

Dann holte er seinen Schalldämpfer aus der Tasche und schraubte ihn auf seinen Revolver. Besser, die Nachbarn bekamen nichts mit.

Das Briefmarkenalbum unter den Arm geklemmt, zielte er und drückte ab. Der Körper zuckte leicht zusammen, und auf der Stirn des Mannes zeichnete sich ein kleines rotes Loch ab.

Gustav schraubte den Schalldämpfer wieder ab, steckte den Revolver in die Tasche und verließ die Wohnung.

Seltsam, dachte er bei sich, beim zweiten Mal ist es viel einfacher.

107

Der junge Verbündete

Endlich war der Morgen da!

Matthew ging gemessenen Schrittes die Graulingerstraße entlang. Seinen Wagen hatte er ein Stück weiter oben geparkt.

Niemand sonst war auf der Straße zu sehen.

Ihm fiel wieder ein, was der Mann gestern gesagt hatte, und unbewußt verlangsamte sich sein Schritt. Was hatte er gemeint, als er sagte, es würde erst morgen jemand in der Wohnung in der Graulingerstraße sein?

Das war seltsam. Es hörte sich so an, als handelte es sich um eine Geschäftsadresse. Matthew schaute sich schnell noch einmal um. Ganz offensichtlich war dies ein Wohngebiet. Hier gab es nur Ein- und Mehrfamilienhäuser.

Ein schrecklicher Gedanke kam ihm. Wenn er nun die falsche Adresse bekommen hatte?

Nein, er war ganz sicher – Graulingerstraße Nr. 42!

Den ganzen Abend lang war niemand dort gewesen, kein Licht hatte gebrannt, kein Zeichen von irgendwelchen Aktivitäten im Innern.

Es mußte die richtige Adresse sein!

Vielleicht kommen die Bewohner erst heute zurück? fragte er sich. Hatte das der Mann vielleicht gemeint? Und wenn sie nun erst am Spätnachmittag zurückkamen ... oder heute abend?

Was machte das schon!

Er würde sich auf den Bürgersteig in der Nähe des Hauses setzen und warten – wenn nötig den ganzen Tag!

Seine Schritte beschleunigten sich wieder. Er kam immer näher. Hier war die Nummer 30, jetzt 34, und am Ende dieser Straße die Nummer 40.

Er erstarrte. Im Haus Nummer 42 brannte Licht!

Es war schon jemand da!

Noch eine Sekunde vorher hatte er sich darauf eingestellt, vielleicht den ganzen Tag warten zu müssen ... und nun war auf einmal der Augenblick gekommen!

Ihm wurde ganz flau im Magen.

Er begann zu laufen, doch blieb er sofort wieder stehen. Er verspürte den Wunsch, direkt zur Tür zu laufen ... doch eine unerklärliche Furcht hielt ihn zurück.

Da kam ein etwa zwölfjähriger Junge auf ihn zu.

Das war die Idee!

Leise in sich hineinlachend holte er sein letztes Geld aus der Tasche.

„He, junger Mann", rief er, als der Junge näherkam, „willst du dir ein paar Mark verdienen?"

„Wie?" fragte der Junge.

„Du brauchst mir nur einen kleinen Gefallen zu tun", erwiderte Matthew.

„Sie wollen doch nicht, daß ich etwas Unrechtes tue?"

„Nein, mein Junge", meinte Matthew lächelnd. „Du sollst nur eine Nachricht überbringen, dort in dem Haus, an dem du gerade vorbeigegangen bist." Er deutete in die Richtung, aus der der Junge gekommen war. „Ich gebe dir –"

Matthew schaute auf das Geld in seiner Hand.

„Sechs Mark fünfunddreißig", fuhr er fort. „Du brauchst nur hinüberzugehen und der Dame des Hauses etwas auszurichten."

„Was werden Sie tun?“ fragte der Junge.

„Ich bleibe hier stehen, auf der anderen Straßenseite.“

Der Junge nickte zustimmend. Matthew beugte sich zu ihm hinunter und erklärte ihm, was er sagen sollte.

108

Kennen Sie das Geheimnis?

Drei Minuten später klopfte der Junge an die Tür des Hauses Nummer 42.

Er wartete.

Schritte ertönten, und langsam wurde die Tür geöffnet.

„Guten Morgen, mein Junge“, sagte eine klangvolle Stimme. „Was kann ich für dich tun?“

„Ich soll Ihnen eine Nachricht überbringen“, erwiderte der Junge.

„Von wem?“

„Von einem Mann.“

„Was für einem Mann?“

„Ich kenne seinen Namen nicht.“

„Wie lautet die Nachricht?“

„Er trug mir auf, Sie zu fragen, ob Sie das Geheimnis der Rose kennen würden.“

Jetzt war es an Sabrina, nach Luft zu schnappen. Sie wurde blaß und hob langsam den Blick.

Auf der anderen Straßenseite sah sie Matthew stehen, lässig gegen die Mauer gelehnt. Ein Lächeln umspielte seine Lippen, als wäre es die selbstverständlichste Sache der Welt, daß er hier war. Innerlich jedoch mußte er sich zurückhalten, um nicht in ein lautes Freudengeheul auszubrechen.

In seiner Hand – *oh, Matthew ... was sonst könntest du mitbringen!* – trug er eine rote Rose.

Einen Augenblick starrten sich beide regungslos an. Im nächsten Moment sprang Sabrina schon die Treppen hinunter und lief los.

Mitten auf der Straße fielen sie sich weinend und lachend in die Arme.

„*Matthew, Matthew, wie* –“ Mehr brachte Sabrina nicht heraus. Sie barg ihr Gesicht an seiner Schulter und ließ ihren Tränen freien Lauf.

„*Oh, Sabrina . . . meine Sabrina*“, flüsterte Matthew ihr ins Ohr. Seine Tränen tropften auf ihr goldenes Haar. „Meine liebste Sabrina, ich hatte recht. Du warst es, du hast mir die rosa Rose geschickt.“

„Oh ja“, schluchzte sie, „doch ich habe nicht einen Augenblick gedacht, daß du versuchen würdest, mich zu finden!“

„Was sonst hätte ich tun können? Ich mußte mich doch bei dir dafür bedanken. Außerdem habe ich dir ja ein Versprechen gegeben – oh, Sabrina“, sagte er, überwältigt von der Erinnerung an die Zeit, die er in Bayern verbracht hatte, „ich habe gedacht, du wärst tot!“

„Das war mir klar . . . ich mußte unbedingt einen Weg finden, dir zu sagen, daß ich noch am Leben bin!“

„Aber warum hast du keine Nachricht dabeigelegt?“

„Ach, wenn du wüßtest, wie ich mich gequält habe! Ich wollte dir so vieles sagen! Doch nach allem, was passiert war . . . die Mauer, und du in deiner Position im Westen und ich gefangen auf der anderen Seite . . . ich war sicher, daß wir uns nie wiedersehen würden.“

„Ich wußte, daß die Rose von dir sein mußte, aber –“

„Alles, was ich hätte sagen können, hätte deinen Schmerz nur noch vergrößert. Vergib mir! Ich dachte, die Rose würde für sich selbst sprechen. Ich wußte, daß du alles verstehen würdest.“

Jetzt machte sich der Junge bemerkbar. Sie schauten hinunter.

„Bitte, mein Herr“, meinte er schüchtern, „. . . das Geld?“

Matthew brach in Gelächter aus, ließ Sabrina los und gab

dem Jungen das Geld. Auf der Erde lag die Rose, die ihm aus der Hand gefallen war.

Er bückte sich, hob die Blume auf und überreichte sie Sabrina.

„Kennst du denn das Geheimnis der Rose?“ fragte er und schaute sie liebevoll an.

Sabrina lächelte.

„Ich denke schon“, antwortete sie leise. „Aber ich weiß nicht, ob es stimmt ...“ fügte sie hinzu, „... bis ich es von dir höre.“

„Dann will ich es dir sagen“, sagte Matthew lächelnd. „*Das Geheimnis der Rose ist, daß ich dich liebe.*“

109

Je tiefer das Rot ...

Wieder traten Tränen in Sabrinas Augen. Sie versuchte zu sprechen, doch sie konnte Matthew nur anschauen.

„Du machst mich so glücklich!“ sagte sie nach einer Weile. „Es ist wieder wie im Märchen.“

Er beugte sich vor und küßte sie zärtlich auf den Mund, dann nahm er sie in die Arme.

„Ich liebe dich, Sabrina“, sagte er, „... mehr als ich je einen Menschen geliebt habe.“

„Und ich liebe dich, Matthew. Ich liebe dich so sehr! Ich bin so froh, daß du mich gefunden hast!“

Das ungeduldige Hupen eines Wagens erinnerte sie daran, daß sie immer noch mitten auf der Straße standen.

Sie brachen in Gelächter aus und rannten aus dem Weg. Als sie auf dem Bürgersteig standen, schaute Matthew Sabrina an.

„Ich wollte dich nicht einfach nur finden, Sabrina“, sagte er leise und ernst. „Ich bin gekommen, um dir eine rote Rose zu bringen. Weißt du auch, warum?“

Sabrina nickte.

„Weil in der Farbe und dem Duft der roten Rose“, fuhr Matthew fort, „die Farben und Düfte aller Rosen zusammengefaßt sind.“

„Bitte bring mich nicht wieder zum Weinen!“

„Ich habe es ernst mit meinem Versprechen gemeint, daß nichts mehr zwischen uns kommen sollte. Von ganzem Herzen möchte ich den Rest des Lebens mit dir als meiner Frau verbringen.“

„Oh, Matthew ... nichts könnte ich mehr wollen!“

„Und du weiß doch, was von den Rosen gesagt wird, nicht wahr?“

„Je tiefer das Rot ...“, begann Sabrina und schaute zu ihm auf.

„... desto tiefer die Liebe“, beendete Matthew den Satz.

Mehrere Sekunden lang schauten sie sich einfach nur an.

Ihre Blicke sagten genug.

Wortlos drehten sie sich um und gingen langsam Hand in Hand zu dem kleinen Haus.

„Komm herein, Matthew“, sagte Sabrina. „Du kommst gerade rechtzeitig, um uns beim Frühstück Gesellschaft zu leisten.“

„Uns?“

Doch schon traten sie durch die Tür. Bevor Sabrina noch etwas erklären konnte, lief Matthew voller Freude durch das Zimmer.

„Baron!“ rief er.

110

Die verlorenen Monate

Baron von Dortmann sprang auf, als er sah, wie sich die Tür öffnete. Mit ausgestreckten Armen ging er auf Matthew zu.

Nachdem sie sich herzlich umarmt hatten, drückten sie sich fest die Hand.

„Es ist wundervoll, dich zu sehen, mein Junge!"

„Und Sie, Baron ... Sie sehen großartig aus! Sie müssen zwanzig Pfund zugenommen haben, seit ich Sie das letzte Mal gesehen habe!"

„Leider kann ich das von dir nicht behaupten, Matthew. Bist du krank gewesen?"

Matthew lachte, trat zurück und legte seinen Arm um Sabrina.

„Nein, mir geht es gut. Ich habe nur mehr als zwei Monate gebraucht, um euch beide zu finden, das ist alles. Meine Nahrungsmittel waren zeitweise recht knapp."

„Zwei Monate!" riefen Vater und Tochter wie aus einem Munde.

„Das ist eine lange Geschichte!"

„Ich möchte sie hören", meinte der Baron.

„Ich glaube, ich bin euch durch halb Europa gefolgt."

„Wir hatten gehört, daß uns jemand suchte, darum sind wir nie lange an einem Ort geblieben", erklärte Sabrina. „Wir erhielten sich widersprechende Berichte. Einige sagten, ein Freund versuche Kontakt zu uns aufzunehmen, andere warnten uns davor, daß Feinde herumschnüffelten. Wir hatten keine Ahnung ..."

„Leider entsprechen beide Berichte der Wahrheit", sagte Matthew.

„Was meinst du damit, Sohn?" fragte der Baron.

„Ich fürchte, jemand verfolgt mich schon seit einiger Zeit."

Sabrina und ihr Vater schauten sich alarmiert an.

„Hast du eine Idee, wer das sein könnte?"

„Ich habe zwei Männer gesehen. Ich bin nicht sicher – es ist schon so lange her, und ich habe ihn nicht aus der Nähe gesehen – aber der ältere der beiden hatte eine auffallende Ähnlichkeit mit eurem früheren Nachbarn, dem Sohn von Graf von Schmundt."

„Gustav!" sagten die beiden wieder wie aus einem Mund.

„Wir dachten, der Bericht eines unserer Leute über unseren Tod hätte ihn endlich dazu gebracht aufzugeben", fügte Sabrina hinzu.

„Ich bin nicht sicher, daß er es ist", meinte Matthew. „Vielleicht weiß er auch gar nicht, daß du noch am Leben bist. Obwohl", fügte er nachdenklich hinzu, „wenn er mir auf den Fersen ist, dann ist er gleichzeitig auch euch auf der Spur. Zum Glück habe ich ihn gestern, bevor ich nach Magdeburg gefahren bin, abgehängt."

„Hast du ihn wirklich abgehängt?" fragte der Baron.

„Hmm, wer weiß", überlegte Matthew. „Wer immer es ist, er hat sich als erstaunlich findig erwiesen, meine Spur immer wieder aufzunehmen. Nein, ich glaube, wir werden uns in acht nehmen müssen. Ich bin sicher, daß er nicht weit weg ist."

„Genügend düstere Neuigkeiten für den Augenblick", meinte Sabrina entschlossen. „Kommt – der Kaffee wartet. Matthew, wir müssen dich aufpäppeln, so wie ich es mit Papa getan habe!"

Lachend gingen sie hinüber in die kleine Küche.

Baron von Dortmann nahm Sabrina und Matthew an der Hand, bevor sie sich zu Tisch setzten.

„Unser Vater", betete er bewegt, *„wie dankbar sind wir in diesem Augenblick! Du bist so gut zu uns! Danke, daß du Matthew sicher zu uns geführt hast. Danke, daß du unsere Gebete für ihn erhört hast. Danke, Vater. Amen."*

Sowohl Matthew und Sabrina stimmten in das Amen mit ein.

Während sie in der kleinen Küche bei einem deftigen Frühstück saßen, wollte das Erzählen kein Ende nehmen.

„Bist du bei dem Unfall damals nicht ernstlich verletzt worden?“ fragte Matthew. „Als ich dich das letzte Mal sah, lagst du reglos auf dem Boden ... Ich dachte, du wärst tot. Sie habe ich überhaupt nicht gesehen, Baron. Dann verlor ich das Bewußtsein und wachte erst im Krankenhaus wieder auf, Verbände überall, mit schweren Brandwunden, einem gebrochenen Bein und einer großen Kopfwunde. Ich konnte mich an nichts erinnern ... bis man mir den Artikel zeigte, wo es hieß, fast alle Insassen des Hubschraubers und des Lieferwagens seien getötet worden.“

„Der Herr hat uns beschützt“, erwiderte Sabrina. „Wir hätten beide ums Leben kommen können. Bei der letzten Explosion – wir rannten aufeinander zu – sah ich, wie etwas durch die Luft flog und du getroffen wurdest. Ich schrie, stolperte und fiel hin. Dann war ich kurze Zeit bewußtlos. Papa war so schwach, daß er fortgetragen werden mußte. Ich hatte lange Zeit große Angst um ihn.“ Sabrina schaute ihren Vater an. Er lächelte und drückte ihre Hand. „Aber Gott sei Dank war er nicht schwer verletzt.“

„Was ist mit den anderen?“

Sabrina wurde traurig.

„Herr Meier, der Bäcker, dem der Lieferwagen gehörte, wurde getötet. Es war ein schrecklicher Schock für alle.“

„Aber Brumfeldt überlebte. Ich habe vor zwei Monaten mit ihm gesprochen.

„Ja, aber ... du hast Erich gesehen?“

„Dorthin bin ich zuerst gefahren“, erwiderte Matthew, „das heißt, zuallererst zu deiner früheren Wohnung. Ich habe übrigens deine ehemalige Nachbarin kennengelernt – eine schüchterne und sehr vorsichtige Dame.“

„Gerda! Ja, sie war eine gute Freundin.“

„Sie hat schreckliche Angst vor den neuen Mietern in deiner Wohnung.“

Sabrina zog besorgt die Stirn in Falten, doch Matthew fuhr fort.

„Von Berlin aus fuhr ich nach Süden, um eure Spur aufzunehmen. Die Scheune, in der wir in den Lieferwagen umgestiegen sind, war der einzige Anhaltspunkt, den ich hatte. Als du an jenem Tag das Steuer übernommen hattest, wußte ich gar nicht, wie mir geschah!“ Matthew lachte bei der Erinnerung daran. „Aber als ich begann, den Tag zu rekonstruieren, paßte alles zusammen.“

„Dann hast du also alles über unser Netzwerk herausgefunden?“

„Nicht alles, aber genug, um anfangen zu können.“

„Hast du Willi gesehen?“ fragte Sabrina. Matthew nickte.

„Willi hat uns alle gerettet“, fuhr Sabrina fort. „Er hat uns in Sicherheit gebracht, bevor einer der Männer aus dem Hubschrauber oder die Grenzbeamten kamen. Als ich wieder zu mir kam und mir klarwurde, was Willi da tat, bestand ich darauf, daß er auch dich holte. Aber er sagte, du würdest nur in Gefahr gebracht. Ich habe nie erfahren, was mit dir passiert ist.“

„Er schaffte mich zur Grenze und übergab mich den Amerikanern. Allerdings war ich damals bewußtlos.“

„Wahrscheinlich verdanken wir Willi unser Leben.“

„Aber er weiß nicht einmal, daß ihr am Leben seid“, sagte Matthew. „Wie kann das sein?“

„Er brachte uns in ein Krankenhaus in Potsdam. Danach wurden wir von anderen unserer Leute übernommen. Weder Willi noch sein Vater haben jemals davon erfahren. Die Stasi war zu nah, und alles mußte unter größter Geheimhaltung geschehen.“

„Willi verdanke ich es, daß ich euch gefunden habe“, fügte Matthew hinzu. „Er nannte den Namen Bietmann in Kehrigkburg. Aber ich verstehe immer noch nicht, warum ihr alle laut offiziellem Bericht tot seid.“

„Wir haben viele Freunde“, meinte Sabrina lächelnd. „Einer davon ist ein Jude mit Namen Albert Müller. Er hielt sich während des Krieges kurz im Lebenshaus auf.“

„Ein nervöser kleiner Uhrmacher aus Dresden!“ lachte der Baron. „Nie hatten wir einen Gast, der so darauf versessen war, uns wieder zu verlassen! Doch wir konnten ihn schließlich in die Schweiz bringen.“

„Nach dem Krieg kehrte er zurück, gab seine Uhrmacherei auf und wurde ein wichtiger Mann in der Bürokratie.“

„Er hatte nicht vergessen, was wir für ihn getan hatten und immer wieder betont, er würde das wiedergutmachen. Und nun hatte er die Gelegenheit dazu."

„Inwiefern?"

„Er hat die offiziellen Berichte über unseren Tod verfaßt, die auch an die Zeitungen weitergegeben wurden. Wie er das gemacht hat, wissen wir selbst nicht ... wir wollen das auch gar nicht wissen, nicht wahr, Papa?"

Der Baron lachte.

„Zuerst hatte ich den Verdacht, es könnte Gustav gewesen sein, der uns an jenem Tag im Hubschrauber verfolgte", fuhr Sabrina fort. „Doch mir war unvorstellbar, daß er tatsächlich versucht hatte, uns zu töten. Ich kann nicht glauben, daß er so tief gesunken ist. Wir hörten, die Männer in dem Hubschrauber seien auch getötet worden, doch ob dieser Bericht der Wahrheit entspricht, ist fraglich. In der DDR kann man nie wissen. Schließlich hatten wir Grund zu der Annahme, daß Gustav immer noch am Leben war, und nach der Flucht meines Vaters aus dem Gefängnis dachten wir, wir wären sicherer, wenn niemand – vor allem nicht Gustav – unsere wahre Identität und unseren Aufenthaltsort kennt. Es tut mir so leid, Matthew – zuerst habe ich gar nicht daran gedacht, daß du vielleicht auch die Zeitungsartikel lesen würdest. Als mir klarwurde, daß auch du uns für tot halten mußtest, habe ich dir die rosa Rose geschickt."

„Das ist noch so etwas – wie hast du denn das angestellt?" rief Matthew.

„Willst du die lange oder die kurze Version hören?" fragte Sabrina lächelnd.

„Beide."

„Welche zuerst?"

„Die kurze."

„In Ordnung. Ich bat eine Freundin, eine rosa Rose in einem Weihnachtspäckchen zum amerikanischen Konsulat zu bringen mit der Anweisung, es dir auszuhändigen."

„Das ist zu kurz. Ich weiß noch nicht, wie du das geschafft hast!"

„Um das zu beantworten, muß ich dir die lange Version erzählen. Willst du sie hören?"

„Ja . . . ist noch Kaffee da?"

„Ein wenig, aber ich glaube nicht, daß er noch schmeckt."

„Nach dem, was ich in den letzten zwei Monaten so alles getrunken habe, glaube ich nicht, daß ich das überhaupt bemerken werde." Er hielt Sabrina seine Tasse entgegen, und sie schenkte ihm den Rest aus der Kanne ein. Matthew nahm einen Schluck, verzog das Gesicht und nickte ihr zu, daß sie fortfahren solle.

„Während des Krieges wohnte eine Familie bei uns", begann Sabrina, „ein jüdischer Rabbi, seine Frau und ihre beiden Töchter. Rabbi Wissen war ein bedeutender Mann, der außergewöhnlich wertvolle Juwelen und jüdische Reliquien vor den Nazis versteckte. Er war in sehr großer Gefahr. Papa und er verstanden sich sehr gut, und wir drei Mädchen – Ursula, Gisela und ich – wurden gute Freundinnen.

Nach dem Krieg blieben wir in Kontakt. Rabbi Wissen gehörte zu den ersten jüdischen Führungspersönlichkeiten, die 1948 nach Israel gingen und beim Aufbau der jüdischen Nation mithalfen. Dann kehrte er zu seiner Familie nach Rußland zurück, um Juden in Gefahr zu helfen. Er und ich blieben nach dem Krieg in Kontakt, und als in Rußland die schreckliche Judenverfolgung einsetzte, beschlossen wir, die Arbeit fortzusetzen, die Papa während des Krieges begonnen hatte, und Juden zu helfen und zu verstecken. Wir brachten ganze Familien entweder nach West-Berlin oder sogar nach Israel. Nachdem Stalin 1953 gestorben war, entspannte sich die Situation für die Juden allmählich. In den letzten Jahren war unser Ziel in erster Linie, die Weltöffentlichkeit über die Unterdrückung in Rußland zu informieren."

„Und der Rabbi und seine Familie sind immer noch in Rußland?"

Sabrina lächelte.

„Erinnerst du dich an den Sonntag, den wir in der Stadt verbrachten, als ich so müde war?"

Matthew lachte. „Natürlich. Ich dachte, ich würde dich langweilen!"

„In der Nacht davor bin ich sehr lange aufgeblieben. Die Wissens waren in jener Nacht zu mir gekommen und versteckten sich in meiner kleinen Wohnung."

„Das erklärt alles! Aber warum hast du mir nichts erzählt?"

„Ich war so unsicher, Matthew – unsicher, was das Beste war. Vergib mir. Ich wollte dich nicht auch noch mit hineinziehen."

„Das verstehe ich. Aber erzähl nur weiter. Sie sind also schließlich aus Rußland geflohen?"

„Aufgrund seiner Aktivitäten drohte dem Rabbi Gefahr von den Kommunisten. Im Kreml hatte man von den Reliquien erfahren. Und die Kommunisten waren nun genauso hinter ihnen her wie die Nazis während des Krieges. Außerdem hatten sie Angst, er könnte ihr Regime vor der Weltöffentlichkeit bloßstellen. Eine seiner Töchter kam in den fünfziger Jahren zu mir nach Berlin.

Wir wohnten eine Weile zusammen und unterhielten uns lange über Gott und vor allem über das Judentum und Christentum. Schließlich nahm sie Christus als den wahren Messias an und engagierte sich im Netzwerk der Rose."

„Was passierte weiter?" fragte Matthew.

„Ursula und ich arbeiteten also zusammen im Netzwerk. Unter anderem versuchten wir auch herauszufinden, wo mein Vater gefangengehalten wurde. Die ganze Zeit war der Rabbi in Sicherheit und außerhalb der Reichweite der Behörden. Doch auf einmal erfuhr der KGB seinen Aufenthaltsort, und der Rabbi wußte, daß sein Leben in Gefahr war. Wir sind der Meinung, daß es mit einigen wichtigen Fotos zu tun hat, die er aus dem Land geschmuggelt hat. Er gab sie mir wenige Tage, bevor ich dich wiedergetroffen habe. Hast du immer noch den Umschlag, den ich dir zur Aufbewahrung gegeben habe?"

„Natürlich. Ich nehme an, du hast die Fotos mir anvertraut?"

„Als wir uns entschlossen, Papa zu retten, war ich der Meinung, daß die Fotos in West-Berlin besser aufgehoben seien."

„Was ist mit dem Rabbi?"

„Nachdem ihm klarwurde, daß der KGB ihn aufgespürt hatte, verließen er, seine Frau und die andere Tochter Rußland durch das Netzwerk. So kamen sie an jenem Samstag nach dem Picknick zu mir. Am folgenden Montag brachte ich sie nach West-Berlin, und mittlerweile werden sie wohl in Israel sein."

„Eine erstaunliche Geschichte. Was ist mit deiner Freundin Ursula, wo hält sie sich auf? Ist sie mit dem Rest ihrer Familie nach –" Auf einmal ging ein Leuchten über Matthews Gesicht. „Sie ist in West-Berlin, nicht wahr?" sagte er. „*Sie* ist die geheimnisvolle Ursula, die ins Konsulat gekommen ist!"

Sabrina nickte. „Wie hast du das erfahren?"

„Sie mußte eine Unterschrift leisten, als sie das Päckchen gebracht hat! Dort habe ich mich zuerst erkundigt, aber der Name Ursula sagte mir überhaupt nichts."

„Ursula hatte beschlossen, nach West-Berlin zu ziehen", fuhr Sabrina fort. „Wir beide hatten noch andere Freunde dort, und wir brauchten Kontakte in beiden Teilen der Stadt. Und wir mußten dafür sorgen, daß sie eine Arbeitsstelle in der Nähe meiner eigenen fand, damit wir uns, ohne Verdacht zu erregen, treffen konnten. Wegen Papa wollte ich drüben bleiben. Darum emigrierte sie in den Westen und lebt seither dort."

„Und gemeinsam habt ihr die Aktivitäten des Netzwerks fortgesetzt?"

Sabrina nickte.

„Unglücklicherweise hat uns die Mauer auch von ihr getrennt", erwiderte Sabrina.

„Aber nicht ganz, nicht wahr?" fragte Matthew.

„Es gibt immer Mittel und Wege, die Kommunikation aufrechtzuerhalten."

„Also hast du ihr aufgetragen, eine rosa Rose zum Konsulat zu bringen."

„Ja."

Es wurde still in der kleinen Küche. Alle drei dachten an die vergangenen Jahre und Monate, die so viele Veränderungen in ihr Leben gebracht hatten.

III

Der nächste Schritt

Das war ein wundervolles Frühstück!" sagte Matthew schließlich, als sie aufstanden, sich streckten und sich in das angrenzende Wohnzimmer begaben. „Seit ich die Grenze überschritten habe, habe ich keine so gute Mahlzeit mehr bekommen! Doch nun ist es an der Zeit, über die nächste Phase dieser Operation zu sprechen."

„Was meinst du mit der *nächsten Phase*?" fragte der Baron.

„Und welche *Operation?*" fragte Sabrina.

„Die Operation, euch beide hier herauszubringen!" antwortete Matthew.

„Heraus ... aus Magdeburg?"

„Ich bin nicht nur gekommen, um dich zu suchen. Ich bin gekommen, um dich mitzunehmen."

Sabrina und ihr Vater schauten sich erstaunt an.

„Ich weiß, daß du schon immer Vorbehalte gehabt hast, Sabrina", fuhr Matthew fort, „dies ist dein Land, und dein Volk."

„Ja", seufzte Sabrina, „doch vieles hat sich seither verändert."

„Du hast deinen Vater wieder, und ihr werdet beide in Gefahr sein. Wir *müssen* irgendwohin gehen, wo wir zusammen in Freiheit leben können."

„Aber wohin, Matthew?"

„Wo anders als im Westen? Nur dort ist Freiheit zu finden. Wir müssen ein neues Leben beginnen. Eine andere Wahl haben wir nicht."

„Ich verstehe nicht", sagte der Baron. „Wie soll das geschehen? Dieses Land ist zugemauert. Hast du Verbindungen durch deinen Präsidenten?"

„Nein", seufzte Matthew. „Ich habe meine Stellung aufgegeben, um hierher zu kommen."

„Matthew!" rief Sabrina.

„Es gab keinen anderen Weg."
„Aber ... aber bist du denn in Sicherheit?"
„Wohl kaum", lachte er. „Keiner weiß, wo ich bin."
„Dann ... wie –"
„Wir werden über die Grenze fliehen – wir drei."
„Fliehen – ich bin ein alter Mann, Matthew!"
„Sie wirken nicht so alt wie zu der Zeit, als ich Sie das letzte Mal gesehen habe. Sie sehen gesund und kräftig aus. Wir werden einen Weg finden. Eine Flucht ist immer möglich."
„Und gefährlich."
„Das stimmt ... aber möglich."
„Menschen wurden dabei schon getötet."
„Wir werden es schaffen ... irgendwie."
„Aber du bist jetzt hinter dem, was deine Leute den Eisernen Vorhang nennen, gefangen – *genau wie wir*", sagte Sabrina, der aufging, wieviel Matthew für sie aufgegeben hatte.
„Genau wie ihr", wiederholte Matthew.
„Du hast deine ganze Zukunft, deine Freiheit aufs Spiel gesetzt, um uns zu suchen."
„So habe ich das nie gesehen", lachte Matthew. „Ich sah die rosa Rose, und danach hatte ich keine Alternative. Immerhin hatte ich dir mein Wort gegeben."
Sabrina lächelte ihn an. Tränen standen in ihren Augen. Wie hatte sie seine Liebe jemals in Zweifel ziehen können?
„Dann hast du also überhaupt keine Verbindungen hier? Du hast alle Brücken hinter dir abgebrochen?" fragte der Baron.
„Ich bin auf mich allein gestellt, ohne einen einzigen Pfennig in der Tasche, mit einem geliehenen Trabi, der seinen Geist bald aufgibt und dessen Tank halbleer ist. Er steht ein Stück weiter die Straße rauf. Außer einigen gefälschten Papieren besitze ich nichts."
„Das klingt nicht sehr ermutigend", meinte Sabrina.
„Das kann ich leider nicht ändern. Wenn wir hier heraus wollen, dann sind wir auf uns allein gestellt ... und natürlich auf das Netzwerk."
„Du hast uns noch nicht erzählt, wie du von dem Netzwerk erfahren hast", meinte Sabrina.

„Im *Lebenshaus.*“

„Du bist im *Lebenshaus* gewesen?“ rief der Baron.

Matthew lächelte. „Ich habe mich eingeschlichen, als DDR-Beamter verkleidet. Doch ich fürchte, ich war nicht sehr überzeugend!“

„Wie ... wie sieht es dort aus?“ fragte der Baron offensichtlich tief bewegt.

„Es ist in ein Heim oder Sanatorium umgewandelt worden. Man beschäftigt sich dort vor allem mit dem Alterungsprozeß, aber so genau habe ich das nicht ausmachen können. Doch das Haus war in passablem Zustand. Auf dem Grundstück wurden jedoch einige Veränderungen vorgenommen.“

„Und ... und der Garten?“ fragte der Baron mit zitternder Stimme. „Konntest du den Garten sehen?“

„Ja, Baron“, antwortete Matthew. „Es tut mir leid zu sagen, daß dies kein schöner Anblick war. Er ist verwildert, aber wenigstens erhalten geblieben und nicht untergepflügt worden.“

„*Vielen Dank, Vater!*“ flüsterte der Baron bewegt.

„Warst du auch im Rosengarten, Matthew?“ fragte Sabrina.

Matthew nickte.

„Schrecklich vernachlässigt ... aber doch erhalten. Viele Arten waren verschwunden, doch einige der älteren Züchtungen und die Kletterrosen gediehen. Eine der Pflanzen trug sogar eine winzige Blüte.“

„Hast du sie abgepflückt?“ fragte Sabrina.

„Nein“, antwortete Matthew. „Wie konnte ich! Ich habe sie zurückgelassen als Versprechen, daß der Frühlingsgarten eines Tages wieder genauso blühen wird wie früher.“

Auf einmal erinnerte sich Matthew an die Dinge, die noch in seinem Wagen lagen.

„Wie konnte ich das vergessen!“ sagte er und sprang auf. „Ich bin in einer Minute zurück!“

Im nächsten Augenblick war er aus dem Haus und rannte die Graulingerstraße entlang. Vier Minuten später kehrte er zurück, diesmal in seinem Wagen, und parkte den Trabi vor der Nummer 42. Mit den Tagebüchern in der Hand rannte er ins Haus zurück.

„Ich habe das Verlies gefunden!" rief er atemlos, als er ins Zimmer trat.

Bei seinen Worten sprang der Baron auf.

„Es ist nicht entdeckt worden ... war nicht zerstört?" rief er ungläubig.

„Kein bißchen."

„Der Schlüssel im Boden ... der verborgene Drücker!" rief Sabrina. „Du hast alles entdeckt ... ganz allein. Und bist ins Geheimverlies gelangt!"

Matthew nickte. „Soweit ich das beurteilen kann", sagte er, „war es noch so, wie Sie es verlassen hatten. Der Arbeitstisch, alle Utensilien, die Sie brauchten, um die Leute in die Schweiz zu schmuggeln. Dort in dem Verlies habe ich alles zusammengefügt, was du gesagt hattest, Sabrina, und erkannte, daß das Netzwerk immer noch aktiv sein mußte. Ich hatte keine Ahnung, daß Sie auch noch am Leben waren, Baron", meinte er, als er auf den Baron zuging, „doch ich wußte, daß ich das hier nicht zurücklassen konnte."

Er überreichte Sabrinas Vater die Tagebücher und seine alte Bibel.

Der alte Mann ließ sich ungläubig auf einen Stuhl fallen.

Sprachlos starrte er die Tagebücher an, die jetzt auf seinem Schoß lagen. Zärtlich strich er über den alten Ledereinband der Bibel, in der er mehr als dreißig Jahre lang Tag für Tag gelesen hatte.

Schließlich schaute er auf. Matthew und Sabrina blickten ihn liebevoll an.

„Oh, Matthew, mein Junge", seufzte er, „was für eine große Freude hast du mir gemacht! Du kannst dir gar nicht vorstellen, wie viel mir deine Umsichtigkeit bedeutet. Ich danke dir von ganzem Herzen."

Eine lange Stille folgte. Sabrina und Matthew nahmen Platz, während der Baron langsam seine Tagebücher durchblätterte. Hier und da hielt er inne, las eine Zeile oder einen Satz. Fast fünfzig Jahre der Erinnerung stürmten auf ihn ein.

„Ich hätte mir nie träumen lassen, sie noch einmal wiederzusehen", murmelte er leise. „Wir brachen so überstürzt auf und hatten in jener Nacht einen so langen Weg vor uns; ich wußte, ich konnte sie nicht mitnehmen, wenn ich anderen helfen wollte. Ich hatte also keine Wahl und mußte sie zurücklassen. Der Gedanke an diese Tagebücher hat mich im Laufe der Jahre ziemlich traurig gemacht, obwohl er mich gleichzeitig zu sorgfältigen Aufzeichnungen anspornte. Während der ganzen Jahre im Gefängnis dachte ich immer, Gott würde mich treiben, vieles von dem neu niederzuschreiben. Doch immer wenn ich zu schreiben begann, gingen meine Gedanken in eine ganz andere Richtung. Jetzt verstehe ich, daß es etwas anderes zu sagen gab während jener Phase meines Lebens, weil er dies alles erhalten hat. Ach, Matthew ...", sagte er und schaute ihn mit tränennassen Augen an, „... woher hast du das nur gewußt?"

„Vergessen Sie nicht, Baron, ich hatte Gelegenheit, Ihre Tochter recht eingehend kennenzulernen. Ihr zwei seid euch ziemlich ähnlich."

„Es macht mich sehr viel glücklicher, dich dies sagen zu hören, als diese Bücher in der Hand zu halten."

112

Ein zweiter Antrag

Auf einmal hellte sich die Miene des Barons auf.

Er legte die Bücher aus der Hand und schaute die beiden übermütig an.

„Mir fällt gerade ein, mein Junge", sagte er, „Sabrina erzählte mir, daß ihr beide heiraten wollt!"

Matthew wand sich verlegen.

„Ja, wir haben davon gesprochen", sagte er. „Ich habe es gehofft ... doch da war noch etwas."

„Was denn?"

„Ich dachte, es sei angemessen ... das heißt, ich wollte zuerst mit Ihnen sprechen und Ihnen von meinen Absichten erzählen und Sie um Ihre Zustimmung bitten. Unglücklicherweise ging alles ein wenig drunter und drüber, bevor ich die Gelegenheit hatte, mit Ihnen zu sprechen."

„Es gibt keinen besseren Zeitpunkt als jetzt", erwiderte der Baron und blinzelte Sabrina zu.

Verwirrt schaute Matthew Sabrina an, dann wieder den Baron, der erwartungsvoll auf seinem Stuhl saß.

„Dann also los", sagte Matthew nach einer Weile. „Aber ich habe so etwas noch nie gemacht, ich werde fürchterlich ins Stottern kommen."

„Dann stottere mal los!"

„In Ordnung", sagte Matthew, der schluckte und schließlich fortfuhr. „Sie haben mich Ihren Sohn genannt. Nun möchte ich Sie bitten mir zu gestatten, dies zu werden durch die Heirat mit Ihrer Tochter."

„Bitte gewährt!" strahlte der Baron erfreut. Er erhob sich, ging auf Matthew zu und schüttelte ihm herzlich die Hand.

„Vielen Dank, Baron."

„Nun, worauf wartest du noch, Sohn ... da sitzt sie. Laß sie nicht länger warten!"

Matthew grinste, drehte sich um und ging zu Sabrina hinüber. Er ergriff ihre Hände.

„Sabrina", sagte er. „Ich liebe dich! Darum frage ich dich nun zum zweiten Mal, diesmal mit der Zustimmung deines Vaters, ob du mich heiraten und meine Frau werden willst."

„Bitte gewährt", flüsterte Sabrina unter Tränen lächelnd.

Matthew nahm sie in die Arme.

„Nun denn", meinte der Baron, „jetzt möchte ich nur noch wissen, wann die Hochzeit sein wird. Ich habe noch nie eine Tochter verheiratet, und ich werde jeden Tag älter."

Matthew und Sabrina lachten.

„Wir können nicht ohne *meinen* Vater heiraten", antwortete Matthew, „und der ist in Bayern."

„Ich nehme an, daß du nicht gedenkst, ihn hierherzuholen?"

„Nein. Aus verschiedenen Gründen bin ich der Meinung, daß das Wiedersehen unbedingt dort stattfinden muß ... im Westen."

113

Das Geheimnis der Rose

Den Rest des Tages verbrachten sie mit Reden, Lachen und Pläneschmieden. Doch die meiste Zeit schwelgten sie in Erinnerungen an frühere Zeiten und berichteten sich gegenseitig von den Monaten, in denen sie so grausam auseinandergerissen worden waren.

Am Abend nach dem Abendessen stellte Matthew zwei Stühle auf die kleine Veranda und bat Sabrina, sich zu ihm zu setzen. Der Abend war kühl, doch nicht kalt. Schweigend saßen sie nebeneinander und ließen die Ereignisse des Tages an sich vorüberziehen.

„Ich habe noch etwas für dich", sagte Matthew schließlich.

„Nichts könnte das Geschenk übertreffen, das du mir heute morgen gemacht hast", erwiderte Sabrina zufrieden.

„Nichts?" wiederholte Matthew.

„Dies ist die erste rote Rose, die ich in meinem Leben geschenkt bekommen habe. Das heißt – die erste, die ich angenommen habe."

Beide lachten fröhlich.

„Ich werde diese Rose aufbewahren. Sie wird einen ganz besonderen Platz bekommen. Hast du noch das Kästchen, das wir in Berlin gekauft haben?" fragte sie.

„Natürlich! Es ist bei meinem Vater in Sicherheit", antwortete Matthew. „Aber ich habe noch ein anderes Geschenk für dich. Bist du sicher, daß wirklich nichts die rote Rose von heute morgen übertreffen könnte?"

„Ganz sicher."

„Nicht einmal etwas aus dem *Lebenshaus*?"

„Ich weiß nicht, was du meinst."

„Nicht einmal ... das hier?"

Während er sprach, holte Matthew das Rosenkästchen hervor.

Sabrina schnappte nach Luft, als ihr klarwurde, was er da in der Hand hielt.

„Ich war nicht nur in dem Verlies", sagte er. „Ich mußte auch das hier noch holen."

Sie nahm es ihm liebevoll aus der Hand und hielt es eine Weile fest.

„Wir haben uns versprochen, nicht hineinzuschauen, bis wir es zusammen öffnen könnten, erinnerst du dich?" fragte Matthew ernst.

„Ich ... ich erinnere mich", erwiderte Sabrina, die leicht errötete und nur mühsam ein Lächeln unterdrückte.

„Wir sagten, wir wollten uns *gemeinsam* an den Rosen erfreuen, die wir hineingelegt hatten", fügte Matthew mit besonderer Betonung des Wortes ‚gemeinsam' hinzu.

Ein Augenblick der Stille folgte.

„Ich weiß nicht, wie ich dir das sagen soll, Sabrina", fuhr Matthew entschuldigend fort, „aber ... nun, als ich dort unten in diesem dunklen Raum war ... und nicht wußte, ob ich dich jemals wiedersehen würde ... es tut mir leid, Sabrina, aber ich konnte mich nicht beherrschen."

Sie schaute ihn an.

„Du ..."

„Ja ... ich habe das Kästchen geöffnet. Ich hoffe, du verzeihst mir."

Zuerst blickte Sabrina ihn verständnislos an.

„Aber ... dann weißt du es doch!"

„Was denn, Sabrina?" erwiderte Matthew in vorgetäuschter Unschuld. Allmählich machte sich ein Lächeln auf seinem Gesicht breit, und endlich wurde ihr klar, daß er sie neckte.

„Oh, Matthew, ich konnte nicht anders!" rief sie entschuldigend. „Ich wußte nicht, ob ich dich je wiedersehen würde!

Du kannst dir nicht vorstellen, wie gern ich das Kästchen in jener Nacht mitgenommen hätte. Als Papa hinunterging, um das Verlies und den ganzen unteren Teil des Hauses zu verschließen, ging ich mit, um einen letzten Blick auf unser Kästchen zu werfen. Ich beschloß, es dazulassen und hoffte, daß niemand es finden würde. Doch ich mußte einfach nachsehen – ich mußte es wissen! Ich sagte mir: ‚Matthew wird dir bestimmt verzeihen!'"

Matthew lachte.

„Vergeben und vergessen! Von beiden Seiten?" fügte er hinzu.

Sabrina nickte.

„Anscheinend haben wir beide das Versprechen gebrochen", sagte er.

„Nur aus Liebe."

„Vielleicht ... dann sind wir entschuldigt."

Wieder herrschte Schweigen.

Ohne ein weiteres Wort zu sprechen legte Matthew seine Hand auf Sabrinas. Zusammen öffneten sie den Deckel und schauten hinein, genossen zusammen den Anblick, den bisher jeder nur allein gehabt hatte.

„Zwei weiße Rosen", sagte Matthew nach einer Weile.

Er schaute Sabrina an.

„Freunde ... *für immer*", sagte er.

„*Für immer*", wiederholte sie und hielt seinem Blick stand.

Ihre Lippen trafen sich zu einem Kuß.

Als sie sich wieder voneinander lösten, legte Sabrina ihre Hand in Matthews. Eine ganze Weile sagte keiner von ihnen ein Wort.

„Ich werde nie vergessen, was du getan hast, Matthew", flüsterte Sabrina schließlich. „Zuerst läßt du mich Aschenputtel sein und holst mich mit einer Kutsche zum Ball. Als ich meinem Vater davon erzählte, konnte er es kaum glauben! ‚Du hast dir den richtigen Mann ausgesucht, Sabrina!' waren seine Worte!"

Matthew lachte, und die Stimmung wurde fröhlicher.

„Und gerade als ich anfing, mich an den Gedanken zu

gewöhnen, daß ich nicht den Rest meines Lebens mit dem Mann, den ich liebe, verbringen würde, klopft ein kleiner Junge an die Tür und fragt mich, ob ich das Geheimnis der Rose kenne."

Sabrina konnte ihre Tränen nun doch nicht mehr zurückhalten.

„Mein Märchen war nicht nur noch nicht vorüber", fuhr sie fort, „sondern der schöne Prinz hat sogar sein Leben riskiert, um sich auf seinem weißen Roß ins Lager seiner Feinde zu begeben –"

„Diesen altersschwachen Trabi kann man wohl kaum ein weißes Roß nennen!" lachte Matthew.

„Mach dich nur lustig über mich", schimpfte Sabrina. „Für mich bist du ein Ritter in schimmernder Rüstung, der den Drachen besiegt, um mich zu retten."

Wieder lachte Matthew.

„Was sollte ich sonst tun. Die Frau, die ich liebte, wurde hinter den Mauern des kommunistischen Drachen gefangengehalten! Ich mußte sie retten!"

Er brach ab und wurde wieder ernst.

„Nun muß ich nur noch überlegen, wie wir den Klauen des Drachen entkommen!" fügte er hinzu.

Nach einiger Zeit schaute Sabrina zu Matthew hinüber.

„Darf ich dir eine Frage stellen?"

„Natürlich – worüber?"

„Über Rosen."

„Ich kann mir nichts vorstellen, über das ich lieber sprechen würde."

„In meiner Kindheit", begann Sabrina, „sprach mein Vater oft von dem ‚Geheimnis der Rose'. Doch nie gab er mir eine Antwort auf meine Frage, was es sei. Er sagte, dieses Geheimnis müßten jeder Mann und jede Frau selbst herausfinden. Lange Zeit dachte ich, es sei irgendeine geheimnisvolle Erkenntnis, die etwas zu tun hatte mit den, wie er es nannte, ‚Geheimnissen des Gartens'.

Aber als ich älter wurde, spürte ich, daß es viel einfacher war, und auf seine Weise doch viel tiefer. Nachdem ich erkannt hatte, was er mit dem Geheimnis der Rose meinte, warst du fort, und ich glaubte nicht, diese drei Worte noch einmal zu hören, die das Geheimnis der Rose sind – außer vielleicht in meinen Träumen."

„Ich verstehe, was du zu sagen versuchst", meinte Matthew. „Lange Zeit habe auch ich diesen Ausdruck mißverstanden."

„Das ist meine Frage", sagte Sabrina. „Wie lange hat es bei dir gedauert ... ich meine, wann hast du entdeckt, was das Geheimnis der Rose ist?"

„Ich weiß es nicht", erwiderte Matthew. „Vielleicht im letzten Juni und Juli, als ich dir jeden Tag eine Rose brachte, obwohl ich nicht sicher bin, daß ich damals so genau darüber nachgedacht habe. Vielleicht war es im letzten Herbst, als ich mich von meinen Verletzungen erholte. Eines Tages setzte ich mich auf die Terasse mit deinem Kästchen auf dem Schoß und dachte an dich und die Zeit, die wir zusammen verbracht hatten. Ich kann den Zeitpunkt nicht genau bestimmen ..."

Er dachte eine Weile nach.

„Vielleicht war es auch heute morgen, als ich mit der Rose hierherkam und überlegte, was ich sagen würde, wenn du wirklich da wärst. Ich habe mir tausend Dinge ausgedacht, aber nichts davon gesagt. Und dann waren sie auf einmal da, diese Worte: *Das Geheimnis der Rose ist, daß ich dich liebe.* Ich denke, das ist ganz langsam in mir gewachsen."

„Papa sagte immer, das Geheimnis werde nur denen offenbart, die die Bedeutung der roten Rose verstünden."

„Glaubst du, daß dein Vater mit dem Geheimnis der Rose den Satz *Ich liebe dich* gemeint hat?" fragte Matthew.

„Ja und nein."

„Wie meinst du das?"

„Es gibt viele tausend Geheimnisse – in bezug auf das Leben und Wachsen, auf Gott und seine Liebe. Er sprach immer über den tieferen Sinn der Dinge. Aber *das* Geheimnis der Rose, von dem Papa gesprochen hat und das er so oft Mama ins Ohr flüsterte, war so viel einfacher. Wie kann das jemand ganz verstehen, bis er es mit dem einen Menschen geteilt hat, auf den es sich bezieht? Ja, vielleicht hat Papa genau das damit gemeint. Er wußte, daß wir es, falls wir füreinander bestimmt wären, schließlich herausfinden würden."

Matthew schaute auf das kleine Kästchen, dann öffnete er den Deckel. Er nahm die beiden weißen Knospen heraus, die sie vor so vielen Jahren im Frühlingsgarten gepflückt hatten.

„Sogar getrocknet", sagte er, „kann man deutlich erkennen, warum Gott diese wunderbaren Blumen den Menschen gegeben hat. Ich verstehe, warum dein Vater nie erzählen wollte, was das Geheimnis war. Denn das Geheimnis der Rose kann nur erkennen, wer entdeckt, daß Liebe in seinem Herzen blüht."

Sabrina nahm Matthews Hand und drückte sie.

„Ich liebe dich, Matthew!"

„Und ich liebe dich, Sabrina. Ich bin so glücklich, daß Gott mir das Geheimnis der Rose geoffenbart hat ... gemeinsam mit dir."

Der erste Band der Chronik der Familie von Dortmann:

Das Geheimnis der Rose

Wir schreiben das Jahr 1937. Die Familie von Dortmann lebt auf einem großen Landgut in der Nähe von Stettin. Baron von Dortmann ist Christ, und sein riesiges, verschachteltes Haus mit dem fast märchenhaft schönen Rosengarten steht jedem offen, der Ruhe und Erholung sucht – wie zum Beispiel dem amerikanischen Botschafter Thaddeus McCallum und seinem Sohn Matthew. Während sich zwischen Matthew und der jungen Sabrina von Dortmann eine zarte Romanze anbahnt, werfen die schrecklichen Ereignisse des Dritten Reiches ihre Schatten voraus.

Als Baron von Dortmann erfährt, daß das illegale Predigerseminar seines Freundes Dietrich Bonhoeffer von der Gestapo aufgelöst worden ist, bietet er ihm sofort Zuflucht in seinem Haus an. Schon bald werden die von Dortmanns ein wichtiges Bindeglied in der Untergrund- Fluchthilfeorganisation der Widerstandsbewegung. Doch die Nazischergen sind ihnen auf der Spur, allen voran der junge Gustav von Schmundt, ein abgewiesener Verehrer Sabrinas, der nun mit fanatischer Besessenheit eine Gelegenheit zur Rache sucht ... und auch findet!

Paperback, 470 Seiten
Bestell-Nr. 15 282